# श्रीनगर का षड्यन्त्र

# श्रीनगर का षड्यन्त्र

विक्रम ए. चंद्रा

अनुवाद

प्रभात रंजन

वाणी प्रकाशन

प्रकाशन के उत्कृष्टतम 63 वर्ष

पेपरबैक पहला संस्करण : 2004
पेपरबैक दूसरा संस्करण : 2026

vaniprakashan.com

वाणी प्रकाशन
*4695, 21-ए, दरियागंज, नयी दिल्ली-110 002*
*फ़ोन : + 91 11 23273167, 23275710*
**शाखाएँ**
*अशोक राजपथ, पटना-800 004, बिहार*
*कॉफ़ी हाउस कैम्पस, महात्मा गांधी मार्ग, प्रयागराज-211 001, उत्तर प्रदेश*
*महात्मा गांधी अन्तरराष्ट्रीय हिन्दी विश्वविद्यालय, वर्धा-442 001, महाराष्ट्र*
sales@vaniprakashan.in
vaniprakashan@gmail.com

Srinagar Ka Shadyantra
*by* Vikram A. Chandra
*Translated by* Prabhat Ranjan

ISBN : 978-93-8733-050-4
Novel



मूल्य : ₹350



*जी.एस. ऑफ़सेट, दिल्ली-110 095 में मुद्रित*

*वाणी प्रकाशन का लोगो मक़बूल फ़िदा हुसैन की कूची से*

नंदिनी चन्द्रा की स्मृति में

# अनुक्रम

# पूर्वरंग

## जनवरी-2000

जलालुद्दीन अपनी जगह से थोड़ा हटा। उन्हें इन्तज़ार करते दो घण्टे से भी ज्यादा वक्त गुज़र चुका था और अब अपने कपड़ों के अन्दर उन्हें काँटों की चुभन महसूस होने लगी थी। सुबह की ताजी हवा उनके कानों के पास कुछ फुसफुसाती गुजर रही थी। जनवरी का महीना लगा ही था। क्षितिज पर कुहरे की हल्की सपनीली चादर फैली थी।

बगल में मुहम्मद करीम ने घास का डण्ठल चबाकर थूकते हुए कहा—'वो रहा'

वह ऊपर देखते हुए उठा!

पेड़ों के बीच से उन्हें एक धब्बा-सा दिखाई दे रहा था आसमान में, धीरे-धीरे फैलता हुआ.... मुम्बई से सवेरे आनेवाली बोइंग 737 नीचे की ओर उतरती धीरे-धीरे इन्दिरा गाँधी एयरपोर्ट की ओर बढ़ रही थी। एयरपोर्ट से थोड़ी ही दूर जलालुद्दीन और उसके साथियों ने नांगल डेरी के एक छोटे से फार्म हाउस के बगीचे में शीशम के झुरमुट के बीच डेरा जमा रखा था। वो फार्म हाउस दो-एक बरस पहले उनके एक हमदर्द ने अच्छी-खासी रकम देकर खरीदी थी और उसे ईंट की ऊँची दीवारों से घिरवा दिया था ताकि कोई चाहे भी तो अन्दर न देख पाए।

जैसे ही जहाज़ उतरने को हुआ उनकी हरकतें तेज हो गईं। करीम चिल्ला-चिल्लाकर पश्तो मिली भाषा में आदेश दे रहा था जो उसने मुजाहिदीन कैम्पों में सीखी थी, जहाँ उसने लगभग अपनी सारी उम्र गुजारी थी। दो लोगों ने एक मटमैली तिरपाल हटाई और जलालुद्दीन ने वह समान निकाला जिससे उसका दर्ज़ा बाकी विदेशी आतंकवादियों से कुछ ज्यादा था।

वह जबरदस्त मिसाइल सबसे पहले अफगानिस्तान में इस्तेमाल की गई थी रूसी लड़ाकू जहाज़ों को तबाह करने के लिए। लड़ाई के बाद उस मिसाइल को कई गैर-जिम्मेदार हाथों ने अलग-अलग मौकों पर उठाया था। आज फिर वैसे ही हाथ उसे सहला रहे थे।

जलालुद्दीन धीरे-से उठा, मिसाइल फेंकने वाली नली को कन्धे पर रखकर

अभ्यास करने के अन्दाज़ में कुछ कदम बढ़ा। व्यूअर से जहाज का निशाना साधते हुए उसने कहा– 'दाग दो'।

जगह बहुत सही चुनी गई थी, पेड़ों के झुरमुट की वजह से उन्हें ऊपर से नहीं देखा जा सकता था, लेकिन इससे उनके निशाने में कोई ओट नहीं आती थी। जैसे ही जहाज की आवाज़ ठीक सिर के ऊपर आई, उसका निचला हिस्सा बड़ा दिखाई देने लगा। जलालुद्दीन ने व्यूअर से देखते हुए निशाना साधा। उसके मन के कानों में अपने जबरदस्त हथियार की गूँज सुनाई देने लगी। बाज़ उड़ने को तैयार था।

'जाओ मेरे दोस्त खुदा हाफिज़'—वह फुसफुसाया!

ऐसा लगा मानो वह ट्रिगर दबा रहा हो लेकिन ऐन वक्त पर उसने अपनी ऊँगली हटा ली। वह अपने मन की आँखों से देख रहा था कि एक आग का गोला धधका और मिसाइल अपने निशाने की ओर बढ़ चला। लेकिन मन की आँखों को बन्द करते हुए वह धीरे से सीधा हुआ, हथियार नीचे रखा और अपने उत्साही दस्ते की ओर घूमा–

'उन्हें फोन करो करीम। बता दो हम हमले के लिए तैयार हैं। सही वक्त का इन्तज़ार है।'

सीमापार लाहौर से तीस किलोमीटर दूर था मुरीदके। जिसके एक सौ नब्बे एकड़ के विशाल रकबे के एक कोने के छोटे से घर में सन्देशा पहुँचा। वह मरकज़-उल-दावा-वल-इरशाद का मुख्यालय था, जो दुनिया के सबसे खतरनाक आतंकवादी संगठनों में से एक लश्करे-तैबा का मुखिया संगठन था।

घर के बड़े कमरे में महीन कालीन पर बैठे आदमी ने अभी-अभी अपनी नमाज़ अदा की थी। उसका माथा सफेद साफे से ढका था और उसकी लम्बी दाढ़ी में कुछ चाँदी की लकीरें चमक रही थीं। जो उसके उम्र को धोखा देती लगती थीं। दरवाजे पर दस्तक हुई और एक आदमी ने अन्दर घुसते हुए कहा–

'सलाम अलैकुम अबू फतह!'

उस कालीन पर बैठे आदमी को दुनिया दूसरे नाम से जानती थी। वह नाम जिसकी दुनिया की दर्जनों शक्तिशाली देशों की खुफिया पुलिस तलाश में थी। हालाँकि अभी हाल ही में उसने नया नाम अपनाया था मरकज़-उल-दावा की रवायतों को ध्यान में रखते हुए।

वह अपनी गहरी आँखों से अपलक अपने साथी की को देखते हुए बोला–'कहो!'

'अबू फतेह हमें सन्देशा मिल गया है। जलालुद्दीन अपनी जगह मुस्तैद है। सुबह उसने अभ्यास भी किया था और उसमें कोई मुश्किल पैदा नहीं आई। वे छुपे बैठे हैं आपके हुक्म के इन्तजार में।'

'अच्छा है।'

उसने जवाब दिया। उसकी आवाज इतनी मद्धिम थी कि सुननेवाले साथी को अपने कानों पर ज़ोर देना पड़ा।

'लेकिन जलालुद्दीन को बता दो कि उसे महीनों इन्तज़ार करना पड़ सकता है। दूसरों के काम और भी मुश्किल हैं। सब कुछ ठीक करते-करते समय लगेगा। वैसे भी क्लिंटन के आमद की कोई खबर नहीं है। है क्या?'

वह उसी बारीक आवाज में बोला!

'नहीं अबू फतेह ऐसा नहीं है। हम सब जानते हैं कि वह बहार के दिनों में हिन्दुस्तान आने वाला है।'

वह कालीन से धीरे-से खड़ा हुआ और अपने साथी की ओर मुड़ते हुए बोला—

'अच्छा है हम इन्तज़ार करेंगे। इंशा अल्ला!'

× × ×

उस बरस कश्मीर में सर्दियाँ कुछ जल्दी आ गईं। पहाड़ों से बहनेवाली पागल हवाएँ शरीर में चुभने लगी थीं और सड़कों पर ऐसे चलने लगी थीं जैसे चिनार के सूखे पत्ते बुहार रही हो।

मैसुमा में वह हताशा की ठण्ड थी। पराजय की हवा गलियों, ओसारों में पसरी थी। इतनी भारी कि वहाँ रहनेवालों को वह एक बोझ की तरह महसूस हो रही थी। बरसों से उन्होंने अपने-आपको इस आंदोलन के लिए समर्पित कर रखा था। घण्टों धरने पर बैठना, हवा में मुक्के लहराकर नारे लगाना। पुलिस की गोलियाँ, आँसू गैस। सब बेकार चला गया।

हबीब शाह धीरे-धीरे कहवा ढाल रहा था। उसके पतले चश्मे की कमानी ठण्ड से काँप रही थी।

पिछले कुछ घण्टे उसके जीवन के सबसे शर्मनाक घण्टे थे। इतना बुरा तो कुछ नहीं था। न बदबूदार तहखानों की पूछताछ। न ही लम्बी कैद और वतनबदरी। न ही दिल्ली के अदालतों में हर महीने हाजिरी की शर्म।

'स्साले हरामजादे!'

उसकी दायीं ओर बैठा आदमी गेंहूँ के ढेर में धंसते हुए बोला। वह इकबाल कासिम था। हबीब शाह का दोस्त और इस लम्बी लड़ाई में उसका साथी।

'भेंड़ बकरी हैं स्साले। इसी लायक है सब!'

हबीब मुस्कुराया लेकिन उसकी मुस्कुराहट में उदासी झलक रही थी। एक पैगम्बर की मुस्कुराहट जिसने अपने बन्दों को आवाज दी पर जिसे सुनकर कोई न निकला। कहने को सचमुच कुछ भी नहीं था।

उस सुबह हबीब ने प्रधानमंत्री के श्रीनगर आने के खिलाफ सूबे भर में

हड़ताल का नारा दिया था। उस हड़ताल की सबसे बड़ी कार्रवाई थी संयुक्त राष्ट्र के कार्यालय तक पैदल मार्च की। सारे श्रीनगर वालों से उसमें शामिल होने की अपील की गई थी।

'चालीस लोग! गिना था तुमने! क्रान्ति के चालीस हरामी पैदल सिपाही। बाकी साले अपनी-अपनी बाल्कनी से मुँह फाड़े....'

कासिम ने अपना सिगरेट बुझाया और तुरन्त दूसरा जलाया। 'याद है 1990 में हमारे कहने पर कितने लोग सड़कों पर उतर आते थे। कसम से दस-दस लाख लोग निकल आते थे। कभी-कभी तो बीस भी। हमारे एक-चौथाई लोग सड़कों पर हमारे अधिकारों के लिए चीख-चीखकर नारे लगाते थे....चालीस लोग....हमसे कहाँ गलती हो गई?'

× × ×

कैमरामैन सिंक से सटकर खड़ा था और अपने चेहरे पर पानी डाल रहा था ताकि पानी नीचे फर्श को गीला न कर सके। वह हमेशा से तुनक मिजाज किस्म का आदमी था। अब वो अपने टूथब्रश पर पेस्ट लगा रहा था उस सुबह तीसरी बार ब्रश करने के लिए। उसके बाद उसने शीशे में अपना चेहरा देखा। बस आँखों के कोनों पर हल्की झुर्रियाँ दिखाई दे रही थी, बाकी चेहरा सामान्य लग रहा था।

वह टॉयलेट गया और होटल के कमरे के घिसे हुए कालीन पर बाहर आया। रिपोर्टर अभी भी कुर्सी में धँसा 14 इंच के टी.वी. सेट पर ताजा समाचार सुनने में लगा था जो होटल प्रबन्धन ने उदारता दिखाते हुए उसके लिए भिजवा दिया था।

कैमरामैन अपने साजो-सामान के ढेर की ओर बढ़ते हुए रिपोर्टर की ओर देखकर मुसकुराया। खिड़की के पास थोड़ा रुककर उसने पर्दा सरकाया ताकि श्रीनगर की सर्दियों की हल्की धूप कमरे के अन्दर आ सके।

'बेचारा! न वो इसके लायक है न ही मैं?' कैमरामैन ने सोचा।

'हमें जाना कब है?'

उसने जोर से पूछा।

'अब चलना चाहिए। रिपब्लिक डे का परेड दो घण्टे में शुरू होने वाला है। मैंने टैक्सी के लिए बोल दिया है, जैसे ही तुम्हारा सामान तैयार हो जाएगा हम चल पड़ेंगे। और हाँ ट्राइपॉड मत लेना वर्ना बेवजह की सिक्योरिटी चेकअप से गुजरना पड़ेगा। तुमको कैमरा हाथ में ही रखकर शूट करना पड़ेगा,' रिपोर्टर ने बिना टीवी से आँखें हटाए कोक का घूँट लेते हुए कहा।

कैमरामैन ने हामी भरी और चमड़े के काले बैग में अपना सामान भरने लगा। उसने एक शॉटगन माइक्रोफोन रखा, एक जोड़ा लेपल माईक और तीन डिजिटल

वीडियो टेप भी रखे जिनमें कोई भी म्यूजिक कैसेट के आकार से बड़ा नहीं था।

कैमरा बगल की टेबल पर रखा था। वह सोनी का नया डिजिटल मॉडल था। छोटा, हल्का लेकिन पावरफुल असल में उस कैमरे में सबसे भारी उसकी बैटरी थी जो उसके पिछले हिस्से में लगी थी।

'मैंने दो बैटरी अलग से रख लिए हैं। काफी होगा?'

कैमरामैन ने पूछा।

'बिल्कुल। मुझे नहीं लगता कि हमें इस सुबह कुछ ज्यादा हाथ लगनेवाला है।'

रिपोर्टर ने जवाब दिया।

कैमरामैन ने चार्जर से एक बैटरी निकाली और अपने बैग में उसके लिए जगह बनाई। फिर बिना देर लगाए, बस एकबार थोड़ी घबड़ाहट भरी निगाह रिपोर्टर पर डाली, जो लापरवाह बैठा था, वह अपने सूटकेस के पास पहुँचा और वहाँ से दूसरी बैटरी निकाली। देखने में वह बिल्कुल दूसरी बैटरियों की तरह ही लगती थी। वही रंग-रूप, वही आकार, वैसा ही वजन एक किलो से थोड़ा ज्यादा। दरअसल, उसके सामने के एक-चौथाई हिस्से में ही निकेल कैडमियम सेल था। अगर उसे कैमरे में डाला जाता तो इतनी ताकत तो उसमें थी ही कि कैमरा चालू हो जाता जिससे सिक्योरिटी वालों को कोई शक नहीं होता। बाकी बैटरी विशुद्ध सेमटेक्स विस्फोटक से भरी थी।

× × ×

गढ़वाल राइफल की यूनिट श्रीनगर के बादामी बाग कैंट में जमा थी हबीब शाह के अड्डे से कुछ ही किलोमीटर की दूरी पर। वह कैंट अपने- आपमें एक छोटा-मोटा शहर लगता था और पिछले दिनों कश्मीर में आर्मी कैम्पों पर जिस तरह के आत्मघाती हमले हुए थे उसकी वजह से सुरक्षा भी कड़ी थी।

जो भी आदमी उसके अन्दर जाना चाहता पहले उसे घेरेबन्द दीवारों के बाहर इन्तज़ार करना पड़ता। लम्बी जाँच से गुजरने के बाद उसे एक छोटे कमरे में ले जाया जाता जहाँ उसे एक आर्मी ऑफिसर के सामने वहाँ आने का कारण समझाना पड़ता जो एक ही साथ थोड़ा उदासीन और शन्कालु दोनों लगता।

पुराने फिरन में उस लम्बी गर्दनवाले को अलग से वहाँ के स्थानीय लोगों के बीच पहचान पाना कठिन था जोकि उस सुबह वहाँ जमा थे। लेकिन जैसे ही वह कमरे के अन्दर पहुँचा उसने अपना बोदापन छोड़ दिया और आरज़ू-मिन्नत करनेवाले में बदल गया।

'मुझे कौल से बात करनी है। अर्जेंट।'

उसने शक्की अफसर से कहा।

'क्या बात है?'

'मैं आपको नहीं बता सकता केवल कौल को बता सकता हूँ।'

'ऐसा क्या....'

अफसर की आँखें चमकीं।

'देखिए बहुत जरूरी है। मेरा यकीन कीजिए और मिस्टर कौल को बुला दीजिए।'

'कौल! कौन कौल! और तुम होते कौन हो?'

'मेजर विजय कौल। वह मूँछों वाला आदमी जिसने रैनावाड़ी के नजदीक के गाँव पर दो दिनों पहले हमला बोला था। वह जो आपके 'खास ऑपरेशन' के साथ है।'

इस तकनीकी शब्द ने अफसर को थोड़ा नरम किया। उसने कुछ देर सोचा और फिर हाथ बढ़ाकर फोन के चार बटन दबाए।

बीस मिनट बाद मेजर विजय कौल अपनी  जीप में हाज़िर था। उसने उस नौजवान पर अनपहचानी नजर डाली।

'कहिए? मैं आपकी क्या मदद कर सकता हूँ?'

'क्या मैं आपसे अकेले में कुछ बात कर सकता हूँ? प्लीज देखिए मेरी बात सुनिए....?'

फिर लगभग फुसफुसाते हुए बोला–

'जलालुद्दीन।'

विजय की आँखें चमकीं। उसने एके-47 पर अपनी पकड़ मजबूत की। फिर पीछे अफसर की डेस्क की ओर मुड़ा।

'ठीक है सुनील। इसका कार्ड बना दो फिर मैं इसे अपने साथ ले जाऊँगा।'

पूछताछ की जगह तक वे चुपचाप चलते रहे जो वहाँ से कुछ गज की दूरी पर था। फिर विजय ने उस नौजवान की ओर घूमते हुए पूछा–

'हाँ अब बताओ क्या बात है! जलालुद्दीन के बारे में तुम क्या जानते हो?'

'जलालुद्दीन और उसके लोग हिन्दुस्तान में वापस आ चुके हैं और कुछ हफ्तों में ही वे कश्मीर में ऐसी तबाही मचा देंगे जैसी पहले कभी नहीं हुई।'

नौजवान बोला।

'बकवास। वो तो पाकिस्तान में है। चरारे-शरीफ के बाद वो वहाँ चला गया था।'

'देखिए मेजर कौल! प्लीज आप मेरा यकीन कीजिए और मैं जो कह रहा हूँ उसे ध्यान से सुनिए। मैं उस रात जलालुद्दीन के साथ ही था जब उसने आपका घेरा तोड़ा था। हमने साथ-साथ सरहद पार की और पाकिस्तान गए। जो मैं अब

आपसे बताने जा रहा हूँ उसके लिए शायद मैं मारा भी जाऊँ। शायद बुरी तरह मारा जाऊँ। इसलिए मेहरबानी करके मेरी बात ध्यान से सुनिए। यह सबकुछ एक हत्याकाण्ड से शुरू होने वाला है। दुनिया का अबतक का सबसे सनसनीखेज़ हत्याकाण्ड। लेकिन असल में ये तो बस शुरूआत है।'

नौजवान आधे घण्टे तक बोलता रहा सिगरेट-दर-सिगरेट जलाता-बुझाता। बीच-बीच में रुककर वह कमरे के कोने में पड़ी बुखारी से हाथ सेंकता था जो एक साथ गर्मी और धुआँ दोनों फैला रही थी।

बाहर बरामदे में सर्द हवा चल रही थी। सूखे पत्तों के ढेर खड़खड़ा रहे थे। आसमान में बादल घिरे थे। अन्देशा था कि मौसम की पहली बर्फ गिरेगी।

अन्दर कमरे में विजय ऐसे डरा हुआ था जैसे कभी नहीं डरा था।

'हम क्या कर सकते हैं? उन्हें कैसे रोक सकते हैं?'

विजय अपने-आप से पूछ रहा था।

# खंड–1

## अध्याय-1

# ज़फर बाग़ 1947

जम्मू-कश्मीर सूबा भारत का रत्न है तो कश्मीर घाटी उस रत्न में जड़ा नगीना। उसकी खूबसूरती सच से परे है। ऐसा लगता है मानो बनानेवाले ने एक अजीब सी कैफियत में ऐसा लैंडस्केप बना दिया हो।

बात 1947 की गर्मियों की है। श्रीनगर के एक छोटे-से कस्बे ज़फर बाग़ में मोहम्मद शाह अपने दरवाजे की भाग-दौड़ पर नजर रखे हुए था। आँगन में तम्बू तने थे और रसोइए शाम की शादी का खाना तैयार करने में लगे थे। वाज़वान तैयार हो रहा था। उसके बगल में जवाहर खड़ा था। उसका पड़ोसी और सबसे गहरा दोस्त।

रसोइए दिन-रात लगे हुए थे गोश्त के बेहतरीन टुकड़ों को बारीक कूट-कूटकर उसके लजीज़ कोफ्ते बनाने में। इनको फिर टमाटर में पकाकर इनका खूबसूरत रिसता बनाया जाना था। फिर दही में पकाकर इनसे तैयार होता बेहतरीन जायकेदार गोश्तावा। एक कोने में भेंड़ की पसलियाँ तली जा रही थीं। लोग आँगन में अभी भी चावल के बोरे-भर-भर कर ला रहे थे।

जवाहर कौल नाटा, गोल-मटोल सा था। उसकी कमीज़ उसके पेट के पास तनी हुई रहती थी जो उसके खाने-पीने के शौकीन होने का नतीज़ा थी। आनेवाले लजीज खाने की उम्मीद में अभी से उसके चेहरे पर बेचैनी देखी जा सकती थी। उसने एकबार हवाओं में फैली महक को जोर से अन्दर भरते हुए बगल के एक वर्तन में अपनी एक उँगली डालते हुए कहा—'तुम्हारा क्या ख्याल है? मुझे लगता है वाजवान इन्सानी तहरीक का सबसे बड़ा तोहफा है। लेकिन मेरी एक शिकायत है कि मेरे पास इसे खाने के लिए सिर्फ एक ही पेट है।'

'कौल! मेहरबानी करके गोश्तावा पर लार टपकाने की बजाए जाकर देखो कि मेरा लड़का लड़की वालों के आने तक तैयार हो जाए।'

मोहम्मद ने मोहब्बत से अपने दोस्त को देखा जो लगातार रसोइयों को कुछ समझाए जा रहा था और धीरे-धीरे दूल्हे के कमरे की ओर बढ़ रहा था। लेकिन इस दौरान रुक-रुककर पकवानों का जायका लेना नहीं भूलता था। जवाहर से उसकी

दोस्ती बचपन की थी। दोनों परिवारों का साथ कितना पुराना था यह किसी को याद नहीं था। उस साल की गर्मियों में महादेश के दूसरे हिस्सों में हिन्दू-मुसलमान रिश्तों में कड़वाहट घुली थी लेकिन कश्मीर में नहीं।

बँटवारे के उस दौर में कश्मीर एक नखलिस्तान की तरह था। हालाँकि महादेश के दूसरे हिस्सों में जो कुछ घट रहा था उसका जहर यहाँ की हवाओं में भी घुल रहा था, लेकिन कश्मीर के ज्यादातर लोग उस मजहबी कीड़े से आज़ाद थे।

उस साल की गर्मियों के दौरान रेडक्लिफ का छूरा इस महादेश के नक्शे के टुकड़े कर एक नए मुसलिम मुल्क पाकिस्तान की सरहद खींच रहा था। रेडक्लिफ की सबसे बड़ी मुश्किल पंजाब और बंगाल थे, गुलाम भारत के दो सबसे बड़े राज्य जिसको दो हिस्सों में बाँटा जाना था।

हिन्दुस्तान में राज सम्भालनेवालों की मुश्किल ज्यादा बड़ी थी। उनकी समस्या देशी रजवाड़े थे। वे 500 रजवाड़े जो पहले ब्रिटिश हुकूमत को मानते थे उनसे अब कहा गया था कि वे अपनी किस्मत का फैसला भारत या पाकिस्तान ने हक में कर सकते हैं।

1947 के मध्य तक ज्यादातर रजवाड़ों ने हिन्दुस्तान या पाकिस्तान की हुकूमत मान ली थी। लेकिन कश्मीर के महाराज ने, मुस्लिम बहुल राज्य के हिन्दू राजा ने, कुछ भी तय नहीं किया था। उस साल की गर्मियों में कश्मीर में रहनेवालों के दिमाग में सबसे बड़ा सवाल था कि आखिर उनकी धरती का क्या होगा।

ज़फर बाग़ में शाम ढलते ही शादी के मेहमानों का जमघट शाह के घर लग गया। निकाह खत्म होते ही ध्यान वाजवान पर जा टिका। हाथ ताँबे की कटोरियों में धोए जा रहे थे जबकि पानी ताँबे की सुराहियों से ढाले जा रहे थे। सफेद चादरों की फर्श लगाई गयी थी जिसमें एक ट्राम्बी के इर्द-गिर्द चार लोग बैठे थे। मोहम्मद शाह और उसके परिवार के लोग चावल, कबाब और मेमने की तली हुई पसलियों की प्लेटें सजा रहे थे। रसोइए बर्तन भर-भरकर भोज के लिए खास तौर पर बने सत्रह पकवान ला रहे थे। बातचीत बन्द हो चुकी थी और लोगों का ध्यान खाने पर था।

खाने के बाद लोग धुएँ उड़ा रहे थे तभी मोहम्मद शाह के एक भाई ने उसकी ओर घूमकर पूछा—

'क्या आप गाँधीजी को देखने गए थे?'

मोहम्मद की आँखे चमकीं—

'क्या नजारा था? हर सड़क पर लोग अपनी-अपनी छतों पर लटके हुए थे। मेरे ख्याल से सबको हैरत भी हो रही थी कि हिन्दुस्तान में इतना सब कुछ हो

रहा है—फिर भी गाँधीजी ने घाटी में आने का समय निकाला।'

दूसरे कमरे में एक नौजवान रिश्तेदार ने जोड़ा—

'बिल्कुल उन्होंने समय निकाला। अगर मुसलमान-बहुल कश्मीर हिन्दुस्तान का हिस्सा बन जाता है तो वह पाकिस्तान के अलग मुस्लिम सूबे के सिद्धान्त का मजाक की होगा। कांग्रेस इसके लिए कुछ भी करेगी ताकि हम उससे मिल जाएँ।'

'महाराजा कब तय करने जा रहे है?'

एक दूसरे मेहमान ने पूछा।

'यह सिर्फ उनका फैसला ही नहीं होगा। ठीक है कि वे महाराजा हैं लेकिन यह हमारा फैसला होना चाहिए-कश्मीरी अवाम का फैसला।....और मुझे लगता है कश्मीर की अवाम पूरी तरह से शेख साहब के साथ है। हमारा मुस्तकबिल वैसे भी सेक्यूलर हिन्दुस्तान में ज्यादा महफूज होगा बजाए उन पाकिस्तानी जोकरों के बीच।

कमरे में सन्नाटा था। उनमें से कोई भी शेख अब्दुल्ला के फैसले के खिलाफ जानेवाला नहीं था—शेरे-कश्मीर शेख अब्दुल्ला के। उन्होंने बरसों से महाराजा के खिलाफ मुहिम छेड़ रखी थी और अब इसीलिए पाकिस्तानियों ने उन्हें पटाने में कोई कसर नहीं छोड़ रखी थी लेकिन उन्हें कामयाबी नहीं मिली।

यह सबसे बड़ी विडम्बना थी। शेख अब्दुल्ला मुस्लिम-बहुल सूबे के मुस्लिम नेता थे जो बरसों से वहाँ के हिन्दू राजा के खिलाफ लड़ रहे थे। लेकिन उस साल की गर्मियों में वे चट्टान की तरह भारत में शामिल होने के लिए अड़े थे पाकिस्तान के इस ख्याल को अंगूठा दिखाते हुए कि मुसलमान हिन्दू-बहुल सूबे में नहीं रह सकते।

रात का खाना खत्म हुआ और मेहमानों ने विदा ली। आँगन में उस लाजवाब चाँदनी रात में बैठे जवाहर ने अपने दोस्त की ओर मुड़कर पूछा—

'मोहम्मद मुझे पता है कि तुमने हमेशा शेख का साथ दिया है। लेकिन मैं तुमसे कुछ पूछना चाहता हूँ जो मैंने कभी नहीं पूछा। कौन जानता है कि आगे क्या होगा? हिन्दुस्तान का नक्शा आगे क्या होगा? क्या तुमने कभी नहीं सोचा कि पाकिस्तान के साथ जाना ही बेहतर होगा?'

'मैंने सोचा था दोस्त लेकिन ज्यादा नहीं। इस बात को लेकर ज्यादा नहीं सोचा।'

मोहम्मद ने हँसते हुए जवाब दिया।

'क्यों?'

'ठीक है कि हम मुसलमान हैं जवाहर लेकिन हमारे इस्लाम की रंगत पाकिस्तान के फिरकापरास्त सियासतदानों के इस्लाम से अलग है। हमारी संस्कृति

अलग है, हमारे स्वाभाव अलग हैं। लेकिन हम आजाद नहीं हो सकते, हम बहुत कम हैं। शायद हिन्दुस्तान में हमें अहमियत मिले।'

मोहम्मद ने खड़े होते हुए जवाहर की पीठ ठोंकी—

'अब सब कुछ मेरे लड़के की शादी के दिन ही मत पूछ डालो। इत्मीनान रखो हम हिन्दुस्तान के साथ ही जाएँगे और हमारी धरती पर हमेशा-हमेशा अमन रहेगा।'

## अध्याय-2

# बढ़ता बचपन

मोहम्मद शाह की भविष्यवाणी सच साबित हुई, लेकिन आधी-अधूरी।

बँटवारे के तुरन्त बाद पाकिस्तान की शह पर कश्मीर में एक कबीलाई घुसपैठ हुई जिससे घिरे हुए राजा ने हिन्दुस्तान की अधीनता स्वीकार कर ली। हिन्दुस्तानी फौज घाटी में गई और पाकिस्तानी घुसपैठियों को मार भागया। लेकिन इससे पहले कि वे सारे घुसपैठियों को भगा पाते मसला संयुक्त राष्ट्र में चला गया। शेख की महफूज दोस्ती और कश्मीरी अवाम के साथ की उम्मीद में हिन्दुस्तान ने जनमत संग्रह का वादा किया पर साथ ही एक शर्त भी बद दी कि उससे पहले पाकिस्तानियों को कश्मीर पूरी तरह खाली करना होगा। मामला वहीं ठहर गया। भारत के पास दो-तिहाई हिस्सा रह गया और बाकी पर पाकिस्तानी कब्जा हो गया।

कुछ वर्षों बाद शेख और नेहरू के रिश्तों में दरार आ गई और शेरे-कश्मीर जेल भेज दिए गए। कश्मीर की एसेम्बली ने हिन्दुस्तानी अधीनता को मंजूरी दे दी और 1965 में जंग के जरिए कश्मीर घाटी को हासिल करने की एक और पाकिस्तानी कोशिश नाकाम रही।

अव तक मोहम्मद शाह उम्रदराज़ हो चुका था। लगातार सिगरेट पीते रहने की आदत ने उसकी दाढ़ी पर पीले धब्बों के साथ-साथ उसके फेंफड़ों पर भी अपने निशान छोड़ दिए थे। लेकिन वह मुतमइन था अपने परपोते को देखने के लिए। 1965 की एक गर्म जुलाई की दोपहर उसके बड़े पोते की बीवी फातिमा आठ पौंड छह औंस का एक रोता हुआ इन्सानी वजूद इस दुनिया में लेकर आई। जब डॉक्टरों उसे बाहर निकाल कर पोंछा तो उसकी चीत्कारों ने पूरे मेटरनिटी वार्ड को हिलाकर रख दिया। उसको फिर अच्छी तरह गर्म कपड़ों में लपेटकर अपने परदादा की बाँहों में दे दिया गया। मोहम्मद शाह ने उस छोटे-से बन्दर सरीखे चेहरेवाले को अपनी बाँहों में भरकर धीरे से कहा—

'इसे हम हबीब बुलाएँगे। हबीब शाह।'

जवाहर कौल उसे बाँहों में भरनेवाला दूसरा आदमी था।

'अपने परिवार वालों के लिए खुशियाँ लाए और सदा खुश रहे।' उसने कहा।

जवाहर को पहले ही परपोता हो चुका था जो पिछले पतझड़ में हुआ था और अब इतना बड़ा हो चुका था कि अपनी खाट में पड़ा-पड़ा बिना दाँतों की हँसी हँसता रहता था। अपने नन्हें हाथ फैलाकर अपनी खुद की ईजाद की हुई जुबान में पता नहीं क्या बोलता रहता था। उसका नाम रखा गया था विजय। विजय कौल। और उसका भविष्य अभी से तय कर दिया गया था।

'तुम एक सिपाही बनोगे मेरे छोटे जांबाज। हबीब गोद में चढ़कर बारह जफर बाग, कौल के घर विजय से मिलने गया। विजय ने आने वाले की तरफ निगाह डाली और अपनी दोनों बाँहें उसकी ओर फैला दी।

'चलो खैर है। लगता है दोनों की खूब छनेगी'

मोहम्मद ने इत्मीनान के साथ कहा।

उसके बाद बरसों कश्मीर में अमूमन अमन रहा। अगर कहीं कुछ उबाल आता भी था तो ऊपर से नहीं दिखाई पड़ता था। ऐसा लग रहा था कि समय ने कश्मीर के मसले को हल कर दिया था। 1971 में भारत-पाकिस्तान ने अपनी तीसरी लड़ाई लड़ी जिसमें भारतीय फौज ने पाकिस्तानियो को बुरी तरह पीटा। इस जीत के बाद विजयी भारतीय प्रधानमन्त्री पाकिस्तानी प्रधानमन्त्री के साथ शिमला में बैठे, दोनों देशों के बीच के मसलों को सुलझाने के लिए। अन्य बातों के अलावा इस बात पर गुप्त सहमति भी थी कि शिमला मे कश्मीर के मसले को हमेशा के लिए दफन कर दिया जाए। कश्मीर को सरहद-रेखा के आर-पार बाँट लिया जाए लेकिन हमारी उदार प्रधानमन्त्री ने ऐसा साफ-साफ करने की जरूरत नहीं समझी। इस भूल का पछतावा आने वाले बरसों में होना था।

लेकिन सत्तर के दशक के मध्य में फिर भी कश्मीर दो साल के बच्चे के लालन-पालन के लिए एक मुकम्मल जगह थी। विजय कौल और हबीब शाह बमुश्किल नौ-दस साल के थे जब वे पहली बार खुद के बनाए हुए मछली पकड़ने का काँटा लेकर घर के पास ही बहते छोटे चश्मे के तरफ भागे थे। वहाँ किनारे पर बैठकर काँटे के सिरे पर गीला आटा लगाकर पानी में पेड़ों की परछाईं देखते रहे। आकाश कुछ खास ही था, बेहतरीन कश्मीरी नीलापन लिए। बादल के के बिखरे टुकड़े लगता था मानो स्वर्ग से आ रहे हों....भीनी-भीनी हवा की खुशबू फैली थी।

उस चश्मे में बहुत कम मछलियाँ थीं। थोड़ी ही देर में दोनों उतावले होने लगे। आखिरकार दोनों हाथापाई पर उतर आए। उस घास भरे किनारे पर दोनों ने खुशी-खुशी अपनी ताकत आजमाई कुश्ती खेलकर। पिछले कुछ महीनों से हबीब की फुर्ती उसके उम्र में बड़े दोस्त के मोटापे पर भारी पड़ती थी लेकिन आज दोनों ने जल्दी ही सन्धि कर ली और बैठ गए मुँह से मिट्टी और खर-पतवार थूकते।

'छुट्टियाँ खत्म होने को हैं। तीन दिनों में फिर से अरिथमैटिक का चक्कर

शुरू'।

विजय ने उदासी से कहा।

'तुम्हें आज ही याद दिलाना था कौल? मैं तो भूलने लगा था कि स्कूल कुछ होता भी है।'

पीछे से हल्की सीटी की आवाज सुनाई दी और एक और लड़का उनके साथ आ बैठा। वो इकबाल कासिम था वहाँ की मस्जिद के मौलवी का लड़का। वो उनकी तरह सरकारी स्कूल में नहीं पढ़ता था बल्कि जमाते-इस्लामी द्वारा चलाए जा रहे एक मदरसे में पढ़ने जाता था।

'क्या हुआ बड़े उदास लग रहे हो दोनों। कहीं मछलियों ने तुम्हारा कुछ काट तो नहीं खाया है।'

कासिम ने कुछ ज्यादा ही मुलायम आवाज में कहा।

'अरिथमेटिक'

हबीब और विजय एक साथ बोल पड़े।

'चलो कुछ तो ऐसा है जिसकी फिक्र मुझे नहीं करनी है। लेकिन तुम्हें भी उन मुल्लों से तो नहीं भुगतना पड़ता तो हमें पढ़ाते हैं। पता है तुम्हें वे कैसे हैं?'

कासिम ने हँसते हुए कहा।

कुछ देर सन्नाटा रहा क्योंकि सब मौलाना अब्दुललतीफ का लम्बा, पतला चेहरा याद कर रहे थे। लहराती दाढ़ी और नुकीली नाकवाली। शायद ही पड़ोस का कोई ऐसा बच्चा रहा होगा जो उनके गुस्से का शिकार न हुआ हो या उनकी छड़ी की मार न खाई हो।

अब उन्होंने बातों का रुख मोड़ा। हबीब ने उत्तेजित होकर विजय का हाथ पकड़ते हुए कहा—

'सुना है राजेश खन्ना श्रीनगर में है। ओबेरॉय के लॉन पर शूटिंग कर रहा था।'

'नहीं! तुम्हें लगता है कि हम फिर से देख पाएँगे।'

कासिम ने कहा।

कुछ महीने पहले तीनों को एक शूटिंग दिखाने ले जाया गया था बगल के शहर में। तीनों मंत्रमुग्ध थे जबकि हीरो और हीरोइन पेड़ों के गिर्द चक्कर काट रहे थे।

'मैं अपने पापा से पूछूँगा। वे भी हमारी तरह सिनेमा के शौकीन हैं।'

विजय ने कहा।

'मेरे ख्याल से अब हमें घर चलना चाहिए।'

हबीब ने पेड़ों के पीछे छुपते सूरज की ओर देखते हुए कहा।

कासिम ने उन्हें अलविदा कहा और मस्जिद के बगल में अपने छोटे-से घर

की ओर चल पड़ा। बाकी दोनों जफर बाग की ओर चल पड़े।

'आज रात का खाना तुम हमारे साथ क्यों नहीं खाते?'

विजय बोला।

'अम्मा क्या बना रही हैं।'

'मेरे ख्याल से मीट कोफ्ता और चावल'।

विजय धीरे से बोला। सुनते ही हबीब होंठों पर अपने जीभ फिराने लगा।

× × ×

दोनों परिवारों के बुजर्ग जिन्दगी में शायद ही जुदा हुए हों सो मरने में भी हुआ। हबीब की उम्र तब ग्यारह साल थी जब उसके परदादा के फेंफड़ों ने सिगरेट से रोजाना की गैरबराबरी की लड़ाई में हार मान ली। जवाहर कौल अपने दोस्त के जनाजे पर नहीं रोया क्योंकि वह जानता था कि उसे अकेले ज्यादा दिन वहीं रहना है। जल्दी ही यह सही साबित हुआ। अचानक जफर बाग की रंगीनी कुछ कम हो गई।

## अध्याय-3

# यास्मीन

'अम्मा कहाँ हैं आप?'

कौल के घर में घुसते हुए हबीब ने पूछा। बगल के तख्त से उसने एक सेव उठाई और अपनी आस्तीन से रगड़ने लगा।

आरामदेह सोफे पर बैठने से पहले उसने अपना झोला बगल से फेंका। वह एक बड़ा ड्राईंग रूम था, उसी तरह की लकड़ियों से बना जिससे ज्यादातर कश्मीरी घर बने होते थे। घर में बेहतरीन सजावट थी। एक दीवार से सटे सोफे पर मैरुन कपड़ों का कवर था और मटमैले रंग के कपड़े। कालीन गहरे जंग खाए लोहे के रंग का था। बरसों पैरों तले कुचले जाकर उसकी घिसावट अब जाकर दिखाई देने लगी थी।

'पेपर कैसा हुआ बेटा? सवाल मुश्किल तो नहीं थे?'

सुनीता कौल ने कमरे में घुसते हुए पूछा।

'हाँ अम्मा। मैथ था। लेकिन उतना मुश्किल नहीं था जितना हमें डर था।'

हबीब बोला।

'और विजय कहाँ है?'

'थोड़ी देर में आ जाएगा। सत्रह की परीक्षा के लिए हमें एक किताब चाहिए वही लाने गया है। शुक्र है अब एक ही बाकी है। बस बोर्ड की परीक्षा खत्म।'

हबीब ने उठकर कमर सीधा करते हुए कहा।

हालाँकि विजय कुछ महीने बड़ा था, लेकिन थे दोनों एक ही क्लास में।

अब तक विजय को यकीन हो गया था कि उसके परदादा की भविष्यवाणी सही साबित होनेवाली है। वह आर्मी ऑफिसर बनने का फैसला कर चुका था। कुछ सालों में वह मिलिट्री अकादमी में विशेष प्रशिक्षण के लिए जानेवाला था। लेकिन अभी वह ज्यादा से ज्यादा समय अपने परिवार और दोस्तों के साथ बिता रहा था।

हबीब ने अपने लिए ज्यादा बड़ा भविष्य चुना था। दशकों से भारत के असली शासक तो ब्यूरोक्रेट ही रहे थे–भारतीय प्रशासनिक सेवा के अफसर। जो एक मुश्किल परीक्षा से गुजरने के बाद इस शानदार सेवा में आते थे। एकबार चुन

लिए जाने के बाद जिले भर में छोटे-मोटे राजा की तरह राज करते थे और अपने लोगों में इकराम बाँटते फिरते। जम्मू कश्मीर सूबे से शायद ही कोई आई.ए.एस. बना हो। हबीब इस परम्परा को तोड़ना चाहता था।

'चलो आओ फिर। तुम अपना खाना तो शुरू कर दो। विजय के लिए इन्तजार करना बेकार है। वह थोड़ी देर बाद खा लेगा। क्या फातिमा को पता है कि तुम हमारे साथ खा रहे हो?'

मिसेज कौल बोलीं।

'नहीं।'

हबीब ने जल्दी से टेबल पर एक बर्तन का ढक्कन उठाते हुए कहा।

'लेकिन मुझे लगता है कि समझ जाएँगी....ओह अम्मा फिर से पालक....'

'यह उस तेल भरे मटन से तो अच्छा ही है, जो तुम और विजय दिन-रात खाते रहते हो। और हाँ जल्दी खा लो। थोड़ी ही देर में यास्मीन आने वाली है।'

'यास्मीन कौन है?'

हबीब ने बेमन से खाना अपनी प्लेट में डालते हुए कहा।

'वो पश्मीने का शॉल बेचती है। अनाथ है बेचारी लेकिन मिलोगे तो जान जाओगे कि बड़ी बहादुर है। मैं उसके माँ-बाप को जानती थी। बेचारी की माँ तब मर गयी जब वो तीन साल की थी और सात साल बाद उसके अब्बा भी गुजर गए। फिर वो अपने दादा-दादी के साथ गुलमर्ग में रहने लगी। वहाँ उनकी दूकान थी जहाँ सैलानी आते थे लेकिन पिछले पतझड़ में उसके दादाजी भी जाते रहे। अब वो अपनी दादी के साथ श्रीनगर में रहती है। सिद्दीकी ने उन्हें किराए पर एक छोटा-सा घर दे दिया है। यहीं जफर बाग चौराहे के पास ही। पन्द्रह साल के आस-पास की है लेकिन है, बिल्कुल आज़ाद।'

'हुंह!'

हबीब ने कहा। अब वो इसकी उम्मीद छोड़ चुका था कि पालक उसकी प्लेट से अपने आप गायब हो जाएगा।

'लेकिन आपको एक और शॉल क्यों चाहिए?'

वह बोला। बहुत तकलीफ के साथ मुँह में खाने का कौर भरते हुए।

पाँच फुट दो इन्च की मिसेज कौल ने खड़े होते हुए मज़ाक के अन्दाज में पूछा—

'इन सब चीजों के बारे में तुम क्या जानते हो? तुम क्या समझोगे कि एक अच्छे शॉल की जरुरत हमेशा रहती है। वैसे मैं यास्मीन को फिर से देखना चाहती हूँ।'

हबीब हँसा और उसने एक और सेब उठाया। उसी समय दरवाजे की घण्टी बजी। वह इसका जवाब देने ही जा रहा था कि तभी दरवाजा खुला। उस समय

उसके दाँत सेव में गड़े थे।

सबसे पहले उसे दो आँखें दिखाई दीं। धूसर आँखें। बड़ी-बड़ी। जहाँ उसकी बरौनियाँ झुकती थीं वहाँ हल्की काजल की लकीर थी। लड़की की आँखे थम-सी गयी थीं क्योंकि एक जवान लड़का सेव में दाँतें गड़ाए उसे अपलक देखे जा रहा था।

'अ-अ-अ....मिसेज कौल हैं क्या घर में?'

उसने झिझकते हुए पूछा।

'आओ मेरी बच्ची आ जाओ।'

मिसेज कौल कहते हुए आगे बढ़ी। हबीब को पारकर उसके पास आयीं और उसके दोनों गालों पर भरपूर चुम्बन लिया। फिर उसकी पीठ पर हाथ रखकर उसे अन्दर ले गयीं।

'सामान छोड़ दो। वह ले आएगा।'

यास्मीन ड्राईंग रूप से आयी और हबीब के पास से गुजरते हुए उसे घबड़ाहट से देखा। वह जड़-सा खड़ा था। मिसेज कौल ने उसे प्यार से बिठाते हुए कहा–

'कितनी बड़ी हो गयी हो। एक साल होने को आए जब मैंने पिछली दफा तुम्हें देखा था।'

'उससे भी ज्यादा आन्टी।'

यास्मीन मुस्कुरा कर बोली। उसने एक बार हबीब की ओर देखा जो उसका बड़ा-सा बैग अन्दर कमरे में ला रहा था–

'अऽअ'अ....ये विजय भाई हैं...।'

'नहीं-नहीं! हबीब है। फातिमा और जावेद शाह का लड़का। सड़क को दूसरी ओर रहता है। यहाँ से कुछ ही घर दूर। विजय कर सबसे अच्छा दोस्त है।'

मिसेज कौल ने हँसते हुए बताया।

'हलो!'

उसने जवाव दिया लेकिन पता नहीं क्यों आज उसे शर्म आ रही थी जो पहले कभी नहीं आई थी।

तभी दरवाजा खुला और एक भारी-भरकम आदमी चलते-फिरते तूफान की तरह अन्दर आया–

'मम्मी! मैं आ गया।'

'वो मैं देख रही हूँ,' मिसेज कौल ने गुस्से से कहा–

'और दरवाज़ा ऐसे खोला जाता है क्या?'

विजय कौल ने हबीब की ओर देखा फिर उसकी नजर यास्मीन पर गई–

'ओह ये तो यास्मीन है। अगर मैं गलती नहीं कर रहा हूँ तो! कैसी हो तुम? बरसों बाद देख रहा हूँ।'

'हाँ विजय भाई! तकरीबन पाँच साल हो गए। आप सब गुलमर्ग में हमारी दूकान पर खरीदारी करने आए थे। तब मैं बहुत छोटी थी।'

यास्मीन ने खड़े होते हुए जवाब दिया।

'क्या अब भी तुम एक छोटी बच्ची नहीं हो?'

मिसेज कौल ने सोचा और यास्मीन के लाए हुए शॉल देखने में खो गई।

विजय और हबीब बाहर बाग में आ गए। हालाँकि दोनों की उम्र लगभग एक सी थी पर दोनों की कद-काठी अलग थी। विजय कुछ बरसों में डम्बल से वर्जिश करता था। और अब उसकी माँस-पेशियाँ बन आयी थी। हबीब छरहरा था। लेकिन अपने दोस्त के विपरीत उसकी घनी दाढ़ी-मूँछें थीं जिसे छुपाने के लिए उसे रोज दाढ़ी बनानी पड़ती थी।

'चल के देखें कासिम क्या कर रहा है?'

'ठीक है। लेकिन पहले तुम उस लड़की के बारे में बताओ।'

विजय ने अनमने मन से कहा,

'कौन?'

'यास्मीन और कौन? मुझे तो लग रहा था उसे तुम कच्चा चबा जाओगे।'

'चुप रहो यार। बच्ची है। कितनी कम उम्र में उसने क्या-क्या झेला है। हमें उसे यहाँ श्रीनगर में कुछ अच्छे लोगों से मिलवाना चाहिए।'

'जरूर हबीब साहब जैसा आप चाहें।'

विजय ने शैतानी मुस्कुराहट के साथ कहा और अपने दोस्त की पिटाई से बचने के लिए भागा।

× × ×

अगले डेढ़ सालों तक तीनों की दोस्ती अटूट बन गयी। तीनों की शामें अक्सर साथ गुजरतीं। टहलते हुए।

1984 की एक गर्म दोपहर डल झील के किनारे बैठा हबीब शाह यास्मीन और विजय को अपनी बात समझाते-समझाते उत्तेजित हो रहा था। शेख अब्दुल्ला के लड़के फारुख अब्दुल्ला को केन्द्र की सरकार ने मुख्यमन्त्री के पद से हटा दिया था और दूसरी सरकार बना दी गयी थी। कश्मीर में तूफान बरपा था।

'वे कहते हैं कि हिन्दुस्तान दुनिया की सबसे बड़ी जम्हूरियत है....हम कश्मीर में उस जम्हूरियत को नहीं देख सकते? बार-बार धोखे से चुनाव करवाते हैं और आखिरकर जब हमने अपनी पसन्द का नेता चुना तो सूबे की सरकार बर्खास्त कर दी गई। मुझे लगता है कि असली समस्या है कि दिल्ली वाले कश्मीरियों का यकीन नहीं करते।'

'अरे छोड़ो यार हबीब! ऐसा नहीं है कि दूसरे सूबों की सरकारें बर्खास्त नहीं

की जाती हैं। और ये तो देखो कि दुनिया भर में विपक्षी पार्टियों ने फारूक में विश्वास जताया है।'

विजय बोला।

यास्मीन ने झिझकते हुए कहा–

'मुझे सियासत का ज्यादा पता तो नहीं, लेकिन इतना तो पक्का है कि फारूक अब्दुल्ला की सरकार अवाम के हक में थी।'

बहस गर्म हो गयी। पीछे शिकारे खड़े थे, जो वहाँ आने वाले सैलानियों का पसन्दीदा ठिकाना थे। छोटे शिकारे खाली, किनारे खड़े थे। वह सैलानियों के आने का मौसम था।

कश्मीर तब भी एक तंग समाज था और वहाँ यह चर्चा गर्मागर्म थी कि एक जवान लड़की दो लड़कों के साथ डल झील के किनारे घूमती रहती है लेकिन यास्मीन का कोई परिवार तो था नहीं कि वह उसकी परवाह करती। वैसे भी विजय उसके लिए उस्ताद और अभिभावक के जैसा था। उस दोपहर यास्मीन ने उससे शरमाते हुए कहा–

'विजय भाई। मुझे श्रीनगर आए और आपसे मिले डेढ़ साल हो गए हैं और ऐसे कई मौके आए हैं जब आपने मेरी बेहद मदद की है। मैंने तो इससे ज्यादा मददगार भाई के बारे में सोचा भी नहीं था।'

विजय ने मुसकुराते हुए उसकी बाँह पर थपकी दी। फिर हबीब पर एक शैतान नजर डालते हुए कहा–

'और हबीब? वो एक मददगार भाई नहीं है क्या?'

यास्मीन शर्म से लाल हो गई और यह कहते हुए भाग खड़ी हुई कि उसे सब्जी खरीदने बाजार जाना है।

हबीब और विजय डल झील के किनारे बैठे एक ही सिगरेट को बारी-बारी से पी रहे थे, जो उनका नया शगल था–'तुम उसे बता क्यों नहीं देते कि तुम उसके बारे में क्या सोचते हो?'

विजय ने बात छेड़ी।

'मैं समझा नहीं तुम क्या कह रहे हो?'

हबीब ने एक गहरा कश लेते हुए कहा।

विजय उठ खड़ा हुआ और झुन्झलाते हुए बोला–

'डेढ़ साल से तुम यूँ ही नासमझी का ढोंग कर रहे हो। कोई बेवकूफ भी तुम्हारी आँखों की रंगत पढ़ सकता है जब तुम यास्मीन के साथ होते हो। लेकिन तुम कुछ बोलते तो हो नहीं। मैं नहीं समझता कि तुम उसके साथ एक मिनट भी अकेले रहे हो। किस दिन के इन्तजार में हो–वो सत्रह साल की हो चुकी है और जानते हो अब क्या होगा–उसकी शादी?'

कुछ लम्हों की खामोशी के बाद हबीब ने धीरे से कहा–

'लेकिन मैं उससे सीधा ये नहीं कह सकता....कि.... जो भी....ऐसे नहीं होता है इसमें। पहले दोनों परिवारों को मिलना होगा....या मेरी अम्मी को उसके घर जाना चाहिए....या कुछ ऐसा ही।'

विजय अपना माथा पकड़कर बैठ गया और सोचने लगा।

फिर उसने बात बदलते हुए कहा–

'हम लोग बड़े दिनों से चश्मे-शाही नहीं गए हैं। इस इतवार चलते हैं।'

जब बहार आती थी तो श्रीनगर वाले मुग़लों के बनाए बागों में जमा होने लगते थे जो पूरे शहर में मरकत की तरह बिखरे हुए थे।

इतवार की दोपहर विजय ने यास्मीन को उसके जफर बाग वाले घर से लिया और अपनी नई मोटर साईकिल पर सवार होकर डल की ओर चल पड़ा।

'हबीब ने कहा था कि वो हमें बौटेनिकल गार्डन के पास मिलेगा फिर वहाँ से हम पैदल चश्मे-शाही चलेंगे।'

उसने अपने पीछे बैठी यास्मीन को समझाया।

मोटर साईकिल डलगेट इलाके को पारकर फिर बाएँ बुलवर्ड रोड गई जो डल झील के किनारे-किनारे चलती थी। सड़क की बायीं ओर हाउस बोट थे। और दायीं ओर कुछ ठिकाने और सस्ते होटल थे और उसक बाद बस्ती और मकान खत्म होते थे। फिर श्रीनगर को घेरनेवाली पहाड़ी की ढलान थी जो डल झील के पानी को चूमती दिखाई देती थी। लगभग एक किलोमीटर बाद विजय बुलवर्ड रोड से मुड़कर पहाड़ की ओर जाने वाली सड़क पर आ गया। कुछेक सौ मीटर की दूरी पर उसने अपनी एनफील्ड मोटर साईकिल एक बड़े लोहे के दरवाजे के पास खड़ी की।

'कहाँ गया वो'

उसने चिढ़कर कहा।

'हमें बौटेनिकल गार्डन की ओर भी जल्दी से देख लेना चाहिए।'

'नहीं! वो यहाँ है।'

यास्मीन ने सामने से आती सड़क की ओर इशारा करते हुए कहा। विजय के चेहरे पर मुस्कान आ गई जब उसने हबीब को नई शर्ट-पैन्ट में देखा। उसका चेहरा भी अच्छी तरह शेव किया हुआ था और मल-मलकर उसने वो नीला निशान भी साफ कर लिया था जो ज्यादातर कश्मीरी लोगों के चेहरे पर होता था।

'चश्मे-शाही तक तुम पैदल चलना चाहते हो या हम बाइक ले लें,'

उसने हबीब से पूछा।

'पैदल चलते हैं। बड़ा अच्छा मौसम है।'

बौटेनिकल गार्डन से सड़क पहाड़ी के किनारे-किनारे चल रही थी। फिर

कंक्रीट का एक बड़ा चौराहा आया जिसके एक तरफ पत्थरों की सीढ़ियाँ बनी थीं। ये सीढ़ियाँ चश्मे-शाही को जाती थीं। रास्ते भर खूबसूरत फव्वारे और रंगीन बत्तियाँ लगी थीं। चौराहे के एक ओर छोटे-छोटे स्टॉल थे जहाँ चमड़े के कोट से लेकर सॉफ्ट ड्रिन्क तक सभी कुछ बिकता था।

'हाय! बड़े प्यारे फिरन हैं।'

कहते हुए यास्मीन उन दूकानों की और बढ़ने लगी।

'नहीं!'

दोनों ने एक साथ कहा और उसे वापस सीढ़ियों की ओर ले आए।

सड़क चश्मे-शाही पर नहीं खत्म होती थी बल्कि ऊपर पहाड़ों की ओर बने नेहरू गेस्ट-हाउस तक जाती थी जहाँ सारे बड़े नेता ठहरते थे जब वे श्रीनगर में होते थे। फिर सड़क परीमहल की वेधशाला के अवशेषों की ओर चली जाती थी। जिनमें यहाँ तक चढ़ने की क्षमता होती थी वे सीढ़ीदार बागों और महल की गिरती दीवारों से शहर का सबसे खूबसूरत नजारा लेते थे, मानो वह अनगिनत झीलों और नहरों के किनारे सोया हुआ हो।

लेकिन चश्मे-शाही से नजारा भी कोई बुरा नहीं था। बाग में चारों ओर पिकनिक मनाने वाले होते थे या ढीले कुर्ते-पाजामे में ट्रांजिस्टर बजाते मर्द होते थे या ताश के पत्तों से भाग्य आजमाने वाले। जबकि औरतें झुण्ड बनाकर ठिठियाती गप्पें लड़ाती हर आने-जानेवाले को तीखी काली आँखों से घूरती रहती थीं।

'बैठने की अच्छी जगह है।'

हबीब ने एक विशाल पेड़ के नीचे पड़ी बैंच की ओर इशारा करके कहा। यहाँ से वे कंक्रीट के बीच बने लॉन का नजारा देख सकते थे जो वहाँ से कुछ मीटर नीचे की ओर था और उसके बाद डल झील की काँपती नीली सतह दिखाई देती थी।

उन्होंने अपने साथ लाया हुआ नाश्ता खाना ही शुरू किया था कि विजय ने अपना माथा पीटा और खड़े होते हुए कहा— 'औफ्फो! मैं तो पापा के पेपर के बारे में भूल ही गया। मुझे लन्च टाइम तक उन्हें पोस्ट आफिस पहुँचाना था।'

फिर दोनों की ओर मुड़ते हुए बोला—

'तुम दोनों यही' रुको। मैं आता हूँ।'

वह चला गया हबीब और यास्मीन को जानबूझकर पहली बार अकेला छोड़कर।

बातचीत शुरू होने से पहले काफी लम्बी चुप्पी रही। शुरुआत शॉल और कॉलेज को लेकर हुई। फिर अचानक दोनों बातें करने लगे। सचमुच....

नाश्ता खत्म हो चुका था। हबीब सॉफ्ट ड्रिन्क ले आया। दोनों इससे आगाह थे कि शायद विजय पेपर पहुँचाने में इतना समय न लगाए। पर उसकी उन्हें परवा नहीं थी। छायाएँ लम्बी होने लगी थीं। तभी हबीब ने वह सवाल पूछा जो उसने कभी नहीं पूछा था—

'बिना माँ-बाप के इस दुनिया में तो बड़े मुश्किल हुई होगी।'

यास्मीन कुछ देर चुप रही। फिर बताने लगी–

'मेरी अम्मी गुजरीं तब मैं बिल्कुल बच्ची थी इसलिए मैंने उन्हें जाना ही नहीं। दस साल की उम्र तक मेरी सारी दुनिया मेरे अब्बू थे। वे बड़े अच्छे थे और हम उन दिनों बड़े खुश रहते थे। वे मेरे स्कूल जाने पर जोर देते थे जहाँ जानेवाली मैं अकेली लड़की थी। वे मुझे खुद तैयार करते। मेरा लन्च तैयार करते और मुझे गोद में उठाकर स्कूल ले जाते थे। एक दिन स्कूल से लौटने पर पता चला वे इस दुनिया में नहीं थे। बताया गया दिल का दौरा था...'

हबीब ने धीरे-से अपना हाथ बढ़ाया और यास्मीन का कन्धा दबाया। फिर उसने अपना हाथ बेन्च पर रख दिया जहाँ उसकी उँगलियाँ यास्मीन की उँगलियों को छू रही थीं।

'मुझे उसके बाद का ज्यादा कुछ याद नहीं। पर विजय भाई की माँ की याद है। वे हमें बहुत दिनों से जानती हैं–अब्बू के जमाने से ही हमारे दूकान पर आती थीं–जब भी गुलमर्ग आतीं तो जरूर आतीं। गुलमर्ग वे अक्सर आती रहती थीं। उन्होने ही मेरी दादी को छोटी दूकान किराए पर दिलाई और रहने का ठिकाना भी ढूँढ दिया।'

वह हबीब की सुनकर रूआँसी हँसी-हँसी जब उसने कहा–

'हाँ अम्मी गजब की औरत हैं। मैं तो अक्सर भूल जाता हूँ कि वो मेरी माँ नहीं हैं। जब भी कोई अच्छी या बुरी खबर सुनाना हो या बातें करने का मन हो तो मैं उनके पास जाता हूँ।'

फिर उसने विषय बदला–

'वो डल में एक नई मोटर बोट। बाकियों से ज्यादा टफ लगती है। मैं इसके पीछे एकदिन जरूर वाटर स्कीइंग करने जाऊँगा।'

फिर उन्होंने पर्यटन के बारे में बातें की। घर जाने की जल्दी दोनों को नहीं थी। हबीब की उँगलियाँ लगातार यास्मीन की हथेली की सहला रही थीं। उसने थोड़ी सी जगह बदली तो उसके हाथ यास्मीन के और करीब आ गए। उसके गालों पर हल्की लाली कौंधी और होंठों पर हल्की कंपन लेकिन उसने अपना हाथ नहीं हटाया। वे इसी तरह बैठे रहे जब तक सूरज बिल्कुल डल के ऊपर नहीं आ गया। सूरज पानी की लहरों पर नांरगी धारियाँ बना रहा था। उनके आस-पास चश्मे-शाही का शबाब छा रहा था। रंगीन बत्तियों की कतारें जगमगा उठीं थीं मानो सूरज से होड़ हो उनकी। फव्वारे रुक-रुककर रंगीन रोशनी की छायाएँ बना रहे थे और वहाँ मौजूद सैलानी ओह-आह कर रहे थे।

उनसे पचास गज दूर विजय कौल एक दिवार पर बैठा दोनों को बाग में बैठे देख रहा था। उसके चेहरे पर सुकून झलक रहा था।

## अध्याय-4

# जलालुद्दीन

अफगानिस्तान के गहरे भीतर श्रीनगर से सैकड़ों किलोमीटर पश्चिम पन्द्रह साल का एक लड़का अपने-आप पर रो रहा था। वह एक दुर्ग में पहाड़ी के संकरे दर्रे में अपने-आपको किसी तरह अन्दर घुसाने की कोशिश कर रहा था। दर्रे में अपने लिए जगह बनाने की कोशिश में उसके नाखून उखड़ चुके थे और हथेलियों से खून आ रहा था। पीछे की ओर से उसने अपने-आपको उस दर्रे में धकेला और अपने मिट्टी सने हाथों से आँसू पोंछते हुए डरते-डरते आकाश में देखा।

उसके ऊपर रूसी लड़ाकू जहाज एम आई-24 सही पोजीशन की तलाश में आकाश में इधर-से-उधर चक्कर लगा रहे थे। उनके पीठ पर बन्धा बख्तरबन्द सुबह सूरज की रोशनी में डरावना लग रहा था।

उनके मुख्य जहाज का पायलट खुशी से भर गया जब पहाड़ी के पीछे तिरछे होकर उड़ते हुए उसने पाया कि अचानक उसके हाथ उन जंगलियों का एक जत्था लग गया है। सुबह का वक्त था और अफगान मुजाहिदीन अभी अलाव के पास लेटे हुए थे। रॉकेट के हमलों से एक के बाद एक घर मिट्टी में मिल रहे थे और उसके बाशिन्दे भाग-भागकर बाहर खुले में आ रहे थे। इससे वे सीधा बन्दूकचियों के निशाने में आ रहे थे और वे बिना दया दिखाए निशाने में आनेवाले सबको ढेर करने में लगे थे।

गोलीबारी की यह पहली दीक्षा थी जलालुद्दीन के लिए। वह कुछ दिनों पहले ही इस गाँव में बगल के ठिकाने ज़ावर से आया था और अभी तक उसने कोई हमला देखा नहीं था। पन्द्रह साल की उम्र में भी उसे जवान आदमी की तरह बरता जाता था और किसी मुजाहिदीन ने सपने में भी उसे कोई खास रियायत नहीं बरती थी। जब उसने अपने उस ठिकाने से बाहर झाँका तो आकाश में उड़ते उन शिकारी जहाजों को देखकर वह डर गया। उसकी आँखों में बच्चों की तरह आँसू आ गए और अन्तड़ियों में उबाल आने लगा। उसे अपनी बदनामी का डर भी सताने लगा।

ज़ावर के मुजाहिदीनों के ठिकाने पर रूसियों का यह हमला कई दिनों तक

चला। वह जगह अफगानिस्तान की राजधानी कावुल के दक्षिण-पूर्व में थी जो पाकिस्तान से हथियारों के आने के मुख्य रास्ते के बीच में पड़ता था 1980 में जब से रूसी अफगानिस्तान में घुसे थे पाकिस्तानी खुफिया एजेंसी आई एस आई अफगानिस्तानी प्रतिरोध का नियत्रण कर रही थी—अल्लाह के मुहाफिज-यानि मुजाहिदीन। अमरीकियों द्वारा भेजे गए हथियार पाकिस्तान के रास्ते अफगानिस्तान के सुरक्षित ठिकानों आते जाते थे फिर वहाँ से पूरे देश में फैले मुजाहिदीन कमान्डरों के पास भेज दिए जाते थे।

जलालुद्दीन की टुकड़ी एक हफ्ते पहले पाकिस्तान के मीरन शाह से रवाना हुई, हर मुजाहिद अपनी पीठ पर असलहों का एक भारी गट्ठर लादे था, जो अपने सामानों और एक-47 राइफल के अलावा थे और वे उनके शरीर का ही एक हिस्सा लगते थे। फिर वे खच्चरों से भरी ट्रेन में चढ़े। खच्चरों की पीठ पर मोर्टार, रॉकेट लांचर और भारी मशीन गन थे और सबसे जरूरी थी ब्लो पाइप हवाई रोधी मिसाइल, जो सी आई ए के अनुसार सोवियत हवाई हमलों का करारा जवाब थी। रूसी हवाई हमले जो मुजाहिदीनों की ताकत ही खत्म करने में लगे थे।

ज़ावर पहुँचने में उन्हें दो दिन लगे। वह कुछ सुरक्षित ठिकाना था जो पहाड़ के पीछे ढेरों सुरंग खोद कर बनाया गया था। उन सुरंगों में सब कुछ था मस्जिद से लेकर वीडियों फिल्म देखने के लिए छोटे थिएटर तक। एक सुरंग में तो जेनरेटर भी था। इस बात की गारंटी के लिए कि ऑपरेशन के दौरान कोई बाधा न आए और जब पत्रकार आएँ तो मेहमानों को उस सुरंग में अन्धेरा न लगे। वह सारा ठिकाना आधुनिक बन्दूकों, मिसाइलों और डायनामाइट से सुरक्षित था।

सारी मोर्चाबन्दी का अच्छी तरह मुआयना करने के बाद जलालुद्दीन और उसके साथ भर्ती हुए रंगरूटों को पहली बार उसके दर्शन हुए जिसकी सरदारी में उन्हें काम करना था। हक्कानी था उसका नाम। पचास साल का दाढ़ीवाला। उस इलाके का कमान्डर। फिरकापरस्त खालिस संगठन का सदस्य था और नए संगठन हरकत-उल-मुलाहिदीन का भी सदस्य था।

असलहों के एक उलटे पड़े हुए क्रेट पर खड़े होकर उसने नए रंगरूटों का मुआयना किया। जलालुद्दीन की तरह उनमें से ज्यादातर किशोर थे। मसें भींगनी अभी शुरू ही हुई थीं।

'तुम यहाँ लड़ने नहीं मरने आए हो,' हक्कानी बोला। 'अल्लह की रहमत से तुम काफिरों का खात्मा करने के लिए चुने गए हो। घुसपैठियों के खिलाफ जिहाद-उल-दफा में हिस्सा लेने के लिए। जैसाकि कुरान में लिखा है, 'वा क़ातिलुल मुश्रीकीना काफातन कमा उक़ातिलुनाकुम क़ाफा वा लामू अनाल्लाहा मा अल मुतक़ीन'—तुम्हारे ऊपर जो घुसपैठ करे उसका जमकर मुकाबला करो। याद रखो

कि अल्लाह उनका साथ देता है जो अपना साथ देते हैं'।

रंगरूटों ने हक्कानी की बात ध्यान से सुनी। उसकी आवाज में मसीहाई जोश की गूँज थी—'हमारा मकसद बदला लेना है। हम उनके खिलाफ आखिर तक लड़ेंगे जिन्होंने इस्लाम की जमीन को नापाक किया है। और हममें से जिसपर सचमुच उसकी रहमत होगी वही शहीद होगा। पैगम्बर ने कहा भी है—सुकून उसे मिलता है जो अपने मजहब के लिए मरता है—शहीद वो कहलाता है जो अपने वैभव को बचाने में मरता है। शरीद वो कहलाता है जो अपनी धरती को बचाते हुए मरता है।'

हक्कानी की आवाज तेज होती जा रही थी। जब वह हाथ हिलाते हुए बोलता था तो उसकी आँखों को देखकर लगता था मानो वे शून्य में क्षितिज के पार देख रही हों—'हम हरकत-उल-मुजाहिदीन के लोग शहीद होना चाहते हैं, हम अल्लाह के नाम पर मरना चाहते हैं। लेकिन जाने से पहले हम सैकड़ों काफिरों को अपने साथ लेकर जाएँगे। हम कुफ्र पर ऐसा हमला करेंगे जिसे कभी भी भुलाया नहीं जा सकेगा।'

यह एक ऐसा सन्देश था जो नए रंगरूट पहले भी हजारों बार सुन चुके थे। एक ऐसा सन्देश जिसे सुनकर वे पाकिस्तान में अपना घर-परिवार पीछे छोड़कर अफगानिस्तान की युद्धभूमि में यादगार मौत मरने आए थे। फिर भी जब इन शब्दों को उन्होंने दुबारा उन घाटियों में गूँजते सुना तो उनके रोंगटें खड़े हो गए और कइयों के आँखों में तो आँसू तक आ गए।

अब तीन दिनों बाद शहादत जलालुद्दीन के सिर पर चक्कर काट रही थी और अचानक मौत उतनी शानदार नहीं लग रही थी।

बमवर्षक हमले के लिए तैयार हो गए जब उसके पायलट ने एक मुजाहिदीन को कुछ सौ फर्लांग की दूरी पर पहाड़ पर ऊपर की ओर रेंगते हुए देखा। पायलट ने एक बटन दबाया और नीचे की ओर झुकी 12.7 मिमी की चारनली वाली बन्दूक चक्कर काटते हुए आग बरसाने लगी। गोली उस अफगान के पाँव में ऐसे घुसी जैसे किसी सर्जन का चाकू और वो पहाड़ से नीचे की ओर लुढकने लगा। वहाँ से वह घिसटता हुआ तलहटी तक गया अपनी लिजलिजी उँगलियों से अपने धड़ की आगे की ओर घसीटता। उसके जाँघ के बचे हुए हिस्से से जिन्दगी लाल सोते के रूप में बाहर की ओर फूट रही थी।

जलालुद्दीन ने अपनी ऊबकाई रोकने की कोशिश की लेकिन रोक न पाया और उसने अपने उस छोटे से गड्ढे के बाहर कै कर दिया जहाँ छुपा हुआ था। कै उसकी ऊनी ट्यूनिक की बाँहों पर फैल गया। फिर उसने अपने-आपको उस गड्ढे के अन्दर ठेलने की कोशिश की। दर्द से उसको वह अहसास था कि उसकी टाँगे अभी भी खुले में हैं।

अचानक उसके बगल में बूट की ठोकर लगी और एक आवाज आई, 'अपने बिल से बाहर निकल कायर। हमें उन मिसाइलों का इस्तेमाल करना है।'

न चाहते हुए भी जलालुद्दीन वहाँ से निकला और लहराती सफेद दाढ़ीवाले उस आदमी के पीछे दौड़ पड़ा और तेजी से पहाड़ की तलहटी के पास के एक छोटे खेमे में चल पड़ा। उसके आसपास कत्लेआम जारी था। कुछ लोग उन लड़ाकू बमवर्षकों पर एके-47 से गोलियाँ बरसा रहे थे। कुछेक गोलियाँ निशाने तक पहुँचती भी थी तो वे बख्तरबन्द से टकराकर लौट आतीं। इस बेकार की कोशिश से होता यही था कि वे खतरनाक मशीनगन फिर से आग उगलकर उन राइफलों को खामोश कर देते थे।

मुजाहिदीनों ने गुजरी शाम ही ब्लोपाइप के पहले क्रेट को खाली किया था और अब उसके आस-पास मुआयना कर रहे थे कि आखिर नए हथियार काम कैसे करते हैं। इस बीच वह दुबला-पतला आदमी खेमे से मिसाइल लांचर निकालने की कोशिश कर रहा था और चिल्लाकर जलालुद्दीन से मिसाइल लाने को कहा रहा था।

अबतक वहाँ दूसरे मुजाहिदीन भी पहुँच चुके थे। और सब मिलकर उस भारी-भरकम हथियार को उस संकरे दर्रे की तरफ ले जा रहे थे जो गाँव के बगल में था। वहाँ उन्होंने लांचर को ठीक तरह से जमाया और उसके बाद उस दाढ़ीवाले ने सबसे नजदीकी जहाज पर निशाना जमाया।

मुजाहिदीनों के दुर्भाग्य से ब्लोपाइप मिसाइल जिस लांचर से छोड़ी जा रही थी, वह पुरानी पड़ चुकी थी और उसे अफगानिस्तान के लड़ाई के मैदान में भेजे जाने को लेकर पहले ही विवाद हुआ था। इसकी बहुत सारी कमजोरियों में एक यह भी थी कि इसे चलानेवाले को अपने अँगूठे के नियंत्रण के बल पर निशाने तक ले जाना होता था। मुजाहिदीन कमान्डर यही करने की कोशिश कर रहा था। तब तक दूसरे बमवर्षक ने भी उस छोटी टुकड़ी को देख लिया और उस पर गोले बरसाने लगा।

अब तक मुजाहिदीनों को उस मिसाइल की एक और खासियत का पता चल चुका था कि वे शायद ही कभी निशाने तक पहुँचते थे। कमान्डर की लाख कोशिशों के बाद भी वे निशाने से काफी आगे जाकर ऊपर आकाश में फटते थे और खुद उनके ही आस-पास गिर जाते थे।

'बेकार की चीज है', कमान्डर चीखा और लांचर को परे धकेलता जलालुद्दीन की बाँह पकड़ दर्रे में कूद पड़ा।

युद्धक मुश्किल से पचास फलांग दूर किसी विशाल गिद्ध की तरह नीचे आ रहे थे। उसके रॉकेटों की अन्धी कर देने वाली रोशनी दर्रे के होंठों को चूम रही थी। धरती के टुकड़े आकाश की ओर उड़ते दिखाई दे रहे थे। जलालुद्दीन आधा

अन्दर धंसा जमीन की ओर नाक किए लेटा था। उसके मुँह में कीचड़, कंकड़-पत्थर भर गए थे जिसे वह थूक रहा था उसने अपनी गर्दन थोड़ी ऊपर उठाई और पाया कि उसके मुँह के पास एक मुजाहिद का कहा हुआ हाथ था। उसने उसे हटाया और निराशा में गड़ गया। शायद उसने छुपने में कुछ देर कर दी होगी। उस आदमी का खून जलालुद्दीन के माथे पर भरा हुआ था और अपनी गर्दन के पीछे वह मौत को महसूस कर सकता था।

वह मुजाहिद कूदते हुए खड़ा हुआ और हताशा में अपने एके-47 से बमवर्षक की ओर अन्धाधुन्ध गोलियाँ बरसाने लगा। तभी जैसे अचानक वह हवाई हमला शुरू हुआ था वैसे ही खत्म भी हो गया। बमवर्षक हेलिकॉप्टर ऐसे लौट रहे थे जैसे अघाए हुए पिशाच चमगादड़ लौट रहे हों। वे जलालाबाद के अपने ठिकाने की ओर लौट चले। मुजाहिदीनों के लिए यह घाव पोंछने का वक्त था और वक्त था हालिया स्मृति की सबसे भयानक गोलबारी के हिसाब-किताब का।

कमान्डर दर्रे से बाहर कूदा और उसने जलालुद्दीन की ओर हाथ बढ़ाते हुए कहा—'अगली बार से जवाबी गोलीबारी से पहले इतना इन्तजार मत करना। काफिरों को मारना तुम्हारा फर्ज है, उनसे छुपना नहीं', उसने सख्ती से कहा।

फिर अचानक उसके चेहरे पर मुस्कान फैली और उसने जलालुद्दीन का कन्धा दबाते हुए कहा—'फिक्र मत करो। अगली बार सब बढ़िया होगा। तुम्हारा नाम क्या है? मुझे नसरूल्ला कहते हैं—नसरूल्ला लैंगरेयाल'

अगर वास्तविक जिन्दगी बम्बइया सिनेमा की तरह होती तो जलालुद्दीन के कानों में ढोल और मजीरों की आवाजें गूँजती। यह वह आदमी था जिसकी वह पूजा करता था एक रहनुमा के रूप में, आका के रूप में, पिता के रूप में। लैंगरेयाल पाकिस्तान में पैदा हुआ था और हरकत-उल-जिहाद-इस्लामी का कमान्डर था जो अफगानिस्तान में रूसियों के लिए एक हड़कम्प था। यही वह आदमी था जो एक दिन अफगानिस्तान छोड़कर कश्मीर में हरकत की शुरुआत करने जानेवाला था। यही आदमी एक दिन कश्मीर की सुरक्षा टुकड़ियों के लिए सबसे बड़ा शिकार होने वाला था। यही वह आदमी था जो एकदिन जलालुद्दीन को पहाड़ी पारकर भारत में जिहाद पर जाने के लिए उकसाने वाला था।

लेकिन ये सब भविष्य की बातें थी। उस धूल भरी सुबह अफगानिस्तान की घाटी में हर तरफ मौत से फिरे उस क्षण वह लड़का लैंगरेयाल को कोई जवाब नहीं दे पाया। लेकिन कमान्डर का ध्यान कहीं और था। वह उस कैंप में फैली तबाही में कुछ तरतीब ला रहा था।

पचास से ज्यादा मुजाहिदीन उस हमले में मारे गए थे और ढेरों घायल हुए थे। पूरी दोपहर वहाँ के स्थानीय डॉक्टर घायलों की देखभाल में लगे थे। वे सूइयों से घाव सी रहे थे। कुछ बड़े-बड़े चाकुओं से घाव चीर रहे थे। जो जाने लायक

थे उन्हें खच्चरों पर लादकर ज़ावर भेजा रहा था।

वह एक लंबा और दर्दीला दिन था। उस शाम मुजाहिदीन आग के इदे-गिर्द एक चट्टान के पीछे कुछ पका रहे थे। उस दिन वे ज्यादा खतरनाक और दुखभरे माहौल में थे।

लैंगरेयाल ने अपने आदमियों को देखा। वे फीकी चाय में नान डूबाकर खा रहे थे और दुखी दिखाई दे रहे थे। वह जानता था कि लड़ाई का जज़्बा कैसे उनमें वापस लाना था।

खाने के बाद वह अपने एक साथी की ओर मुड़ा—'कैदी को बाहर लाओ। थोड़ी देर उससे ही बातें की जाए।' उसके चेहरे पर गहरी उदासी थी। वह आदमी गया और मुजाहिदीन सोच-सोचकर उत्तेजित होने लगे।

कुछ देर बाद एक रूसी सिपाही आग की रोशनी में लाया गया। वह अठारह साल का एक लड़का था। उसके चेहरे पर डर था और उस पर घावों के निशान थे। कुछ ही देर पहले उसकी नाक तोड़ी गई थी। जब उसके होंठ खुले तो खाली जगह दिखाई दी जहाँ उसका निचला जबड़ा रहा होगा।

वह रूसी अफगानिस्तान में अपने ज्यादातर साथियों की तरह ही भेजा गया था अपनी इच्छा के विरुद्ध। वह उस लड़ाई का मतलब भी नहीं समझता था। वह अपने बड़ों के तौर-तरीको से तंग आकर वहाँ से भाग निकला इस ख्याल से कि भागकर अपने घर पहुँच जाएगा। इसी दौरान वह गशत लगाते मुजाहिदीनों के हाथ पड़ गया जिन्होंने उसे बतौर तोहफा लैंगरेयाल को दे दिया।

'तो इवान इस शाम तुम्हारे साथ क्या किया जाए', लैंगरेयाल अपनी जगह से उठा और धीरे-धीरे उस बन्दी को और बढ़ा जिसे दो अफगानों ने बाँहों से पकड़ रखा था। उसने म्यान से अपनी पिस्तौल निकाली और उसे उसकी टूटी हुई नाक पर टिका दी। वह जवान आदमी दर्द से कराह उठा और तिलमिलाकर अपने पकड़नेवाले हाथों से छूटने की कोशिश करने लगा।

'हमने आज अपने बहुत अच्छे मुजाहिदों को खो दिया है, इवान वे लोग तो इस वक्त बहिश्त में हैं लेकिन हम उनकी कभी बेहद महसूस कर रहे हैं। इस वक्त हमलोग खुश नहीं हैं। हमें खुश करने के लिए क्या कर सकते हो?'

लैंगरेयाल ने उस रूसी के शरीर के निचले हिस्से पर एक ठोकर मारी और घूमा जैसे उसे कुछ याद आया हो। उसने झुण्ड में बैठे जलालुद्दीन को बुलाया। बन्दी को देखकर उसकी आँखें फैल गईं और उसकी साँसे तेज-तेज चलने लगीं।

'ऐ क्या नाम है तुम्हारा....जलालुद्दीन इधर आओ।' फिर उसने अपनी ट्यूनिक के भीतर से एक बड़ा छूरा निकाला। 'यह नेक काम तुम ही करो। इसकी टांगों से शुरू करो। और इत्मीनान के साथ। हमारे पास पूरी रात है। और कल का दिन

भी है।'

जलालुद्दीन रूसी की ओर बढ़ा जो अब तक अपने कपड़े में पेशाब कर चुका था। जब उसने हाथ के पिछले हिस्से से चाकू की तेजी को नापा तो जलालुद्दीन के चेहरे पर मुस्कान खेलने लगी—अफगानिस्तान मे घुसने के बाद की पहली मुस्कान।

## अध्याय-5

# हम और वे

जल्दी ही विजय के इण्डियन मिलिट्री एकेडेमी, देहरादून जाने का समय आ गया। हबीब उसे बस अड्डे तक छोड़ने गया जहाँ से उसे जम्मू के लिए बस पकड़नी थी। चूँकि कश्मीर घाटी और उसके चारों और पहाड़ हैं, इसलिए श्रीनगर और बाकी हिन्दुस्तान के बीच कोई ट्रेन लाईन नहीं थी। जो मैदानों की ओर जाना चाहते थे उन्हें सड़क के रास्ते जाना पड़ता था, बनिहाल पास पार करते हुए जम्मू।

'माँ और पापा का मेरी ओर से ध्यान रखना', विजय ने अपना सामान बस के ऊपर रखवाते हुए कहा और फिर दाँत निपोर कर बोला, 'शायद मुझे बताना नहीं पड़ेगा कि यास्मीन का भी ध्यान रखना।'

'फिक्र मत करो। तुम अपना ध्यान रखना', हबीब ने उसकी पीठ ठोंकते हुए जवाब दिया।

विजय के जाने के बाद श्रीनगर में दिन ज्यादा लम्बे महसूस होने लगे थे। दोपहर में कॉलेज के बाद हबीब अक्सर बुलवर्ड रोड और नहर के किनारे घूमता रहता था जो श्रीनगर के निचले हिस्से तक जाती थी। जब भी चाहता यास्मीन से मिल लेता, लेकिन अपने तीसरे साथी के न रहने पर अब साथ-साथ दिखना उतना आसान नहीं रह गया था।

इस वजह से हबीब अपना ज्यादा वक्त अब कासिम के साथ गुज़ारने लगा। मदरसे में बरसों पढ़ने के बाद कासिम पढ़ाई छोड़कर अपने अब्बा की मदद करता था जिनकी श्रीनगर शहर में रेजीडेंसी रोड पर दुकान थी। हालाँकि वो सारा दिन अन्धेरे बेसमेंट में खरीदारों को जूते बेचता रहता था चमड़े के कोट और और अधबने जूतों के बीच। पर, उसका दिल सियासत में ही लगता था।

मदरसे में मजहबी इस्लाम की पढ़ाई पूरी करने के बाद, जहाँ मौलाना लतीफ की छड़ी जादूभरी थी जो पिटाई के साथ-साथ उचित मजहबी शिक्षा भी देती थी, कासिम की पहली निष्ठा जमात के प्रति थी। इस दक्षिण पंथी इस्लामिक संगठन की खासियत थी उसकी धर्मपरायणता और पाकिस्तान के प्रति प्रश्नविहीन श्रद्धा। कासिम को नए उद्देश्यों नए आदेशों की तलाश थी।

हबीब ने जल्दी ही समझ लिया था कि कासिम के अन्दर गहरे कुछ था जिसकी थाह वह नहीं ले पा रहा था। एक दिन शाम को दूकान बन्द हो जाने के बाद उसने कासिम को दिल्ली की सरकार को गाली देने पर टोका—'मैं तुम्हें सुनता रहता हूँ कासिम लेकिन असल में तुम क्या चाहते हो?'

'इंकलाब', जवाब आया। 'हमें गोला-बारूद लेकर हिन्दुस्तानियों को कश्मीर से बाहर कर देना चाहिए।'

हबीब सिर हिला-हिलाकर हँसने लगा, लेकिन फिर चुप हो गया जब उसने देखा कि कासिम बिल्कुल संजीदा है।

'इंकलाब। लेकिन क्यों?'

'क्योंकि उन्होंने 1947 में हमारी जमीन पर कब्जा जमा लिया था। क्योंकि वे हमें कभी बराबर नहीं समझेंगे.... और क्योंकि वे हिन्दू हैं और हम मुसलमान।'

'अब छोड़ो भी। इस बहस का तो कोई मतलब ही नहीं है कि 1947 में कश्मीर में क्या हुआ था। आखिरकार कश्मीर अपनी मर्जी से हिन्दुस्तान का हिस्सा बना था....और भारतीय फौज पाकिस्तानी घुसपैठियों को खदेड़ने आई थी जिससे तुम जमात वाले इतनी मोहब्बत करते हो। सच है कि दिल्ली का सलूक कभी-कभी कश्मीर के साथ अच्छा नहीं रहता और हर कश्मीरी की तरह मैं भी उससे उबल पड़ता हूँ। लेकिन ऐसा क्या हर सूबे के साथ नहीं होता है?'

'उन सूबों का इतिहास कश्मीर की तरह नहीं है। और न ही वहाँ ऐसी मुस्लिम आबादी है।'

'मुस्लिम होने से इसमें क्या फर्क पड़ता है!' हबीब ने कुछ गुस्से से पूछा। 'क्या पूरे भारत में दस करोड़ से ज्यादा मुसलमान नहीं हैं....तुम्हारे पाक पाकिस्तान से ज्यादा?'

'तुम्हारी मुश्किल ये कि तुम उच्च-मध्यवर्गीय कीड़ों के बीच जीवनभर रहे हो', कासिम ने संजीदगी से कहा। 'जरा उससे बाहर निकलो तो पता चलेगाा कि असलियत क्या है? कल जुमे की नमाज में मेरे साथ चलो तुम्हें किसी खास आदमी से मिलवाऊँगा।'

निचले श्रीनगर की भीड़-भरी और संकरी गलियों के पीछे है 600 साल पुराना जामा मस्जिद। कश्मीर में सबसे बड़ा।

गुजरे बरसों में आग से तीन बार बर्बाद हुआ। लकड़ी का बना, विशाल चीड़ की लकड़ियों के खम्भे वाला। बरसों से सैलानियों के आकर्षण का केन्द्र रहा है और श्रीनगर के मुसलमानों का सबसे बड़ा इबादतगाह।

सफेद चोगा और गोल टोपी पहने लोगो की घनी भीड़ के बीच रास्ता बनाते हुए हबीब और कासिम ने मस्जिद में प्रवेश किया। मस्जिद के रास्ते में शोर मचाते ठेलेवाले और कपड़े और ताबीजें हिला-हिलाकर बाजार की ओर बुलाते लड़कों की

भीड़ सी थी।

'कासिम', पीछे से एक कर्कश आवाज आई। 'मुझे खुशी हुई कि तुम अपने दोस्त को जुमे की नमाज की नेमत समझा रहे हो।'

तनाव में फीकी मुस्कान बिखेरते कासिम अपने एक जमाने के उस्ताद मौलाना लतीफ की ओर मुड़ा, 'अस्सलाम वालेकुम मौलाना साहब। अरसे बाद आपको देख रहा हूँ।'

मौलाना लतीफ ने ऐसे जताया जैसे उसने सुना ही न हो और वे हबीब की ओर मुड़े जो इस नजारे को अपलक देख रहा था।

'और नौजवान तुम। मुझे खुशी है कि आखिरकार तुम काफिरों की सोहबत छोड़कर अपनों के बीच लौट आए हो।'

हबीब के चेहरे पर गुस्से की झलक को पढ़ते हुए कासिम ने कहा, 'नमाज के बाद आपसे मिलते हैं मौलाना साहिब', और उसे एक ओर लेकर चला गया।

जामिया मस्जिद के भीतर नमाजियों की कतारें लगने लगी थीं। हबीब ने रस्मन वहाँ बड़े हौज में हाथ धोए और कासिम के बगल में खड़ा हो गया।

नमाज के बाद हबीब ने अपने दोस्त की ओर मुड़ते हुए पूछा, 'तो वो शख्सियत कौन है जिससे तुम मुझे मिलवाने वाले थे।'

'हमें दीवार के पास इन्तजार करना होगा और फिर हमें उनसे मिलवाने ले जाया जाएगा।'

वे मस्जिद से बाहर निकले और कुछेक सौ मीटर की दूरी के बाद एक गली में मुड़ गए। एक खुले नाले को पारकर वे अन्धेरी सी संकरी सीढ़ियों के पास पहुँचे। वहाँ पहली मन्जिल पर एक छोटा-सा कमरा था। वहाँ तीन कुर्सियाँ और एक डेस्क लगी थी।

लगभग दस मिनट के इन्तजार के बाद एक भारी-भरकम आदमी तूफान की तरह अन्दर आया। उसके मटमैले कुर्ते-पाजामे से उसका फूला हुआ जिस्म यूं लगता था जैसे बाहर निकल आएगा।

उसने अपना माथा रूमाल से पोंछते हुए कहा--सलाम अलैकुम कासिम भाई। फिर से मिलकर बड़ा अच्छा लगा। और तुम्हारे साथ ये कौन हैं?'

'वालेकुम असलाम कुरैशी साहब। ये हबीब शाह हैं, मेरे बचपन के दोस्त। यह एक ऐसा आदमी है जो जिसमें एकबार विश्वास कर ले फिर उन विचारों को बड़ी शिद्दत से अपनाता है।'

'इन्हें तुमने हमारे बारे में बताया?'

'अभी तो नहीं। मैं चाहता था कि आप ही बात करें, जैसे आपने मुझसे की थी।'

हबीब ने जब देखा कि बिना उसे शामिल किए उसके बारे में बातचीत हो

रही है तो तो कुछ उत्तेतिज हो उठा और फिर कुरैशी की ओर देखते हुए बोला, 'आप कौन हैं और कहाँ से आए हैं?'

कुरैशी तिरछी नजरों से कासिम की ओर देखते हुए मुस्कुराया और बोला, 'मुझे पता है तुम्हारा मतलब क्या है?' फिर वह कुछ संजीदा होकर हबीब की ओर झुका।

'तुम इस घाटी के फरजन्द हो, कश्मीर की औलाद। जिसकी पैदाइश इन पहाड़ों, नदियों और झीलों में हुई। पर अभी तक तुम्हें ये समझ नहीं आया कि तुम अपनी ही धरती पर गुलाम हो। अनजान लोगों के शासन के बन्धन में हो जो पहाड़ की दूसरी ओर से आकर हमारे मादरे-वतन को रौंद रहे हैं। हमसे वादा किया गया था कि हमें अपना भाग्य चुनने की आजादी होगी, भविष्य चुनने की आजादी होगी, लेकिन बहुत सारे अन्य वादों की तरह यह वादा भी तोड़ दिया गया।

हबीब पर उसका कोई असर नहीं हो रहा था। लग रहा था बातें दीवारों से कही जा रही हों। हबीब सोच रहा था, 'ठीक है थोड़ा घिसा-पिटा ही सही पर बोलता अच्छा है। आश्चर्य होता है कि ऐसा कैसे कह लेता है।'

लेकिन न चाहते हुए भी वो धीरे-धीरे उन जादुई गहरी आँखों में डूबता चला गया तो कुरैशी के गोल-मटोल चेहरे पर अधमुन्दी सी दिखाई देती थीं, बड़ी मुश्किल से हबीब की जुबान से एक शब्द निकला, 'कैसे?'

'मैं समझा नहीं।'

'हम कैसे बन्धन में हैं? कैसे हमारे मादरे-वतन को नापाक किया जा रहा है?' क्या हमारी अर्थव्यवस्था ज्यादातर केन्द्र सरकार की सब्सिडी के सहारे नहीं चलती है? क्या हम ज्यादातर चुनावें में अपना नेता चुनने को स्वतन्त्र नहीं रहे? क्या हमें हिन्दुस्तान में रहते हुए इसकी इजाजत नहीं है कि हम अपने तरीके से इबादत करें?' हबीब थोड़ा जोश में आ गया था—'ठीक है मैं ये नहीं कह रहा कि दिल्ली के नेता महान हैं लेकिन जाहिरा तौर पर हम कश्मीरी हिन्दुस्तान में ज्यादा बेहतर जिन्दगी बिता रहे हैं बजाए पाकिस्तान के तीसरे दर्ज़े की तानाशाही के।'

उसने कुरैशी की ओर सवालिया उँगली उठाते हुए कहा, जो चुपचाप बैठा उसे सुन रहा था। 'और तुम जमाती लोग यही चाहते हो कि हम पाकिस्तान की कठपुतली हो जाएँ।'

'हबीब....' कासिम ने कुछ चिढ़ते हुए कहा, लेकिन कुरैशी ने उसे चुप रहने का इशारा किया।

'यह गलतफहमी आपको कैसे हुई कि मैं जमात के साथ हूँ,' उसने हबीब से पूछा। 'क्या मैं आपको फिरकापरस्त लगता हूँ। मेरा पूरा नाम ज़फर कुरैशी है और मैं मकबूल बट्ट का खास साथी हूँ।'

हबीब की आँखों में पहचान की कुछ झलक सी पाते हुए उसने कहा, 'हाँ

हबीब, मैं जे के एल एफ के लिए काम करता हूँ। इंग्लैंड की देशबदरी से लौटकर आखिरी लड़ाई के लिए आन्दोलन चलाने के लिए लोगों की तलाश में हूँ। कश्मीरी अवाम की पूरी आजादी के लिए।'

कुछ बरस पहले तक जे के एल एफ अनजाना सा गुट था लेकिन 1986 की गर्मियों से उसने अपने पाँव कश्मीर घाटी और उसके बाहर फैलाने शुरू कर दिए थे। जबसे पाकिस्तानियों को इसका यकीन हो गया था कि जमात के फिरकापरस्त मंसूबों को कश्मीर में कोई तरजीह नहीं देता उन्होंने अपने दरवाजे जे के एल एफ के लिए खोल दिए थे और उन्हें कश्मीर को मजबूत बनाने में हर तरह के समर्थन का वादा किया था।

हबीब ने थोड़ी रुखाई से मुस्कुराते हुए कहा, 'मैं जमात से आपकी तुलना करने के लिए मुआफी चाहता हूँ। लेकिन अगर आप अपने उद्देश्यों के लिए मुझे बहाल करना चाह रहे हैं तो फिर आप अपना वक्त ही बर्बाद कर रहे हैं। सब से पहले, तो हिन्दुस्तान कश्मीर को नहीं खोना चाहेगा, दूसरे मुझे अभी भी यह बात हजम नहीं होती कि किसी की कठपुतली होने के लिए स्वतन्त्र होने से अच्छा है दुनिया के सबसे अहम मुलकों में से एक का हिस्सा होना।

कुरैशी इस बहस में दिलचस्पी लेने लगा। बहस घण्टों चली। कुरैशी को लोगों की बड़ी गहरी पहचान थी और हबीब में उसे कुछ दिखाई दे रहा था, लेकिन उसकी तमाम कोशिशें हबीब को खींचने में नाकाम रहीं। तो भी हबीब के अन्दर कहीं गहरे एक काँटा चुभ गया था। अन्धेरा होने के बाद वह उस बदरंग कमरे से बाहर निकला। वह खलिश उसके साथ थी।

वह अगले कुछ खाली हफ्तों को बिताने वहाँ बार-बार आया कुरैशी और कासिम में बातें करने, उसके उद्देश्यों को समझने। एक ऐसे आदमी के अन्दर जो हमेशा आरामदेह उच्च-मध्यवर्गीय जीवन-शैली का आदि रहा हो ऐसे उग्र जज्बों को भर पाना जरा मुश्किल था। लेकिन कुरैशी के पास बहुत समय था।

आने वाले दिनों में वह छोटा काँटा हबीब के अन्दर बहुत गहरा धँसता गया। उसने अपनी उलझन यास्मीन के साथ सुलझानी चाही लेकिन उसने उसे ऐसे देखा मानो वह किसी और ग्रह से आया हो। इसलिए इस मुद्दे पर बातचीत के लिए उसके पास कासिम के सिवा और कोई नहीं था और हर मुलाकात में वह थोड़ा-थोड़ा और फँसता गया।

हबीब कश्मीरियत के बारे में अधिक पढ़ने लगा, कश्मीरी पहचान के गलत पाठ को, उदार इस्लाम के मिल्लत के बारे में, सूफी चिन्तन और अनिश्चित राष्ट्रवाद के बारे में। उसने अपने कौम का इतिहास पढ़ा और यह जानकर वह उबल पड़ा जब उसने डोगराओं के सौ साल के शासन के दौरान को भेदभावपूर्ण व्यवहार के बारे में पढ़ा। वो कासिम के साथ चरारे-शरीफ गया जो कश्मीरियत की पहचान थी।

फिर वह नुन्द ऋषि की ज़ियारत पर इबादत के लिए गया। जब से कासिम के साथ ज्यादा वक़्त बिताने लगा वह आई ए एस के इम्तिहान को भूलने लगा। उसकी किताबों पर धूल जमने लगी।

हबीब अभी जवानी के उस दौर में पहुँचा ही था जब विद्रोह की भावना पनपती है। उस उम्र में जब बड़े विचार और भावनाएँ दिलो-दिमाग को मथने लगती हैं। भारत के बड़े कॉलेजों में अभी भी हजारों छात्र मार्क्स और लेनिन के साहित्य को पढ़ते रहते हैं और अपने दिल में क्रान्ति के आदर्शों को बसाए रहते हैं जब तक कि बिजनेस स्कूल की पढ़ाई और मोटी तनख्वाहों के सामने वे उन विचारों को भूल नहीं जाते। कुछ छात्र छात्र-राजनीति में चले जाते हैं। बैनर हिलाने ओर नारे लगाने की ओर। लेकिन कश्मीर जैसे समस्याग्रस्त प्रदेश में भ्रष्टचार, बदहाल सड़कें, बेकार टेलिफोन, काम न करनेवाले सरकारी कर्मचारी -इन सबके खिलाफ मिला-जुला गुस्सा अलगाववाद में बदल गया था। समस्या हम और वे की थी। इसकी जड़ में वे सारी समस्याएँ थीं।

आनेवाले दिनों में हबीब के दिल में भी वैसा ही गुस्सा उमड़ा जब उसने दिल्ली के एक बड़े मन्त्री के कार को गोल्फ कोर्स की ओर जाते हुए देखा। उसका गुस्सा उस समय भी भड़का जब उसके मोटरसाइकिल की लाइसेंस प्लेट कीचड़ से सनी थी और उसी बहाने एक सिपाही ने उससे कुछ पैसे वसूलने चाहे। वह उस समय चिढ़ गया जब गहनों से लदी एक मोटी पंजाबी औरत ने रेजीडेंसी रोड पर एक कालीन की दूकान की ओर बढ़ते हुए उसे धक्का दिया।

लेकिन जहाँ कुछ हफ्ते पहले तक उसकी प्रतिक्रिया होती थी 'साले नेता'। 'हरामज़ादे नेता', 'बैल', लेकिन अब वो 'हरामी हिन्दुस्तानी' कहने लगा था।

हबीब अभी उग्रवादी नहीं हुआ था। यहाँ तक कि पूरी तरह से अलगाववादी भी नहीं। अब कुरैशी उसे देखकर मुस्कुराता रहा। यहाँ से राजनीतिक कार्यकर्ता का रास्ता बस कुछ कदमों का होता है।

## अध्याय-6

# रूस में घुसपैठ

पहली लड़ाई देखे जलालुद्दीन को दो साल गुजर गए थे और इन सालों में उसकी पहचान ही बदल गई थी। वह एक भरा-पूरा जवान हो चुका था, छह फुट दो इंच लम्बा। अब वह अपने बाकी साथियों से बड़ा दीखता था। वह अपने नपे-तुले शरीर पर रवायती सलवार-कमीज धारण करता था। पैरों में भारी चमड़े का बूट और सिर पर फर की टोपी। दोनों ही उसने एक रूसी बन्दी से लिया था जो अब उसकी पहचान बन चुकी थी।

अफगानिस्तान की सर्द सुबह में जलालुद्दीन उस युद्ध की एक और निशानी धारण करता था, हल्की रूई का रूसी परका जिसकी जेबें गोलियों और बेहतरीन अफगानी हशीश के टुकड़ों से भरी होती थीं। जलालुद्दीन के चेहरे पर रोएँ की जगह घनी दाढ़ी उग आई थी जिसपर कभी किसी नाई का उस्तूरा नहीं चला था और जो उसकी ठुड्ढी से छह इंच नीचे झूलती रहती थी। थोड़ी-थोड़ी देर पर और हमले से पहले खासतौर पर जलालुद्दीन अपनी दाढ़ी पर हाथ फेरता था मानो यकीन करना चाह रहा हो कि वे असल ही हैं। एक और बदलाव आया था। एक साल पहले एक सोवियत रॉकेट का टुकड़ा जलालुद्दीन के चेहरे पर जा लगा था। ज़ावर के अड्डे पर उसे ठीक करने की बड़ी कोशिशें हुईं लेकिन निशान रह गया। उसके चेहरे के एक कोने पर उसका मजाक उड़ाता।

उस मार्च की शाम वह गर्म आग के सामने बैठा हुआ था। उसके आस-पास बैठे लोग अपना भोजन खत्म करने में लगे थे। जलालुद्दीन ने अपनी जेब से तम्बाकू निकाली और आनेवाली लड़ाइयों के ख्याल में खोया रहा। उसके आठ मुजाहिदीन साथी देश के उत्तर-पश्चिम इलाके में आमू नदी से कुछ किलोमीटर दूर अफगानिस्तान का दुर्गम रास्ता पार कर रूसी सीमा पर पहुँच चुके थे।

एक महीने पहले एक रात जब वह कीड़े-मकोड़ों और बिच्छुओं का डर दूर भगाने के लिए अपना कंबल झाड़कर सोने की तैयारी कर रहा था नसरूल्ला लंगरयान उससे मिलने आया। पिछले दो सालों में उनके सम्बन्ध काफी गहरे हो गए थे। जलालुद्दीन अपने आका की एक तरह के पूजा करने लगा था। ऐसा उसने कभी

किसी और इन्सान के लिए महसूस नहीं किया था। हालाँकि दोनों ने कभी इस बारे में चर्चा नहीं की।

लैंगरेयाल अपने सारे शागिर्दों में जलालुद्दीन को सबसे होशियार समझता था। बन्दूक पर उसकी पकड़ और और लड़ाई मे उसकी चतुराई भरी निर्ममता ने उसे एक नेता के रूप में बदल दिया था।

हाल-चाल के बाद दोनों तम्बू के सामने तम्बाकू पी रहे थे। लैंगरेयाल असल मुद्दे पर आया, 'इस्लामाबाद से खबर आई है। पाकिस्तानी चाहते हैं कि रूस के अन्दर सीधा जिहाद किया जाए। वे सीमा पर मुजाहिदों की घुसपैठ चाहते हैं। रूस के भीतर। इसका सदारत कुडुज़ कबीले के लोग करेंगे लेकिन हममें से भी कुछ को उसमें भाग लेने का मौका मिलेगा। तुम जाना चाहोगे क्या?'

जलालुद्दीन जोश से भर उठा, 'काफिरों पर हमला अल्लाह का फरमान है। मैं कैसे मना कर सकता हूँ? कितनी जल्दी जाना होगा?'

'जल्दी ही शायद दो दिनों में। आई एस आई कल हमें आगे बताएगी उसके बारे में।'

कुछ देर खामोशी रही। दोनों पाकिस्तानी ही थे। लैंगरेयाल उस पंजाब सूबे का था जिसका पाकिस्तानी जिन्दगी में सबसे ज्यादा दखल था। जलालुद्दीन उत्तरी-पश्चिमी सीमा-प्रान्त का पख्तून था। खेलों के मशहूर इलाके का जहाँ के कबीलाई अपने-आपको उस कागजी सरहद के पार के अफगानों का सीधा वंशज मानते थे।

हालाँकि दोनों पाकिस्तानी होते हुए भी हरकत-उल-जिहाद-इस्लामी के लड़ाकू थे और इसलिए खासतौर पर सर्व-इस्लाम के बड़े सिद्धान्त को मानते थे। जब वह सिद्धान्त पाकिस्तान के मामलों से मेल खाने लगता था तो और भी बेहतर हो जाता था। सालों में अफगान-युद्ध पाकिस्तान के इशारे पर हो रहा था, ताकतवर आई एस आई और उसके हुक्कामों जनरल अख्तर और ब्रिगेडियर मोहम्मद युसुफ के इशारे पर।

चुप्पी कुछ लम्बी रही। दोनों लम्बे-लम्बे कश खींचकर उसकी गर्मी महसूस करते रहे। फिर लैंगरेयाल ने जलालुद्दीन की ओर देखते हुए पूछा, 'मैंने कभी तुमसे पूछा नहीं। तुम जिहाद में क्यों शामिल हुए?'

जलालुद्दीन ने अपने कन्धे झटके, 'मेरे अब्बा के कई लड़के थे, वे किसी को भी खोना नहीं चाहते थे। मैं दारा के पास अपने गाँव में बन्दूकों के साए में पला। पेशावर वहाँ से ज्यादा दूर नहीं है। हमारे इलाके के ज्यादातर लोग हथियार बनाने का धन्धा करते हैं। जब पहली दफा मैंने ऑटोमैटिक राइफल पकड़ी थी तो मैं तकरीबन पाँच साल का था। और जब पहली बार रॉकेट लांचर पकड़ा तो नौ साल का।'

अपना कम्बल कस के ओढ़ते हुए कन्धे पर काटते कीड़े को उसने जोर से मारा और बोला, 'हमारे इलाके के मौलवी का ताल्लुक जमाते-इस्लामी से था और वो नौजवानों को शहादत के लिए तैयार करने के काम में लगा रहता था। जब मेरे भाइयों ने खानदानी काम-काज सम्भाल लिया तो उस गाँव में मेरे लिए कुछ रह नहीं गया और मैंने अफगानिस्तान जाने का फैसला कर लिया।'

लैंगरेयाल ने शरारती मुस्कान के साथ कहा, 'जिसकी पैदाइश बन्दूक के साए में हुई हो, उस पर जब किसी ने गोली चलाई तो वो एक बिल में दुबक गया था।'

जलालुद्दीन ने अन्धेरे में त्योरी बदली। वह अपने उस पहले हमले को याद नहीं करना चाहता था। उसने तुरन्त बात बदलते हुए कहा– 'हमें इस हमले के लिए कहाँ जाना होगा और इसकी कमान किसके हाथ में होगी?'

'कमान तुम सम्भालोगे।' लैंगरयाल धीरे से बोला, 'अब तुम जवान हो चुके हो और समय आ गया है कि तुम जिहाद की कमान सम्भाल लो।'

दो दिनों बाद विदा होने का वक्त आया। विदाई दर्दीली थी। यह सोच से परे था कि दोनों बहादुर भावुक हों। दोनों जल्दी से गले मिले और वह नौजवान पहाड़ी से निचले रास्ते को बिना पीछे देखे निकल पड़ा। उसके साथ सात और लोग थे जिनको लैंगरेयाल ने खासतौर पर चुना था। उन सबको लड़ाई का अभ्यास था लेकिन जलालुद्दीन के नेतृत्व को कोई चुनौती नहीं थी।

पहले वे जलालाबाद की बाहरी सीमा तक गए। फिर वहाँ से पन्जशेर घाटी के बीच में बसे अनावा गए जहाँ मुजाहिद्दीनों के नेता अहमद शाह मसूद ने रूसियों की घुसपैठ को रोके रखा था। वहाँ वे मसूद के लोगों के साथ ही ठहरे। वहाँ जलालुद्दीन चुपचाप ईर्ष्यापूर्वक अचानक हेलिकॉप्टर हमलों से बचाव के लिए नए मिसाइलों के इस्तेमाल को देखता रहा। एकबार उसने पंजशेर के शेर अहमद शाह मसूद की एक झलक भी देखी। वो अपनी खुली दाढ़ी और खूबसूरत साफे में कन्धे पर मिसाइल उठाता बच्चों की तरह दिख रहा था।

सफर का वक्त हो गया था। इस बार मन्जिल उत्तर-पश्चिम की ओर रूसी सीमा थी। खेमा-दर-खेमा उनकी आँखे आकाश को निहार रही थीं कि कहीं बमवर्षक जहाज न आ जाएँ।

यात्रा लगभग पूरी हो चुकी थी। जलालुद्दीन और उसके लोग पहले से तय स्थान पर पहुँच गए। मजारे-शरीफ शहर से कुछ सौ किलोमीटर की दूरी पर शेर खान के पास।

जलालुद्दीन ने पाईप जलायी और पिछले आदमी को बढ़ाया। उस दिन खाना बढ़िया रहा। पास से गुजरते गड़ेरियों से बकरा खरीदा गया था। फिर उसे हलाल किया गया। फिर मुजाहिदीनों ने उसकी खाल छीलकर प्याज और ढेर सारी मिर्च

के साथ धीमी आँच पर पकाया।

मुजाहिदीनों के लिए खाना कभी उतना महत्वपूर्ण नहीं रहा था। उन्होंने अपने साथ नान रखना और उसे खाकर जीना सीख लिया था। वे उसे तब तक खाते रहते थे जब उससे बास आने लगती थी। लेकिन मौका मिलने पर वे जमकर खाते थे मानों कल आनेवाला ही न हो।

एक ने डकार लेते हुए बर्तन के अन्दर इस उम्मीद से झाँका कि शायद उसके अन्दर कुछ बचा हो। फिर कमान्डर की ओर मुड़ते हुए बोला--

'अब क्या?'

'इन्तजार', जलालुद्दीन बोला। 'वसीम बेग को मालूम है कि हम यहाँ हैं। वह खुद हमसे सम्पर्क करेगा।'

उन्हें ज्यादा इन्तजार नहीं करना पड़ा। पौ फटते ही वसीम बेग के लोग डेरे में आए। उन्होंने पहले अच्छी तरह घेरा डाल लिया। किसी भी धोखे की आशंका में हथियार तैयार कर लिए। पचास साल के वसीम बेग ने आगे बढ़कर उन सबका स्वागत किया। उसके चेहरे पर चिन्ता की रेखाएँ थीं और उसकी लहराती सफेद दाढ़ी उसके उम्रदराज़ होने का पता देती थीं। बेग किसान था और उसका सारा परिवार रूसियों के हमले में मारा गया था। अब उसकी जिन्दगी का एक ही मकसद रह गया था अधिक से अधिक रूसियों को मार गिराना।

मिजाजपुर्सी का दौर खत्म होने के बाद बैठते हुए बेग ने सारी योजना समझाई। नक्शे को धूलभरी जमीन पर रखकर एक लकड़ी की मदद से।

'हम यहाँ हैं, शेरखान के पास। अमू और रूसी सीमा यहाँ से बीसेक किलोमीटर है। सीमा की दूसरी ओर रूसी शहर निझनीयांग्ज है, जहाँ अक्सर हमारे रॉकेट पहुँचते रहे हैं। इस बार हमारा निशाना पूरब की ओर होगा। जहाँ बहुत सारे रूसी हवाई मार्ग हैं और औद्योगिक इलाका भी। उनकी रक्षा भी ढीली है।'

बेग सीधा हुआ और जलालुद्दीन की ओर सीधा देखते हुए उसने कहा–'पिछले कुछ सालों में मैं सरहद पार पाँच बार गया हूँ। हममें से कुछ को वहाँ कल भी जाना होगा। बेहतर निशाने की तलाश में। मुझे लग रहा है तुम सब थके हुए हो।'

यह एक सवाल भी था और चुनौती भी जिसका जलालुद्दीन ने तुरन्त जवाब दिया, 'मुझे इस टोही मिशन पर आपके साथ जाने में खुशी होगी। मेरे साथी यहाँ आपके साथियों के साथ रूकेंगे।'

वसीम बेग ने हामी भरते हुए कहा, 'मैं आपको बता दूँ कि हमारा सन्देशा नदी की दूसरी तरफ के गड़ेरियों तक पहुँच चुका है और हमें ठिकाना और मदद मिलने की उम्मीद है। अब आराम करें दोस्त। आगे लम्बा सफर है।'

इस भेदिया दल में तीन लोग थे और वे चोरी-छिपे इमाम साहिब के पास के अफगान सैनिक अड्डे को पारकर उस महान नदी की ओर बढ़े जो रूस और

अफगानिस्तान को अलग करती थीं। जब वे नदी के पास पहुँचे तो बेग ने पत्तों का ढेर हटाया और छोटी-सी डोंगी निकालीं।

'हमलोग इससे पार करेंगे', उसने कहा। 'इससे आराम रहेगा। जब मैंने पहली बार पार की थी तो बकरे के खाल के सहारे की थी।'

'आपने अमू बकरे के खाल के सहारे पार की थी!' जलालुद्दीन को जैसे विश्वास ही न हुआ।

'असल में दो बार। एक बार जाना। एकबार आना। लेकिन मैंने खुद से वायदा किया था कि ऐसा फिर नहीं करूँगा।' बेग ने आकाश की ओर देखा जहाँ सूरज पहाड़ियों के पीछे क्षितिज पर डूब रहा था। 'कुछ घण्टे और फिर इतना अन्धेरा हो जाएगा कि हम पार करने की कोशिश कर सकेंगे।'

वे नदी आराम से पार कर गए। वसीम बड़े विश्वास के साथ कुछ किलोमीटर दूर एक छोटी झोंपड़ी तक गया। दरवाजा ताहिर ने खोला। वह बिना दाढ़ी-मूँछ का था। और उसकी उम्र का पता ही नहीं चलता था। उसने वसीम को गर्मजोशी के साथ गले लगाया और फिर जलालुद्दीन को भी। मुजाहिदीनों को सफाई से वास्ता न था, लेकिन अगर ताहिर को उनके शरीर से बदबू आई भी हो तो उसने जाहिर नहीं किया।

सुबह-सुबह वसीम और जलालुद्दीन ताहिर के साथ बेहतर निशाने की तलाश में निकल पड़े अपने साथियों को भेड़ की देखभाल के लिए छोड़कर।

ताहिर उस इलाके के पहाड़ों पर ऊपर-नीचे उन्हें ऐसे घुमाता रहा मानो सजा दे रहा हो।

घण्टों बाद अचानक पहाड़ी खत्म हो गई और उनके सामने एक विशाल घाटी फैली थी। उन तीनों ने चीड़ों के जंगल में शरण ली और सामने फैले उस इलाके का अच्छी तरह मुआयना किया।

'वो वोराशिलोवाबाद का हवाई ठिकाना है', ताहिर ने दिखाया। 'इसकी दूसरी ओर बड़ी रेल-लाइन दिखाई दे रही है। और वहाँ दूर दिखाई दे रहा धब्बा कोलखोज़ाबाद का शहर है।'

'रेलवे लाईन को उड़ाना ठीक रहेगा, लेकिन यहाँ से रेंज से बाहर है।' वसीम ने दूरबीन से इलाके या मुआयना करके बताया। वो वोराशिलोवाबाद की इन बिल्डिगों में से एक हो सकती है। और उस हवाई ठिकान के पास वह मटमैली विशाली इमारत क्या है?'

जलालुद्दीन ने उसके हाथ से दूरबीन ले ली, 'यह तो कोई कारखाना लग रहा है और यकीनन रॉकेट के आठ किमी के दायरे के अन्दर है।'

'चलो ये ठीक है। वापस तैयारी करते हैं और इसे ही निशाना बनाएँगे। हम चाँदनी रात में हमला बोलेंगे और ये हमारी बदकिस्मती ही होगी अगर हम सही निशाना

न लगा पाए।'

ऑपरेशन की तारीख अप्रैल मध्य में तय की। हमलावर पैंतीस थे और आमू के किनारे घास के गट्ठर के नीचे चार डोंगिया छुपाई गई थीं।

उस दस्ते के पास चीन के बने दो सिंगल-बैरल रॉकेट लांचर थे, 107 मिमी गोलाई वाले और वो अच्छी खासी तबाही मचा सकते थे। एक रॉकेट लांचर को दो मुजाहिदीनों ने उठा रखा था जबकि बाकियों के पास एक-एक रॉकेट था।

हमलावर टुकड़ी ताहिर की झोंपड़ी के पास पौ फटने से पहले ही पहुँच गई और उन्होंने पहाड़ी में उस झोंपड़ी के पीछे छिपकर दिन बिताया। वह एक गर्म दिन था लेकिन वसीम ने इसकी सख्ती बरती थी कि उनके लोग अपना पानी जल्दी न खत्म कर लें। रूसी सीमा पर रह-रहकर गश्ती दल घूम रहे थे और मुजाहिदीनों के पास इसके सिवा और कोई चारा न था कि वे कम्बल ओढ़कर किसी चट्टान के पीछे छुप जाएँ। और पानी लाने जाना तो असम्भव सा था।

इन्तजार मुश्किल लग रहा था। जलालुद्दीन ने तो अपना दिन कम्बल के नीचे एके-47 खोलकर उसे साफ करते बिताया वसीम बेग कुछ दूरी पर अपने कम्बल के अन्दर छुपा था जब गर्मी असहनीय हो जाती थी तो वो जमीन के अन्दर गहरे छुपने लगता था। फिर अचानक अन्धेरा गहरा गया और मुजाहिद्दीन अपनी-अपनी खोलों से बाहर निकले।'

वसीम उन्हें धीरे-धीरे इस बात का ध्यान रखते हुए समझा रहा था कि उसकी आवाज पास गुजरते गश्ती दल तक न पहुँचे।

'हमें अब तेज चलना चाहिए। अभी पचीस किलोमीटर चलना है और केवल ग्यारह घण्टे बाकी हैं। ग्यारह अन्धेरे घण्टे। हमले के बाद कहर टूट पड़ेगा। और शायद ये बताने की जरूरत नहीं है कि अगर हमें रूसियों ने अपने सरहद में पकड़ लिया तो हमारा क्या हश्र करेंगे।'

वसीम ने जलालुद्दीन को अलग से कुछ मश्विरा दिया। 'आई एस आई की ओर से खुली हिदायत है। हमें किसी भी हाल में जिन्दा पकड़ में नहीं आना है। यह किसी भी हालत में पता नहीं चलना चाहिए कि यह ऑपरेशन पाकिस्तान के इशारे पर हो रहा है। अगर मुझे कुछ हो जाता है तो ये तुम्हारी जिम्मेदारी होगी कि इस बात का ख्याल रखो कि न तो कोई आत्मसमर्पण करे और न ही उनके हाथों पकड़ा जाए।'

वे एक सीध में तेज-तेज चल रहे थे। पहाड़ पर चाँदनी छिटकी हुई थी और उनके संकरे रास्ते पर रोशनी बिखरी हुई थी। लेकिन जब तक वे अपने निशाने तक पहुँचे तब तक आकाश में तारों की रोशनी वोराशिलोवाबाद की बिखरी हुई रोशनी से ज्यादा थी। सामने घाटी में ऐसा लग रहा था मानो जुगनूओं की चादर बिछी हो।

जलालुद्दीन ने एक लांचर बिठाने में मदद की और ऑपरेटर को निशाना दिखाते हुए कहा, 'यहाँ से तकरीबन आठ किलोमीटर है। उसने उसे याद दिलाया, 'अगर पहले को तुम रेंज के थोड़ा भीतर रखो तो दूसरा रेंज तक जाएगा। इस तरह से यकीनन दो-तीन रॉकेट फैक्ट्री पर गिरेंगे।'

अमन का वक्त पूरा हुआ और पहाड़ी परम्परागत अफगानी युद्धनादों से गूँज उठा और रॉकेट लांचर हरकत में आ गए। रॉकेट अपने निशाने की ओर चले और उस रात आकाश अचानक लम्बी किरमिजी लकीरों से भर गया। दोनों लांचरों में 15-15 रॉकेटों थे और वे चार मिनट के अन्दर छोड़े जानेवाले थे।

यह देखने का समय नहीं था कि हमले का नतीजा कैसा रहा। मुजाहिदीन तेजी से ताहिर की झोंपड़ी की ओर लपके। जब वे पहाड़ी की मोड़ पर पहुँचे तो वसीम ने पीछे मुड़कर देखा और उसके चेहरे पर मुस्कुराहट खेलने लगी। उसने देखा रात आग के गोलों से भर उठी थी।

सुबह होने को थी वे झांपड़ी तक पहुँचे। और उनके पास इतना समय था कि अपने हमले के रूसी जवाब से पहले कुछ झटपट खा लें। 'आओ चलो वापस अपनी-अपनी बिलों में घुस जाएँ। हमें शाम तक वहीं रहना होगा', वसीम ने अपनी बन्दूक उठाकर दरवाजे से बाहर जाते हुए कहा। जब तक वे अपनी छुपने की जगह पहुँचे सूरज पहाड़ी के ऊपर आ चुका था। झुण्ड के झुण्ड हवाई जहाज, हेलिकॉप्टर तेजी से आमू नदी की ओर बढ़ रहे थे उन मधुमक्खियों की तरह जिनके छत्ते तोड़ दिए गए हों।

आमू की दूसरी तरफ पूरे दिन रूसी अफगानिस्तान के भीतर पहाड़ियों और घाटियों में ढूंढते रहे जबकि मुजाहिदीन अपने कम्बलों के नीचे पसीने से तर-ब-तर होते रहे। रात आई तो वे उठे और नदी के पार उतर गए।

अगला दिन छुपने का दिन था। इस बार वे इमाम साहब के पास ही एक घाटी में छुपे। वसीम और जलालुद्दीन ने ऊपर की ओर खड़ी चट्टान पर अड्डा जमाया जो घाटी के एक तरफ जाती थी जबकि बाकी लोगों ने नीचे की ओर एक छोटे झरने के पास डेरा जमाया।

दोपहर से कुछ पहले जलालुद्दीन उठ बैठा और तेजी से ऊपर की ओर बढ़ा। वह वहाँ कुछ देर रुककर लौटते हुए वसीम से बोला, 'अफगानी फौज।'

'करीब पचीस लोग हैं। अगर वे इसी तरफ बढ़ते रहे तो लड़ाई के लिए तैयार रहना होगा।'

जलालुद्दीन के चेहरे का निशान और उभर आया था। उसने अपने एके-47 को सुबह से सौवीं बार परखा। वसीम ने उसे ध्यान से देखा और महसूस किया कि जलालुद्दीन को उसमें मजा आ रहा था। 'बड़ा जंगली है', उसने सोचा। 'एक दिन इसे रोकना मुश्किल हो जाएगा।'

जलालुद्दीन एक बार फिर ऊपर की ओर बढ़ा जबकि वसीम ने बाकी साथियों से तैयार रहने का इशारा किया। अफगान फौजियों का दस्ता धीरे-धीरे उनकी ओर बढ़ रहा था। वे वमन से शायद यही सोचते आगे पैर बढ़ा रहे थे कि हमेशा की तरह इस बार भी उनका सामना खून के प्यासे मुजाहिदीनों से ना हो।

जलालुद्दीन ने अपनी निगाह एक आदमी पर जमाई जो उनका अफसर लग रहा था। वो अपने बंदूक की ट्रिगर दबाने ही वाला था कि एक सिपाही वायरलेस जैसी कोई चीज लेकर आया। अफसर कुछ देर उसे घुमा-घुमाकर किसी से बातचीत करता रहा और फिर उस अफ़सर ने उसी दर्रे में अपने आदमियों से लौट चलने को कहा।

'अजब करिश्मा! वे तो वापस लौट गए', वसीम कुछ सोचते हुए बोला। इस सवाल का जवाब दिया ऊपर उड़ते हेलिकॉप्टर की आवाज़ों ने।

'हैरत हो रही है वे शैतान के बच्चे क्या रहे है?'

उनसे कुछ किलोमीटर की दूरी पर हेलिकॉप्टर चक्कर काट रहे थे। जलालुद्दीन ने दूरबीन से ध्यान से देखते हुए कहा, 'क्या वे पैराशूट से फौजी उतार रहे हैं या हमें ढूंढ रहे है।'

'कोई फर्क नहीं पड़ता', वसीम ने कीचड़ के एक ढेर पर बैठते हुए जवाब दिया। 'मेरा मश्विरा है, तुम थोड़ी देर सो जाओ। आज रात हमें काफी दूर चलना है महफ़ूज़ ठिकाने की ओर।'

शाम ढलने के बाद वे चले। इस बात की पक्की गारन्टी कर ली गई थी कि देर से चलने वाले गश्ती दल की चपेट में न आएँ। उन्हें उस इलाके तक पहुँचने में डेढ़ घण्टे लगे जहाँ हेलिकॉप्टर गश्त लगा रहे थे।

'आँखे खुली रखना', वसीम ने अपनी एके-47 पर पकड़ मजबूत बनाते हुए कहा। 'पता नहीं उन्होंने फौजी उतारे हों जो हमारी घात में बैठे हों।'

मुजाहिदीन बचते-बचाते अन्धेरे में आगे बढ़ते रहे। कुछ लोग चोटियों के साथ-साथ बढ़ रहे थे ताकि टोहियों का पता चल सके। बाकी घाटी के आसान रास्तों से आगे बढ़ रहे थे।

दुर्भाग्य से वसीम के लिए पैराशूट के सहारे लड़ाकों से भी ज्यादा खतरनाक चीज उतारी गई थी। वह रात अन्धी कर देनेवाली रोशनी से दहक उठी। वसीम के पैरों तले बारूदी सुरंग फट पड़ी।

सारे मुजाहिदीन टोहियों की आशंका से जमीन पर कूद पड़े। जलालुद्दीन तेजी से उस ओर रेंगने लगे जहाँ वसीम लेटा कुरान की आयतें बुदबुदा रहा था। शायद इसलिए कि दर्द से उसके कराह की आवाज ज्यादा ऊँची न उठे। टखने के नीचे का पाँव पूरी तरह बर्बाद हो चुका था। माँस के लोथड़े हड्डी के सहारे झूल रहे थे। अब उसने अपने पैर की ठूँठ से खून कर फव्वारा बहता देखा तो वह और

तेज-तेज बुदबुदाने लगा।

'मुझे पैर काट देना चाहिए', जलालुद्दीन ने वहाँ जुटे बाकी मुजाहिदीनों से कहा। 'इसे मजबूती से पकड़ो।'

'मेरे पैर मत लो', वसीम ने कुछ भिन्नत करते हुए कहा। 'चाहे मेरी जान ले लो। जलालुद्दीन खुदा के लिए मुझे शहादत बख्शो। एक शहीद की मौत दो मुझे।'

जलालुद्दीन ने उसकी नहीं सुनी। 'ठीक से पकड़ो', उसने फिर कहा और पाँच लोग आगे बढ़े और उन्होंने वसीम को पछाड़ दिया। जबकि एक आदमी ने जलालुद्दीन के लिए मशाल जलाई।

'वसीम जलालुद्दीन के लिए बड़े भाई की अहमियत रखता था लेकिन पैर कटते ही उसकी अहमियत एक इज्जतदार मुखिया से महज़ एक अपाहिज की हो जाती जो काबुल की सड़कों पर घिसट-घिसट का भीख माँगता। जैसे ही जलालुद्दीन ने अपना चाकू निकाला उसकी कमर के पास भारीपन और सूजन सा महसूस होने लगा किसी को दर्द में देखकर।

उसने अपनी बढ़ती बेचैनी को छुपाने की कोशिश की, लेकिन उसकी साँसे तेज चल रही थीं और उसने वसीम के टखने के पास चाकू चला दिया।

अध्याय-7

# चुनाव

इण्डियन एयरलाइन्स का जहाज श्रीनगर एयरपोर्ट पर उतरने ही वाला था। विजय ने अपनी सीट बेल्ट खोली और ऊपर सामान रखने के बक्से से अपना सामान लेने लगा। कुछ देर जहाज की सीढ़ियों के ऊपर रूककर उसने अपने फेंफड़ों में कश्मीर की ताजी हवा भरी। फिर अन्य मुसाफिरों के साथ तेजी से टर्मिनल से बिल्डिंग की ओर बढ़ा।

जब वह अपने सामान के साथ बिल्डिंग से बाहर निकला उसका चेहरा चमक उठा। इसके पहले कि वह दौड़कर गले लगता और पैर छूता वह बोल उठा, 'अम्मा, पापा!' उसने इधर-उधर देखा और पाया कि वे अकेले ही आए थे। किसी तरह अपना सामान माता-पिता के उस पुराने फिएट में डालते हुए उसने बेपरवाही से पूछा, 'हबीब कहाँ है? आया नहीं?'

पापा तेजी से मुड़े और ड्राईवर की सीट पर बैठ गए। जवाब देने का जिम्मा उन्होंने माँ के ऊपर छोड़ दिया। 'मुझे लगता है बेटा वो जरूर कहीं फँस गया होगा', माँ बोली।

जब कार एयरपोर्ट से बाहर निकलीं तो विजय के चेहरे पर कुछ उदासी थी। फिर अम्मा की ओर मुड़ते हुए पूछा, 'अम्मा हबीब ठीक तो है न। दो महीने से उसने मेरी चिट्ठियों का जवाब तक नहीं दिया है। पहले भी पोस्टकार्ड ही लिखता था। आपकी चिट्ठियों से भी मुझे यही लगा कि वो कुछ दिनों से आपसे मिल नहीं रहा है।'

'घर चलो फिर बात करते हैं', अम्मा बात बदलकर बोली। 'तुम्हारे ऊपर वर्दी बहुत फबती है। तुम्हारा पेट कुछ कम हो गया है और अब और भी अच्छा लग रहा है।'

विजय कार की खिड़की से श्रीनगर को देखता रहा। उसने महसूस किया कि पिछले दिनों में श्रीनगर में काफी खुशहाली फैली है। काफी पक्के दुमंजिले मकान उसे दिखाई दिए, जहाँ पहले झोंपड़ियाँ रही होंगी। पन्द्रह मिनट बाद वे घर पहुँचे। वहाँ काम करने वाले विजय बाबा के स्वागत में खड़े थे। उनमें बहुत सारे उस परिवार

के साथ बरसों से थे। उनमें घर का सारा काम-काज देखनेवाला गुलाम रज़्ज़ाक भी था। वह पहला आदमी था जिसने विजय को पहला कौर खिलाया था। उस वक्त विजय अपनी खाट पर लेटा किलकारियाँ भर रहा था। अब उसकी झुर्रियाँ निकल आयी थीं। उसने अपने से भी लम्बे विजय के गाल छूते हुए कहा, 'आपकी उम्र दराज हो बाबा। खुदा आपको सलामत रखे।'

हाथ-मुँह धोकर विजय लॉन में मम्मी-पापा के साथ कहवा पीने बैठा। 'ऐसा क्या है जो आपलोग मुझे बता नहीं रहे? पिछली वो आप लोगों से कब मिलने आया था!' विजय ने बात छेड़ी।

पापा ने अम्मा की ओर देखा और बोले, 'यही कोई चार महीने पहले।'

विजय चौंक पड़ा। कप उसके हाथ से छूटते-छूटते बचा। 'चार महीने। चार महीने से वो आपलोगों से नहीं मिला है। पिछले महीने जब आपको जांडिस हुआ था तब तो वो जरूर आया होगा!'

पापा मुँह बनाकर बोले, 'शायद आ नहीं पाया लेकिन वो एकबार जरूर ये पता करने आया था कि मैं जिन्दा हूँ या नहीं।'

विजय ने अपनी माँ की ओर देखा। उनकी आँखों से लग रहा था कि वे दुखी हैं।

'और यास्मीन, वो तो आती होगी?' विजय ने पूछा।

'हाँ बिल्कुल?' अम्मा झटपट बोली। 'जब तुम्हारे पापा बीमार थे तो घण्टों उनके सिरहाने बैठी रहती थी।'

'वो हबीब के बारे मे कुछ बताती थी? क्या अभी भी दोनों मिलते हैं?'

'उसके बारे में तो बात नहीं करती थी। लेकिन सुनने में तो यही आता है कि दोनों मिलते रहते हैं।'

तभी झाड़ियों से एक शर्मीली काया निकली और धीमी आवाज आई–'सलाम वालेकुम। मैंने सुना है विजय भाई आ गए हैं।'

विजय ने लपककर यास्मीन को गले लगाया और कुछ आश्चर्य से बोला, 'अरे मेरी छोटी बहन कितनी बड़ी हो गई है। श्रीनगर के सड़कों पर दिखाई देती तो पहचान भी नहीं पाता। सोचता हूँ अब तुम्हें श्रीनगर की सड़कों पर नहीं निकलने देना चाहिए–अकेले तो बिल्कुल ही नहीं।'

अपनी तारीफ सुनकर यास्मीन अदब से मुस्कुराई। वह कश्मीरी खूबसूरती की मिसाल थी। गोरी, नाजुक, चमड़ी। मुँहासे से दूर। दमकता चेहरा, पंखुड़ियों से मुड़े होंठ, सुरमे से आँजी बड़ी-बड़ी आँखें। ढीले हरे फिरन में उसका बदन सम्भाले नहीं आ रहा था।

एक मोढ़े पर बैठते हुए खुशी से उसकी ओर देखते हुए बोली, 'कितने दिनों के लिए आए हैं विजय भाई?'

'अफसोस केवल तीन हफ्तों के लिए। फिर मुझे अपना कोर्स पूरा करने जाना होगा।' विजय ने अपने-आपको रोकना चाहा पर रोका नहीं पाया, 'यास्मीन हबीब कैसा है? कहाँ है? हमें काफी दिनों से उसकी कोई खबर नहीं मिली।'

यास्मीन ने प्लेट से बिस्कुट उठाई और बिना विजय से आँखें मिलाए जवाब दिया, 'हबीब बेहतर है। वह कुछ कामों में बेतरह मशरूफ है। उसने...उसने अभी नहीं आ पाने के लिए माफी माँगी है।'

बाद में यास्मीन को घर पहुँचाने जाते वक्त भी उसने फिर वहीं जिदभरा सवाल किया, 'आखिर हबीब को क्या हुआ है? देख रहा हूँ सब लोग टाले जा रहे हैं। मुझे कुछ तो बताओ?' उसने यास्मीन की बाँह पकड़कर उसे अपनी ओर घुमाकर पूछा, 'बताओ यास्मीन हबीब किसी मुश्किल में तो नहीं है?'

यास्मीन ने विजय के चेहरे को देखा और जवाब दिया, 'नहीं, विजय भाई हबीब किसी मुश्किल में नहीं है लेकिन वह इधर सियासत में कुछ मशरूफ हो गया है।'

'सियासत! विजय चौंका। कैसी सियासत?'

यास्मीन ने इत्मीनान से विजय को बताना शुरू किया, 'वह अपना ज्यादातर वक्त कासिम और उसके कुछ साथियों के साथ बिताता है जिन्हें मैं नहीं जानती। विजय भाई मुझे लगता है उसमें ज्यादातर लोग जे के एल एफ के हैं।'

'जे के एल एफ', विजय की आवाज उत्तेजना में कुछ तेज हो गई। 'अपहरण करने वाले और मजहबियों की फौज में? क्या उसका दिमाग खराब हो गया है? क्या तुमने कभी उसके इस नए जुनून के बारे में जानने की कोशिश की?'

'हम सबने उससे बात की थी विजय भाई। लेकिन अभी वो पूरी तरह इसमें डूबा है।' यास्मीन ने अपने-आपको रोकते हुए कहा, 'मुझे नहीं लगता है कि हबीब कभी कुछ गलत कर सकता है। बस उसपर कासिम और उसके लोगों का गहरा असर है।'

विजय ने हाथ खड़े करते हुए कहा, 'मेरे सामने हबीब की तरफदारी करने की कोई जरुरत नहीं है यास्मीन। लेकिन मैं उससे मिलने की कोशिश करूँगा और उसकी अक्ल ठिकाने लगाने की भी। हे भगवान उसने कभी सोचा भी है कि इससे आई ए एस में आने में कितनी मुश्किल आएगी? वे उसे कभी नहीं चुनेंगे।'

'यही बात आपके पापा भी उसे समझने की भी कोशिश कर रहे थे।' यास्मीन धीमे से बोली। 'जबरदस्त बहस हुई विजय भाई, और फिर पापा ने उसे घर से निकल जाने को कहा। फिर वो नहीं लौटा।'

कौलों के घर में रात के खाने पर यह मुद्दा उठा था। हबीब दुनिया को जीतने के अपनी तककीबों के जोश में था। उससे यहीं गलती हो गई। उसने कुरैशी की कुछ लफ्फाजी पापा के सामने भी करने की कोशिश की। और फिर वो हुआ

जो उसने सोचा भी न होगा।

'बकवास मत करो हबीब', पापा उसे डाँटकर बोले। 'हर जवान आदमी सपने देखता है। लेकिन ये तो बेवकूफी है। यह तुम्हारे कैरियर और जिन्दगी दोनों को तबाह कर देगी। अगर पुलिस को पता चल गया कि तुम कुरैशी जैसे लोगों के साथ उठते-बैठते हो तो वह रेकॉर्ड में चला जाएगा और तुम्हारा आई ए एस का कैरियर धरा रह जाएगा।'

हबीब ने अपना बचाव करते हुए कहा, 'पापा अगर हमारी कोशिश कामयाब हो जाए तो मैं कश्मीर के शासकों में एक बन जाऊँगा। अगर हम कामयाब हो गए तो यहाँ के लोग सचमुच की सत्ता पहली बार देखेंगे।'

सुनते ही पापा आपे से बाहर हो गए। 'तुम्हारे जंगली दोस्त क्या सोचते हैं कि क्या हो जाएगा? तुम स्वतन्त्रता की बात सोच रहे हो? तुम सोचते हो भारत एक सुहानी सुबह उठेगा और कश्मीर को आजाद कर देगा...या ये सोचते ही कि पाकिस्तान अपने हिस्से के कश्मीर को खाली कर देगा?'

''शायद नहीं', हबीब बचाव की मुद्रा में फिर बोला, 'शायद हमें कुछ स्वायत्तता मिल जाए। लेकिन कौन जानता है शायद हमें पूरी आजादी ही हासिल हो जाए।'

'अब समझ आया। तुम लोग सोचते हो कि कश्मीर आजाद हो जाएगा। तो बेटा जरा ये भी बता दो कि बाकी हिन्दुस्तान का क्या होगा? वहाँ दस करोड़ मुसलमानों की शक की निगाह से देखा जाएगा और मुल्क के दूसरे बँटवारे का दोष उनपर मढ़ने के लिए दक्षिण पंथी हिन्दू संगठन बैठे ही हैं। हम हिन्दूओं का क्या होगा जो कश्मीर में रहते है? और आखिर में ये भी बता दो बेटे कि हमारे इस छोटे से आजाद कश्मीर का क्या होगा। अपना कोई संसाधन नहीं, उद्योग धन्धे नहीं और न ही अपने लोगों का पेट भरने के लिए अनाज़। फिर हम किसके पुतले बनेंगे?'

हबीब को गुस्सा आ गया और वो फट पड़ा, 'वो भारत की समस्या नहीं है और एक बात बात दूँ पापा भारत को हमारी सुननी ही पड़ेगी। घाटी में वैसे भी बन्दूकों की आवाज़ें सुनाई देने लगी हैं। मगर जरुरत पड़ी तो हम हिन्दुस्तानियों को यहाँ से निकाल बाहर करेंगे।'

यह दूसरी गलती थी और एक बड़ी गलती थी।

'बन्दूक! तो तुम घाटी में बन्दूक का जोर चलाओगे। तुम लोग कश्मीर को आसाम या श्रीलंका बना देना चाहते हो। तुम पागल तो नहीं हो गए हो हबीब जो मेरे घर में बैठकर बन्दूक की बात कर रहे हो? और किसे निकाल बाहर करोगे तुम! हमें? तुम एक दिन यहाँ बन्दूक लेकर आओगे और मुझे और अम्मा को कश्मीर से बाहर कर दोगे', बोलते हुए पापा अपनी कुर्सी से उठ खड़े हुए। वे काँप रहे थे।

'बेकार की बातें मत कीजिए पापा', हबीब उन्हें शान्त करने की कोशिश कर रहा था। 'मैं ऐसा कुछ भी कैसे कर सकता हूँ जिसमें कि आपको तकलीफ हो?' 'तुमने ये कहकर क्या कम तकलीफ पहुँचाई है मुझे कि तुम मेरे कश्मीर में मौत लेकर आओगे', पापा ने थोड़ा नरम पड़ते हुए थकी आवाज में कहा। 'जब कोई पागल ऐसी बात करता है तो भी बुरा लगता है लेकिन जब वो पागलपन अपने ही घर में घुस गया हो तो उसकी चिन्ता जरूर करनी चाहिए। अपनी इस धरती की चिन्ता करनी चाहिए। हबीब तुम चले जाओ, मैं अकेला रहना चाहता हूँ।'

खाना टेबल पर ठण्डा हो गया था, हबीब ने लापरवाही से अम्मा को गले लगाया और कमरे से बाहर चला गया।

यह चार महीने पहले की बात थी, और अब यह विजय पर था कि वह हबीब से बातचीत की कोशिश करे। उस रात विजय अपनी रजाई में बहुत देर तक सो नहीं पाया। उसने बगल की अखरोट की टेबल पर पड़ी घड़ी के लिए हाथ बढ़ाया। 'उफ! अभी तो आधी रात हुई है,' उसने अपने आप से कहा और सोने की कोशिश छोड़ दी। वह एहतियात से भारी-भरकम बिछावन से सर्दी में काँपते हुए उठा। हालाँकि कमरे के एक कोने में एकतार का हीटर जल रहा था लेकिन कश्मीर की बर्फीली ठण्ड को कमरे में आने से रोकने में वह नाकाफी था।

'मुझे पापा से अपने कमरे में बुखारी लगवाने के लिए कहना चाहिए', विजय ने अपने कमरे में खिड़की की ओर बढ़ते हुए सोचा। शीशे की खिड़की हल्की सी खुली हुई थी जिससे थोड़ी सी ताज़ी हवा आ सके। अन्दर से शीशा छूने पर बर्फ सा ठण्डा लगता था। उसका कमरा पहले माले पर था। उसे शंकराचार्य पहाड़ी पर रोशनी दिखाई दे रही थी अपने पिछवाड़े के बाग के पेड़ों की पत्तियों के बीच छुपती-दिखती। और फिर उसकी आँखें गार्डन के पिछवाड़े की छोटी सी झोंपड़ी की जलती रोशनी पर गड़ गई।

'गुलाम रज़्ज़ाक अब भी जाग रहा है', वह सोचकर खुश हुआ 'इस बूढ़े ने अभी तक देर रात तक जगने की आदत नहीं छोड़ी है।'

विजय अपने बिस्तर तक गया और अपना भारी-भरकम गाउन पहना और फिर बैठकर अपने भारी ऊनी मोजे पहने और फिर चमड़े के चप्पल। बाग में आधीरात की हवा सीधे उसके चेहरे पर चुभ रही थी और वह लगभग दौड़ता हुआ झोंपड़ी तक पहुँचा और तेजी से खिड़की पीटने लगा। गुलाम रज़्ज़ाक ने तुरन्त दरवाजा खोला और आनेवाले को पहचानकर मुस्कुराया।

'विजय बाबा', उसने बाहर झाँका। वह इस बात से अनजान था कि अपने से पन्द्रह इन्च बड़े आदमी को यह नहीं कहना चाहिए। 'जल्दी से अन्दर आ जाइए, आप वहाँ जम जाएँगे।'

विजय रज़्ज़ाक के बिस्तर में धंस गया, और वह बूढ़ा आदमी अपने छोटे केरोसीन के स्टोव की ओर बढ़ा जो एक काठ की कुर्सी पर पड़ी सुलग रही थी—'चाय पीएँगे, विजय बाबा? मैं सोने से पहले अपने लिए थोड़ी बनाने जा रहा था।'

विजय ने हामी भरी, प्यार से उस बुजुर्ग की ओर देखते हुए वह उस कमरे में इधर-उधर देखने लगा। वे दोनों हमेशा काफी करीब रहे थे। रज़्ज़ाक ने विजय के आया की भूमिका भी निभाई थी। दिन में दर्जनों बार उसकी नैपकीन बदली। यह रज़्ज़ाक ही था जिसने सब्जी मसली और खिचड़ी बनाई जब विजय के खाने की उम्र हुई। रज़्ज़ाक ने ही उस नन्हें-मुन्ने को गर्म पानी के टब में डुबकाया था, उसके बगल में और सारी पीठ पर साबुन लगाया था, और बच्चे को पानी में इधर-उधर पैर फेंकते देख मुस्कुराया था। छपछपाहट की आवाज से खुश हुआ था।

रात में जब अम्मा बीमार होती थीं, या उन्हें कहीं जाना होता था तो रज़्ज़ाक ही विजय को अपने कन्धे पर सटाकर रखता था कालीन बिछे गलियारे में चहल कदमी करता अपनी बेसुरी आवाज में पुरानी कश्मीरी प्रेमगीत गाता। विजय पहली बार श्रीनगर की सड़कों पर रज़्ज़ाक के कन्धे पर ही सवार होकर निकला था। जोर से उसके बाल पकड़े और दोनों नन्हें पैरों से उसकी छाती को बजाता हुआ। इस कोशिश में कि वह कुछ और तेज़ चले। बाद में, रज़्ज़ाक ही विजय को स्कूल से घर लेकर आता था और बड़े ध्यान से उसकी बातें सुनता था।

विजय ने चाय का कप लिया और बूढ़े को देखकर मुस्कुराते हुए बोला—'गुलाम रज़्ज़ाक मैंने तुमसे कितनी बार कहा है कि इतनी चीनी मत डालो। इसी से तुम्हारा एक भी दाँत सलामत नहीं बचा',

रज़्ज़ाक ने ठहाका लगाते हुए अपना सिर हिलाया और मुँह खोलकर पीले दाँतों को दिखाते हुए बोला 'कुछ तो अभी भी हैं।'

वे दोनों बीते दिनों की बातें करते रहे, विजय ने रज़्ज़ाक की पसलियों को दबाते हुए कहा, 'तुम्हें याद है कि तुमने मुझे मारते-मारते बेदम कर दिया था।'

रज़्ज़ाक तुरन्त बोल पड़ा, 'कुछ ही थप्पड़ तो लगाए थे जो आपको लगने ही चाहिए थे।'

काटने वाली ठण्डी नवम्बर थी, जब विजय और हबीब मुश्किल आठ साल के थे। झीलों के पानी पर बर्फ की परत जमने लगी थी, बच्चों को बार-बार चेतावनी दी जा रही थी कि वह परत अभी बहुत पतली है और उसपर पाँव न रखें।

वही हुआ। एक शुक्रवार आस-पड़ोस के ज्यादातर बड़े-बुजुर्ग नमाज़ के लिए गए हुए थे, विजय और हबीब ने अपने क्रिकेट खेलने का सामान उठाया और घर के पिछवाड़े के पोखर की जमी हुई परत के किनारे खेलने लगे। हबीब के हाथ में बल्ला था और वह विजय की फेंकी हुई हर गेंद को उसी पोखर की ओर दे मारता। खुशी से चिल्लाता हुआ। वह अपने दोस्त की बेबसी पर और चिल्लाता।

गुस्से में विजय ने इसबार यह तय किया कि वह और दूर से चलकर आएगा और तभी यह हुआ—टूटने की तेज आवाज हुई। उसके पैरों के नीचे की बर्फ टूट गयी, और वह पानी में गहरे उतरता गया।

'अल्लाह के फज़ल से उस दिन मैं मस्जिद नहीं गया था; बरसों में पहली बार मैंने जुमे की नमाज़ छोड़ी थी', रज़्ज़ाक ने याद किया।

उसने झील से चीखने की आवाज़ें सुनी और दौड़ा। चीखते हबीब को पार किया, जो उस गहरी बर्फ के पास बैठा, विजय तक पहुँचने की कोशिश कर रहा था। रज़्ज़ाक जानता था कि कभी-कभी बर्फ के धारदार कोने ज्यादा खतरनाक होते हैं। वह बर्फ पर लेट गया और सावधानी से जमाने वाले बर्फ में तैरते बच्चे तक पहुँचने की कोशिश करने लगा।

और फिर उसने उतनी दौड़ लगाई जितनी कि लगा सकता था। विजय को अपनी फिरन के भीतर छातियों से लगाए, जड़ शरीर की मालिश करते हुए सीधा अपने एक दोस्त के घर गया, जहाँ वह जानता था कि एक हम्माम है और गर्म टब, जो हमेशा तैयार रहता था। विजय को गर्म पानी में डुबा दिया गया और उसकी तब तक मालिश की गयी जब तक वह दुबारा होश में न आ गया। फिर वह खड़े होने की कोशिश करने लगा अपने उस खतरनाक अनुभव को थोड़ा-थोड़ा याद करता। और उसने उस बच्चे की उसके जीवन की सबसे बड़ी पिटाई की। हबीब ने भागने की कोशिश की लेकिन रज़्ज़ाक ने उसे पकड़ लिया और कुछ डण्डे भी लगाए।

अपनी चाय पीते हुए विजय ने गुलाम रज़्ज़ाक की हड्डियों वाली बाँह पकड़ कर दबाते हुए कहा 'घबड़ाइए नहीं बूढे चाचा, मैंने आपको माफ कर दिया।' रज़्ज़ाक ने जुगत से अपना हाथ छुड़ाया। वे मिलिटरी अकादमी के बारे में बातें करते रहे, रज़्ज़ाक के इकलौते लड़के के बारे में जो अब श्रीनगर के सदर अस्पताल में वार्ड ब्वॉय है और हबीब के बारे में।

'ये नई इस्लामी हवा क्या है जिसकी बड़ी चर्चा सुन रहा हूँ',

विजय ने पूछा।

गुलाम रज़्ज़ाक ने अपनी झोपड़ी की सतह पर थूका, 'ये सब बिहारी मुल्ले हैं, जो कुछ बरस पहले आए हैं, गैर कानूनी तरीके से यहाँ रह रहे हैं। वे शरीयत की बात करते हैं, वे हमें समझाने की कोशिश कर रहे हैं कि हम जिस तरीके से इबादत करते हैं, उससे खुदा हमसे नाराज़ हो जाएँगे। उन्होंने मुझे एकबार पकड़ा था जब में ज़ियारत पर गया था। कह रहे थे कि ये सारी दरगाहें इस्लाम के खिलाफ है।'

'आपने क्या कहा?' विजय ने पूछा

रज़्ज़ाक शरारती ढंग से मुस्कुराया 'मैंने इनसे कहा अपने आस-पास देखो।

कश्मीर की खूबसूरती को देखो। क्या यह खुदा का तोहफा नहीं है? तो फिर वह हमारे इबादत के तरीके से नाखुश कैसे हो सकता है?'

विजय हँसते हुए अपने कमरे वापस जाने के लिए उठा। गर्मजोशी से उसने उस बूढ़े को गले लगाया–'आपसे फिर बात करके अच्छा लगा।'

अगली सुबह विजय रेजीडेंसी रोड पर कासिम की दूकान पर गया। जब वह जर्जर दरवाजे से अन्दर घुसा, हबीब अपने जगह पर उछल पड़ा और उसके गले लगने दौड़ पड़ा।

'विजय, बहुत-बहुत दिन हो गए। माफ कर दे कि मैं कल आ नहीं पाया लेकिन मुझे एक जरूरी काम से सोपोर जाना पड़ गया था। वो विजय का हाथ पकड़कर खींचता हुआ एक गर्दीले कुशन की तरफ ले गया। विजय ने उस कमरे में मौजूद दूसरे व्यक्ति की ओर देखा। वे दोनों बेरूखी से मुस्कुराए, 'कैसे हो कासिम?'

'सलाम अलैकुम विजय भाई। सुना है तुम्हारी वर्दी खूब फबती है।'

कासिम दौड़कर दो कप चाय ले आया और फिर हबीब से बोला–'मैं अमीरकादल जा रहा हूं। कुछ देर के लिए तुम दूकान पर थोड़ी नजर रख लोगे।'

कासिम के नजरे बद से दूर विजय ने ज्यादा सुकून महसूस किया और तुरन्त उस विषय को उठाया जो उसे खाए जा रहा था। लेकिन हबीब पहले ही बोला पड़ा और चेतावनी देते हुए बोला–'प्लीज विजय! भाषण मत झाड़ना। मैं पहले ही पापा से काफी पेट भरकर खा चुका हूँ। देखो में जानता हूँ कि मैं थोड़ा कटा रहा हूँ और मुझे अफसोस है सचमुच कि मैं पापा-अम्मा से काफी दिनों से नहीं मिला। लेकिन हमलोग कुछ नया लांच कर रहे हैं...कुछ बड़ा...'

विजय ने उसे झड़पते हुए टोका, 'हबीब, यास्मीन बता रही थी तुम्हारे ताल्लुक जे के एल एफ के बदमाशों के साथ हैं। भगवान के लिए बस इतना कह दो कि तुम इस सब को लेकर गम्भीर नहीं हो।'

'मैं जे के एल एफ का मम्बर नहीं हूँ', हबीब सख्ती से बोला 'लेकिन कासिम है मेरे कुछ और दोस्त भी हैं। विजय तुम्हें ऐसे कुछ लोगों से मिलना चाहिए...'

'और ये इन्कलाब की बातें।'

हबीब थोड़ा शरमाते हुए बोला, 'लगता है तुम सारे किस्से सुन चुके हो। देखो, वो सब बढ़ा-चढ़ाकर की गयी बाते हैं। हममें से कोई बन्दूक दिखाता नहीं। दौड़ता फिरता है। लेकिन हम जो कर रहे हैं–बड़ा प्रयोग है बताया था–एक विरोधी राजनीतिक दल बनाने की कोशिश। हम असेम्बली चुनाव लड़ेंगे और इंशाअल्लाह जीत कर दिखाएँगे। फिर हम प्रजातंत्रिक तरीके से कश्मीर में शासन चला सकते हैं और शेष भारत से अपने सम्बन्ध रख सकते हैं। फिर सब खुश होंगे, यहाँ तक कि पापा भी।'

'नई राजनीतिक पार्टी क्या है?' विजय ने सन्देह से पूछा।

'मैं मुस्लिम युनाइटेड फ्रंट का मेम्बर बनने को तैयार हो गया हूँ।'

विजय अविश्वास में आधा खड़ा हो गया। 'वह मुल्लों की पार्टी। उसमें और जे के एल एफ में क्या फर्क है, बल्कि वह तो उससे भी खराब है। मैं नहीं मान सकता कि तुम जमाती हो गए हो।'

'नहीं विजय,' हबीब ने धीरे से कहा 'मैं जमाती नहीं हूँ। तुम फिरकापस्ती और पाकिस्तान पर मेरी राय जानते हो। लेकिन हमारे पास अपनी बात रखने का और कोई तरीका नहीं है। अब जबकि नेशनल कांफ्रेंस ने असेम्बेली इलेक्शन के लिए कांग्रेस से हाथ मिला लिया है, हम जैसे लोग जो कांग्रेस और उसकी करनी से नफरत करते हैं आखिर कहाँ जाएँ? और मुस्लिम युनाइटेड फ्रंट सिर्फ जमात नहीं है, हंडवारा में लोन साहब भी इसमें शामिल हैं, श्रीनगर में अवामी एक्शन कमिटी हमारे साथ है और हजारों सेक्यूलर लोग आज़ाद...अब फिरकापरस्त इसमें अपना समर्थन दे रहे हैं तो हम क्या कर सकते हैं?'

'और तुम्हें लगता है कि वह पचरंगी भीड़ चुनाव जीत जाएगी। इन सब को मिलाकर देखें तो मुझे नहीं लगता कि कश्मीर के इतिहास मे कभी भी इन्होंने अधिक सीट जीते हैं।'

'ठीक है', हबीब ने हामी भरी। 'जमात ने अकेले कभी पाँच प्रतिशत से ज्यादा वोट किसी चुनाव में हासिल नहीं किए। लेकिन इसबार कुछ अलग हो सकता है। जबसे तुमने घाटी छोड़ी है। इस्लाम का नारा गाँव-गाँव तक फैल गया है। एक नया मजहबी जोश लोगों में आ रहा है। तुम जानते हो कि यह ऐसा कुछ नहीं है जो मुझे पसन्द है, लेकिन अगर फ्रंट में मुझ जैसे लोग रहेंगे तो वे आन्दोलन को सेक्यूलर रास्ते पर ला सकते हैं।'

विजय ने अपने कन्धे झटके—'तो मुझे ये बताओ कि तुम चुनाव में अपने जीतने के आसार कैसे देखते हो?'

कासिम अमीरकादल की चुनावी जलसे में गया हुआ है—वहाँ मैं भी मदद कर रहा हूँ। तुम क्यों नहीं खुद आकर देख लेते हो?'

विजय व्यंग्यपूर्वक मुस्कुराया—'मेरा नाम विजय कौल है और पता नहीं इस नाम के साथ मेरा कैसा स्वागत हो?'

'बेकार की बातें मत करो', हबीब ने उछलते हुए कहा 'अगर तुम चाहो तो मैं तुम्हें पार्टी का पूरा मेम्बर बनवा सकता हूँ।' वह विजय के चेहरे की प्रतिक्रिया पर मुस्कुराया और उसकी पीठ पर धौल जमाई और दोनों एक साथ हँसने लगे। अचानक लगा जैसे बीच के बरस पिघल गए हों। वे दोनों फिर गहरे दोस्त हो गए थे जिनके बीच कोई दीवार नहीं थी।

हबीब ने दूकान में काम करने वाले को देखते रहने का इशारा किया और दोनों रेजीडेंसी रोड से अमीरकादल की ओर चल पड़े। विजय को बड़ा आश्चर्य

हुआ। बड़ी संख्या में नए दूकानों को देखकर। लेकिन साथ ही यह जानवर उसकी त्योरियां चढ़ गयी जब उसे पता चला बुरका पहनने वाली औरतों की संख्या पहले से बढ़ गयी थी, हालाँकि अभी भी कम थीं। लेकिन दो साल पहले जितनी थी उससे काफी ज्यादा।

'उन लड़कियों को बुरके में देखा', उसने हबीब के कान में फुसफसाते हुए कहा, 'कितना बेकार लगता है–नजारा उतना दिलकश नहीं रह गया है जितना मैं छोड़ कर गया था।'

हबीब ने चेतावनी के अन्दाज में देखते हुए कहा--खुदा के लिए अमीरकादल में इस तरह की बातें मत करना। मेरे लिए इस मौसम में तुम्हें वहाँ से निकाल पाना मुश्किल होगा।'

लाल चौक तक पहुँचने में उन्हें कुछ ही मिनट लगे। बगल की गली से छोटा रास्ता लेकर वे नहर के किनारे आ गए, उससे थोड़ी ही दूर वह पुल था जिसकी वजह से अमीरकादल का नाम पड़ा था। हबीब बेखौफ एक दूकान में पहुँचा जो इस्लाम की पहचान हर रंग में रंगा था। विजय थोड़ा पीछे रह गया।

अन्दर ग्यारह लोग बैठे थे, अमीरकादल का उम्मीदवार और उसके कुछ खास हिमायती। नीचे सफेद चादर बिछी थी जिस पर वे बैठे थे, सिगरेट से भरे ऐशट्रे वहाँ आस-पास बिखरे हुए थे। हवा में नीले धुएँ का गहरापन था। संजीदा गुफ्तगू जारी थी।

'सलाम अलेकुम, युसुफ साहिब। मैं अपने दोस्त को आपसे मिलवाने लाया हूँ। यह विजय कौल है।'

हबीब परिचय करवा रहा था इधर विजय के गर्दन पर खुजली हुई और वह कुछ चौकन्ना हुआ। कॉलर के भीतर कोई कीड़ा था शायद।

आनेवाले सालों में उसे इसका अफसोस रहेगा कि उसके पास उस अन्धेरे कमरे की बैठक की कोई तस्वीर नहीं है, हालाँकि वहाँ बैठे लोगों के चेहरे उसकी यादों में हमेशा रोशन रहेंगे। वह खुद से हजार बार कहेगा कि अगर तब उसे पता होता कि उन लोगों का क्या होने वाला है तो वह उस दिन खुशी-खुशी मानव बम बनकर वहाँ डायनामाइट लगा देता।

उस दिन विजय ने क्या सोचा अब कुछ भी साफ नहीं था। बस चेहरे पर मुस्कान लिए आगे बढ़कर सब से मिलता रहा।

उस ग्रुप के बीच में बैठा वो भारी-भरकम आदमी जिसकी घनी भौंहें उसे देखकर आश्चर्य से कुछ तन गयी थीं। वही जिसकी मोटी नाक और भरी-भरी दाढ़ी थी। वो अमीरकादल का उम्मीदवार युसुफ शाह था। चार सालों के बाद नाम बदलकर वो हिज्बुल मुजाहिदीन का मुख्य कमान्डर सैयद सलाहुद्दीन होने वाला था। हिज्बुल जमात का सशस्त्र दस्ता था और कश्मीर का सबसे बड़ा उग्रवादी संगठन। पाकिस्तान

के हिस्से वाले कश्मीर से वो भारतीय फौज और अपने विरोधियों के खिलाफ कहर बरपाने वाला था। बाद में वह पाकिस्तान स्थित प्रमुख आतंकवादी संगठनों के ग्रुप युवइटेड जिहाद काउंसिल का मुखिय। बननेवाला था।

युसुफ शाह के दाएँ कश्मीरी परम्परा के अनुसार उसके पैर के पास झुककर बैठा एक दुबला-पतला सा लड़का था। उसका पतला चेहरा दाढ़ी से भरा था। जब हबीब ने विजय से उसका परिचय कराया तो वो मुस्कुरा उठा–'ये यासीन मालिक है। युसुफ साहब इसे अपना काउंटिंग एजेंट बनाना चाहते हैं।' कुछ ही वर्षो में यासीन मलिक पाकिस्तानी ट्रेनिंग पाकर कश्मीर के शुरुआती दौर के आतंकवाद का जिम्मेदार बननेवाला था। बाद में काफी साल जेल में बिताने के बाद वो जे के एल एफ का मुखिया भी बनने वाला था। आजादी माँगनेवाली जनता का साथ भी उसे मिलने वाला था। बाद के दिनों में वो महात्मा गाँधी की राह अपनाने वाला था। बन्दूक रखकर अहिंसक आन्दोलन का रास्ता अख्तियार करनेवाला था।

'ये जावेद मीर है। इसमें सबसे जोशीला', हबीब एक आदमी को दिखाते हुए बोला जिसके चेहरे पर तीन दिन की बढ़ी दाढ़ी थी। हाथ में धूप का चश्मा और वो दीवार से लगा खिड़की से बाहर सड़क की भीड़-भाड़ देखने में उलझा था। यासीन मलिक की गिरफ्तारी के बाद जावेद मीर भी जे के एल एफ का अस्थायी नेता बनने वाला था। 1990 के अफरा-तफरी के दौर में तो वो करिश्माई इन्सान जैसा होने वाला था। वह कभी भी सुरक्षाबलों को धोखा देता हुआ भीड़ भरी रैलियों में प्रकट हो जाता। उन बरसों में पत्रकरों में उसके इन्टरव्यू की होड़ मचने वाली थी। काले शीशे वाली गाड़ियों में लंबी दूरी तय करते हुए आँखों पर पट्टी बाँध।

हबीब की आवाज कुछ तेज हुई, 'ये हमीद शेख है'। वो हमेशा की तरह बुखारी के पास बैठा था, 'ये भी हमारे मददगार हैं।' साधारण मोची का लड़का हमीद सुरक्षा बलों के हाथों मारे जाने से पहले आन्दोलन के सबसे करिश्माई नेताओं में से एक होनेवाला था।

कमरे में और भी लोग थे–जवान, कमसिन। उनमें से कई यासीन मलिक के दोस्त थे, बाकी जमाते-इस्लामी के नौजवान शाखा के मेम्बर थे। सबने आगे बढ़कर विजय का स्वागत किया। फिर बातचीत चुनावों की ओर मुड़ गयी जो कुछ ही हफ्ते दूर था।

मोहम्मद युसुफ शाह दीवार से टिके कासिम की ओर मुड़कर बोले, 'मैं चाहता हूँ तुम एक बार फिर मौलाना लतीफ से बात करो। हमें मस्जिद के और इस्तेमाल की कोशिश करनी चाहिए। सारे मुसलमानों को ये साफ हो जाना चाहिए कि फ्रंट के लिए दिया गया हर वोट इस्लाम और इस्लामियत के लिए है।' फिर वो एक और नौजवान की ओर मुड़कर बोला, 'तुम्हें 4 तारीख की इकबाल पार्क की रैली के लिए लोगों को जुटाने का काम शुरू कर देना चाहिए। फ्रंट के सारे उम्मीदवार

उस दिन जनता के सामने आएँगे। इसलिए इसका ध्यान रहे कि उस दिन अधिक-से-अधिक लोग आएँ।'

'बाद में घर लौटते हुए विजय ने पूछा, 'तुम्हें कितने सीटों की उम्मीद है।'

हबीब ने कन्धे उचकाते हुए जवाब दिया, 'असल में हमलोग 60 में से 44 सीटों पर लड़ रहे हैं और हमें 20-25 सीटों की उम्मीद है।'

'बहुत कम है?'

'ठीक है। ये शुरुआत है। इससे कम-से-कम एसेम्बली में हमारी आवाज तो जाएगी।'

अमीरकादल से कुछ मील दूर गुपकर में जो शंकराचार्य पहाड़ की तलहटी में है, नेशनल कांफ्रेंस के नेता फारूक अब्दुल्ला रहते थे। वे दिल्ली में समझौता करके दुबारा मुख्यमन्त्री बन चुके थे। वहाँ माहौल में कुछ ज्यादा जोश नहीं था। खुफिया एजेंसियों की ताजा रिपोर्ट के मुताबिक फ्रंट को सरकार विरोधी वोट मिलने की उम्मीद थी और उसके एक प्रभावी विपक्ष बनने की भी। अब तक वोटर कांफ्रेंस और कांग्रेस में से एक को चुनते थे। लेकिन इस बार दोनों साथ लड़ रहे थे इसलिए फ्रंट को वोट देने का ही रास्ता बचा था।

फारूक अब्दुल्ला की चमकती कारों का काफिला गेट पर रुका। वे अपनी कार से कूदे। सफेद कुर्ते-पाजामे में लम्बे-गोरे फारूक सिर के कम बालों के बावजूद बड़े प्रभावशाली लग रहे थे। सीढ़ियाँ पार करके वे लॉन में पहुँचे जहाँ नेशनल कांफ्रेस के अन्य नेता उनका इन्तजार का रहे थे।

बेंत की एक कुर्सी पर पसरकर के रूमाल से अपनी भौंहें पोंछने लगे। श्रीनगर से तीस किलोमीटर उत्तर अपने चुनाव-क्षेत्र गंडेरबल की धूलभरी यात्रा से लौटे थे वे। वर्दीधारी नौकर से पानी का ग्लास लेते हुए अपने एक साथी की ओर मुखातिब होते हुए उन्होंने पूछा, 'तो बताइए ताज़ा खबर क्या है?'

पार्टी के महासचिव शेख नजीर ने कहा, 'खबर ये है कि हम जम्मू और लद्दाख फतह कर लेंगे।'

फारूक अब्दुल्ला ने टोका, 'जम्मू और लद्दाख तो ठीक है पर घाटी की क्या खबर है?'

नजीर ने उदासी के साथ अपना माथा पकड़कर सूबे का नक्शा टेबल पर फैला दिया। 'हम लोग शर्तिया सोपोर, हांडवारा, ईदगाह और अमीरकादल में हारेंगे। बिजबेहरा, कुलगम और अनंतनाग में कुछ तय नहीं लगता। वैसे इलेक्शन में तीन हफ्ते बाकी हैं कुछ भी हो सकता है।'

एक और वरिष्ठ मन्त्री ने कहा, 'हमें घबड़ाना नहीं चाहिए। खराब से खराब हालात में भी वे दर्जनभर से ज्यादा सीट नहीं पाएँग...जो कुल सीटों का पाँचवाँ हिस्सा ही ठहरता है।'

'यह ठीक नहीं,' फारूक अब्दुल्ला फूट पड़े। 'हमें अपने कोशिश तेज करनी होगी। प्रचार तेज कीजिए। फिरकापरस्तों की टोली असेम्बली में नहीं आनी चाहिए। हम नहीं चाहते कि असेम्बली में आकर वे सफेद चोगे में पाकिस्तानपरस्ती फैलाएँ।'

नेशनल कांफ्रेंस के नौजवान नेता रात के खाने पर जमा हुए। एक बुजुर्ग नेता पार्टी के दो लोगों की ओर बढ़े और उनके कन्धे पर अपना हाथ रखा। 'जानते हो, हमें सचमुच इसका रास्ता निकालना चाहिए कि फ्रंट को कैसे रोका जाए', उन्होंने कहा। 'ऐसा कोई रास्ता तुम नौजवानो को ढूंढना होगा।' उन्होंने जोश दिलाते हुए कहा और कोई बात नहीं हुई। लेकिन उन नौजवानों ने एक दूसरे की ओर देखा। उन सरदारों की तरह, जिन्होंने थॉमस बेकेट को मारा था। उनको इशारा मिल चुका था।

सर्दियों की बर्फ श्रीनगर की आस-पास की पहाड़ियों पर पिघलने लगी थी, बर्फीली हवा की जगह दूर से आती चीड़ वनों की खुशबू भरी हवा ने ले लिया। वसंत की पहली पत्तियाँ पेड़ों पर दिखाई देने लगी थीं, जम्मू और कश्मीर के शहर और गाँव में इलेक्शन की चहल-पहल दिखाई देने लगी थी।

चुनाव के दिन सुबह-सुबह, कौल के घर के सामने के दरवाजे पर दस्तक हुई, और एक जानी-पहचानी दाढ़ीवाली आकृति ड्राईंग रूम में दाखिल हुई—'अम्मा हैं क्या?'

सुनीता सुबह की पूजा से तरोताज़ा कमरे में आई 'आओ हबीब बेटा! आश्चर्य की बात हुई। तुम काउंटिंग में नहीं जा रहे?'

'पोलिंग में अम्मा', हबीब ने उनकी गलती सुधारी और झुककर उनके गाल चूमे। 'हाँ' उधर ही जा रहा हूँ, अभी डेढ़ घंटे हैं, लेकिन मैंने बिना आपके आशीर्वाद के कुछ भी नहीं किया है। सो आया हूँ।'

अम्मा ने होशियारी से ऐसा कुछ भी नहीं कहा कि वो क्या करने जा रहा है, और चुपचाप एक सेव काटकर उसकी ओर बढ़ाया। जब विजय था तो हबीब एक रात खाने पर आया था, तो उसकी पापा से बड़ी विचित्र भेंट हुई थी। बहुत सारा अनकहा हवाओं में गूँजता रहा, और पापा ने चुप रहकर ही यह जता दिया कि हबीब के नए सियासी ढंग को वे अब भी पसंद नहीं करते। उसके बाद विजय देहरादून लौट गया और फिर हबीब सिर्फ एक बार आयो वो भी दिन के खाने वक्त, जब वो जानता था कि पापा काम पर गए होते हैं।

हबीब ने रज़्ज़ाक के हाथ से चाय ली और झट से पीकर खड़ा हो गया। अम्मा को चूमते हुए फुसफुसाया 'मुझे चलना चाहिए। लोग मेरा इन्तजार का रहे होंगे। अम्मा दरवाजे तक आई और सड़क की ओर जाते हुए उसका गुम होना देखती रहीं।

अमीरकादल झंडों से भरा हुआ था। सफेद हल वाला लाल झण्डा नेशनल

कांफ्रेंस का था और हरा झण्डा मुस्लिम युनाइटेड फ्रंट का। हवीब और अन्य कार्यकर्ता पोलिंग बूथ पर टेबुल के पीछे बैठे थे, वोटर के नाम का मिलान कर रहे थे। फटे-विखरे कागज़ों के ढेर में। वोट डालने से पहले डालने का रास्ता दिखाते थे और वोटर अपना वोट डालने से पहले ऊँगली पर निशान लगवाते थे। उसपर बहुत सारे नाम थे, लेकिन कुछ ही थे जो काम के थे।

देर सुवह तक, वोटिंग अमीरकादल में ठीक-टाक चल रही थी लेकिन बाकी इलाकों से वारदातों की खबरें आ रही थी। गुस्से से भरा एक नौजवान हबीब के पास आकर बोला कि 'अभी-अभी खबर मिली है कि हांडवाड़ा में लोन साहव के पोलिंग एजेंट को बाहर कर दिया गया है। भारी गड़बड़ी घाटी के बहुत सारे चुनाव-क्षेत्रों में हो रही है।

हवीब शेख उनके पास गया। उसका चेहरा गुस्से से लाल था, 'हरामज़ादे इलेक्शन को जबर्दस्ती जीत लेना चाहते हैं। लेकिन यहाँ उनकी चाल कामयाब नहीं हो पाएगी।'

लेकिन थोड़ी देर में ही इस बात पर झड़प होने लगी कि कौन वैध वोटर है और कौन नहीं? यह घटना कश्मीर के सारे मतदान-केन्द्रों पर घटी, उस शाम सारे कश्मीर घाटी में तनाव था क्योंकि फ्रंट के कार्यकर्ता छोटे-छोटे ग्रुपों में उत्तेजित दिन भर के घटनाक्रम का बार-बार परीक्षण कर रहे थे और ये कि क्या हो सकता है इसका मतलब?

काउंटिंग के दिन यह तनाव गुस्से के रूप में फूटा। जैसे-जैसे वोटों की गिनती होने लगी, संदेहास्पद तरीके से फ्रंट के उम्मीदवारों को अपनी जीत की उम्मीदों पर पानी फिरता नजर आने लगा।

अमीरकादल के मतगणना केन्द्र पर बन्द कमरे में हबीब और हामिद शेख रिटर्निंग अफ्सर से उलझ रहे थे–'आप ऐसा नहीं कर सकते', हबीब ने कहा। उसकी आवाज से गुस्सा और हताशा झलक रही थी। 'यह धोखा है, खुला धोखा। आप बोगस वोटों की गिनती नहीं करवा सकते।'

रिटर्निंग अफसर ने उसे कुछ सख्ती से देखा 'आप प्लीज मुझे अपना काम करने देंगे? अगर आप इसी तरह मतगणना में बाधा पहुँचाते रहे तो मुझे मजबूर होकर आप सबको सेन्टर से निकालना पड़ेगा।'

हबीब का गुस्सा फट पड़ा, 'हमें हटा दीजिए! इससे आपको अपने काम में और आसानी हो जाएगी?' उसका चेहरा लाल था और उसकी नाक अफसर को लगभग छू रही थी, जिसने जवाब में उसने उसे परे हटाया। अगले कुछ मिनटों तक वहाँ अफरा-तफरी मची रही और आखिरकार हामिद शेख और हबीब शाह ने खुद को पुलिसिया जकड़ में पाया, उन्हें नजदीक के पुलिस स्टेशन ले जाया गया।

दोनों को अलग-अलग सेल में वन्द कर दिया गया और अगले घण्टे भर वे गालियाँ देते रहे। फिर वे चुप हुए और सींखचों के पीछे पसर गए, देखते रहे कि अन्य फ्रंट के कार्यकर्ताओं को भी वहाँ पकड़-पकड़ कर लाया जाता रहा। वह खासतौर पर एक गन्दा पुलिस थाना था, दीवारें गन्दी, बेरंग थीं, फर्श पर दशकों की गर्द जमी थी, पेशाब की गन्ध हवा में फैली थी। एक 60 वॉट का नंगा बल्ब घिसे, टेढ़े-मेढे तार से लटका था और गलियारे के बीचों-बीच सेल के चारों कोनों को रोशन करने की असफल कोशिश कर रहा था।

छोटी सींखचों वाली खिड़की के बाहर शाम के साए गहराए और वे समझ गए कि इलेक्शन का नतीज़ा अब तक आ गया होगा।

'ये लो, ये आखिरी है', हामिद ने सिगरेट का टुकड़ा हबीब के सेल की ओर लुढ़काते हुए कहा। हबीब ने उसे जलाकर अपने तलब शान्त की।

'वे हमें यहाँ कब तक रखने वाले हैं?' उसने पूछा

हामिद ने अपना मुक्का दिखाते हुए कहा 'बेहतर है वे हमें हमेशा यहीं रखें, नहीं तो अगर मैं निकला...'

'तुम्हें क्या लगता है हमारे किसी आदमी को जीतने दिया गया होगा?' 'पता नहीं। शायद एक या दो।'

आखिरकार हबीब ने अपनी सिगरेट खत्म की। वो उसे तब तक खींचता रहा जब उसकी उँगलियाँ जलने न लगीं। 'हरामजादों क्या हमें थोड़ा पानी मिलेगा? और कुछ खाना?'

कुछ मिनटों तक कोई जवाब नहीं आया फिर गलियारे के दूसरी ओर एक दरवाजा खुला और कुछ लोग उनकी ओर बढ़े। पुलिस वालों और सुरक्षा गारदों से घिरे, सबसे आगे वहाँ का एस एच ओ था। उसके पीछे एक छोटा, गोल-मटोल आदमी हल्के नीले कुर्ते पाजामे में था, कुछ आत्ममुग्ध सा।

हबीब अपने में बुदबुदाया जब उसने उस बुजुर्ग नेशनल कांफ्रेंस नेता को पहचाना। गलियारे की दूसरी ओर हामिद शेख खड़ा हो गया और सींखचों को कसकर पकड़ा। उसकी उँगलियों के पोर हल्की रोशनी में सफेद दीख रहे थे।

वह नेता हबीब के सेल के बाहर रुककर एस एच ओ की ओर मुड़ा 'ये नमूने कौन हैं?'

पुलिसवाला सावधान की मुद्रा में खड़ा था, जैसे लेब्राडोर कुत्ता डॉग शो के आखिर के वफादारी राउंड में अपने मालिक को खुश करने में तत्पर रहता है। अगर उसके पूँछ होते तो वह उसे हिलाता हुआ कहता, 'सर ये अमीरकादल के गुण्डे हैं। बूथ पर दंगा फैला रहे थे।'

पुलिसवाला धीरे से मुस्कुराया। अब वह हबीब की आँखों में झाँकने के लिए मुड़ा, 'आह! युसुफ शाह के चमचे। जमात के कीड़े मैं इन्हें वहीं पहुँचा दूँगा जहाँ

के ये लायक हैं।'

हबीब ने कुछ कहा नहीं पर उसके गोल-मटोल चेहरे पर आँखें गड़ाए देखता रहा।

'तुम्हारे लिए अच्छी खबर है बच्चो। तुम लोग बुरी तरह मात रहे—हमारी चारों तरफ जीत हुई। तुम लोगों को दो सीटें मिलीं। अब तो समझ में आ गया कि जनता वाकई तुम लोगों को क्या समझती है।...अब तुम लोग अपने पाकिस्तान क्यों नहीं चले जाते हम लोगों को शान्ति से जीने देने के लिए?'

हबीब उस आदमी से पहली बार बोला। उसकी आवाज गुस्से में काँप रही थी, 'हराम के जने, इस बार तो तुमने हमसे छीन लिया, लेकिन हम लौटेंगे और हम तुम्हें गाड़ देंगे, तुम्हारे साथियों के साथ दोगले...गाड़ देंगे।'

नेता की मुस्कुराहट फैली, 'दरवाज़ा खोलो' उसने एस एच ओ से कहा। एस एच ओ ने कुछ झिझक से कहा, 'सर क्या आपको लगता है यह ठीक होगा?'

'मैंने कहा दरवाज़ा खोलो,' मन्त्री ने घुड़का, और एस एच ओ यूँ दौड़ पड़ा मानो उसे गोली लगी हो। वह चाबी लाने दौड़ पड़ा।

अपने बन्दूकचियों से घिरा मन्त्री सेल में घुसा और सीधा हबीब के पास पहुँचा।

'तो तुम हमें दफना दोगे, हाँ,' उसने हाथ उठाया उसके गालों को तिरछा पकड़ा उसकी अँगूठी से उसकी खाल कई जगह छिल गयी, हबीब गुर्राता हुआ नेता की ओर बढ़ा मानो उसे गिरा देगा, लेकिन सुरक्षा गारदों ने बीच में आकर हबीब की बाँह पकड़ ली।

'तुम हमें दफन करोगे गटर के कीड़े', उसका दूसरा हाथ हबीब के दूसरे गाल पर पड़ा। 'गन्दे कीड़े, अगर हम चाहें तो तुम्हारे छोटे-छोटे टुकड़े करके डल में फिंकवा दें।' उसके हाथ लगातार चल रहे थे, हबीब का चेहरा आगे-पीछे हो रहा था, जबकि हमीद शेख गलियारे की दूसरी ओर से गालियाँ बक रहा था। गारद ने हबीब के घुटने पर ठोकर मारी। मिनिस्टर एस एच ओ की ओर मुड़ा और उससे अपनी बेल्ट उतारने को कहा, फिर बेल्ट हवा में घूमकर उसके कन्धे से लिपटाता रहा। 'यह एक सबक है, तुम ग़लीज़ों के लिए ताकि तुम हमसे फिर नहीं उलझो।'

इशारे पाकर सुरक्षा गारदों ने हबीब को मुँह के बल गिर जाने दिया, फिर मंत्री सेल में बाहर निकला—इसका जोड़ीदार कहाँ है? उसे भी कुछ तमीज़ सिखाने की जरुरत है।'

हबीब फर्श पर लेटा रहा, आँखों में आँसू लिए। दर्द के नहीं गुस्से और बेईज्जती के आँसू। उसने उठने की कोशिश की लेकिन अचानक उठे बगल के दर्द से फिर से दोहरा होकर गिर गया। गलियारे की दूसरी और वह हामिद शेख के जिस्म पर पड़ते बेल्ट की आवाज सुन रहा था।

उस रात सेंटोर होटल में आधिकारिक भोज था। डल झील के पास। हबीब

और हामिद फर्श पर अपने-अपने सेल में पड़े हुए थे। विजय के पिता आर.के. कौल बन्द गले का कोट पहनने की कोशिश में लगे थे, जोकि गले के पास कुछ कस रहा था। बरसों की अरामफहम जिन्दगी ने वहाँ कुछ झुर्रियाँ डाल दी थीं।

राज्य सिविल सेवा के वरिष्ठ अफसर होने के कारण पापा वहाँ की व्यवस्था देख रहे थे। उन्हें चुनाव के नतीज़ों से खुश होना चाहिए था, लेकिन आखिरकार जब वे गले के पास का हुक लगाने में सफल रहे तो उनकी सोच धुंधली पड़ गयी।

जब काउंटिंग के दौरान उपद्रव की खबर श्रीनगर में फैली, उन्होंने सबसे पहले अपने साधनों से हबीब को दूर करने की कोशिश की। लेकिन आखिरकार वे असफल रहे। उन्होंने हबीब का पता लगाने के लिए ढेरों फोन किए। लेकिन उसकी कोई खबर नहीं मिली और कोई पुलिसवाला उसके बारे में बताने को तैयार नहीं था कि उसे कहाँ रखा गया है।

पापा ने आरामदेह काले जूते पहने और सीढ़ियों से नीचे उतरे। हमेशा की तरह अम्मा को आवाज़ लगाते 'चलो सुनीता हमलोग सचमुच देर हैं अगर हमने फर्ती नहीं दिखाई तो चीफ सेक्रेट्री हमसे पहले पहुँच जाएगा।'

उनकी पत्नी ड्रेसिंग रूप में निकलीं। हमेशा की तरह कपड़े के थैले में रूमाल और परफ्यूम की छोटी शीशी रखते हुए। 'ये साड़ी ठीक है?' उन्होंने सीढ़ियों के ऊपर लगे शीशे में खुद को देखते हुए पूछा।

'बला की हसीं लग रही हो', पापा ने छूटते ही जवाब दिया उस आदमी की तरह जो 30 साल से हर दूसरे दिन यही जवाब देता रहा हो। फिर उन्होंने अपने पत्नी को इन्तज़ार करते एम्बेसेडर कार में धकेला, और खुद भी बैठ गए। 'सेंटोर होटल!' उन्होंने ड्राईवर से कहा और सीट पर पसर गए, कोट के कॉलर को खींचते हुए मानो कुछ सेंटीमीटर कपड़ा और निकल आएगा अगर उन्होंने थोड़ी और मेहनत की।

अम्मा लगातार अपने कपड़े के बैग में छानबीन कर रही थीं, फिर बिना देखे धीरे से पूछ बैठीं 'हबीब की कोई खबर है?'

'नहीं', पापा ने रूखाई से कहा। फिर थोड़ी चुप्पी के बाद कहा 'अगर वह पाजी इसी तरह आग से खेलना चाहता है। अलगाववादियों और देशद्रोहियों के साथ रहना चाहता है तो फिर कोई कुछ नहीं कर सकता।'

उन्होंने कार के शीशे के बाहर देखा बुलवर्ड रोड की बत्तियाँ गुजरते कार को रोशन कर रही थीं, फिर अपने आप दुहराया—'मैं कुछ नहीं कर सकता।'

डिनर का माहौल खुशगवार था। नेशनल कांफ्रेंस के नेता शानदार जीत के जश्न में डूबे थे। पापा सबसे अलग कमरे के एक कोने में पड़ी कुर्सी पर बैठे थे, बीच-बीच में वेटर को इशारा कर अपना ग्लास और कबाब की प्लेट बदल रहे थे।

उनकी बगल की कुर्सी पर एक कद्दावर शख्सियत आ बैठे, वह उनका मन्त्री

था, वही आदमी जो हबील और हामिद शेख से उनके सेल में कुछ घण्टे पहले मिला था। वह इसे नहीं जानते थे।

'तो कौल जीत शानदार रही, हाँ! इंशाअल्ला अब उन जमाती हरामियों को पता चल जाएगा वे कहाँ खड़े हैं? अब वे अपना सिर कभी भी नहीं उठाएँगे?'

'अगर आप कहते हैं तो सर', पापा ने जवाब दिया।

मैं कहता हूँ तो!' मन्त्री ने त्योरी चढ़ाते हुए कहा 'मैं मुसलमान हूँ, और तुम हिन्दू। तुम्हें इससे ज्यादा खुशी होनी चाहिए कि फ्रंट का यह हश्र हुआ।' कुछ देर की खामोशी के बाद मन्त्री ने अपना आपा खोते हुए पूछा–'ठीक है तुम बताओ तुम्हारा तुम्हारा क्या ख्याल है? आखिर तुम्हारी मुश्किल क्या है?'

कौल ने एक गहरी सांस ली–'मेरी मुश्किल ये है कि मैं ये सोचता हूँ कि हमने जो बोया है उससे कल बीमार फसल उगेगी। फ्रंट को कभी भी मुट्ठी भर से ज्यादा सीट नहीं मिलती। थोड़ी सी सत्ता हासिल होती, और आखिरकार व्यवस्था द्वारा दबा दिए जाते जैसाकि सियासी पार्टियों के साथ हर जगह होता है। भारत में हमारे विलय का आखिरी विरोध भी धीरे-धीरे खत्म हो जाता। लेकिन अब.. .कुछ पता नहीं।'

वह थोड़ा चुप रहे फिर उठ खड़े हुए 'माफी चाहूँगा सर देर हो रही है और बाहर ठण्ड भी है।'

## अध्याय-8

# सरहद पार करते हुए

1987 की गर्मियाँ कश्मीर में लाखों गुलाबों की खुशबू की तरह आयी, मानो खुदा घाटी में रहनेवालों को ऐसा कुछ देना चाहते थे जो यादगार रहे।

आगे आनेवाले अन्धेरे और भयानक दशक में, कश्मीर के लोग कभी-कभी उस गर्मी को याद करते, अपने दिल में बसी उसकी स्मृतियों को और उम्मीदों को। बदलाव का इन्तजार करते हुए।

उस गर्मी जैसे सूरज हजारों-हजार सुनहरे रंगों से रंगा था। सुबह की मुलायम धूप ने पेड़ की टहनियों पर हल्की सुनहरी रोशनी फैलाई। हर पत्ती उसकी चमक दमक रही थी। सुबह जब खिली तो सरसों के खेतों की तांबई सुनहरी रोशनी ने किसानों को हिल कर बुलाया जो हैरतअंगेज रूप से अच्छी फसल की खुशहाली में थे। शाम को लाल दमकते सूर्यास्त का सोना डल के ऊपर प्रेमियों और हनीमून मनानेवालों को अपने-अपने शिकारों में मस्ताने सैर पर निकलने को मजबूर कर रहा था। वे सीट पर बैठे पानी में हाथ डुबाए रहते थे। बेहतरीन सरजमीं का बेहतरीन अनुभव था!

सैलानियों की भीड़ अद्वितीय थी। देश-विदेश से आए थे सैलानी। होटलों के कमरे कई गुना ज्यादा कीमतों पर चढ़े हुए थे; हाउसबोट भरे हुए थे; और दूकानदार अचानक बढ़ी मांगों को पूरा नहीं कर पा रहे थे।

और यह सिर्फ श्रीनगर में ही नहीं था कि लोग छुट्टियाँ मनाने आ रहे थे। पहलगाम की सड़कें भी ट्रेकिंग करनेवालों से पटी पड़ी थी। हरी घाटियों की ओर बढ़ते हुए और रास्ते में आरू और लिद्दरवर जैसी जगहों पर भी। अमीर भारतीय तबका गुलमार्ग में जमा था, महंगे होटलों और खास सरकारी कॉटेजों में। वे नए गोल्फ कोर्स या खिलनमर्ग की पहाड़ियों की ओर जाने से पहले विदेशी शराब पी रहे थे। ज्यादा साहसी लोग युस्मार्ग, या और आगे सानमार्ग और यहाँ तक कि कारगिल तक जा रहे थे। भारत के छोटे तिब्बत लद्दाख जाने के रास्ते तक।

हबीब ने यास्मीन से परी महल में मिलने को कहा जो ऊँची पहाड़ी से श्रीनगर को देखता लगता था। उस जगह से कुछ सौ मीटर ऊपर जहाँ वे पहली बार

साथ-साथ बैठे थे। यास्मीन ने चढ़ाई पैदल पूरी की, और उसकी साँस थोड़ी उखड़-सी रही थी जब वह गेट तक पहुँची।

'मैं यहाँ ऊपर हूँ', उसने हबीब की आवाज़ सुनी, और ऊपर झाँका तो पाया कि वह टैरेस के कोने पर खड़ा था।

यास्मीन टूटी-फूटी सीढ़ियों से हबीब की तरफ बढ़ी जो मुन्डेर के पास ही खड़ा था, अपने पैरों के नीचे शहर को देखता।

उसने उसके आने की आवाज़ सुनी और उसकी ओर मुड़ा, 'सॉरी, मुझे देर हो गई...' उसने बोलना शुरू किया लेकिन उसकी आँखों में कुछ उसने ऐसा देखा कि फिर खामोश हो गयी और वह थोड़ा पीछे हटी। फिर वह बोला, 'यास्मीन मैं सरहदपार जा रहा हूँ।'

यास्मीन की आँतों में कुछ घुमड़ा। फिर उसकी आँखों में आँसू निकल पड़े। 'नहीं हबीब, नहीं। मैं मिन्नत करती हूँ ऐसा मत करो।'

हबीब ने अपना हाथ बढ़ाया। प्यार और पछतावा भरा हाथ 'मुझे माफ कर दो। कासिम पहले ही जा चुका है पाकिस्तान, दूसरा दस्ता जल्दी ही जानेवाला है। मैंने भी उसी दल में जाने का फैसला किया है।'

अब तक वह सिसकियाँ भरने लगी थी, 'और मेरा क्या होगा?'

हबीब ने दूसरी तरफ देखते हुए जवाब दिया, 'मुझे पता नहीं यास्मीन। मुझे सचमुच कुछ पता नहीं। मुझे नहीं पता शायद मैं तुम्हें कोई भविष्य दे भी पाऊँ', वह रुका और उसकी ओर देखते हुए बोला। 'शायद तुम्हें किसी और की तलाश कर लेनी चाहिए।'

थप्पड़ ने उसके चेहरे पर लाल और सफेद निशान बना दिया और उसके कान झनझना उठे। यास्मीन गुस्से से काँप रही थी। 'किसी और को ढूँढ लूँ। मैंने अपनी जिन्दगी के पिछले चार बरस तुम्हारे साथ सारे श्रीनगर में घूमते बिताई हैं। तुम क्या सोचते हो कोई मेरी ओर देखेगा भी।'

हबीब ने अपना हाथ बढ़ाया, लेकिन वह पीछे हटी। 'यास्मीन समझने की कोशिश करो जो मैं कहने की कोशिश कर रहा हूँ...'

'दोज़ख में जाओ, तुम...हरामजादे।' उसकी ज़ुबान पर यह अनजाना शब्द अच्छा लगा। हबीब ने उसका हाथ पकड़ा। 'मेरी बात तो सुनो', लेकिन उसने अपना चेहरा घुमा लिया।

कुछ लोग उन दोनों को सन्देह से घूरने लगे, लेकिन न तो हबीब ने न ही यास्मीन ने उनकी परवाह की।

'यास्मीन तुम जानती हो कि मैं तुम्हें कितना प्यार करता हूँ—तुम इस दुनिया में मेरी सबसे अजीज़ हो। लेकिन हमारे पास कोई और चारा है क्या?'

'अगर तुम्हारा इंकलाब तुम्हारे दोस्त तुम्हारे लिए ज्यादी मानी रखते है, फिर

मुझे ज्यादा कुछ नहीं कहना है। मुझे अकेला छोड़ दो। और...और...', हबीब ने उसकी बाँहों पर अपनी पकड़ मजबूत की, और उसे मजबूर किया कि वह उसे देखें। 'यास्मीन मुझे पाकिस्तान तो जाना ही है। तुम्हारा यकीन शायद मेरे आजादी की इस जंग में नहीं है, लेकिन समझने की कोशिश करो कि मुझे क्या खींच कर रहा है। मैं सिर्फ इतना जानता हूँ कि मेरा वतन...मेरे लोगों को अभी मेरी जरुरत है? तुम क्या चाहती हो कि मैं क्या करूँ?'

अब तक उसका गुस्सा तन्हाई में बदल चुका था और वह खोए हुए खरहे की तरह लग रही थी।

'मेरे ख्याल से हम जल्दी ही शादी करनवाले थे,' उसने धीरे से कहा।

हबीब ने उसके बालों में हाथ फेरा 'वह हमेशा से मेरा भी ख्वाब रहा है। तुम जानती हो कि मैं तुमसे तबसे शादी करना चाहता था जब मैंने तुम्हें उस दिन दरवाजे पर शॉल के बैग के साथ देखा था। लेकिन क्या तुम्हें दिखाई नहीं देता कि मेरे पास तुम्हें देने को कुछ नहीं है। मैं नहीं जानता कि यह इंकलाब हमें कहाँ ले जाएगा। मैं तो ये भी नहीं जानता कि मुझे कब तक जीना है...'

यास्मीन फिर सिसकने लगी, और हबीब ने उसे अपनी ओर खींचा और धीरे-धीरे उसके सिर के पीछे सहलाने लगा 'यास्मीन मैं नहीं चाहता कि तुम अपनी जिन्दगी मेरे इन्तजार में गुजारो।'

उसकी आवाज़ भर्रा उठी 'तुम्हारे बिना मेरी जिन्दगी है क्या?'

वह पीछे हटी और हबीब की आँखें में सीधा देखते हुए बोली 'बोलो हबीब। मेरी और क्या जिन्दगी रही है? मैंने अपनी जिन्दगी के इन कुछ बरसों को छोड़कर कब खुशी देखी है?'

'यास्मीन', उसने टोकना चाहा।

'नहीं, मेरी बात सुनो। पूरी जिन्दगी मैंने अकेले गुजारी। सब कुछ मैंने खुद से किया। फिर तुम आए, और मैं अकेली नहीं रह गई। और अब तुम मुझसे फिर अकेले होने के लिए कह रहे हो। तुम कहते हो तुम्हारे लोगों को तुम्हारी जरुरत है। मेरे बारे में क्या ख्याल है? तुम्हें नहीं लगता कि मुझे भी तुम्हारी जरुरत है।'

कहने को कुछ बाकी नहीं था। हबीब ने उसे अपने से सटा लिया। कॉलेज की लड़कियों का जत्था उधर से गुजरा यह नज़ारा दबी हुई हँसी से देखते हुए।

× × ×

हबीब ने तय कर लिया था, तीन महीने बाद वह अपने घर से एक सुबह निकल गया, एक छोटा बैग अपने कन्धे पर लटकाए और पॉकेट में कुपवाड़ा जाने की बस का टिकट लिए। यास्मीन बस स्टैंड उसे विदा करने आई, हाथ में एक तुड़ा-मुड़ा फोटोग्राफ लिए जो उन्होंन साथ-साथ निचले शहर के स्टुडियो

में खिंचवाई थी।

'इसे ले जाओ अपने साथ', वह बोली। 'और अपना ध्यान रखना।'

हबीब ने अपने हाथ बढ़ाकर उसके गाल छुए। फिर वह मुड़ा और उस खटारा सरकारी बस में चढ़ गया। वह एक बेचारी सी सवारी गाड़ी थी। फटी टायर के सहारे आड़े-तिरछे होकर हजारों गड्ढ़ों से बचती चल रही थी। उसके दोनों और गर्द भरी थी और उन बच्चों की उबकाइयों के निशान थे जो पहाड़ों पर तेज रफ्तार की यात्रा के आदी नहीं होते। हबीब को बीच में खिड़की के पास जगह मिली और वहाँ बैठ गया। इस बात का ध्यान रखते हुए कि अब्बास को न पहचाने, जे के एल एफ का दूसरा आदमी जो उसकी पिछली सीट पर बैठा यात्रा कर रहा था। फिर उसने धूल भरी खिड़की की जोर लगाकर खोला और जब बस अडडे से बाहर निकली तो उसने अपना गर्दन बाहर निकालकर सड़क के किनारे खड़ी उस उदास सी छाया को हाथ हिलाया।

वह एक लम्बी यात्रा थी। बस बीच-बीच में तेल भरवाने के लिए रुकती थी और लोग फारिग हो लेते थे। बहुत समय था सोचने और बार-बार उस तस्वीर को देखने का, जो उस पूरी यात्रा में उसके हाथ में थी।

श्रीनगर-बारामूला हाइवे सूबे के बेहतरीन सड़कों में था लेकिन वह सिर्फ कहने को था। बारामूला पहुँचने से ठीक पहले बस दायीं और मुड़ी सीमा पर स्थित नगर कुपवाड़ा के लिए जो सरहद से ज्यादा दूर नहीं था, भारत और पाकिस्तान के बीच की सरहद से ज्यादा दूर नहीं था, भारत और पाकिस्तान के बीच की सरहद से वह सेना का इलाका था, और वहाँ अक्सर जाम लग जाता था क्योंकि सेना के लम्बे हरे ट्रक आदमियों और सामानों को एक ठिकाने से दूसरे ठिकाने ले जाते रहते थे। लेकिन सेना के इंजीनियरों द्वारा बनाई गयी वह सड़क कम-से-कम गड्ढों से खाली थी।

दोपहर बाद बस कुपवाड़ा पहुँची। हबीब और अब्बास अलग-अलग स्टैंड के दूसरे कोने पर अगली यात्रा के लिए पहुँचे मिनीबस से त्रेहगाम के लिए, सरहद पार करनेवालों को मुख्य ठिकाना।

हबीब ने अविश्वास से खड़खड़ाती हाँफती उस गाड़ी को देखा जो थकी हुई सी स्टैंड पर आ लगी। ड्राईवर की ओर शरारती मुस्कान फेंकते हुए उसने बड़े अदब से पूछा कि क्या बस पहाड़ी रास्ता पार कर पाएगी। उसने एक सीट पर अपने सामान का बोझ उतारा। कुछ मिनट बाद अब्बास उसकी बगल की सीट पर आ बैठा और सिगरेट का पैकेट निकाला।

खिड़की के बाहर नजारे बार-बार बदल रहे थे। सरसों के फैले मैदान और चिनार के वृक्ष घाटी के पीछे छूट चुके थे, और अब वे पहाड़ों के बीच से गुजर रहे थे जोकि चीड़वनों से भरा था। पहाड़ी चश्मे बगल से बह रहे थे सड़क पार

कर पहाड़ी के नीचे बहते जा रहे थे।

त्रेहगाम को अक्सर कश्मीर के सबसे सुन्दर गाँवों में से एक माना जाता है, और जब वे मध्य सितम्बर की शाम की हल्की लाली के करीब वहाँ पहुँचे तो उन्हें समझ में आ गया कि क्यों। लेकिन वे कुछ ज्यादा गम्भीर मसलों की फिक्र में थे, अपने मेजबान और रहनुमा आसिफ बट्ट की तलाश में। वह मकबूल बट्ट का रिश्तेदार था, कश्मीरी अलगाववादी जिसे सरकार ने फाँसी दे दी थी। मकबूल बट्ट को आतंकवादी पहले शहीदों से गिनते थे और त्रेहगाम उसका मादरे-वतन था।

आसिफ बट्ट एक दूकान के बाहर चबूतरे पर बैठा था। ऐन बस स्टैंड के बगल मे जैसे ही दो नौजवान बस से उतरे वह उठा और उन्हें कुछ पहचान भरी नजरों से देखने लगा। परिचय की जरुरत नहीं थी। वह उन्हें कीचड़ भरी कच्ची सड़क से गाँव के बाहर की ओर ले चला। वे चुपचाप हरे धान के खेतों में चलते रहे जब तक कि पत्थरों के बने एक दुमंजिले मकान तक पहुँच नहीं गए जो पेड़ों के पीछे बना था। बाहर दो भैंस पगुरा रहे थे घर के बाहर पुआल के टाल के पास और जवान लड़कियाँ आँगन में पुआल पर पड़े अनाज के ढेर को बीनने में लगी थीं। एक छोटा मरियल कुत्ता भूँकता हुआ उनकी ओर आया और एक ठोकर खाकर भाग गया। दो औरतें दरवाजे तक आईं लेकिन फिर अन्दर को चली गयीं।

वह दोनों को सीढ़ियों से एक बड़े कमरे की ओर ले गया जो लगभग पहले माले का सबसे बड़ा हिस्सा था। मोटे चादर कमरे के एक कोने में पड़े थे और उनपर उससे भी मोटी रजाइयाँ थी। अब उनका मेजबान पहली बार बोला—'यहाँ आराम करो। तुम कल सुबह पाकिस्तान के लिए जाओगे और वह लम्बा पैदल रास्ता है।'

वह कमरे से बाहर जाने को मुड़ा, फिर रुककर पीछे मुड़ते हुए बोला—'अगर कुछ भी उल्टा-सीधा होता है, याद रखना तुम कभी इस घर में नहीं आए थे। और तुम मुझे नहीं जानते हो।'

आसिफ बट्ट ने हबीब और अब्बास को रजाइयाँ और अपने ख्यालों के साथ छोड़ दिया। कुछ घण्टों बाद, रात का खाना खाया बड़े थालों में चावल और गोश्त रोगनजोश। थोड़ी देर बाद आसिफ बट्ट भी आया।

'हमें किस ओर जाना होगा', अब्बास ने खाते हुए पूछा।

बट्ट ने उसे देखा—'फिक्र मत करो, तुम्हारा गाईड जानता है कि क्या करना है।' फिर रुककर बोला, 'लेकिन तुम्हें जरूर जानना चाहिए। तुमलोग अतमुक़ाम के रास्ते जा रहे हो।'

दुनिया की सबसे अशांत सरहदों में से एक को पार करने की कोशिशें भी लगातार होती रहीं। इससे फर्क नहीं पड़ता कि हिन्दुस्तानी फौज क्या करती है,

ऐसा लगता था कि कोई और ही रास्ता निकल आता था जिससे उग्रवादी भारत में प्रवेश करते थे कोई और ही दर्रा था जिसे पार कर के भारतीय लोग सरहद पार जाते थे ट्रेनिंग के लिए। और 1987 में तो सुरक्षा बल ज्यादा चौकस भी नहीं थे।

हबीब और अब्बास को सबसे ज्यादा मुश्किल जो हुई वो पहाड़ी दर्रों की सीधी चढ़ाई में हुई। वे पाकिस्तानी इलाके में आ गए, फिर उनके गाईड ने उन्हें एक गुप्त पर्ची दी, दूसरी ओर के राज़िकों से गर्मजोशी से स्वागत कराने के लिए।

अगले कुछ दिन धुंधले से थे। हबीब और अब्बास को पाकिस्तानी-कश्मीर के मुजफ्फराबाद ले जाया गया, जहाँ वे अयूबी कैम्प में रुके, जो कि जे एल एफ के राजा मुज़फ्फर चलाते थे। यहाँ आने के तुरन्त बाद नए रंगरूटों की संगठन के प्रति निष्ठा की शपथ दिलाई गयी, और यह भी कि जरुरत पड़ने पर आन्दोलन के लिए वे जान भी दे देंगे। कुछ पाकिस्तानी सेना के अफसर भी वहाँ मौजूद थे और हँस-हँस कर मेहमानवाजी कर रहे थे।

पाकिस्तानी के लिए हिन्दुस्तानी कश्मीर में कोई भी गड़बड़ी स्वर्ग से भेजी गयी मन्नत की तरह थी। बंटवारे के बाद से पाकिस्तानी विदेशनीति का अहम हिस्सा रही है कश्मीर को हड़पना जिसके लिए हमेशा तैयारियाँ चलती रहती थीं। कश्मीर के मुद्दे पर सभी पाकिस्तानी एक हो जाते थे।

लेकिन अब तक पाकिस्तान की कश्मीर हड़पने की कोशिशें 1947 और 1965 में नाकाम रहीं। पाकिस्तान ने अपनी फौज की मदद से घुसपैठिए भेजे इस उम्मीद में कि घाटी के मुसलमान उनसे मिलकर उस धरती को पाकिस्तानी रंग से रंग देंगे। लेकिन उनके लिए दोनों ही मौकों पर कश्मीर के स्थानीय मुसलमानों ने ही घुसपैठियों से मुकाबला किया और उनसे लड़ने में भारतीय फौज की मदद की।

कश्मीर के मुद्दे ने 1971 के भारत-पाक युद्ध के बाद एक नया आयाम लिया। महीनों पूर्वी पाकिस्तान के अलगाववादी आन्दोलन का दमन पाकिस्तान ने किया तब भारत ने हस्तक्षेप किया। जिसका नतीजा एक छोटी लड़ाई से निकला जिसमें पाकिस्तान की बुरी तरह मात हुई और पूर्वी पाकिस्तान एक आज़ाद देश बना, बंगलादेश। तबसे 1971 की हार का बदला लेना पाकिस्तानी विश्वास का एक एक मुद्दा बना। उसका इससे बढ़िया और कोई तरीका नहीं हो सकता था कि वे आखिरकार कश्मीर को ही छीन लें।

पाकिस्तान आने के चार दिनों बाद आई एस आई के मेहमान के बतौर हबीब को राजधानी इस्लामाबाद ले जाया गया। फिर वहाँ से उन्हें बगल के शहर रावलपिण्डी ले जाया गया जहाँ उन्हें बेहद आरामदेह मेहमानख़ाने में रखा गया जिसके हर कमरे में एयरकंडीशनर और टी.वी. था। अब्बास ने उस मोटे बिस्तर पर कूदते हुए और रश्क करते हुए कहा—'माशाअल्लाह, पाकिस्तानी जानते हैं कि

मेहमानवाज़ी कैसे की जाती है, नहीं?'

हबीब घुरघुराया। इन दिनों वह कुछ और कड़वा हो गया था। थोड़ी ही देर में कुछ मिलने वाले आए। एक कद्दावर आदमी जिसने अपना नाम बताया ब्रिगेडियर सलीम। उसके साथ दो और लोग थे। वे सब आई एस आई के अफसर थे।

बिगेडियर ने साफ-साफ भाँप लिया कि हबीब उन दोनों में ज्यादा समझदार है और उसने उसे देखकर ही सारी बातें की। उन लोगों ने परिचय दिया लिया और कश्मीर के आम माहौल के बारे में जानकारी ली। फिर ब्रिगेडियर काम की बात पर आया, उसने एक महंगे सिगरेट का पैकेट निकाला और हबीब की ओर बढ़ाते हुए कहा—मुझे बताया गया है कि तुम जे के एल एफ के मेम्बर हो। एक पढ़े-लिखे होशियार होकर भी। तुम्हें तो खुद अपना ग्रुप बनाना चाहिए।' वह मुस्कुराया फिर बोला, 'हम उसे बनाने में तुम्हारी मदद कर सकते हैं। अगर तुम चाहो।'

हबीब आई एस आई अफसर की ओर देखकर मुस्कुराया, लेकिन उसकी आँखों में सख्ती थी—'आप मेरी मदद अपनी तंज़ीम बनाने में करेंगे। मुझे लगता है आप चाहते हैं कि एक पाकिस्तान-समर्थक ग्रुप बने, न कि आज़ादी समर्थक जैसा कि जे के एल एफ है?'

ब्रिगेडियर सलीम ने इस बेबाकी से हड़बड़ा कर सिगरेट का गहरा कश लिया—'मुझे लगता है मुद्दा इस्लामपरस्ती का है। सारे इस्लामपसन्द संगठन पाकिस्तान के साथ आना चाहते हैं। क्या नहीं? और क्या ज्यादातर कश्मीरी पाकिस्तान में शामिल होना नहीं चाहते हैं?'

हबीब के चेहरे की मुस्कुराहट गायब होने लगी 'ब्रिगेडियर सलीम हम अपनी आज़ादी के लिए लड़ रहे हैं। अभी हमारी हिन्दुस्तान से लड़ाई है, लेकिन इसका यह मतलब नहीं कि हम आपका गुलाम बनने को तैयार हैं।'

बाद के बरसों में जे के एल एफ जैसे संगठनों के प्रति पाकिस्तान का धीरज टूट गया था। जोकि हिन्दुस्तान और पाकिस्तान दोनों से ही आजादी चाहते थे, लेकिन उस वक्त वे ऐसे हर गुट से हाथ मिलाने को तैयार थे जो कश्मीर में गड़बड़ी फैला सकते थे। ब्रिगेडियर ने कुछ शान्ति की मुद्रा में हाथ उठाया। 'नहीं! नहीं तुमने मुझे गलत समझा। मेरे अन्दर जे के एल एफ की बड़ी इज्जत है। हम तुम्हारे भाई हैं, और तुम्हारी खुद की विचारधारा जो भी हो हम तुम्हारा साथ देंगे।'

लेकिन जब वह खड़ा हुआ तो उसने हबीब को जहरीली निगाहों से देखा और कमरे से चला गया। दो दिनों बाद एक आई एस आई जनरल गेस्ट हाउस आया और जे के एल एफ के लोगों को इलाका-ए-गैर के ट्रेनिंग कैंप ले गया, जहाँ उनको उग्रवाद का बुनियादी पाठ पढ़ना था।

जब वे कैम्प पहुँचे तो वहाँ देखने को कुछ नहीं था, सिर्फ तीन तम्बू और कुछ सिखानेवाले। लेकिन जो पाकिस्तानी कर्नल उन्हें वहाँ लेकर गया था उसने

उन्हें बताया कि सिखाने वाले उस धन्धे के बेहतरीन लोग हैं। 'एके 47 के बारे में जो राशिद तुम्हें नहीं सिखा सकता वह सीखने लायक नहीं हैं', उसने कहा।

सुबह की नमाज के बाद अगले रोज हबीब और अब्बास को निशानेबाजी के लिए ले जाया गया। एक चटाई पर कोने में एक छोटी बोरी सफेद कपड़ों से ढंकी थी। ड्रामाई अन्दाज से राशिद ने कपड़ा हटाया और वहाँ से एक जोड़ा एके-47 और असलहे निकले।

'ये तुम्हारे हैं। इसे तुम गुलाम कश्मीर ले जा सकते हो। लेकिन तुम्हें पहले इसकी देखभाल करनी सीखनी होगी। वैसे जैसे अपनी माँ की देखभाल करते हो।'

हबीब ने धीरे से राइफल उठाया और उसकी चमकदार स्टील बाडी को सहलाया। जिसके बैरल में अच्छी तरह तेल डाला गया था। यह उसके एक और मोहब्बत की शुरुआत थी।

'वे कुछ लकड़ी वाला भी लाए थे, लेकिन हमें लगा कि ये फोल्डिंग वाले कश्मीर में ज्यादा काम के होंगे', राशिद ने समझाया। 'अब देखो मैं कैसे खोलकर राइफल साफ करता हूँ। तुम में से कोई भी एक गोली नहीं चला सकता जब तक तुम आँखें बन्द करके ऐसा नहीं कर लेते।'

समय तेजी से गुजरता रहा, वे घण्टों गोलियाँ चलाने का अभ्यास करते रहे-पचास खड़े होकर, पचास घुटनों के बल और पचास लेटकर। फिर कुछ चुने हुए निशानों को दुहराया जाता। राशिद कोने से चिल्लाता 'केवल छोटे निशाने पर एक साथ तीन गोली चलाओ। तुम्हारी गोलियाँ दस इन्च के अन्दर होनी चाहिए।' फिर निशाने तक धीरे-धीरे चलकर यह देखना कि असल में गोलियाँ कहाँ जा रही थीं और उनसे क्या गलती हुई। राशिद की आवाज़ आती 'अभी भी ठीक नहीं है। मेरे ख्याल से सौ गोलियाँ फिर से चलानी चाहिए।'

फिर वहाँ और भी हथियार थे। ग्रेनेड का परीक्षण करके खुद निशाने तक फेंकना कुछ आसान था। लेकिन रिवॉल्वर चलाना आश्चर्यजनक रूप से मुश्किल रहा। दस सेकेंड में चेम्बर खोलकर छह गोलियाँ डालकर, धड़ाधड़ गोलियाँ चलाना वो भी एक खूँटे से बंधे भारतीय सिपाही के गत्ते के पुतले पर जोकि 20 फुट दूर था। जब उन्हें लगता कि वे सही कर रहे हैं राशिद चिल्लाता—'ठीक है। ठीक है। छाती का निशाना सही है। लेकिन क्या होगा अगर हरामी ने बुलेटप्रूफ जैकेट पहन रखा हो, सिर पर गोली मारने की कोशिश करो। छह की छह गोलियाँ सिर में।' और यह चलता रहा, दिन, हफ्तों ।

जब ट्रेनिंग समाप्त होने को हुआ तो उन्हें एक छोटी यात्रा पर दर्रा, पेशावर के पास ले जाया गया। उस भीड़ भरे छोटे शहर में हबीब और अब्बास का मुँह खुला रह गया हथियारों के बाजार में खुलेआम मशीनगन और रॉकेट लांचर बिखरे देखकर। मानो वे चावल आलू से ज्यादा अलग न हों। जवान लड़के अपनी बाँहे

मोड़े, उन्हें अपने-अपने स्टॉल पर लाने की कोशिश कर रहे थे। एक दूकानदार एके-47 हाथ में लिए उन्हें टेस्ट-फायर के लिए बुला रहे थे।

चारों तरफ सारे दूकानदार वही कर रहे थे और बंदूकों की आवाजें उन्हें बहरा कर रही थी। हबीब ने एक ग्रेनेड लांचर की ओर हाथ बढ़ाया ओर पूछा, 'कितना?' और अपना सिर पकड़ लिया यह सुनकर जब दूकानदार ने उसकी कीमत बताई डेढ़ लाख रुपए। अभी तो उसके द्वारा दिए गए हथियारों से ही संतोष कर लेना चाहिए।

दो महीने बाद जब मौसम की पहली बर्फ से पहाड़ी चोटियाँ ढंकने लगीं आदमियों का एक जत्था हिन्दुस्तान आया एक पहाड़ी दर्रे से इस झोंपड़ी से सिर्फ 200 गज दूर जहाँ हिन्दुस्तानी सिपाहियों की एक टुकड़ी केरोसिन स्टोव की तपिश से अपने हाथ गरमा रही थी।

पाकिस्तान में ट्रेनिंग पूरी करके आतंकवादी हबीब शाह अपने मादरे-वतन वापस लौट चुका था।

## अध्याय-9

# लपटों के बीच

वे श्रीनगर के मशहूर अस्पताल के कैफेटेरिया में मिले। वह एक गन्दी और अन्धेरी-सी जगह भी जिसमें भद्दी टेबल-कुर्सियाँ सजी थीं। कैफे का मैनेजर अपने मौजैक किए हुए टेबल के पीछे झुका हुआ कुछ खुरच रहा था। और वहाँ का अकेला वेटर टेबल साफ करने दौड़ा। और उसने टोमैटो केचप के दाग को सारे टेबल पर फैला दिया।

वे लोग कुर्सियों पर बैठे, अपने काले चश्मे उतारे और आराम से बातें करने लगे। चाय, ठण्डे और पकौड़े धीरे से टेबल पर आ गए, उसके लिए किसी को कहना नहीं पड़ा।

वे सब जवान थे, बीस के आसपास के और उन में अपने कुछ होने का गुरूर भरा था। ये लोग वहाँ के नए राजा थे।

क्या कोई और सूबा इतना बदला होगा जितना कश्मीरी 1987 से 1989 के बीच बदले? इस बीच सरकार चरमराती गई और सत्ता धीरे-धीरे राज्य से उन लड़कों के हाथों चली गयी। कोई नहीं जानता था कि वे कौन थे, वे कभी-कभी ही सामने आते थे। लेकिन लोग घरों में फुसफसाहटों में उनका नाम लेते थे और उनके खुफिया कारनामों के किस्से सुनते-सुनाते थे।

उनके हैरतअंगेज कारनामों और लगातार चतुराई से फैलाए जा रहे अफवाहों ने सरकार की ताकत को कमजोर किया और कश्मीरी अवाम का विश्वास भी उसमें कम हुआ।

हबीब शाह ने कुर्सी पर पसरते हुए लिम्का का घूँट भरा। उसके साथ जे के एल एफ के अन्दरूनी सर्कल के लोग थे और उन्हें अपने नाम के पहले अक्षरों की वजह से हाजी (एच ए जे वाई) के नाम से जाना जाता था। हबीब की ही तरह वे सब पाकिस्तान में प्रशिक्षित थे और वे अब बरसों को तैयारी का फल लेने की तैयारी कर रहे थे।

फिर हबीब ने टेबल की दूसरी ओर देखा और थोड़ा दुखी हुआ जब उसने शकील ज़ैदी के चेहरे पर बढ़ी हुई दाढ़ी देखी, जो उसके ख्याल में इस धरती पर

पैदा हुआ सबसे बड़ा कमीना था। ज़ैदी अपनी नाक साफ कर रहा था। उसने अपने नाम में ऊँगली डाली और ढिगाई से हबीब की और देखता रहा। वह इसकी परवाह नहीं करता था कि जे के एल एफ के लोग उसके बारे में क्या सोचते हैं क्योंकि वह वहाँ मेहमाने खास था--जमात के सशस्त्र दल हिज्बुल मुजाहिदीन का प्रतिनिधि।

टेबल पर और पकौड़े मँगाए गए, और वेटर को भगा दिया गया। हबीब बोला, 'ज़ैदी, क्या बेपर्दा लड़कियों पर तेजाब फेंकना जरूरी है।'

ज़ैदी ने अपनी आँखे नचाई और हामिद शेख की ओर मुड़ा जो पकौड़े की ओर हाथ बढा रहा था। 'आखिरी बार सुनो। क्या तुम हमेशा इस आन्दोलन का खास हिस्सा नहीं हो मैं तो इन आदमी की समझा कर थक चुका हूँ कि हम लोग कभी भी आन्दोलन तेज नहीं कर पाएँगे जब तक मजहबी रंगत नहीं बरतेंगे।

जे के एल एफ के कमाण्डर-इन-चीफ अशफाक मजीद बनी ने अपने हाथ के इशारे से ज़ैदी को चुप रहने का इशारा किया। 'शकील हम सब इससे सहमत हैं। हम सब लोगों ने वीडियो पार्लर और शराब की दूकानों की बंदी में साथ दिया। लेकिन मुझे हबीब को समझाना पड़ेगा कि जवान लड़कियों पर तेजाब फेंकने से हमारे इमेज पर फर्क नहीं पड़ने वाला।'

'बकवास। इन रंडियों को शरीयत के कायदे सीखने ही होंगे। अगर हम इस धरती पर निजामे-मुस्तफा चाहते हैं, तो उसका मतलब जल्दी-से-जल्दी लोगों की समझा देना चाहिए। हम सारी बुराइयों से लड़ेंगे। उन सब से जो इस्लाम के कानून के खिलाफ है।'

हबीब की उँगलियाँ फड़कने लगीं। 'कमसिन लड़कियों से लड़ना बहुत आसान होता है, नहीं!'

ज़ैदी ने टेबल की दूसरी ओर उसे देखा और मुस्कुराया 'मैं तुममे ज्यादा जोश नहीं देखता हबीब शाह। चक्कर क्या है मेरे सेक्यूलर दोस्त? यह बरसों काफिरों की सोहबत का असर है या कुछ और है?'

अशरफ ने हबीब को अपने हाथों से रुकने का इशारा किया 'उसकी कोई जरुरत नहीं है शकील। हमें इस संघर्ष में एक दूसरे की जरुरत पड़ेगी। हमलोग यहाँ 15 अगस्त की तैयारी के लिए बैठे हैं, बेहतर है फिलहाल हम उसकी ही बात करें?'

हबीब को आखिरी बार घूरते हुए ज़ैदी जे के एल एफ नेताओं की उस योजना में शरीक हो गया जो इसके लिए थी कि आज़ादी के दिन घाटी में पूरी तरह से ब्लैक आउट बरता जाए। लेकिन हबीब तन्हा बैठा रहा। अपनी कुर्सी पर खामोश। लेकिन उसका दिमाग दौड़ रहा था।

हबीब जब से पाकिस्तान से लौटा था। उसके दिमाग और संगठन क्षमता ने उसे जे के एल एफ में बहुत ऊँची जगह बख्शी थी। 1987 के चुनाव प्रचार ने

हाजी दल को बता दिया था कि एक वह एक ऐसा आदमी है जिसका विश्वास किया जा सकता है, इसलिए उन्होंने उसे पाकिस्तान से हथियारों की आमद की देख-रेख का जिम्मा सौंप दिया। जे के एल एफ के लोग पाकिस्तानी सीमा के भीतर आई एस आई के लोगों से हथियार लेते थे या दर्रा के खुले बाजार में उसे खरीदते थे। फिर वे हथियार हबीब के खास गाईडों को सौंप दिए जाते जो उसे फिर सरहद पार ले आते।

हबीब ने अपने हमदर्दों का एक जाल बुन रखा था जो हथियार सीमा के पास लेते और फिर उसे सारी घाटी में बाँट देते। अब तक हबीब ने इसका इन्तजाम कर रखा था कि श्रीनगर जैसे बड़े शहरों के महत्वपूर्ण पड़ोसी ठिकानों पर हथियारों के अपने गुप्त भण्डार हों जिन्हें ज्यादातर छतों पर परकोटों में छुपाकर रखा जाता।

हबीब ने इसका इन्तजाम किया कि कमसिन लड़के बराबर पाकिस्तान ट्रेनिंग के लिए जाते रहें और उसने उसकी रणनीति तैयार की।

जो उसने कभी नहीं किया वह यह कि सचमुच की हिंसा में भाग नहीं लिया या फिर बम धमाकों में जोकि घाटी पर पड़े शान्ति के परदों को तार-तार किये दे रहे थे। लेकिन हबीब एक महत्वाकांक्षी आदमी था, और उसकी आँखे अभी से इस आन्दोलन के नेतृत्व संभालने पर लगी थी।

'मुझ अपने हाथ भिंगोने होंगे, उसने अपने-आप सोचा, एक और ठण्डा लाने का इशारा करते हुए। अगर ऐसा नहीं किया तो नेतृत्व कभी नहीं मिलेगा। खून से लथपथ शरीर उसके दिमाग में कौंधे, और उसके पैर में घुमड़न हुई और माथे पर पसीने की बूंदें चमक उठी। अशफाक ने उसे उत्सुकता से देखा लेकिन फिर टेबल पर प्लान की ओर तुरन्त अपना ध्यान टिका दिया।

हबीब ने मीटिंग खत्म होने और ज़ैदी के कैफैटरिया से चले जाने का इन्तजार किया, फिर वह अपने साथियों की तरफ मुड़ा, 'अब समय आ गया है कि हत्याओं का दौर शुरू किया जाए। मेरे ख्याल से कार्रवाई 15 अगस्त तुरन्त बाद शुरू कर देनी चाहिए और मैं चाहता हूँ कि उसकी कमान मैं सम्भालूँ।'

अशरफ ने हबीब की ओर देखते हुए मुस्कुराकर कहा, 'अब ये मत कहना कि ज़ैदी को तुम उकसा रहे थे।'

'इससे ज़ैदी का कोई वास्ता नहीं है', हबीब ने कहा। 'मुझे भी सड़क पर निकलना ही है। तुम सब लोग ऐसा बारी-बारी से कर चुके हो। अब मेरी बारी है।'

बाकियों ने एक-दूसरे को देखा और सहमति में सर हिलाया। बस निशाना और तरीका तय करना बाकी रह गया।

× × ×

तीन हफ्ते बाद हबीब खान का मौहल्ला से कुछ सौ फीट की दूरी पर एक

छोटी सी चाय की दूकान पर बैठा था और अच्छा महसूस नहीं कर रहा था। उसने सारी रात करवट बदलते बैचेनी में बिताई थी क्योंकि उसके दिमाग में तरह-तरह की तस्वीरें उभर रही थीं। जब वह उठा तो गले मैं उसे कुछ ऊबकाई सी लगी, फिर वह बाथरूम की तरह भागा, लेकिन तमाम कोशिशों के बाद ऊबकाई आई नहीं, फिर दस्त शुरू हो गया। घबराहट और तनाव ने उसके पेट में पानी भर दिया था। वह पाखाने में घण्टों बैठा रहा।

याद करते ही उसके पेट में फिर घुमड़न-सी हुई, फिर उसने अपना ध्यान दूसरी चीजों की ओर मोड़ना चाहा और उसका हाथ अपने पॉकेट में सिगरेट की तरफ बढ़ा। वह सुबह से सिगरेट पर सिगरेट फूँककर अपनी बेचैनी कम करने की कोशिश कर रहा था।

'तसल्ली रखो', उसके सामने बैठे आदमी ने कहा 'तुमने वो तो सुना होगा कि इन्तजार सबसे बुरी शै है।'

हबीब ने मुस्कुराने की कोशिश करते हुए कहा, 'नहीं! फिक्र मत करो। सब ठीक है। मुझे लगता है बस मेरे पेट में जरा सा गड़बड़ है।'

'यह घबड़ाहट है', उसके साथी ने कहा 'ठीक उससे पहले जब मैंने बस पर बम मारा था, मुझे लगा जैसे मैं दस्त से ही मर जाऊँगा।'

हबीब ने चाय की दूकान के बाहर की भीड़-भाड़ को देखा। अभी दोपहर चढ़ रही थी। उन्हें अपने शिकार का इन्तजाम करते दो घण्टे हो चुके थे। शौकत हलदानी श्रीनगर में नेशनल कांफ्रेंस के सबसे बड़े नेताओं में एक थे। उनका कद बहुत बड़ा था और यही फिरकापरस्तों और अलगाववादियों को खटकता था। जे के एल एफ ने सबसे पहले उन्हें मारना तय किया था हत्याओं के इस सिलसिले के शुरुआत के तौर पर जो अपने विरोधियों को खामोश कराने के इरादे से की जानी थी। उन दिनों कश्मीरी नेताओं को कोई खास सुरक्षा नहीं दी जाती थी और उन्हें कोई भी आसानी से शिकार बना सकता था। हबीब का प्लान ये था कि हलदानी को उस वक़्त उड़ाया जाए जब वो दोपहर की सैर पर निकलता था उस बाजार से होकर जो उसके घर के बाहर ही था।

ऐशट्रे में सिगरेट बुझाते हुए हबीब ने एके-47 का दबाव अपने घुटनों पर महसूस किया, जो उसके फिरन के अन्दर थी। पिछली रात वह तहखाने में घुटनों के बल बैठकर अपने हथियार की तब तक सफाई करता रहा था जब तक कि वह मोमबती की रोशनी में चमकने नहीं लगी लेकिन उसे अभी भी थोड़ी-सी घबड़ाहट महसूस हुई कि उसने मैगजीन पूरी तरह भरी था या नहीं।

उसके पेट की घुमड़न बढ़ती जा रही थी, और उसने रोकने का ख्याल छोड़ दिया।

'मैं अभी आया', वह सावधानी से खड़ा होते हुए बोला, इसका ध्यान रखते हुए कि उसका हथियार दिखने न लगे। फिर वह दूकानदार की ओर बढ़ा यह पूछने कि सबसे नजदीक टॉयलेट कहाँ है। दूकानदार अपने काउंटर पर झुका नकदी गिन रहा था। उसने अंगूठे के इशारे से पिछला दरवाजा दिखाया। हबीब बाहर निकला तो एक संकरी सी जगह में पाखाना बना था। उसने बदबू से अपना मुँह दबाया, लेकिन फिर अपना राईफल एक कोने में रखा और ठीक से बैठ गया।

'मैं जानता था कि हत्यारों का दिमाग गन्दगी से भरा होता है, लेकिन ये वो गन्दगी नहीं है जो मैं सोचता था', उसने अपने आप से मुस्कुराते हुए कहा। वह अपना पाखाना साफ कर रहा था।

अचानक दरवाजे पर थपथपाहट हुई 'हबीब मुझे लगता है कि वो आ रहा है। जल्दी निकलो।'

हबीब ने अपनी पेंट पहनी और एके-47 पकड़ी। वो सारी घबड़ाहट भूल गया और उसे अपनी ट्रेनिंग याद आई। दोनों चाय की दूकान पर बैठ गए। बाहर सड़क पर निगाह जमाए, अपने शिकार के इन्तजार में।

'उसे मैं मारूँगा, हबीब ने कहा। उसके साथी ने उसकी ओर देखकर हामी भरी। और फिर अपने फिरन के अन्दर हाथ डालकर अपनी काली रूमाल निकालने लगा अपने चेहरे का निचला हिस्सा ढंकने के लिए। हबीब ने उसे भाँपते हुए कहा, 'नकाब को भूल जाओ। हमे डरने की कोई जरुरत नहीं।'

जब हबीब हलदानी के इन्तजार में था तो लगता था जैसे समय थम गया हो, लेकिन कोई घबड़ाहट नहीं हुई और उसे खुद आश्चर्य हो रहा था कि उसमें इतना आत्मविश्वास कहाँ से आ गया था कि वह बिल्कुल शान्त बैठा था। घड़ियाँ गुजर रही थीं और हबीब धैर्यपूर्वक इन्तजार करता रहा। जब वह कुछ गज की दूरी पर ही रह गया तो उसने आगे बढ़कर अपने फिरन से बन्दूक निकाल ली।

अपने जीवन की आखिरी घड़ियों में शौकत हलदानी पीछे नहीं हटा उसने अपने सामने खड़ी मौत को पहचान लिया और उसने हबीब की आँखों में आँखें डालीं जब हबीब की ऊँगलियाँ ट्रिगर पर दबी। गोलियाँ उस नेता के शरीर में घुसीं। उसके पाँव उखड़ गए और वह सड़क पर धम्म से गिरा। कंक्रीट पर चित पड़ा हुआ। उसकी ऊँगलियों में हरकत हुई। मरते हुए हलदानी ने हबीब की ओर देखा और कुछ फुसफुसाना शुरू किया। हबीब समझ नहीं पाया कि वह क्या कह रहा था, हालाँकि उसे महसूस हुआ कि कुरान की आयतें थीं। फिर ऐसे लगा जैसे वह बेहद थक गया हो उसने अपनी आँखें बंद कर ली और शांत हो गया।

खून का फव्वारा हबीब के चेहरे पर पड़ा, और उसने उसे झटककर साफ किया। हलदानी की आँखों की चमक उसके दिमाग में कौंधती रही और वह जानता था कि वह तमाम उम्र उसके साथ रहेगी।

वह अपने आसपास देखने को मुड़ा तो उसे अहसास हुआ कि उसे बन्दूक चलाए कुछ समय बीत चुका है।

सड़क पर चलने वालों में भगदड़ मची थी, और वे जितनी दूर हो सके भागने की कोशिश में थे। कुछ दूकानदार जल्दी-जल्दी बाहर बिखरा अपना सामान अन्दर डालकर शटर गिराने लगे। अगले दिन वे कसमें खाकर कहनेवाले थे कि कल तो वे दूकान पर थे ही नहीं। फ्लू हो गया था।

हबीब ने लाश की ओर पीठ की और जान-बूझकर धीरे-धीरे चलने लगा। सड़क पर मौजूद सभी लोगों ने उसका चेहरा साफ-साफ देखा था यही तो वह चाहता था। यह उसे मकबूलियत देने वाली थी और उसके लिए लोगों में खौफ। दूसरा हत्यारा दूसरी ओर फरार हो गया। और जे के एल एफ के लोग जो सड़क पर जगह-जगह थे धीरे-धीरे गायब हो गए।

काम पूरा हो चुका था। हबीब के हाथ काँपने लगे और उसने एके-47 पर अपनी पकड़ मजबूत की जोकि एक बार फिर फिरन के अंदर उसके पेट के पास थी। अचानक उसने अपने मुँह में एक अजीब सा स्वाद महसूस किया और उसे ध्यान आया कि चेहरे से खून साफ करते वक्त कुछ खून उसके होंठों से चिपक गया था। खंखारते हुए बार-बार पटरियों पर थूकता धीरे-धीरे चलता वह सुरक्षित ठिकाने तक पहुँच गया जोकि जे के एल एफ के एक समर्थक की दूकान थी।

अन्दर कासिम जे के एल एफ के अन्य साथियों के साथ उसके इन्तजार में था। सबने बारी-बारी से उसे गले लगाया फिर सबने साथ घुटनों के बल बैठकर अल्लाह का शुक्रिया अदा किया। उसके बाद वे सब उसके लिए एक कड़क चाय लेकर आए, जिसे हबीब ने संजीदा रहकर पी। उसके सिर में थोड़ा चक्कर आ रहा था उसे अपने आस-पास चल रही बातचीत कुछ समझ नहीं आ रही थी।

हत्या का दृश्य बार-बार उसकी आँखों के सामने घूम रहा था। अचानक वह खड़ा हुआ जब उसे याद आया कि उसने वो नहीं किया जा उसे करना चाहिए था।

'अब भी ज्यादा देर नहीं हुई है', उसने लगभग अपने-आप से कहा और दूकानदार की ओर मुड़कर पेन मांगा।

हत्या के आधे घण्टे बाद भी किसी ने हलदानी के शरीर को नहीं छुआ था। वह उसी तरह पटरी पर पड़ा था और गटर में खून बह रहा था। ज्यादातर दूकानों के शटर गिर चुके थे लेकिन सड़क के नुक्कड़ पर और गलियों में लोग जुटकर उस घटना की चर्चा आपस में कर रहे थे, उस शरीर से अलग हटकर मानो बहुत सारे घबड़ाए हुए गिद्ध हो।

सन्नाटा छा गया जब हबीब शाह की दुबली काया सड़क पर फिर लौटी, साथ में कासिम और दो और लोग थे। हबीब सीधा लाश के पास पहुँचा झुका और एक तख्ती लगा दी।

फिर, बिना सत्र भीड़ की ओर देखे वापस चल पड़ा। एक पानवाले ने हिम्मत जुटाई और यह पढ़ने कोशिश की आखिर तख्ती पर लिखा क्या है।

उर्दू में था—'कश्मीर का गद्दार।'

थोड़ी देर में पुलिस आ गयी। अर्द्धसैनिक बल और कुछ नेशनल कांफ्रेंस के नेता भी। उन्होंने लाश वहाँ से उठाकर गाड़ी में डाली और हर घर, हर दूकान पर जाकर पूछताछ शुरू की। लेकिन किसी ने कुछ नहीं देखा था। कुछ नहीं सुना था।

× × ×

जे के एल एफ के लिए वह शाम जश्न की शाम थी और हबीब उनका हीरो था। हाजी दल और बाकी सहयोगी ज़ैनाकदल के एक मशहूर वकील के घर जुटे। खुशियों के साथ-साथ भविष्य के इरादे बुने जा रहे थे। उधर कबाब कोयले पर सिंक रहे थे। जाहिर है, वहाँ किसी भी तरह की शराब नहीं थी।

कासिम ने हबीब को एक ओर ले जाकर कहा 'तुम अभी अपने घर नहीं जा सकते, शायद कुछ महीनों तक नहीं। नकाब नहीं लगाना तो बहादुरी थी लेकिन खतरा ये है कि बाजार में कोई तुम्हें धोखा दे सकता है। हमारे वकील दोस्त तुम्हें यहाँ रखने को तैयार हैं अगर तुम चाहो। दूसरा रास्ता ये है कि तुम श्रीनगर छोड़ दो। या तो सोपोर चले जाओ या बड़गाम।'

हबीब ने गर्दन गिलाई 'अगर कोई मुश्किल न हो तो मैं यही रहना पसन्द करूँगा।'

अब तक वकील वहाँ आ चुका था। उसने मुस्कुराते हुए 'नहीं! नहीं। ये तो मेरी खुश किस्मती होगी।' वह उन बढ़ते हुए व्यावसायियों साथियों में था जो आन्दोलन का साथ दे रहे थे और अपने-अपने तरीके से मदद पहुँचाने की कोशिश करते थे। बड़े नेताओं में डॉक्टर, इंजीनियर और यहाँ तक कि कुछ सरकारी कर्मचारी भी शामिल हो चुके थे।

डिनर के बाद हबीब को एक आरामदेह मेहमानखाने में ले जाया गया जिसमें अखरोट की फर्श बेहतरीन रेशमी कालीनों से ढंकी थी। कमरे के बगल में छोटा सा शीशे से ढंका धूप कमरा था, सर्दियों की दोपहर धूप सेंकने की सबसे माकूल जगह।

जब उसके मेजबान सोने चले गए, हबीब धूप कमरे में अकेला अपने ख्यालों के साथ बैठा रहा। वह सोचता रहा। आन्दोलन अब धीरे-धीरे जीत की ओर बढ़ता नजर आ रहा था। वह रास्ते की उन रुकावटों के बारे में सोच रहा था जिन्हें आनेवाले महीनों में हटाना जरूरी था—सत्ता के गलियारों के बड़े लोग जिन्हें मारा जाना जरूरी था। उसने अपने पकड़े जाने के बारे में सोचा और फिर सेना के हाथों अपने हश्र

के बारे में भी। उसे 'उन' आँखों की चमक याद आई, याद आई अपने हाथों में ली गयी बन्दूक और जुबान पर खून का स्वाद।

कभी न खत्म होनेवाली रातें गुजरती रही और उसके सामने ऐशट्रे में सिगरेट के टुकड़े जमा होते रहे, उसके दिमाग में कई तरह के ख्याल आते रहे, यादें तो उसके अन्दर जैसे कहीं गहरे कैद थीं।

उसे अपना वह आज़ाद जीवन याद आया। कश्मीरी रईस का आराम दायक जीवन, कालीन भरे कमरों की गर्म शामें और गर्मियों में पहलगाम की पिकनिक। उसने उस आदमी के बारे में सोचा जो एक वक़्त उसका सबसे करीबी दोस्त था, और वह परिवार जिसे वह अपना समझता था, जो अब उससे हमेशा के लिए जुदा हो गए थे, उस दिन के हरकत की वजह से।

पर बार-बार उसका ध्यान बस स्टॉप पर चुपचाप खड़ी एक लड़की की ओर जा रहा था, जिसकी गहरी धूसर आँखें थीं और जो प्यार के लम्हों में झील की तरह गहरी और खामोश हो जाती थी या शरारत के साथ उछलती हँसती थी तो लगता था गर्मियों से पहले की बर्फीली बसन्त हो। उसे याद आया कि वह कैसे मुस्कुराती थी जब वे कुछ दिनों के बाद मिलते थे, गालों के गड्ढों में मुस्कुराती थी। खुशी से फिर बेपरवाही से दूसरी ओर देखती थी। उसने अपने ख्यालों में उसके बाल सहलाए, उसके लट सुलझाए जो अक्सर उसकी बायीं आँखों के ऊपर उड़ते रहते थे।

उसे हजारों वादे याद आए, सब कुछ की बातें और कुछ भी नहीं की बातें, उसे याद आया कि उसके पहले उसने अपने कपड़े किसी के सामने नहीं उतारे थे। जैसे ही उसने अपनी सिगरेट होंठों से लगाई, उसे आश्चर्य हुआ कि उसके गाल गीले थे।

हबीब ने उस रोज के बाद यास्मीन से कभी बात नहीं की जब वह बस में चढ़कर सरहद पार को चल पड़ा था। कभी-कभी वह उसे कुछ दूर से आते-जाते देखता था जब वह सुबह अपन घर से निकल कर पुश्ते के पास छोटे-से कमरे की अपने छोटी नई दूकान ओर बढ़ती थी जहाँ शालें और कालीनें बेचती थी। और उसने कासिम से कभी-कभार उसकी खोज-खबर लेते रहने को कह रखा था।

'मैंने दूर होने की बड़ी कोशिशें की', वह अपने-आपसे अन्धेरे में फुसफुसाया 'लेकिन अब मुश्किल है। मुझे उसकी जरुरत है, बेहद जरुरत है।'

× × ×

श्रीनगर के बीचों बीच एक पान की दूकान है वहाँ के प्रमुख कॉलेज के नजदीक। शान्ति के दिनों में यह जगह लड़कों से गुलजार रहती थी, यहाँ जवां मर्द बैठकर बातें करते थे और लड़कियों के कॉलेज से घर जाने का इन्तज़ार करते

थे। फिर लड़के-लड़कियों के अलग-अलग झुण्ड आस-पास चलने लगते थे, थोड़ी ऊँची आवाज़ में बतियाते, ध्यान खींचने की कोशिश करते हुए। यही वह वक़्त होता था जब दो लड़के-लड़की एक-दूसरे की ओर खिंचते थे, एक-दूसरे को पुर्जे बढ़ाते थे या फिर अगले मिलन की जगह फुसफसाहटों में तय करते थे। सब, वो अब कुछ बदल चुका था इस्लामिक कट्टरता के जुल्म के तले-लेकिन कुछ प्रेमी फिर भी हिम्मत जुटाकर मिलते थे।

यास्मीन पानवाले के पार निकल गई, उसने पटरियों पर गहरे धूप के चश्मे लगाए आदमी की ओर ध्यान भी नहीं दिया। उसने यह भी ध्यान नहीं दिया कि कब वह आदमी धीरे-धीरे उसके पीछे चलने लगा था, इस इन्तजार में कि कब भीड़ कम हो और वह उससे बातें करे। और जब वह बोला तो वह रुक गई और कुछ घड़ी के लिए उसकी साँसे ऊपर की ऊपर रह गयीं।

'यास्मीन, मैं हूँ', उसके पीछे से आती आवाज़ ने कहा 'अभी कुछ मत करो, चलती रहो।'

उसे अपने आपको रोकने में बड़ी मशक्कत करनी पड़ी कि वह मुड़कर उसकी बाँहों में चली जाए। वह अपनी राह चलती रही और हबीब उससे कुछ गज की दूरी पर चलता रहा।

'क्या तुम आधे घण्टे में घर लौट आओगी! मैं तुमसे वहाँ मिलूँगा।'

यास्मीन ने सिर हिलाया और चलती रही। तुरन्त उसे महसूस हुआ कि हबीब उसके पीछे नहीं चल रहा है और उसे ऐसा लगा कि उसके शरीर का ही कुछ हिस्सा गायब हो गया हो। वह दूकान पर पहुँची सेल्समैन को जल्दी-जल्दी कुछ समझाया और बीमारी का बहाना करके वहाँ से वापस चल दी।

वह घर के अन्दर घुसी और जाकर देखा कि उसकी दादी हामिदा अपने कमरे में महफूज थीं। वह शायद ही कभी अपने कमरे से बाहर निकलती थीं। घण्टों दुआएँ करती थीं और कुरान पढ़ती रहती थीं। उनकी दूसरी बड़ी दिलचस्पी रसोईघर थी; वह खाने की अब भी बड़ी शौकीन थीं और ज्यादातर खाना खुद बनाती थीं।

यास्मीन ने बाहर का दरवाजा थोड़ा खुला रखा और हबीब के आने का इन्तजार करने लगी। जब उसने घर की ओर आती सीढ़ियों पर आवाज़ सुनी, वह दरवाजे की ओर भागी, उसका दिल बहुत तेजी से धड़क रहा था। वह वहाँ खड़ा था। पहले से कुछ और दुबला हो गया था, आँखों के नीचे गहरे काले धब्बे हो चुके थे। उसकी दाढ़ी गायब हो चुकी थी। हालाँकि उसने अपने बाल कुछ बढ़ा लिए थे और वे उसके कानों के पास थोड़े घुंघराले हो गए थे, उसमें और भी बहुत कुछ बदला था, लेकिन वह उसे नहीं पढ़ पाई। जिस तरह से वह रहता था, एक गम्भीरता उसके आस-पास पसरी रहती थी।

यास्मीन ने यह सब कुछ पलों में भाँप लिया। फिर उसे हाथ के इशारे से

अन्दर बुलाया और फिर बीच के बड़े कमरे को पारकर अपने कमरे में ले गयी। वह हमेशा की तरह अस्त-व्यस्त था, बिखरे कपड़ों और शाल के नमूनों से। और साथ में साज-सिंगार के सारे सामान लिपस्टिक, काजल की पेंसिल ड्रेसिंग टेबल पर पड़ी थी, और स्टारडस्ट का ढेर बिस्तर के बगल में था।

फिर उसने मुड़कर उसकी ओर देखा। काले धब्बे अभी भी थे, लेकिन आँखें मुलायम लग रही थी ओर उसे देखकर मुस्कुरा रही थी, उसके ऊपर छाया तनाव जैसे गायब हो गया हो। अब तक एक भी शब्द बोला नहीं गया था और कुछ पल ख़ामोश रहने वाले थे। पहले दोनों एक-दूसरे की ओर बढ़े और गले लगकर बरसों की दूरियाँ मिटाईं। उनके पीछे का परदा हटा और यास्मीन की दादी माँ ने अन्दर झाँका। सदमे से उनका मुँह खुला रह गया और वह तेजी से कुछ कहने वाली ही थीं कि उन्होंने अपने आपको रोका। हमीदा 70 साल की थी और उसने अपनी जिन्दगी अलग तरीके की सख्ती से बिताई थी। लेकिन वह अपनी पोती को बेहद चाहती थी जो उसके सारे परिवार के गुजर जाने के बाद उसकी एक अकेली दुनिया थी। उन्होंने कभी बातें तो नहीं की थीं, लेकिन वह पिछले दो बरसों से यास्मीन की तकलीफ को महसूस कर रही थीं। इसलिए उन्होंने धीरे से परदा गिरा दिया और अपने कमरे में खुली कुरान के पास लौट गयीं।

वह पतझड़ मार-काट का रहा। ज्यादातर सड़कों पर खून बहता रहा क्योंकि उग्रवादी योजनाबद्ध ढंग से अपने विरोधियों को या तो खत्म कर देने या चुप कर देने में लगे थे। लेकिन यह काफी नहीं था, ये वे दहशतगर्द भी जानते थे।

'एक वारदात, जो हमें चाहिए। केवल एक वारदात जो कि इस मिथ को तोड़ दे कि आज़ादी हमारी नहीं हो सकती। केवल एक वारदात जो हमारे लोगों को यकीन दिला दे कि हिन्दुस्तान को हराया जा सकता हैं', हबीब बुदबुदाया। हॉस्पिटल कैफेटेरिया में आगे पीछे टहल रहा था। अपने हाथ काली कॉफी के कप पर गर्म करते। दूसरे उसे उदासी से देख रहे थे। वे ऐसा सैकड़ों बार देख चुके थे।

हबीब ने कुर्सी खींची और धम्म में बैठ गया और कुछ अनमने भाव से चिप्स की ओर हाथ बढ़ाया। 'टेलिविजन पर देखो कैसी तस्वीरें दिखा रहे हैं? रोमानिया आज़ाद, सारे यूरोप की सरहदें टूट गयीं। यह एक नई दुनिया है और हमारे लोगों की आज़ादी की किसी उम्मीद पर भी शायद ही यकीन हो। लेकिन हमें वह मौका चाहिए।'

कासिम खिड़की पर खड़ा था अपने लम्बे जैकेट की जेबों में हाथ डाले। वह बड़ा ही खराब दिसम्बर था। रात पहले से जल्दी आ जाती थी, और दरवाजे की दरारों से सर्द हवा खुले शरीर पर चाकू की तरह चुभती थी। एक हीटर कमरे के एक कोने में मद्धिम-सा जल रहा था मानो जानता हो कि कमरे के तापमान को घटा पाना उसके बस का नहीं।

अस्पताल के बाहरी बरामदे का दरवाजा तेजी से खुला और एक लम्बा जाना-पहचाना सा आदमी अन्दर घुसा। वह शहर का जाना-माना डॉक्टर था, और उस आन्दोलन का एक खास हिमायती। आज वो एक ही साथ उत्तेजित और चौकन्ना लग रहा था।

'तुम सबने खबर सुनी।' उसने पूछा। फिर सबके चेहरे पर खामोशी पढ़ते हुए कहना शुरू किया 'हिन्दुस्तान की नई कैबिनेट का फैसला हो गया है—मुफ्ती मोहम्मद सईद को होम मिनिस्टर बनाया गया है'।

कासिम ने गुस्से से थूका और दीवार पर मुक्का मारा। एक कश्मीरी मुसलमान अभी-अभी मुल्क के सबसे ताकतवर लोगों में एक हो गया था—सारी आतंरिक सुरक्षा का इंचार्ज। यह एक ऐसा संकेत था जिसका घाटी के लोगों पर जबर्दस्त असर हो सकता था।

'हरामजादे। यह एक बहुत बड़ी चाल हो सकती है', कासिम ने फिर से दीवार पर मुक्का जड़ते हुए कहा।

वे सब एक साथ बोल रहे थे, गुस्से से अपना हाथ हिलाते हुए फिर हबीब ने अपना हाथ उठाया और सन्नाटा छा गया।

'शायद मैं सही नहीं होऊँ', उसने कहा 'लेकिन मुझे लगता है कि यही वह मौका हो सकता है जिसका हमें इन्तजार था।'

सब लोग उसकी तरफ मुड़ गए और सवालिया नजरों से देखने लगे। हबीब आगे झुककर जल्दी-जल्दी और जोर देकर बोलने लगा और उसके आस-पास के चेहरों की उदासी गायब होने लगी।

दस दिनों बाद 8 दिसम्बर 1989 को 3:25 दोपहर, एक जवान लड़की डेड मेमोरियल वुमेन्स हॉस्पिटल से निकलकर श्रीनगर के बीच में सड़क पार करके मिनी बस का इन्तजार करने लगी जो उसे घर ले जाती थी। बस थोड़ी देर से आ रही थी, इन्तजार करते हुए उसने कलाई घड़ी देखी और बेचैनी में अपने पैर पटके।

हबीब ने खिड़की की अपनी जगह से लड़की को उस वक़्त देखा जब बस किनारे होकर बस स्टॉप पर पहुँची। उसने अपने साथियों की ओर मुड़कर गर्दन हिलाई, लम्बी साँस लेकर उसने अपने पेट की ढीला करने की कोशिश की। लड़की हर रोज की तरह बस में चढ़ी ड्राईवर को देखकर मुसकुराई और अपने लिए खाली सीट को देखा।

जे के एल एफ के लोग बस में चारों और फैल गए, दो सामने की ओर दरवाजा घेरकर खड़े हो गए। हबीब के इशारे पर बंदूकें बाहर निकल आयीं। ड्राईवर को बता दिया गया कि कहाँ जाना है।

हबीब उठा और लड़की की ओर बढ़ा, उसके चेहरे पर उसका डर नजर आने

लगा था क्योंकि वह समझ गयी थी कि क्या हुआ है। 'डॉ. रूबय्या सईद! घबड़ाइए मत, अब आप जे के एल एफ की मेहमान है। हम आपको किसी तरह का नुकसान नहीं पहुचाएँगे, लेकिन अभी हम चाहते हैं कि आप हमारे साथ चलें।'

तुरन्त बेचारी और डरी हुई हिन्दुस्तान के नए गृह मन्त्री की 23 साल की लड़की मिनी बस से उतरकर नीले रंग की मारुति में सवार हो गयी।

श्रीनगर से सोपोर शहर का रास्ता लम्बा था, वह उग्रवादियों का परम्परागत गढ़ था जहाँ जे के एल एफ ने रूबय्या कौ कैद रखने का प्लान बनाया था। लेकिन रास्ते में सड़क पर कोई रूकावट नहीं थी और इक्का-दुक्का सेनावाले और पुलिसवाले नजर आ रहे थे। रूबय्या को सीधा एक सरकारी अधिकारी के घर ले जाया गया जोकि जे के एल एफ का एक खास हमदर्द था। यहाँ उस एक दिन रखा जाना था और फिर यहाँ से भी और महफूज जगह ले जाया जाना था।

अविश्वसनीय तौर, यह सब किसी को पता चलने से घण्टों पहले हुआ कि केन्द्रीय गृहमन्त्री की लड़की का अपहरण हो गया था। डॉ. सईद ने शुरू में सारी सिक्योरिटी लेने से मना कर दिया था क्योंकि कश्मीर में उस वक़्त अपहरण की घटनाएँ सुनी नहीं गयी थी। पहला संकेत तब मिला कि क्या हुआ है जब अपहर्ताओं ने एक अखबार के दफ्तर में फोन किया।

हबीब, यासीन मलिक और अशफाक मजीद बनी श्रीनगर में ही रूके रहे बातचीत करने और संचालन करने के लिए। उनकी माँगे बहुत साफ थीः पाँच बंदी उग्रवादियों की रिहाई जिनमें उनका पुराना साथी हामिद शेख भी था।

दिल्ली में मन्त्रियों और अफसरों की सफेद एम्बेसेडर कारें गृहमन्त्री मुफ्ती मोहम्मद सईद के अकबर रोड बंगले के बाहर कतारबद्ध थीं, जो उपरी तौर पर हिले हुए लग रहे थे, और समय की माँग यही थी कि विशेषज्ञों की उनकी लड़की को वापस लाने के काम में लगाया जाए। हर तरफ अविश्वास और घबड़ाहट का माहौल था। अगर कोई भी रुककर ध्यान से सोचता तो समझ जाता कि रूबय्या सईद को वास्तव में कोई खतरा नहीं था। कश्मीर में भी काफी लोग एक जवान लड़की के अपहरण से खुश नहीं थे और चारों तरफ इसकी निंदा भी होने लगी थी, जिसमें कश्मीर के मीर वाइज़ मौलवी फारूक़ की शामिल थे। इसकी सम्भावना बहुत कम थी कि उग्रवादी उसे सचमुच नुकसान पहुँचाने की हिम्मत करते।

लेकिन दिल्ली को उस समय की सरकार मुल्क की सबसे नाकारा सरकारों में से एक थी, और जो मन्त्री श्रीनगर उस मसले को सुलझाने के लिए भेजे गए थे वे उसके असली उदाहरण थे।

उन मन्त्रियों में से एक जो एकदिन भारत का प्रधानमन्त्री होनेवाला था ने पुलिस मुखिया को भारी आवाज़ से कहा 'यहाँ एक जवान लड़की की जान पर बनी हुई है। आपने यह मुश्किल आने कैसे दी?'

चश्मे-शाही के गेस्ट हाउस में खास बैठक में सुरक्षा विशेषज्ञों ने निराशा में उम्मीद देते हुए कहा, 'सर, हमारी मानें उनका कुछ नहीं होगा। अपहर्ताओं पर पहले ही उनका दबाब बना हुआ है जो सारी घटना को इस्लाम के खिलाफ मानते हैं। हमें अभी से सुलह कराने वालों से संकेत मिलने लगे है कि जे के एल एफ इस संकट से निकलने के किसी बाइज़्ज़त तरीके की तलाश में है।'

'बकवास। हमने सुना है कि जे के एल एफ उसे बार-बार मारने की धमकी दे रहा है और हमें ये मौका नहीं लेना चाहिए।

सुरक्षा सलाहकारों में से एक जो दिल्ली से खासतौर पर इस संकट को हल करने में मदद करने आया था ने आगे झुकते हुए अदब से कहा 'सर अगर आप एक बार भी उग्रवादियों के आगे झुक गए, वे बार-बार ऐसा करेंगे। आप कश्मीरी जनता को यह संदेश देंगे कि उग्रवाद से भी कुछ हो सकता है और मैं गारन्टी के साथ कह सकता हूँ कि आपके किसी भी तरह के झुकने से उग्रवादी पूरी घाटी में जबरदस्त जश्न का माहौल बना देंगे।'

वह मानो पत्थर से बात करना था। 'मध्यस्थों ने कहा कि उग्रवादियों ने वादा किया है कि कोई जश्न नहीं होगा। कोई जान भी नहीं पाएगा कि बंदियों को छोड़ा गया। तुम जानते हो कि एक जवान लड़की की जान...'

'असल में वह आपके कैबिनेट सहयोगी की लड़की है और उसका इससे कुछ लेना-देना नहीं है', सलाहकार ने घृणा से सोचा, लेकिन बुद्धिमानी से उसे अपने अन्दर ही रखा। मन्त्री ऐसा नहीं था कि विरोध बर्दाश्त कर लेता, भले ही वह कितना ही होशियारी भरा हो।

मीटिंग दिन के खाने के लिए बर्खास्त हुई और मन्त्री ने काफी देर तक मुख्यमन्त्री फारूक अब्दुल्ला से बात की जिसने झिझकते हुए केन्द्र सरकार की इस पहल को माना।

13 दिसम्बर 1989 को हामिद शेख शौरा अस्पताल से आज़ाद कर दिया गया जहाँ उसका इलाज चल रहा था। उसके साथ चार और प्रमुख आतंकवादी छोड़ दिए गए। दो घण्टे बाद, सरकार के कुछ अति तनावपूर्ण घण्टों के बाद रूबय्या सईद को भी छोड़ दिया गया।

× × ×

हबीब ने जी भर के बोहरीकडल के नजारों को निहारा। ऐसा लगा मानों बाँध टूट गया हो और रुकी हुई भावनाओं में उबाल आ गया हो।

बमुश्किल दो घण्टे होंगे इस खबर के फैले कि आतंकवादियों की रिहाई हो गयी है, लग रहा था मानो श्रीनगर की आबादी सड़कों पर जश्न मनाने आ गयी हो। हिन्दुस्तान की महान सरकार की हार हो गयी थी। लौंडे जीत गए थे। रोमानिया

को दुहराया जाना था, घाटी में आज़ादी करीब थी। इसलिए लोग सड़कों पर नाच रहे थे और सारे अलगाववादी नारे लगा रहे थे क्योंकि वे जानते थे कि वे जीते हुओं के साथ हैं।

हबीब ने हामिद शेख से मजाक करते हुए कहा जो कुछ हतप्रभ-सा भीड़ को देख रहा था, 'मुझे लगता है कि वे चाहते हैं कि तुम वहाँ जाओ। जाओ, ये तुम्हारी पाँच मिनट की जीत है, और उसके बाद बेहतर यही होगा कि हम यहाँ से किसी महफूज जगह की ओर चलें इससे पहले कि वे हमें गिरफ्तार करने की कोशिश करें।'

उन्होंने अपने स्कूटर पर बैठे हुए ऊपर गोली दागी और भीड़ की तरफ बढ़े। उनके पास-पास खड़े लोग कूदने लगे, शोर बढ़ने लगा। एक लगभग अधपगलाया-सा आदमी वहाँ खड़ी एक बस के ऊपर चढ़कर जोर लगाकर चीखा, 'नारा-ए-तकबीर'

'अल्ला हो अकबर', जवाब आया दसों हजार की उस भीड़ से जो दूर से आगे-पीछे हिलते किसी बड़े जीव की तरह लग रहे थे। ऐसा लग ही नहीं रहा था कि वे अलग-अलग इन्सान हों।

अब मोर्चा एक दूसरे आदमी ने सम्भाला जो अपना फिरन आगे से उठाकर ऐसे नाच रहा था मानो उसे फाड़ डालेगा। फिर उसने एक नया नारा लगाया हिन्दुस्तानी कुत्तों वापस जाओ', और फिर भीड़ उसी को दुहराने लगी।

हामिद शेख स्कूटर की सीट पर खड़ा हो गया। उस गोली का घाव जिसकी वजह से वह अस्पताल में था अगर उसे अभी भी परेशान कर रहा था तो कम-से-कम उसका कोई निशान नजर नहीं आ रहा था। उसने अपने हाथ ऊपर उठाकर हाथ से जीत कर निशान बनाया, जोकि उस आन्दोलन का ही निशान बन गया था और जनता पागल हो गयी। अब तक चार-पाँच नारे बारी-बारी से लगाए जा चुके थे और एक-के-बाद आवाज़ों की लहर उठ रही थी।

उनका काम पूरा हो चुका था, दिल्ली से आए मन्त्री एयरपोर्ट की ओर बढ़ रहे थे जहाज पकड़ कर अपने घर जाने के लिए। जब उनका काफिला श्रीनगर की सड़कों से गुजरा तो उन्होंने जश्न देखा होगा लेकिन उनमें कोई एक-दूसरे से कुछ नहीं बोला। उस काफिले के कुछ कारों को भीड़ ने पकड़ लिया और ड्राईवरों को जबरदस्ती इस जीत के जश्न की ओर ले जाया गया।

हबीब ने हामिद शेख की पीठ ठोंकी और इशारे से उसे वहाँ से सुरक्षित जगह को निकल चलने को कहा। स्कूटरों का काफिला बोहरीकडल स्ववायर से निकलने लगा, लेकिन वो बड़ा मुश्किल था क्योंकि सैकड़ों लोग जोश में बारी-बारी से उनकी पीठ थपथपाना चाहते थे या केवल छूना चाहते थे।

वे तेजी से सड़क पर चलते गए और कुछ मिनटों बाद एक कार के पास उतरे जोकि उन्हें सुरक्षित घर में ले जाने वाली थीं। अपनी सीट पर बैठते हुए हबीब

ने कहा 'मुझे तो अभी भी यकीन नहीं हो रहा है। उन लोगों को देखो।'

कासिम ने गम्भीरता से कहा 'अभी तो अच्छा है लेकिन हमें इसे रोज बनाए रखना पड़ेगा। हमें इस जोश को जाने नहीं देना है, हर दिन हमें हजारों लोगों को सड़क पर लाना है।'

'मुझे पता है। लेकिन अब ये मुश्किल नहीं होगा। लोगों को विश्वास हो गया है कि वे अब हिन्दुस्तान से लड़कर जीत सकते हैं। और हमें यही चाहिए था।' हबीब ने आगे झुककर ड्राईवर की पीठ पर हाथ देते हुए कहा 'मैं यहाँ उतरूँगा।'

फिर वह कासिम की ओर मुड़ा 'मैं हॉस्पिटल के अपने कमरे वापस जाऊँगा। मुझे औरों से देर रात मिलना है। तुम हामिद को छिपने के ठिकाने पर ले जाओ।' कासिम ने गर्दन हिलाई और हबीब ने हामिद शेख को एक बार फिर गले लगाया और कार से बाहर आ गया। कुछ ही मिनटों में यह भीड़ का हिस्सा बन गया जोकि सड़कों पर अब भी जारी थी। हॉस्पिटल की ओर बढ़ता रहा झूमते दिल से यह याद करते हुए कि उसके आस-पास को आवाज़ें क्या कह रही थीं।

हॉस्पिटल अलगाववादियों की मीटिंग का अड्डा बन चुका था और एक जूनियर डॉक्टर ने तो हबीब की अपने हॉस्टल का कमरा छुपने के लिए इस्तेमाल करने को कहा, उस फ्लोर पर रहनेवाले दूसरे लोग उसकी उपस्थिति को नजरअन्दाज करना सीख चुके थे। अब उनमें से ज्यादातर सीढ़ियों पर गुजरते वक़्त उसे देखकर मुस्कुराते थे। एक-दो ने तो बोलना भी चाहा, लेकिन फिर चुपचाप निकल गए।

हबीब ने लकड़ी के दरवाजे में चाबी घुमाई और कमरे में घुसा, ट्यूबलाइट जलाई जैसे वह करता था। उसने इस बात के लिए पूरी-पूरी मेहनत की कि कमरा किसी होस्टल में रहनेवाले का ही लगे। मोटी मेडिकल टर्म्स धूलभरी लिखने के मेज पर सजी थीं। पीली टेबल लैम्प के बगल में पेन और पेंसिल लकड़ी के एक ग्लास में रखा था। उस कमरे में बाकी फर्नीचर के नाम पर बेंत की एक कुर्सी और एक बिस्तर था जिस पर दो रजाइयाँ डालकर उसे ऊँचा बना दिया गया था। टॉयलेट बाहर गलियारे में था। आधीरात को पेशाब करने जाना काफी कठिन परीक्षा जैसी थी।

दरवाजे की ओर एक कपबोर्ड लकड़ी का था जो दीवार के ही अन्दर बना था। उसके सफेद दरवाजे पर हरीसन का ताला लगा था। हबीब अपने पीछे के दरवाजे पर दो ताले लगाता था। वह कपबोर्ड तक बढ़ा अपने की चैन से सही चाभी चुनकर। कपबोर्ड कपड़ों से भरा था, लेकिन निचला शेल्फ पुरानी पत्रिकाओं से। हबीब फर्श पर बैठ गया और उन्हें बाहर निकाला। जिस तख्त पर मैगजीन रखी थीं उसे पहले ही सावधानी पूर्वक अलग लिया गया था और अब वे आराम से हाथ में आ गयीं। उसके नीचे हबीब का खास हथियार हमेशा साथ रहनेवाला एके-47 और एक कालाकोव पिस्टल जोकि उस पाकिस्तान से लिया था। इसके

अलावा 6 ग्रेनेड थे जोकि कुछ विचार के बाद उसने वापस ही छोड़ दिया।

उसने पिस्टल अपनी कमर में खोंसी और एके-47 बिस्तर के नीचे। उसने पत्रिकाओं को कपबोर्ड में वापस रखना शुरू ही किया था कि दरवाजे पर एक हल्की थपकी से वो चौकन्ना हो गया। वह कुछ देर तक खामोश पड़ा रहा। फिर थपकी हुई। बाकी पत्रिकाओं को जल्दी से बिस्तर के नीचे देखा जहाँ राईफल थी फिर एक हाथ शर्ट के अन्दर अपनी पिस्टल पर रखे दरवाजे की ओर बढ़ा।'

'कौन है?'

'अहमद हूँ हबीब सर'

हबीब ने सावधानी से दरवाजा खोला, अभी भी तनाव में था, लेकिन अहमद रज़्ज़ाक को पहचान कर उसे चैन आया उस आदमी का लड़का जिसने कौल के घर बरसों काम किया था। वह हबीब और विजय से कुछ बरस छोटा था। लेकिन बचपन में वे अक्सर साथ-साथ क्रिकेट खेलते थे। अहमद बहुत अच्छा बाउंसर फेंकता था जिसने कई बार उनके दाँतों को चेतावनी दी।

'तुम क्या कर रहे हैं यहाँ? और तुम्हें कैसे पता चला कि मैं इस कमरे में रहता हूँ?'

'सर मैं उस अस्पताल में वार्ड ब्यॉय हूँ। हम सब जानते है कि अब आप क्या करनेवाले हैं और अब सब आपके बारे में ढेरों बातें करते हैं।'

हबीब ने उसे लिखने की मेज़ की बगल की कुर्सी की ओर इशारा किया 'और!'

'सर मैं भी शामिल होना चाहता है। मैं मुजाहिद बनकर पाकिस्तान में प्रशिक्षण लेना चाहता हूँ। सर हमने ने आज ही फैसला किया है कि सरहद पर जाएँगे। हमें लगता है हम आज़ादी हासिल कर लेंगे और मैं इस इन्कलाब का हिस्सा होना चाहता हूँ।'

हबीब ने उसके जोश पर शरारती हँसी से कहा, 'अब्दुल रज़्ज़ाक को पता है।'

अहमद के माथे पर हल्की लकीरें पड़ गयी' 'नहीं' उन्हें नहीं पता है और आपको पता है कि वे इस पर ऐतराज करेंगे। लेकिन मैं वही करना चाहता हूँ जो मेरे सारे दोस्त कर रहे है।'

ऐसा लगा मानो आतंकवादियों की रिहाई ने एक बवंडर ला दिया हो। कुछ अनुमानों के अनुसार 5000 से ज्यादा लोगों ने तो उसी रात ये फैसला ले लिया कि वे ट्रेनिंग के लिए सरहद पार करेंगे। अहमद जैसे कुछ लोगों के लिए रोजमर्रा की मरीजों की देख भाल से ग्लेमरस आज़ादी थी। बाकियों के लिए, यह एक धर्मयुद्ध हो गया उनके जीवन-मरण का।

अहमद गुलाम रज़्ज़ाक का इकलौता लड़का था। जब पैदा हुआ था तब तक

वह अधेड़ हो चुका था। और एक बूढ़ा आदमी अपनी झोपड़ी में धीरज के साथ अपने बेटे के आने की प्रतीक्षा कर रहा है हबीब के दिमाग में थोड़ी देर के लिए धुँधली सी परछाई की तरह यह ख्याल आया। फिर उसने अपने कन्धे झटके। बिस्तर हटाकर एके-47 उठाई और अपने फिरन के अन्दर डाला और अहमद उत्तेजना में मुस्कुराया।

'आओ मेरे साथ।' हबीब ने उसे कमरे से बाहर ले जाते हुए कहा।

## अध्याय-10

# जन-आन्दोलन

1989-90 की सर्दियों के कश्मीरी फसादात जन-आन्दोलन जैसा था। वे आतंकवादियों के लिए उठान के दिन थे। ऐसे दिन जो फिर कभी लौटकर नहीं आए। उनकी एक आवाज़ पर दस-दस हजार लोग सड़कों पर आ जाते थे। यही नहीं बड़े प्रदर्शनों में तो बूढ़े-बूढ़ियाँ, डॉक्टर, वकील, मुजरिम और यहाँ तक कि पुलिसवाले भी शामिल होते थे। आज़ादी की माँग जाड़े की सर्द हवाओं के साथ जल्द ही शहर-शहर, गाँव-गाँव फैल गई।

हिन्दुस्तानी सरकार समझ नहीं पा रही थी कि क्या किया जाए। दरअसल, हिन्दुस्तानी सरकार का कोई खास असर घाटी में रह नहीं गया था। ज्यादातर सरकारी अफसर और इलाकाई कार्यकर्ता आतंकवादियों के हुक्म पर ही काम कर रहे थे। अब तक उनकी संख्या हजारों में ही गई थी। नौजवान हाथों में बंदूक लिए खुले आम सड़कों पर अकड़कर चलते थे।

लेकिन हबीब मायूस था।

'आन्दोलन में गन्दगी आनी शुरू हो गई है।'

उसने कासिम को एक दिन देर शाम बताया। वे सुप्रीम कौंसिल की मीटिंग के लिए जा रहे थे जोकि श्रीनगर के बीचों बीच तैरते एक हाउसबोट पर बुलाई गई थी। दोनों ने जींस और पुलोवर पहन रखे थे और वे इसके लिए तैयार थे कि अगर पुलिसवालों ने रोका तो कह देंगे कि जम्मू से आए सैलानी हैं।

'समय जल्दी ही हमारे खिलाफ हो सकता है। हमें आज़ादी की जंग अभी ही शुरू कर देनी चाहिए क्योंकि हिन्दुस्तानी समझ नहीं पा रहे हैं कि क्या करना चाहिए और अभी तो अवाम भी हमारे साथ है।'

डल झील के पानी पर सूरज की सुनहरी किरणें पड़ रही थीं और कासिम बिल्कुल इस मूड में नहीं था कि निराशा की कोई बात की जाए।

'क्या तुम्हें रोज़ इनकी आँखों में आग दिखाई नहीं देती। इन लोगों को फिर से खामोश नहीं होने देना चाहिए।'

हबीब ने गर्दन हिलाते हुए कहना शुरू किया—

'तुम्हारी सोच गलत है। मुझे खबर है अपने लोगों की। उनमें से ज्यादातर लम्बी लड़ाई के लायक नहीं हैं। वे अभी हमारे साथ इसलिए हैं क्यों कि वे समझते हैं कि हमने कोई जीत हासिल की है। लेकिन अगर यह सब बदतर होता है यानि अगर हिन्दुस्तानी यहाँ जम जाएँ और जाने से मना कर दें तो सारी हवा बदल जाएगी। जरा भी देर नहीं लगेगी और आज जो हम उनके लिए आज़ादी लाने वाले हीरो हैं कल उन हरामजादों में बदल दिए जाएँगे जिन्होंने घाटी को तबाह कर दिया।'

शिकारा अब साफ पानी के नाले से गुजर रहा था। हाउसबोट एक तरफ खड़े थे और तैरते बाग़ दूसरे सिरे पर थे। डल झील के बीचोंबीच पानी से बहाकर लाई गई मिट्टी के ऊपर उगाए गए थे तैरते बाग। इन बागों से साहसी किसानों को साल की दो फसल मिल जाती थी। उनमें से कुछेक को सतह की जमी बर्फ का फायदा उठाते हुए पाँव से चलने वाली बोट के सहारे खर-पतवार साफ करते हुए देखा जा सकता था। डल पूरी तरह जमी नहीं थी लेकिन पानी इतनी ठण्डी हो चुकी थी कि अगर कोई धोखे से उसमें गिर जाए तो उसकी खैर नहीं थी।

शिकारा एक हाउसबोट के पास पहुँचा जो दूसरों से थोड़ा अलग खड़ा था। बोट के झड़े हुए पेन्ट के बीच भी उसका नाम पढ़ा जा सकता था–हिन्दुस्तान की शान। कासिम को पढ़कर हँसी आ गई। उस जगह पर पहुँचने से बहुत पहले हबीब को हाउसबोट की छतों पर जे के एल एफ के लोग पहरा देते दिखाई दिए। गर्मियों में आमतौर पर ये सारे हाउसबोट सैलानियों से भरे होते थे लेकिन अब उनपर इंकलाबियों का कब्जा था। इन बैठकों की सुरक्षा का इन्तजाम हबीब खुद देखता था। छतों पर तैनात पहरेदार इस बात की खबर देने के लिए काफी थे कि पुलिस मोटर बोट से वहाँ आ रही है और बैठक की जगह पर पुसिलवालों के लिए सड़क के रास्ते पहुँचना लगभग असंभव था क्योंकि उस संकरे पुल तक पहुँचने के लिए डल के किनारे अनगिनत भूल-भूलैया वाले रास्ते थे जिनको पार करना पड़ता था। जे के एल एफ के दो-एक पहरेदार सिपाहियों की एक छोटी टुकड़ी को रोकने के लिए काफी थे और ऐसे हालात में उनके बड़े नेता तब तक भाग निकलते।

शिकारा जैसे ही हिन्दुस्तान की शान की लकड़ी की बनी सीढ़ियों तक पहुँचा मल्लाह ने उसकी टकराहट से बचने के लिए कुछ चप्पू पीछे की ओर चलाए। हबीब शिकारे से बाहर कूदकर सीढ़ियों पर चढ़ गया और फिर उसने कासिम के लिए अपना हाथ बढ़ाया। कासिम के हाथों में दोनों की बन्दूकें थीं। वे हाउसबोट के बाहर बने छोटे-से लकड़ी के बरामदे को पारकर उसके बड़े ड्राइंगरूम में पहुँचे। जेकेएलएफ के बाकी बड़े नेताओं ने उनका वहाँ गर्मजोशी से स्वागत किया। वे सब इन दोनों के पहुँचने का इन्तजार ही कर रहे थे।

कासिम ने मुस्कुराते हुए अपनी छोटी उँगली खड़ी कर दी और हाउसबोट के पीछे की ओर टॉयलेट की तलाश में चल दिया। वह एक आरामदेह हाउसबोट था

जिसके कमरों को काफी खूबसूरती से सजाया गया था और उनमें अखरोट की लकड़ी से नक्काशी की गई थी। उसके बाथरूम को विदेशी सैलानियों को ध्यान में रखते हुए बनवाया गया था। उसमें गरम-पानी के झरने से लेकर पश्चिमी-ढंग के टॉयलेट तक सब कुछ था। सारी गन्दगी डल में समा जाती थी लेकिन इस बात के बारे में वहाँ गर्मियों में आनेवाले सैलानी सोचते भी नहीं थे।

कासिम ने अपनी ज़िप चढ़ाई ओर ड्राईंग रूप में वापस आ गया। फिर उसने कमरे के बीचोंबीच पड़े टेबल से कुछ दाने अखरोट के उठाए और हबीब की ओर उँगली दिखाकर बोला—'इसका खयाल है कि लोगों के ठण्डे पड़ जाने से पहले हमें अपनी कार्रवाई तेजी से आगे बढ़ानी चाहिए।'

हामिद शेख बोला—

'हम उसी की बात कर रहे थे। हमने तारीखें तय कर ली हैं।'

कासिम ने सवालिया नजरों से देखा। हामिद बोले जा रहा था—'छब्बीस जनवरी वो दिन है जिस दिन हिन्दुस्तानी अपना गणतन्त्र दिवस मनाते हैं। उस दिन...उस दिन हम उनका झण्डा उतार देंगे और अपना झण्डा फहराकर अपनी आज़ादी का ऐलान करेंगे। पाकिस्तान तुरन्त हमारी सरकार को मन्जूरी दे देगा और दूसरे कई मुल्क भी ऐसा ही करेंगे। हिन्दुस्तानियों के पास कोई चारा नहीं बचेगा। सब कुछ पहले से तय रहेगा।'

हबीब ने बोलना शुरू किया—

'हमें फिर भी रफ्तार को बनाए रखना होगा। सैकड़ों-हजारों की तादात में लोगों को सड़कों पर लाते रहना होगा। इसके अलावा हमारे जो भी हमदर्द अफसरान और पुलिसवाले हैं उनसे ये कहना होगा कि वे सरकारी काम-काज ठप्प करने के बारे में अधिक-से-अधिक काम करें। इससे ये होगा कि उस दिन तक हमारे अलावा यहाँ किसी की हुकूमत ही नहीं बचेगी। फिर ये होगा कि अब तक जो लोग अलग-थलग रह रहे हैं उनके पास भी हमारे साथ काम करने के अलावा कोई चारा नहीं बचेगा।'

योजना बड़े विस्तार से बनाई गई थी और वो लगभग सफल भी होती लग रही थीं। लेकिन भारत ने जिस चतुराई से वहाँ अपने आपको मजबूत बनाया कि आतंकवादी उसका अन्दाज़ा भी नहीं लगा पाए।

सरकार ने वहाँ एक ऐसे आदमी को राज्यपाल बनाकर भेजा जो बड़ा ही सख्त माना जाता था। यही नहीं इसके बारे में ये भी कहा जाता था कि वह अपने ख्यालों में मुसलमानों के खिलाफ था। मुख्यमन्त्री फारूक अब्दुल्ला ने तुरन्त ही इस्तीफा दे दिया और सूबे की हुकूमत पूरी तरह से राज्यपाल के हाथों में आ गई। उसके बाद जो शुरू हुआ कश्मीरी उसे 'क्रैक डाउन' कहकर याद करने लगे। यानि सरकार की हुकूमत की फिर से बहाली। जिसके लिए जरूरत पड़ी तो जोर-जबरदस्ती भी

की गयी। दिनों कर्फ्यू लगा रहता। लोग न तो बाहर बाजार में जा पाते न अपने-अपने काम पर। बस सारा दिन घरों में बन्द रहते। पहली बार सुरक्षा गारदों द्वारा मानव अधिकार के हनन की बात सामने आई। पहला बड़ा नर संहार सामने आया। गावकदल के पुल के पास ढेरों मार गिराए गए। वह नरसंहार बी एस एफ पेट्रोल पार्टी से मुठभेड़ का नतीजा थी। यह अपनी तरह का पहला नरसंहार था जो आधुनिक कश्मीर ने देखा।....बेहद हैरतनाक....

उन दिनों की खटास बरसों आम कश्मीरियों और उस सरकार के बीच कायम रही जिसे वे दमनात्मक कहते। लेकिन साथ ही ये भी हुआ कि कड़े उपायों की वजह से आन्दोलन की आग भी ठण्डी पड़ती गई।

26 जनवरी के दिन जे के एल एफ के लोगों में गहरी मायूसी थी। वह दिन उनके लिए बड़ा दुर्भाग्यशाली ही रहा। हालाँकि उनकी लोकप्रियता अब उससे ज्यादा थी जैसी कि कुछ हफ्तों पहले थी। लेकिन पूर्वी यूरोप की तरह विजयी जनता के कन्धे पर सवार होकर हुकूमत हासिल करने की उम्मीद जाती रही। कारण ये था कि भीड़ को काबू में करने के लिए सेना को और भी सख्ती दिखानी पड़ी। गावकदल जैसे नरसंहार और हुए। लेकिन छोटे-छोटे इलाकों में भी कर्फ्यू लगा देने का ये असर हुआ कि जे के एल एफ के लिए भीड़ जुटाना भारी पड़ने लगा। उन दिनों तो सेना का ये उसूल बन गया था कि, 'सारे मुहानों को बन्द कर दो नदी अपने-आप सूख जाएगी'।

कासिम ने वादा किया था कि वह दोपहर तक अस्पताल तक पहुँचने की कोशिश करेगा, लेकिन वह असंभव लग रहा था। पूरा श्रीनगर वीरान दिखाई दे रहा था। यहाँ तक कि सड़क पर भौंकने वाले आवारा कुत्ते भी गायब थे। सड़कों के किनारे बन्द शटरों की कतारे थीं। दूकानें बन्द थीं और उनके मालिक घरों में बन्द थे। सड़क पर सिर्फ अपनी चितकबरी वर्दी और भारी हेल्मेट में बन्दूक थामे सैनिक भरे दिखाई दे रहे थे। सड़कों को हर तरफ से जाम कर दिया गया था। ताकि उनकी गाड़ी छोड़कर किसी की भी गाड़ी सड़क पर न निकल पाए।

कासिम मैसूमा में अपनी गली में निकला, कंक्रीट का तिराहा पार किया और मेन रोड पर आ गया। वहाँ पर सड़क बुरी तरह जाम करके तकरीबन पचीस सैनिक पहरा दे रहे थे। जब कासिम उन सैनिकों की ओर बढ़ा तो उसे ये तो अन्दाजा था ही कि करीब दर्जन भर बन्दूकें उसकी ओर तनी होंगी यही नहीं बोरीबन्द ट्रकों से हो सकता है कुछ मशीनगनों का निशाना भी उसकी ओर हो। जैसाकि वो जानता था कि इस वक़्त पूरी घाटी में वह अकेला सिविलियन था जो अपने घर से बाहर निकला था। अब वह उस घड़ी को कोस रहा था जब उसने हबीब से मिलने जाने का फैसला किया था। इससे कोई फायदा नहीं होने वाला था बल्कि उल्टा शायद वह गिरफ्तार ही होनेवाला था। लेकिन खैर अब तक वो बाहर निकल

चुका था और वापस जाने की कोशिश करता तो नतीजा शायद और बुरा ही होता।

कुछ ही मिनटों में उसने पाया कि उसे दो जवानों ने पकड़ लिए और उनका कैप्टेन उस तक चलकर आया।

'तुम कहाँ जाना चाहते हो? सारे शहर में कर्फ्यू लगा है। जाओ अपनी गली में लौट जाओ',

उसने कड़ककर कहा।

कासिम ने अपना चेहरा बनाया और दर्द भरी आवाज़ में अफसर से कहने लगा—

'सर मेरे पेट में जबरदस्त दर्द हो रहा है। मुझे लगता है एपेंडिसाइटिस है। बर्दाश्त नहीं हो रहा है। मुझे अस्पताल जाना है।'

अफसर ने उसकी छाती पर हाथ रखते हुए कहा—

'सुना नहीं तुमने। अपने घर लौट जाओ।'

कासिम जाने के लिए मुड़ा ही था कि एक सैनिक गाड़ी वहाँ आ लगी। कैप्टन उधर दौड़कर गया और एक जोरदार सैल्यूट दागा क्योंकि वह पहचान गया था कि आने वाला ब्रिगेडियर था।

'क्या बात है?'

'सर ये आदमी कर्फ्यू तोड़ रहा है और कह रहा है कि इसे अस्पताल जाना है।'

ब्रिगेडियार ने कासिम को ध्यान से देखा जोकि अब डर से काँप रहा था। वह जानता था कि अपनी बेवकूफियों से उनका ध्यान अपनी ओर खींच रहा था। वह एक हाथ से अपना पेट दबाए जा रहा था और गर्दन झुकाए नीचे की ओर देख रहा था।

उसकी किस्मत थी कि ब्रिगेडियर को ये लगा कि वह बहुत तकलीफ में है। वह कैप्टेन की ओर मुड़ा और अपने जत्थे की दूसरी गाड़ी की ओर इशारा करते हुए बोला—

'उससे कहो कि इस गाड़ी में चढ़ जाए। हम उसे अस्पताल छोड़ देंगे। रास्ते में ही है।' कासिम ने अपने किस्मत की दाद दी। सिपाहियों ने उसे तुरन्त ही ट्रक के पीछे बिठाया जहाँ जवानों की एक टुकड़ी पहने से ही उकडूँ बैठी थी। उसका पिछला दरवाजा बन्द हुआ और गाड़ी शहर की खाली सड़कों पर हवा से बात करती चल पड़ी।

कासिम की हिम्मत धीरे-धीरे लौट आई। उसने गर्दन उठाकर आस-पास के जवानों पर नजर डाली। ज्यादातर दक्षिण भारत के लग रहे थे और कासिम ने अन्दाजा लगाया कि वे शायद ही उर्दू बोल पाते हों। एक जवान ने उसे देखकर दाँतें निकाली और उसकी ओर बीड़ी बढ़ाई। कासिम ने एक बीड़ी निकाली गर्दन हिलाकर उसका

शुक्रिया अदा किया और बाहर देखने लगा। पीछे गाड़ियों का काफिला आ रहा था। ब्रिगेडियर रास्ते में और भी जरुरतमन्द लोगों को बिठाता चल रहा था। ठीक पीछे वाली कार में उसने देखा कि वहाँ एक मशहूर नाटककार का परिवार था उसकी माँ पिछली शाम गुजर गयी थीं। उनका सारा परिवार एक-दूसरे से सटकर बैठा था। कर्फ्यू के दौरान कब्रगाह पहुँचने का यही एक रास्ता था।

कुछ मिनटों के बाद वह काफिला अस्पताल के मेनगेट पर रूका और कासिम के उतरने के इन्तजार में कुछ देर तक रूका रहा। जब काफिला आगे बढ़ा तो कासिम ने इत्मीनान की साँस ली और अन्दर चल पड़ा। अस्पताल के अन्दर भी वैसी ही वीरानी पसरी थी जैसी बाहर सड़कों पर। वह तेजी से हबीब के कमरे की ओर चल पड़ा और वहाँ पहुँचकर उसने अपने आपको सुरक्षित महसूस किया।

कमरे में घुप्प अन्धेरा था और बिस्तर पर जाकर बैठते हुए वह बड़ी मुश्किल से हबीब को देख पाया। कासिम ने बत्ती जलाई और हबीब को देखकर हैरान रह गया। वह इतना पस्त दिख रहा था जितना उसने कभी सोचा भी नहीं था।

'क्या हुआ?'

उसने संजीदगी से पूछा।

'सब खत्म हो गया कासिम। आन्दोलन खत्म हो गया।'

'बेकार की बातें मत करो। यह एक छोटी-सी मात है। ठीक है हम 26 ज़नवरी को कुछ कर नहीं पाए। लेकिन जनता कर्फ्यू का ऐलान करके आज हमने भी पलटकर वार किया है। अब कोई ये नहीं समझ पाएगा कि आज सड़क हमारी वजह से खाली थीं या सेना के जवानों की वजह से।'

'तुम समझ नहीं रहे हो कासिम। सब खत्म हो चुका है। अब कुछ हफ्तों तक शायद महीनों तक हम लोगों को बाहर निकल पाने में कामयाब न हो पाएँ। और एक दिन ऐसा होगा सड़कों पर केवल हम ही निकलेंगे और वे अपने घरों में बैठे रहेंगे।'

हबीब ने अपने बालों में हाथ फेरा और कासिम बेचैन हो गया क्योंकि वह देख रहा था कि उसके दोस्त की आँखों से आँसू बह रहे थे।

'यह लड़ाई जारी रहेगी।'

उसने धीरे से कहा।

'हाँ यह लड़ाई जारी तो रहेगी। लेकिन जब तक अवाम का साथ नहीं मिलेगा इसे फसाद ही माना जाएगा और हमेशा की तरह हिन्दुस्तानी इसे दबा देंगे।'

आनेवाले हफ्तों में हबीब की उदासी लगता था गायब हो गई। तकरीबन पन्द्रह दिनों बाद वे बस के ऊपर चढ़कर चरारे-शरीफ जा रहे थे अब तक के सबसे बड़े जुलूस में। लगता था सारा उत्तर कश्मीर ही सड़कों पर निकल आया हो।

कासिम ने हँसते हुए हबीब की पसलियों में चिकोटी काटी और बोला—

'देखो लोगों को। कम-से-कम पाँच लाख होंगे। और तुम्हें लगता था कि वे हमे छोड़ देंगे।'

हबीब थोड़ा झेंप गया और अपने बालों से बर्फबारी के निशान हटाने लगा। लेकिन अन्दर से उसे अब भी शक था कि आनेवाले कुछ महीनों में जब लगातार कर्फ्यू ने लोगों को तबाह कर दिया तो धीरे-धीरे वाकई भीड़ घटने लगेगी। गुस्सा अब भी कायम था। अब भी आज़ादी की माँग के नारे दीवारों पर लिखे थे। जब भी विदेशी मीडिया के लोग आते तो घाटी में तो पता नहीं कहाँ से भीड़ इकट्ठा हो जाती और नारे लगाने लगती—'हिन्दुस्तानी कुत्तों वापस जाओ।' लेकिन वैसे गाँवों-शहरों से लोग इस आन्दोलन से अलग होने लगे।

जन-आन्दोलन समाप्त हो चुका था। छापामार लड़ाई शुरू हो चुकी थी।

## अध्याय-11

# खौफ

कब्र की ताज़ी मिट्टी पर हरा झण्डा लगाकर ज़ैदी पीछे हटा। उसके अन्दर लेटा हुआ आदमी अब शहीद था, कश्मीर की जंगे–आज़ादी का शहीद जिसे सुरक्षा गारदों ने मौत की नींद सुला दिया जब वह एक भीड़-भरे बाजार में ग्रेनेड फेंकने की कोशिश कर रहा था।

ज़ैदी ने अपने आस-पास खड़े लोगों की ओर देखा। सबसे चेहरों पर उदासी थी। वे सारे लोग एक नए संगठन के लिए काम करते थे जो हाल ही में हिज्बुल मुजाहिदीन से टूटकर अलग हुआ था। उसने अपनी बन्दूक ऊपर की ओर गोली चलाते हुए लोगों को उनकी उदासी से जगाया।

एक और गोली चलाते हुए वह चिल्लाया 'निजामे-मुस्तफा!' और उसके बाकी साथियों ने उसका साथ दिया। अब वे सब हवा में गोलियाँ चला रहे थे मानो किसी अदृश्य सैनिक टुकड़ी को यह बताना चाह रहे हों कि कुछ ही हफ्तों में वे कितने ताकतवर हो गए।

घाटी में खूनी लड़ाई तेज हो गई थी। आतंकवादी और सेना के सैकड़ों लोग तो मर ही रहे थे लेकिन मरने वालों में ज्यादातर आम आदमी था।

ज़ैदी कब्र के बीच से अपने लोगों को देख रहा था। लम्बा तो वह था ही कब्रों के बीच तनकर खड़ा था। वे इसे शहीदों की कब्रगाह कहते थे। जो भी सुरक्षा गारदों से लड़ते हुए मरता था उसे वे यहाँ आज़ाद कश्मीर के हरे झण्डे में लपेटकर दफना देते थे। ज़ैदी का बस चलता तो पाकिस्तानी झण्डा लगाता या फिर अपने नए संगठन का बैनर लगाता। लेकिन सारे आतंकवादी संगठनों में रजामन्दी सी थी कि उनके लोगों को हरे झण्डे में लपेटकर दफनाया जाए और वह उसके खिलाफ नहीं जाना चाहता था।

उसने फिर अपनी बन्दूक उठाई और गोली दागी। उस सन्नाटे में गोली की आवाज़ देर तक गूँजती रही।

'उन्होंने पहले हनीफ को मारा और अब अल्ताफ को। बर्दाश्त की भी एक हद होती है। आओ आज ये कसम खाओ कि जो भी हमारे खिलाफ होगा हम

उसका खून नालियों में पानी की तरह बहा देंगे। हम एक का बदला दस से लेंगे। अब हमारे आन्दोलन के खिलाफ जो भी होगा हम किसी को नहीं छोड़ेगे। तुम सब देख चुके ही एस एल एफ और अल्लाह टाइगर्स के कारनामों को। देख रहो न कि कैसा हरे का खौफ फैला रहे हैं सारे गद्दारों, काफिरों के बीच। अब हमारी बारी है।'

उस रात ज़ैदी के आदमी उसके साथ खामोश भेड़ियों की तरह चल रहे थे। सारे श्रीनगर के एक उपनगर में एक सफेद मकान के पास पहुँचे, जो दूर से ही चमक रहा था। वह चारों तरफ से छोटे लेकिन खूबसूरत बाग से घिरा था और एक महीन बाड़ उसे पड़ोस के बाकी घरों से अलगाती थी। आधी रात से ज्यादा वक्त हो रहा था और ज्यादातर बत्तियाँ बुझ चुकी थीं। लेकिन आतंकवादियों ने पहले माले पर लगे परदे से छनकर आती मोमबत्ती की रोशनी देख ली। वह के. एल. रैना का घर था। वे एक रिटायर्ड इंजीनियर थे और उन्होंने अपने जीवन के पैंतीस साल श्रीनगर की पानी की समस्या सुलझाने में लगाई थीं। अब वे लगातार बच्चों के लिए कहानियाँ लिखते थे। हालाँकि छपी कोई नहीं थी पर लिखते बिला-नागा थे।

रैना हिन्दू थे। कश्मीरी पण्डित। उन्होंने कभी सपने में भी नहीं सोचा था कि अपनी ही धरती पर वे असुरक्षित हो जाएँगे। लेकिन आजकल घाटी में बाकी हिन्दुओं पर हमले की खबर से वे भयभीत रहने लगे थे।

ज़ैदी ने अपने बन्दूक के हत्थे से दरवाजे को ठोंका। कुछ पलों की खामोशी रही फिर आतंकवादियों ने देखा कि पहले माले की मोमबत्ती बुझ गई। ज़ैदी ने दरवाजा फिर पीटा और जोर से बोला—

'रैना साहब! हमें मालूम है कि आप अन्दर हैं। घबड़ाइए मत हम आपको नुकसान नहीं पहुँचाना चाहते। हम बस आपसे कुछ सवालों के जवाब चाहते हैं?'

काफी देर बाद दरवाजा धीरे से खुला। सत्तर साल के झुर्रीदार चेहरे और सफेद मूँछों वाले रैना ने बाहर इन्तजार करते लोगों की ओर देखा।

उस मद्धिम रोशनी में भी रैना की आँखों की खौफ को ज़ैदी ने पढ़ लिया और मुस्कुराते हुए कुछ ज्यादा अदब से कहा—'फिक्र मत कीजिए सर। मुझे अफसोस है कि आपको इतनी देर रात परेशान करना पड़ा। लेकिन कुछेक सवाल आपसे पूछने थे।'

रैना ने अपने दुबले कन्धों पर शॉल को ठीक से लपेटा और कुछ संजीदा होते हुए कहा—

'इतनी रात में! क्या सुबह तक इन्तजार नहीं कर सकते थे?'

बूढ़े रैना ने घर से निकलते हुए कहा—

'ठीक है। पूछिए।'

'नहीं! नहीं! यहाँ नहीं। मुझे अफसोस के साथ कहना पड़ता है कि आपको उसके लिए हमारे साथ चलना पड़ेगा। और क्या आप अपने लड़के से भी कहेंगे साथ चलने के लिए?'

रैना की आँखे फिर डर से चमकीं।

'वो यहाँ है नहीं। एक रिश्तेदार की शादी में गया है।'

'नहीं आप झूठ बोल रहे हैं। हमने उसे कुछ घण्टे पहले आप लोगों के साथ खाते देखा है। आप उससे कहेंगे कि तहखाने से बाहर निकल आए! नहीं तो हमें ढूँढने जाना पड़ेगा और इससे आपकी धर्मपत्नी और लड़की को मुश्किल पड़ जाएगी।'

ज़ैदी ने बड़े अदब से कहा।

आवाज़ घर के अन्दर तक गई और अजय रैना तुरन्त बाहर आ गया। उसकी उम्र पैंतीस साल थी और वह जानता था कि उसे अपने पिता से ज्यादा खतरा था। इसीलिए वह छुपा हुआ था।

'हमारे साथ आने के लिए शुक्रिया। चलिए अब चलें।'

आतंकवादियों को वहाँ आए पन्द्रह मिनट से ज्यादा हो चुका था और कुछ पड़ोसियों को भनक लग चुकी थी। कुछ बुजुर्ग लोग घर की ओर आए।

'सलाम अलैकुम भाईजान!'

उनमें से एक ने बड़े ही अदब से कहा।

'मैं रशीद शेख हूँ। रोड डिपार्टमेंट में काम करता हूँ। कोई मुश्किल है क्या? मैं इन लोगों को जानता हूँ अच्छे कश्मीरी हैं।'

ज़ैदी की आँखों में गुस्सा चमका। उसे इससे ज्यादा चिढ़ किसी और बात से नहीं थी कि कोई मुसलमान अपने हिन्दू दोस्त या पड़ोसी की तरफदारी करे। लेकिन उसने अपनी आवाज़ की नरमी को बनाए ही रखा।

'इत्मीनान रखो दोस्त। मुझे वह एक या दो सवाल पूछने हैं। दोनों पन्द्रह-बीस मिनट में वापस आ जाएँगे।'

'क्या आप इनसे यहाँ नहीं बात कर सकते?'

रशीद ने डरते-डरते पूछा।

सुनते ही ज़ैदी का सहयोगी तारिक थोड़ा झुन्झलाया और अपने कन्धे पर टंगे कालाशनिकोव बन्दूक को सहलाने लगा। कुछ इस तरह से मानो बन्दूक अचानक ही कुछ भारी हो गई हो। यह बस एक छोटा-सा इशारा था पर काम कर गया। सारे पड़ौसी पीछे की ओर हटकर एक-दूसरे से सटकर खड़े हो गए।

ज़ैदी ने फिर मुस्कुराते हुए जवाब दिया–

'देखिए हमें देर हो रही है और मेरे ख्याल से अब चलना चाहिए। हमलोग रैना साहब को कुछ ही मिनटों में घर वापस छोड़ देंगे।'

•

सब खामोश रहे और आतंकवादियों का जत्था रैना और उनके लड़के के साथ चल पड़ा।

रात गुजरती रही। घर की औरतों के पास इसके सिवा और कोई चारा नहीं था कि बुखारी तापते हुए उनके आने का इन्तजार किया जाए। मिसेज रैना अपनी उस लाल रामायण से जोर-जोर से पाठ कर रही थी जो उन्होंने खासतौर पर एक लकड़ी के स्टैंड पर रखी हुई थी। उनकी लड़की सुषमा रैना रोती जा रही थीं और थोड़ी-थोड़ी देर में दरवाजे की ओर भी देखती जाती थी। रशीद की पत्नी सलमा वहीं ठहर गई थी और वो कुछ-कुछ देर में रसोई में कहवा बना-बनाकर ला रही थी।

आखिरकार सुबह के साढ़े चार बजे बगीचे में कुछ खड़खड़ाहट सी हुई। सुषमा जल्दी से खड़ी हुई और दरवाजे की ओर बढ़ ही रही थी कि खिड़की टूटने की तेज आवाज़ हुई और एक इन्सानी शरीर अन्दर आया।

सुषमा डर के मारे जोर से चिल्लाई और फिर उसने उस शरीर को देखा। फिर वह जोर-जोर से चीखने लगी। वो अजय था। उसका चेहरा सूजा हुआ था और उस पर खून जमा हुआ था। नाक टूटी हुई थी। उसके होंठ फटे हुए थे और ज्यादातर दाँत गायब थे। उसके शरीर पर एक शॉल लपेटी हुई थी लेकिन अन्दर कोई कपड़ा नहीं था। शरीर का जो हिस्सा बाहर दिखाई दे रहा था उसपर सिगरेट से जलाए जाने के काले निशान थे।

सुषमा ने अपने भाई की ओर कुछ कदम बढ़ाए और गश खाकर जमीन पर गिर गई। वह पगलाई हुई सी चिल्ला रही थी। अब तक उसने अजय का चेहरा नजदीक से देख लिया था। उसने आँखों की जगह खाली गड्ढ़ों को देख लिया था। उसने देख लिया था कि उसने भाई की एक आँख गालों पर लटक रही थी।

तेज आवाज़ के साथ दरवाजा खुला। ज़ैदी अन्दर आया। उसके साथ दो और लोग थे जो रैना को घसीटते हुए ला रहे थे। वे उन्हें घसीटते हुए लाए और उनकी पत्नी के पास छोड़ दिया। वह बुत सी बनी बुखारी के सामने बैठी थी। रामायण उनके हाथ में ऐसे पड़ी थी जैसे कोई तमगा हो। रैना साहब जिन्दा थे और जब उन्होंने उठने की कोशिश की तो फर्श पर फिर से गिर पड़े। उनके दोनों हाथ जगह-जगह से टूटे हुए थे। सारी ऊँगलियाँ भी। वे फिर से मुँह के बल गिर पड़े।

सलमा शेख रसोई के दरवाजे पर दिखाई दी। उसके हाथ में कहवे का प्याला था जो यह देखकर छूट गया और फर्श पर बिखर गया। ज़ैदी ने उसे देखा और गुस्से से उसका चेहरा सख्त हो गया। वह चिल्लाया--

'निकल जाओ यहाँ से। जल्दी।'

सलमा ने जब अजय की लाश देखी तो उसकी आँखे खुली रह गईं और वो जहाँ खड़ी थी वहाँ जड़ सी रह गई। ज़ैदी उसकी ओर बढ़ा। उसकी बाँह पकड़ी

और दरवाजे की ओर घसीटते हुए बोला—'अभी यहाँ से भाग जाओ।...और जाके अपने आदमी से बोलो कि बीच में न पड़े नहीं तो उसका भी वही हश्र होगा जो इस क़ाफिर का हुआ है।'

सलमा ने एक डरी हुई नजर उस पर और डाली और बाहर बगीचे की तरफ भागी। तारिक ने अपने सरदार से फुसफुसा कर कहा—

'कहीं पुलिस को न बुला लाए। यहाँ सारे पड़ोसी हिन्दुओं के हमदर्द लगते हैं।'

ज़ैदी अपनी गर्दन हिलाते हुए जमीन पर औंधे पड़े रैना की तरफ बढ़ते हुए बोला—

'इनकी इतनी हिम्मत नहीं हो सकती। घबड़ाओ मत अभी बहुत वक़्त है।'

वह रैना के पास पहुँचा उसके नीचे जूता घुसाकर उसे सीधा किया। उसके मुँह से हल्की कराह निकली जब ज़ैदी ने उसके टूटे घुटने पर अपना पैर रखा। फिर वह उसकी पत्नी से मुखातिब हुआ, 'तुम्हारा मरद गद्दार है; पुलिस का जासूस। बड़ा बेवकूफ भी है। हमारे बार-बार समझाने पर भी न तो तुम्हारा बेवकूफ लड़का और न ही ये मानने को तैयार हुए कि ये पुलिस के जासूस हैं।'

वह बूढ़ा आदमी धीरे-धीरे बोला हालाँकि उसकी आवाज़ बड़ी मुश्किल से सुनाई दे रही थी क्योंकि उसके मुँह में खून भरा हुआ था। फिर भी वह बोल रहा था—

'मैं आप लोगों को सैकड़ों बार कह चुका हूँ कि हमारा पुलिस से कोई लेना-देना नहीं है। आपने मेरे लड़के की जान ले ली। आपको क्या लगता है अगर सचमुच ऐसा कुछ होता तो मैं कुबूल नहीं कर लेता?'

फिर उसने धीरे से अपना सिर उठाते हुए कहा—'हालाँकि तुम लोग सब समझते हो। तुम लोग जानते हो कि हमने कुछ भी गलत नहीं किया है। फिर भी तुम लोगों ने हमारे साथ ऐसा सुलूक किया?'

ज़ैदी रैना के बगल में घुटनों के बल बैठकर बेहद शाइस्ता से बोला—

'हमने तुम्हारे लड़के की आँखे निकाल लीं। जानते हो लेकिन हमने तुम्हारी क्यों छोड़ दी?

वह थोड़ा रूककर मुस्कुराया फिर आगे बोलने लगा—

'क्योंकि हम ये चाहते थे कि तुम देख सको कि हम तुम्हारी बीवी और तुम्हारी लड़की का क्या हश्र करने वाले हैं?'

ज़ैदी झटके से उठा और उस ओर बढ़ा जहाँ तारिक ने सुषमा की बाँहों को कसकर पकड़ रखा था।

'उसे इधर लाओ। ठीक उसके बाप के सामने। ताकि वो अच्छी तरह देख सके।'

× × ×

अन्तिम संस्कार दोपहर को हुआ। रैना परिवार की एक साथ चार चिताएँ जलीं। एक दूर के रिश्तेदार ने आग दी। अन्तिम संस्कार में बहुत कम लोग शामिल हुए। ज्यादातर हिन्दू घर से बाहर निकलते हुए डर रहे थे। बाकि पहले ही घाटी छोड़कर जम्मू या दूसरे इलाकों को निकल चुके थे। लेकिन रैना के पड़ोसी उसमें शामिल हुए थे। सलमा की आँखे रोते-रोते सूज चुकी थीं और रशीद इसी पशेमानी में मरा जा रहा था कि काश वो कुछ कर पाया होता।

शोक मनानेवालों में विजय और उसके माता-पिता भी शामिल थे। विजय यहाँ अपनी वर्दी पहनकर नहीं आया था, बल्कि उसने कुर्ता-पाजामा पहन रखा था और ऊपर से एक शॉल ओढ़ रखी थी। कौल परिवार का मरनेवाले परिवार से पुराना परिचय था। विजय के पापा जब सरकारी अफसर थे तो के एल रैना के साथ काम कर चुके थे विजय और सुषमा तो बचपन में सैकड़ों बार साथ-साथ खेले थे और अजय तो उसके बड़े भाई जैसा ही था।

फोन पहले सुबह आया था और विजय भागा-भागा रैना साहब के घर पहुँचा था। लाशों की सफाई से लेकर श्मशान घाट तक ले जाने का जिम्मा उसी ने उठाया था। अब वह चुपचाप आसमान में उठती लपटों को देख रहा था।

अन्तिम संस्कार को बाद वहाँ मौजूद लोग आपस में बातें करने लगे। जब विजय अपने माँ-पापा के साथ कार की ओर बढ़ रहा था तो उसने अपनी चिन्ता उनके सामने रखी जो उसे परेशानन किए हुए थी--

'अम्मा-पापा! तीन दिनों में मेरी छुट्टियाँ खत्म हो रही हैं। मुझे लगता है जब तक सब कुछ ठीक-ठाक नहीं हो जाता आप लोगों को कुछ दिनों के लिए मेरे साथ दिल्ली चलना चाहिए।'

पापा अभी कुछ ही दिनों पहले सरकारी नौकरी से रिटायर हुए थे और करन नगर के अपने घर लाल बिल्डिंग में सीधा-सादा जीवन बिता रहे थे। वह घर उन्होंने अपने जीवन भर की कमाई से खरीदी थी। हालाँकि एक बड़े सरकारी अफसर के लिए भी सरकारी पेंशन इतना नहीं होता कि आराम से गुजर-बसर हो सके लेकिन फिर भी वे आराम से रह रहे थे।

अम्मा और पापा दोनों अपने-आप को असुरक्षित महसूस करने लगे थे क्योंकि इधर इस तरह की घटनाएँ बढ़ गयी थीं। खासकर इसलिए भी कि आतंकवादी हिन्दू परिवारों को ही चुनकर निशाना बनाते थे। यही नहीं जुलूस-दर-जुलूस भड़काऊ नारे लगाए जा रहे थे और जिन्हें वे बरसों से अपना दोस्त समझ रहे थे उनके अन्दाज़ भी अब बदले दिखाई दे रहे थे।

लेकिन पापा कुछ अक्खड़ किस्म के इन्सान थे और अक्सर बड़ी अकड़ से

बोलते थे–

'लानत है मुझपर अगर ये उठाईगीर किस्म के लौंडे मुझे मेरे घर से खदेड़ दें।'

आखिरकार वे इस बात पर राज़ी हुए कि फिलहाल तो विजय अकेला दिल्ली चला जाए और अगर हालात और खराब हुए तो वे भी आ जाएँग।

पापा ने घर के दरवाजों में नए ताले लगाए और रोज सोने से पहले घर के हर खिड़की-दरवाजे को अच्छी तरह देख लेते थे कि कहीं खुला तो नहीं रह गया है। लेकिन नींद बड़ी मुश्किल से आती थी और ज़रा-ज़रा सी आवाज़ पर आँखें खुल जाती थीं। बाहर बगीचे में हल्की-सी भी आहट होती थी तो पापा जगकर बाहर की आहट ध्यान से सुनने लगते थे।

एक शाम वे आ गए। लेकिन कुछ जल्दी आए। खाने से कुछ देर पहले ही। वे कुल ग्यारह थे फिरन पहने नौजवान सबके कन्धों पर कालाशनिकोव लटक रहे थे। वहाँ पहुँचकर वे फैल गए। चार पिछले दरवाजों और खिड़कियों की ओर चले गए जबकि दो सामने।

पापा इतने दिनों से दरवाजे पर होनेवाली इसी दस्तक के इन्तजार में थे। वे कुछ निश्चिंत ही हुए कि आखिरकार बो घड़ी आ ही गई। उन्होंने अम्मा को अपनी जगह ठहरने को इशारा किया और बाहर दरवाजे की ओर बढ़े। वे अक्सर कहा करते थे कि ऐसे हालात में सबसे अच्छा तो यही होता है कि दस्तकों पर ध्यान नहीं दिया जाए जिससे उन्हें लगे कि घर में कोई भी नहीं है। लेकिन आखिरकार उस घड़ी उन्हें लगा कि इससे कुछ फायदा नहीं होने वाला था और इससे तो वे और चिढ़ ही जाते।

उन्होंने खिड़की के परदे को थोड़ा उठाकर बाहर झाँका। अचानक उन्हें कालाशनिकोव दिखाई दिया और उनकी घिग्घी बन्ध गई। दरवाजे की दस्तक तेज हो गई थी और अब तो कोई कश्मीरी में कुछ बोल भी रहा था।

59 साल का वो बूढ़ा इन्सान अपने काँपते हाथों से उन तीन तालों को खोलने लगा जो उन्होंने बड़ी मेहनत से लगाए थे। दरवाजा जैसे ही खुला आतंकवादी उन्हें धकेलते हुए तेजी से अन्दर आ गए। सबने अपने चेहरे रूमाल से बाँध रखे थे।

'हमें मालूम है बुड्ढे तुम्हारा लड़का यहाँ नहीं है लेकिन अपनी बीवी को तो ड्राईंग रूम में बुलाओ।'

एक ने कहा जिसने लाल रंग का रूमाल चेहरे पर बाँध रखा था और जो उनका सरदार लगता था। अम्मा डाइनिंग रूम से निकलकर आईं और दोनों सोफे पर एक-दूसरे का हाथ पकड़कर बैठ गए। पापा अम्मा का हाथ पकड़कर हौसला दिलाने की कोशिश कर रहे थे लेकिन अम्मा ने अपने हाथ खींच लिए। पापा ने उस माहौल में भी अम्मा पर फख्र महसूस किया।

'हम तुम लोगों को कुछ दिनों से देख रहे हैं।'

उनका सरदार बोला

'तुम लोग कश्मीर के गद्दार हो।'

पापा ने एक-एक शब्द पर ध्यान देते हुए जवाब दिया–

'नहीं ऐसा नहीं है। मैं एक रिटायर्ड सरकारी अफसर हूँ और राजनीति से मेरा कुछ लेना-देना नहीं है। हम लोग बस किसी तरह चैन की जिन्दगी जीना चाहते हैं।'

'चैन की जिन्दगी! जब हमारे हजारों नौजवान कत्ल किए जा रहे हैं। हमारी औरतों की अस्मत लूटी जा रही है? इसीलिए हम तुम लोगों को गद्दार कहते हैं। तुम्हारा लड़का आर्मी में है और तुम उसके जासूस हो।'

'ठीक है कि मेरा लड़का आर्मी में है लेकिन मैं ऐसा क्या जानता हूँ भला जो उन लोगों को बताऊँगा।'

पापा को अपनी आवाज़ गिड़गिड़ाती सी लगी और उन्होंने अपना स्वर बदला–'क्या मैं आप लोगों को अपने आन्दोलन के किसी बड़े नेता से बात करने की सलाह दे सकता हूँ। हम दोनों उसे जानते हैं और मेरा ख्याल है वो हमारी तरफदारी करेगा। उसके लिए हमारा एक सन्देशा ले जाइए।'

'तुम किसकी बात कर रहे हो?'

लाल नकाब वाले ने पूछा।

'हबीब शाह मेरे ख्याल से वो जे के एल एफ का एक आला कमाण्डर है। उससे हमारे बारे में पूछकर देखिए। चाहे तो हमारा सन्देशा ले जाइए।'

'उसकी कोई जरूरत नहीं है।'

आवाज़ कमरे के उस कोने से आई जहाँ एक-एक दुबला-पतला लम्बा आदमी हाथ में एके-47 थामे खड़ा था। लाल नकाब वाला आदमी कुछ कदम पीछे हटा और जिसकी आवाज़ आई थी वो आगे बढ़ा और अपने चेहरे से नकाब हटाते हुए बोला–

'मैं यहाँ हूँ।'

पापा को लगा जैसे उनके शरीर में तेज दर्द सा उठा हो और अम्मा का मुँह खुला रह गया। वह उठना चाह रही थीं लेकिन हबीब वे हाथ उठाकर कहा–

'प्लीज बैठे रहिए।'

हबीब आगे बढ़कर सीधा पापा के पास आया और उनकी आँखों में आँखें डालते हुए बोला–

'इसने जो कुछ भी कहा सही कहा। आपकी कश्मीर से वफादारी नहीं है और इसलिए यहाँ रहने का कोई हक नहीं है।'

पापा का चेहरा बुझ गया और वे एकदम से बूढे और थके-हारे से लगने

लगे। अम्मा की आँखों में आँसू भर आए। वो अविश्वास से देख रही थीं कि हबीब एक हाथ कमर पर रखे एक हाथ में कालाशनिकोव थामे उन्हें घूरे जा रहा था। उसके चेहरे पर पुरानी पहचान का कोई निशान नहीं दिखाई दे रहा था। उसका चेहरा इतना सख्त और ठण्डा दिखाई दे रहा था मानो उसे बर्फ से निकाला गया हो।

'पता है आप लोगों को रैना परिवार का क्या हश्र हुआ? और गन्जू परिवार का? और पता नहीं किन-किन का। आपको चले जाना चाहिए। इससे पहले कि वैसा ही कुछ आपलोगों के साथ भी हो कश्मीर से जाइए। यहाँ ऐसे लोगों के लिए कोई जगह नहीं है जो सरकार के लिए काम करते हैं।'

पापा ने हबीब की ओर देखते हुए कहा–

'तुम्हें अच्छी तरह पता है कि मैं रिटायर हो चुका हूँ। मैं इस छोटे से घर में अपने पेंशन के सहारे रहता हूँ। कुछ जमा-पूँजी तो है नहीं मेरे पास। अब कहाँ जाऊँगा...'

'अपने लड़के के पास चले जाइए।'

हबीब टोकते हुए बोला–

'दिल्ली चले जाइए। बस यहाँ से चले जाइए।'

पापा ने थोड़ा हिम्मत करके कहा–'तो हबीब मैंने तुमसे एक बार जो कुछ कह दिया था उसके बदले में तुम बन्दूक लेकर मुझे मेरे घर से निकालने आए हो।'

हबीब पीछे मुड़ते हुए बोला–

'मैं आपलोगों से जुबान लड़ाना नहीं चाहता। आपको खबरदार कर दिया गया है। इससे पहले कि देर हो जाए चले जाइए।'

उस पूरी बातचीत में हबीब ने एक बार भी अम्मा की ओर नहीं देखा था। अम्मा अचानक उठीं और उसकी ओर बढ़ने लगीं। पापा रोकते रहे लेकिन उनपर कोई असर नहीं हुआ। उनकी आँखों से आँसू बह रहे थे लेकिन उन्हें उसकी फिक्र नहीं थी। वो तेजी से चार कदमों का फासला तय करके जे के एल एफ नेता के पास पहुँची उसका हाथ पकड़कर अपनी ओर घुमाया ताकि उसकी आँखों में देख सकें।

दोनों में कोई बात नहीं हुई लेकिन आँखें एक-दूसरे को पढ़ रही थीं। दोनों को बरसों पुराना अपना साथ याद आ रहा था। अपने बचपन का मलेरिया जिसमें उन्होंने उसकी देखभाल की थी, अपने चोटों-घावों पर की जानेवाली मरहम-पट्टियाँ। स्कूल की पढ़ाई के दौरान अम्मा द्वारा की जानेवाली हौसला अफज़ाई याद आई। याद आया हबीब को अपने जन्मदिन पर अम्मा द्वारा बनाया गये खास उसकी पसन्द के चॉकलेट केक। उसने उनकी आँखों में गहरे देखा और फिर रूखाई से

अपनी बाँहों से उनका हाथ हटा दिया।

उसने अपनी गर्दन को एक झटका दिया और जे के एल एफ के सारे लोग दरवाजे की ओर बढ़ चले। उनके पीछे-पीछे हबीब भी चल दिया उन बुजुर्गों को वहाँ अकेला छोड़कर जो कुछ दिनों पहले तक उसका भी घर था।

× × ×

हवाई जहाज से दिल्ली जाने का टिकट अगले मंगलवार का था। अम्मा फर्श पर बैठी अपनी उम्र भर की यादों को गत्ते के बक्सों में बन्द कर रही थीं। वह उतना ही था जितना वे अपने साथ हवाई जहाज में ले जा सकते थे, लेकिन पापा के कुछ दोस्तों ने जो सरकार में थे ये वादा किया था कि वे कुछ-कुछ करके सामान जम्मू जाने वाले ट्रकों से भिजवा देंगे।

कौल परिवार को सरकार ने सुरक्षा देने का वादा करते हुए दूसरे घर में जाने को कहा। लेकिन पापा ने मना कर दिया यह कहते हुए कि वे अपनी ही मातृभूमि में कैदियों की तरह नहीं रहना चाहते।

अम्मा ने अखबार में डिनर प्लेटों को सावधानी से लपेटा और बक्से में रखकर ऊपर से और कागज डाल दिया ताकि वो टूटे नहीं। फिर वो मुस्कुराती हुई यास्मीन की ओर मुड़ी जो हाथ में चिपकाने का टेप लिए बैठी थी।

यास्मीन पिछले तीन दिनों से कौल परिवार के घर से हिली भी नहीं थी। वह अपने अपराध बोध को दबाने की कोशिश का रही थी जो उसे खाए जा रहा था। इसलिए वह लगातार पैकिंग करने में व्यस्त थी। उसने टेप को दाँतों से काटते हुए कहा–

मेरे ख्याल से अब सब पैक हो चुका है।...लेकिन अम्मा मुझे नहीं लगता कि ये प्लेट दिल्ली तक ट्रक से पहुँचने तक सलामत रह पाएँगे।'

'मुझे पता है!'

अम्मा बोली। 'लेकिन मैं उन्हें यहाँ छोड़ना नहीं चाहती। अगर तुम्हें जरुरत है तो...?'

'मुझे पता था। यही कह-कह कर आप अपने ढेर सारे कपड़े और पता नहीं क्या-क्या मुझे दे चुकी हैं।'

फिर वे दोनों उस मुद्दे पर आए जिसपर वे सचमुच बातें करना चाहते थे और जिसे वे पिछले तीन दिनों से टालते आ रहे थे। मानों वो कोई बारूदी सुरंग की तरह बिछी हो उनके बीच।

अम्मा ने अपने जाने से डेढ़ घण्टे पहले मंगलवार की सुबह उस मुद्दे को उठाया।

'यास्मीन हमारे और हबीब के बीच जो कुछ भी हुआ उसका तुम कोई मलाल नहीं रखना।'

यास्मीन रोने लगी और अम्मा ने उसे गले से लगा लिया।

'हम जल्दी से तुमसे फिर मिलेंगे। तुम्हें वैसे ही पता है कि तुम्हारे लिए हमारे घर में हमेशा ही जगह रही है।'

हबीब पिछली शाम यास्मीन के घर आया था उसकी खिड़की के पास हौले-हौले सीटी बजाकर उसे इशारा करता। वो पहले तो उससे नहीं मिलना चाहती थी लेकिन आखिरकार उसने ये फैसला कि वह हबीब से मिलेगी और बता देगी कि उसके बारे में उसका क्या ख्याल है। लेकिन हबीब जैसे भाँप गया था उसके ख्याल को। उसने कहना शुरू किया–

'मुझे पता है यास्मीन कि तुम क्या सोच रही हो? लेकिन बात वैसी नहीं है। मुझे अड़े रहना है। रूखेपन से रहना है। उन्हें जाना ही होगा। तुम्हें नहीं पता कि यहाँ हिन्दुओं के लिए रहना कितना मुश्किल हो गया है। अम्मा और पापा को हमसे डरने की तो कोई जरुरत नहीं है। लेकिन बाकी ग्रुप भी तो हैं। उनसे उन्हें कौन बचाएगा? तुम्हें पता है उनमें कुछ लोग तो...'

वह लगातार बोलता रहा। तब तक जब तक उसने समझ लिया कि यास्मीन समझ गई है। लेकिन अब भी बहुत कुछ था जो यास्मीन कहना चाहती थी। पर अचानक वो बहुत थकी हुई और उदास महसूस कर रही थी।

जब उसने सूटकेसों को बाहर ले जाते हुए देखा तो उसके दिमाग में एक तस्वीर सी उभर आई। एक छोटी सी लड़की जीवन के थपेड़ों को चुपचाप सहती गुलमर्ग में एक दूकान के बाहर बैठी है। एक कार आकर उसके पास रूकती है और उसके अन्दर से साड़ी पहने एक मौत उतरती हैं और सब कुछ बदल देती है। यास्मीन के दिमाग से यह तस्वीर कभी नहीं मिटी।

सूटकेस कार में रखे जा रहे थे और घर को ताले में बन्द कर दिया गया। जो सामान सड़क के रास्ते भेजा जाना था उसे पहले ही पापा के उन दोस्तों के पास भेद दिया गया था जो सरकार में थे। ऐसा लगता था कि सारा ज़फर बाग ही कौल परिवार को विदा करने आ गया हो। वे बहुत लोकप्रिय थे और एक समय उनके पड़ोसी रहे लोग उन्हें जाते देख सचमुच बेहद दुखी थे।

यास्मीन घर के दीवार से लगकर दोनों को उस नीले एम्बेसेडर में चढ़ते देखती रही जो एक पड़ोसी उन्हें हवाई अड्डे तक छोड़ने के लिए लाया था।

उसने अम्मा को फिर कभी नहीं देखा।

## अध्याय-12

# वरुण

ऑक्सफोर्ड रेडियो के एनाउंसर की गहरी मीठी आवाज़ कमरे मैं फैल गई और वरुण माथुर ने हमेशा की तरह अपने उनींदे हाथ फैलाकर रेडियो अलार्म का बटन बन्द किया। आवाज़ इतनी तेज की गई थी कि आखिरकार नींद टूट जाए हालाँकि फिर उठते-उठते आधे घंटे लग जाते थे।

वरुण ने अपनी रजाई से निकलने से पहले अलार्म के बटन को तीन बार दबाया और उठकर हड़बड़ाते हुए उसने समय देखा।

'उफ्फ'

वह बड़बड़ाया और जितनी तेजी से हो सकता था बिस्तर से उठकर भागकर बाहर निकला। हालाँकि पिछली शाम न्यू कॉलेज बार में पी गई शराब का भारीपन उसे अब भी महसूस हो रहा था। उसने कल गलती कर ली थी कि अपने आइरिश दोस्त के साथ तेजी से पेग-दर-पेग पीने का मुकाबला कर रहा था। हालाँकि वह जल्दी ही उठ गया था लेकिन उसकी कनपटियों में अब भी तेज दर्द हो रहा था।

'मैंने होशियारी दिखाई थी।'

वह कमरे के एक कोने में बने सिंक में तेजी से ब्रश कर रहा था और सोच रहा था। कमरे में वह सिंक शायद ऐसे ही मौकों को ध्यान में रखकर बनाई गई थी।

'मैंने ये सब प्रोफैसर जेफ्रीस के मेरे ट्यूटोरियल पर टोस्ट करने से ठीक पहले ही कर लिया।'

आधे घण्टे बाद वरुण थोड़ा आराम महसूस कर रहा था। उसे एक कप कड़क कॉफी की जरुरत बड़ी शिद्दित से महसूस हो रही थी लेकिन वह अपने कॉफी मशीन को देखकर कुछ नाखुश ही हुआ क्योंकि पिछले तीन हफ्तों से जब से उसने उसे खरीदा था कभी भी ठीक से काम नहीं किया था। अचानक उसे ध्यान आया कि वह बुधवार था और उसदिन उसकी सुबह में कोई क्लास नहीं होती थी जिसके हाथों की कॉफी उसे बेहद पसन्द थी।

वह अपने कमरे से निकला और गलियारे में चलता हुआ तीन कमरों के

बाद के कमरे के दरवाजें अपनी ऊँगली से दस्तक देते हुए बोला–

'उठो सारा, उठो। सुबह हो गई है। बाहर निकलो। या कि तुम्हारे कमरे में कोई है इसलिए तुम अन्दर ही छुपे रहना चाहती हो।'

उसे अन्दर कुछ आवाज़ सुनाई दी और दरवाजा धीमे-से खुला। सामने सारा थी। अपने उनींदे आँखों को खोलने की कोशिश करती।

'गुड मार्निंग।'

वरुण सुबह की ताजगी के साथ बोला।

'तुम बहुत अच्छी लग रही हो और मुझे कॉफी पीनी है।'

सारा उसे समझाने की कोशिश कर ही रही थी कि वह उनलोगों के बारे मैं क्या सोचती है जो उसे बुधवार की सुबह 11:30 बजे जगा देते हैं कि वरुण ने उसे एक तरफ हटाया और उसके एस्प्रेसो मशीन की तरफ बढ़ गया।

'औरतों को ऐसी बात नहीं करनी चाहिए। तुम्हें भी एक मग चाहिए या नहीं?'

दो हिस्से कॉफी और एक हिस्सा झाग भरा भग उठते हुए सारा ने उसकी ओर कुछ उदारता से देखा।

'तुम सुबह-सुबह मेरे कमरे मैं क्या मिमिया रहे हो? क्या आज तुम्हारी ट्यूटोरियल नहीं है?'

वरुण ने उसकी शेल्फ में बिस्कुट ढूंढते हुए जवाब दिया–'हाँ! आधे घण्टे बाद है। और आज प्रोफेसर जैफ्रीस जमकर बोलने वाले हैं। तुम और तुम्हारे ब्वॉय फ्रेंड की वजह से मुझे ऐसा सिरदर्द हुआ जैसा कभी नहीं हुआ था। मैं आज जिसकी तरफदारी करने जा रहा हूँ सुनकर प्रोफेसर जैफ्रीस को यही लगेगा कि मैं प्रतिक्रियावादी हो गया हूँ।'

बिस्कुट ढूँढकर वरुण वापस उसकी ओर मुड़ा–

'वैसे जॉन है कहाँ। कल जब मैंने तुम लोगों से विदा ली थी तो उस समय तक वो छह पेग पी चुका था। कमाल का आदमी है।'

सारा ने हँसते हुए कहा–

'जब तुम कमरे पर चले गए उसके बाद भी हम वहाँ तकरीबन एक घण्टे तक रुके। जॉन का तो सुबह-सुबह सेमिनार भी था और मेरा ख्याल है वो वहाँ समय से पहुँच भी गया होगा।'

वरुण चौंकते हुए बोला–

हैंग ओवर में फिजिक्स की थ्योरी! मैंने कहा था न कि वो कमाल का आदमी है।'

वे तीनों ऑक्सफोर्ड यूनिवसिटी के फ्रेशर्स हफ्ते के दौरान मिले थे और जल्दी ही गहरे दोस्त बन गये थे। कुछ ही हफ्तों में जॉन और सारा की दोस्ती प्यार में

बदल गई और वरुण उन दोनों के बीच की छोटी-मोटी उलझनें सुलझाता रहता था। बदले में उन दोनों ने उससे ये वायदा कर रखा था कि वे उसे हर मुश्किल से बचाए रखने की कोशिश करेंगे।

'चलता हूँ फिर।'

एक और बिस्कुल निकालते हुए वरुण बोला।

'कुछ घण्टों तक तो मैं वापस नहीं ही आऊँगा। आकर मुझे ढूँढना शायद मिल जाऊँ। प्रोफेसर शायद मुझे तब तक कॉलेज गेट पर टाँग चुका होगा और ढेर सारे टूरिस्ट मेरी तस्वीरें उतार रहे होंगे।'

वह अपने कमरे तक गया लेख उठाया और प्रोफेसर से मिलने चल पड़ा।

प्रोफेसर जैफ्रीस बहुत ही तेज आदमी थे और अन्तरराष्ट्रीय सम्बन्ध विषय के ऑक्सफोर्ड के सबसे अच्छे शिक्षकों में थे। लेकिन उनकी मुश्किल ये थी कि वे अपने विचारों में बड़े अडिग थे। वे व्यक्तियों के अधिकारों के मामले में बड़े ही कट्टर किस्म के थे। उनका मानना था कि उन अधिकारों में अर्द्ध-धार्मिक जोश होना चाहिए।

वरुण ने प्रोफेसर के अपार्टमेंट पहुँचकर उनके आधे खुले दरवाजे पर थपकी दी और अन्दर घुस गया। कमरा अन्दर से काफी गर्म था। कमरा बुरी तरह गन्दा लग रहा था और उसमें मोंटे क्रिस्टो चुरूट की गन्ध भरी थी। वरुण प्रोफेसर की ओर देखकर मुस्कुराया और उन्होंने शालीनता से उसे एक सोफे की ओर बैठने का इशारा किया जिस पर चुरूट के टुकड़े बिखरे पड़े थे। इस ट्यूटोरियल ग्रुप के दो और छात्र भी थे जो वहाँ पहले से ही बैठे थे। एक अमेरिकन लड़की थी जो सॉमरविले कॉलेज में पढ़ती थी और एक दक्षिण अफ्रीकी था जिसने केपटाउन यूनिवर्सिटी से अभी-अभी अपना ग्रेजुएशन खत्म किया था।

प्रोफेसर जैफ्रीस ने अपने नाखून से मोंटे क्रिस्टो का एक और डिब्बा खोला। अपने कमरे ही की तरह वे भी कुछ वैसे ही अस्त-व्यस्त से लग रहे थे। उनके कॉलर पर सफेद बालों का गुच्छा लटक रहा था और उनका भूरा स्वीड कोट मटमैले शर्ट और स्पेंसर स्वेटर के साथ मेल नहीं खा रहा था। 'तो उस हफ्ते हम क्या बातचीत करने वाले थे? हाँ! याद आया आत्मनिर्णय और स्वतंत्रता। और मिस्टर माथुर इसे लेकर काफी जोश में भी थे—तो क्यों न पहले वही अपना पर्चा पढ़ें!'

वरुण ने एक बार फिर गहरी साँस ली और अपनी टेढ़ी-मेढ़ी लिखावट वाले पन्ने निकाले। उसने पढ़ना शुरू किया। वह देख रहा था कि जैसे-जैस पढ़ता जा रहा था प्रोफेसर की भौंहें चढ़ती जा रही थीं। लेकिन जैसे-जैसे वह आगे बढ़ता गया प्रोफेसर की दिलचस्पी बढ़ती गई। जब वरुण उपसंहार तक पहुँचा उसका आत्मविश्वास बढ़ चुका था।

'उपसंहार के रूप में मैं यही कहना चाहूँगा कि इस उत्तर-औपनिवेशिक दौर

में आत्म-निर्णय के सिद्धान्त की बड़ी अहमियत है। क्योंकि एक-एक करके देश अपनी आज़ादी की माँग कर रहे हैं। औपनिवेशिक सत्ता यूरोपीयों की थी और उनके शासक गुलाम देश के लोगों में दिलचस्पी नहीं रखते थे। इसलिए आत्म-निर्णय ही एक रास्ता बचता था।

लेकिन मुश्किल तब पेश आती है जब हम आत्म-निर्णय के इस सिद्धान्त का विस्तार आधुनिक विश्व के सारे अल्पसंख्यकों पर करते हैं। खासकर युगोस्लाविया और भारत जैसे देशों में भी समस्या खड़ी हो जाती है जोकि अलग-अलग भाषाओं, समूहों, धर्मों के मेल से बने हुए हैं।

राजनैतिक आत्म-निर्णय या स्वतंत्रता का अधिकार अगर इन सारे समूहों को दे दिया जाए तो वो बाद में खतरनाक साबित होगा। भारत के बँटवारे ने तो यह साबित ही कर दिया कि जब आप धर्म के आधार पर बँटवारा करते हैं तो उससे शान्ति नहीं आती बल्कि रंजिश ही बढ़ती है।

जितना ही आप एक मिली-जुली सभ्यता वाले देश को बाँटते हैं उन समुदायों के बीच लड़ाई की सम्भावना बढ़ जाती है जो पहले एक साथ रहते थे पर अब एक अलग देश बन चुके होते हैं। मेरे ख्याल से यही सब कुछ हम युगोस्लविया में देखने वाले हैं जिसे हमने जातीय आधार पर बाँट दिया है। मेरे ख्याल से युगोस्लाविया के इस विभाजन की वजह से आनेवाले वर्षों में सर्ब और क्रोएटों या सर्बों या बोस्नियाइयों के बीच के झगड़े बढ़ेंगे न कि घटेंगे। यही सब कुछ सोवियत संघ के देशों के टूटने के बाद हुआ। जो मुसलमान और ईसाई बरसों से साथ-साथ रह रहे थे अचानक अपने आत्म-निर्णय की माँग करते हुए एक-दूसरे के खिलाफ खड़े हो गए।

अब सवाल ये है कि अल्पसंख्यकों के अधिकारों की बहाली का क्या तरीका हो सकता है? मेरे ख्याल से वह आर्थिक आत्म-निर्णय में छुपा है न कि राजनीतिक। आर्थिक सत्ता और उसके निर्णय के अधिकार का विकेन्द्रीकरण कर दिया जाना चाहिए और उसे आम लोगों पर छोड़ दिया जाना चाहिए। जब उनके हाथ में आर्थिक सत्ता और स्थानीय स्व-शासन होगा तो उनकी राजनीतिक स्वशासन की भावना धीरे-धीर समाप्त हो जाएगी।'

वरुण ने अपना पर्चा नीचे रखा और डाँट सुनने के लिए तैयार होकर बैठ गया। लेकिन उसे आश्चर्य का ठिकाना नहीं रहा जब प्रोफेयर जैफ्रीस खामोश रहे। उन्होंने चुरूट का एक गहरा कश लिया और अमेरिकन लड़की की ओर मुड़ते हुए बोले—'सिन्थिया! तुम कुछ कहना चाहोगी।'

सिन्थिया वरुण को देखकर मुस्कुराई फिर असहमति के अन्दाज में उसने कहना शुरू किया—

'ठीक है मैं तुम्हारे आर्थिक आज़ादी की बात से इत्तेफाक रखती हूँ लेकिन

क्या सोवियत संघ के विघटन ने साबित नहीं कर दिया कि जब लोग आज़ादी चाहते हैं तो वे आखिरकार उसे हासिल भी कर लेते हैं?'

वरुण ने टोकते हुए कहा—

'थोड़ा और पीछे जाओ और तिनामेन चौक की घटनाओं को याद करो। क्यों सोवियत संघ टूटा लेकिन चीन नहीं टूटा। असन्तोष तो दोनों ही देशों में थे। सोवियंत संघ में गोर्वाचोव ने बिना आर्थिक आज़ादी के ही राजनैतिक आज़ादी दे दी। चीन ने ठीक इसका उलटा किया। उन्होंने राजनैतिक व्यवस्था तो वही बनाए रखी लेकिन आर्थिक उदारीकरण शुरू कर दिया। नतीजा हमारे सामने है।'

'ऐसा लगता है प्रजातन्त्र में तुम्हारा विश्वास नहीं है।'

सिन्थिया बोली।

'बिल्कुल करता हूँ। लेकिन सच्चे प्रजातन्त्र में जिसका मतलब होता है एकदम निचले स्तर पर भी स्वशासन हो और चुनने का अधिकार हो। मैं ये कहना चाह रहा हूँ कि आप ऐसे हर समूह को आज़ादी नहीं दे सकते जोकि उसकी माँग कर रहा हो। सिर्फ इसलिए कि उससे गृह युद्ध का खतरा खड़ा हो जाएगा।'

यह बहस कुछ देर चलती रही कि प्रोफेसर जैफ्रीस ने घड़ी देखी और विश्राम की घोषण की। तीनों लोगों ने अपने लेख वहीं छोड़े और बाहर चले गए। दक्षिण अफ्रीकी ने सीढ़ी पर उतरते हुए वरुण के बाँह पर मुक्का मारते हुए कहा—

'मेरा मन हो रहा था कि तुम्हारा गला घोंट दूँ जब तुमने शेर को उसके अपने ही इलाके में छेड़ना शुरू कर दिया।'

वरुण ने जवाब दिया—

मुझे लगता है मैंने अपनी बात समझा दी है।'

'इन्तजार करो देखो क्या नम्बर मिलता है।'

सिन्थिया बोली।

वरुण ने कन्धे उचकाकर कहा—

'अब जो भी होना है हो।'

पतझड़ का मौसम था और गर्मियों की धूप बाग़ों से जा चुकी थी। लेकिन वरुण जब न्यू कॉलेज के बड़े गार्डन की तरफ बढ़ा उसने नजर घुमाकर कॉलेज की उस खूबसूरती को जी भरकर निहारा जिससे उसे बड़ा ही प्यार था। बाग के एक कोने में थोड़ी सी धूप पड़ रही थी। तीनों वहीं घास·पर बैठ गए।

ऑक्सफोर्ड में उनका फाइनल ईयर था और इसलिए बातचीत का रूख परीक्षा की ओर मुड़ गया जो कुछ ही महीनों बाद थी।

'मैं तुम लोगों की तरह रोज पाँच-छह घण्टे नहीं पढ़ सकता,'

वरुण ने उदासी से कहा।

'मुझे और भी ढेरों काम करने होते हैं। शेरवेल मंगलवार और बुधवार का

मेरा सारा समय खा जाता है।'

'वो तुम्हारी अपनी गलती है।'

पॉल नें बिना हमदर्दी जताए कहा।

'आखिर तुमसे किसने कहा था कि फाईनल परीक्षा से पहले उस अखबार के सामाचार संपादक बन जाओ!'

'मैं क्या करता? मुझे खुद एक महीने पहले तक नहीं पता था कि मैं सब कुछ छोड़कर पत्रकारिता करूँगा और मगर मुझे पत्रकार ही बनना है तो मेरे बायो-डाटा में एक्सपेरिएंस की जगह पर भी कुछ लिखा होना चाहिए।'

'वही हिन्दुस्तानी अयोग्यता। इसलिए तुम्हारी कोई भी ट्रेन समय पर नहीं चलती।'

पॉल घास पर लेटते हुए बोला।

वरुण ने उसके पेट पर प्यार से एक धौल जमाते हुए कहा—

'जल्दी ही हिन्दुस्तानी दक्षिण अफ्रीका को चलाने जा रहे हैं इसलिए तुम्हें उसकी आदत डाल लेनी चाहिए।'

'तुमने तय कर लिया है कि तुम्हें क्या करना है?'

सिन्थिया ने पूछा

वरुण ने कन्धे उचकाते हुए जवाब दिया—

'जहाँ भी नौकरी मिल जाए। वैसे मैं टी.वी. की पत्रकारिता में हाथ आज़माना चाहता हूँ। हिन्दुस्तान में अभी उसका दौर आनेवाला है। अभी जो लोग उसमें जाएँगे आनेवाले दिनों में महत्वपूर्ण साबित होंगे।'

पॉल ने हँसकर कहा—

'तो हम तुम्हें प्लास्टर से ढंका सी एन एन पर देखेंगे। कश्मीरी आतंकवादी तुम्हें उड़ा देंगे। अब समझ में आया कि तुम आत्म-निर्णय के मामलें में कहाँ खड़े हो?'

'तुम्हें क्या लगता है इस लेख की प्रेरणा कहाँ से मिली? शायद मुझे बी माइनस मिले क्योंकि यह उसी के लायक है।'

'मैं कभी कश्मीर जाना चाहूँगी।'

सिन्थिया बोली।

वरुण उसे देखकर बोला—

'मैं भी जाना चाहता हूँ। मैंने सुन रखा है कि वो धरती का सबसे खूबसूरत टुकड़ा है। मैं एक बार अपने परिवार के साथ वहाँ छुट्टियाँ बिताने गया था लेकिन तब मैं सिर्फ तीन साल का था इसलिए कुछ भी याद नहीं है। और मुझे हमेशा से लगता रहा है कि शायद मैं वहाँ कभी नहीं जा पाऊँगा।'

## अध्याय-13

# घेराबन्दी और तलाशी

रात में श्रीनगर वीराना हो जाता था। दूकानें शाम में पहले ही बन्द हो जाती थीं। कारें सड़कों से तेजी से भागने लगती थीं। लोग काम के बाद सीधा अपने घर या सुरक्षित जगहों की ओर चल पड़ते थे। सब अन्धेरे से पहले दरवाजे के अन्दर बन्द हो जाना चाहते थे।

जैसे ही सूर्यास्त की गहरी नांरगी किरणें डल झील पर पड़तीं शहर पर उदासी का अन्धेरा छा जाता। घाटी पर खौफ का साया छा जाता। उस अन्धेरे में कुछ भी नहीं निकलता था सड़कों पर। सिवाय इसके कि कभी-कभी आर्मी की गाड़ी सड़क पर गश्त करते हुए गुजरती थी। घबड़ाए हुए सैनिक रॉकेट की तलाश में अपनी आँखें खोले रहते थे। चारों ओर शान्ति थी जिसे कभी-कभी आवारा कुत्तों के भूँकने की आवाज़ तोड़ती थी।...और कभी-कभी गोलियों की आवाज़।

1992 का वसन्त था। बलवों का दौर शुरू हुए दो साल बीते थे। हालाँकि आन्दोलन में लोगों की भागेदारी कम हो गई थी लेकिन आतंकवादी पहले से काफी बढ़ गए थे। उनके पास बेहतर हथियार थे। उनकी ट्रेनिंग भी पहले से बेहतर थी और तैयारी भी। हालाँकि सुरक्षा बल दिन के वक़्त तो बाहर रहती थी। रात को वो भी सुरक्षा के लिए अपने बैरकों में लौट जाते थे। सिर्फ कुछ लोग बंकरों के पीछे बाहर रह जाते थे।

रातें उन छायाओं की होती थी जो गलियों से निकलकर एक घर से दूसरे घरों में जाते थे और अपनी आगे की योजनाओं पर विचार करते थे। उन लोगों से बदला लेते थे जिनपर उन्हें शक होता था कि वे सेना की किसी भी तरह से मदद कर रहे हों।

रात के नौ बजे थे। यास्मीन ने अपनी दादी के साथ खाना खत्म ही किया था कि उसके दरवाजे पर दस्तक हुई।

दोनों औरतें डर से काँप उठीं। फिर यास्मीन उठी और बन्द दरवाजे के पास जाकर उसने डरी हुई आवाज़ में पूछा—

'कौन है?'

'मैं हूँ।'

जवाब आया।

'हबीब',

वह खुशी से चिल्लाई और दरवाजा खोल दिया। वह सामने खड़ा था। पहले से और दुबला लग रहा था। उसने दाढ़ी बढ़ाना शुरू कर दिया था जो उसके चेहरे पर घनी लग रही थी। हबीब अपने पीछे खड़े आदमी की ओर मुड़कर बोला—

'ठीक है कासिम। तुम लुहार के घर पहुचो मैं कुछ घण्टों में वहीं आता हूँ।'

और फिर वो उसकी बाँहों में थी। कुछ इस तरह जैसे उसे कभी जाने नहीं देगी। उसे अपनी दादी अम्मा का भी ख्याल नहीं था। लेकिन वह समय किसी के होने न होने के ख्याल रखने का नहीं था। बूढ़ी अम्मा बड़बड़ाती हुई अपने कमरे में चली गईं।...दोनों को तनहा छोड़कर....

दोनों प्रेमी के पास कितना कम वक़्त था...और कितना कुछ करना था...दोनों ऊँगलियों से एक-दूसरे का चेहरा टटोल रहे थे...पुराने वायदे फुसफसाहटों में दुहरा रहे थे।

'क्या करती रही?'

आखिरकार हबीब ने पूछा।

'जी रही हूँ',

उसने अपना सिर उसके कंधे पर रखते हुए जवाब दिया—

'बस कभी-कभी थकान सी होती है। आयेशा के साथ मेरी फिर से झकझक हुई। मुझे बुर्का पहनने के लिए तो तैयार का नहीं पाई। अब वो मेरे पीछे पड़ी है। कहती है काम करना छोड़ दो।'

आयेशा दुखतराने-हिन्द की उस इलाके की नेता थी। दुख्तराने-हिन्द यानि कौम की बेटियाँ। यह औरतों का कट्टरपंथी संगठन था। वे पूरी तरह फिरकापरस्त थीं और उनका मानना था कि औरतों को पर्दा करना चाहिए और घर के अन्दर ही रहना चाहिए। यास्मीन की तरह आज़ाद ख्यालों की बाहर घूमनेवाली लड़कियाँ को तो वो अभिशाप समझती थीं।

हबीब ने बैठते हुए गुस्से से कहा—

'क्या उसने फिर से तुम्हें धमकी दी? अगर ऐसा है तो...'

'नहीं। वो मेरे-तुम्हारे रिश्ते के बारे में जानती है इसलिए सिर्फ फब्तियाँ कसकर रह जाती है। लेकिन मेरी सहेलियों में खौफ है। यहाँ से कुछ ही दूर एक बेपर्दा औरत पर तेजाव फेंका गया है। मैंने समझाया था तुम्हें हबीब। मैंने समझाया था कि एक दिन फिरकापरस्तों से जंग होगी।'

'तुम्हीं बताओ'

हबीब तल्खी से बोला।

'पाकिस्तानी हम आज़ादी चाहनेवालों पर यकीन नहीं करते। पैसा, हथियार सब हिज्बुल मुजाहिदीन को देने लगे हैं।'

हिज्बुल मुजाहिदीन जमात का हथियार बन्द दस्ता था और वह पाकिस्तान मे विलय की लड़ाई लड़ रहा था।

हालाँकि घाटी के लोग उसके शामिल नहीं थे क्योंकि एक तो वे कट्टर थे और दूसरे वे कश्मीर की आज़ादी के खिलाफ थे लेकिन जहाँ तक लड़ने-भिड़ने का मुद्दा था तो वे आतंकवादी गुटों के सिरमौर जैसे थे।

हबीब खिड़की के पास गया; पर्दा हटाया और थोड़ा छिपकर बाहर झाँका। वहाँ से कुछेक सौ फुट दूर की एक छत पर उसे मोटे कपड़ों में लिपटी एक छाया दिखाई दी। वो जे के एल एफ का ही आदमी था जो पहरेदारी कर रहा था। 1990 में जब आन्दोलन अपने चरम पर था श्रीनगर के ठीक बीच के सारे इलाके पर वे 'आज़ाद इलाके' के तौर पर अपना दावा पेश का सकते थे और वे सब उनका साथ देते थे। लेकिन अब हालात बदल चुके थे। अब तो हबीब और उनके साथी धोखाधड़ी के डर से कमी इस घर कभी उस इलाके मे छुपते फिरते थे और चैन की एक नींद भरी रात को तरस जाते थे।

'मेरे ख्याल से आज की रात हम महफूज़ हैं।'

वह यास्मीन की ओर घूमते हुए बोला।

'यहाँ हमारे सिर्फ छह लोग हैं। बाकी लोग दूसरी तरफ गए हैं। इससे ज़ैदी को हमारी खबर नहीं लग पाएगी।'

'जानती हो?'

हबीब ने यास्मीन की गर्दन पर नाग रगड़ते हुए कहा।

'मुझे पक्का यकीन है कि ज़ैदी और उसके लोग ही जे के एल एफ के बारे में आर्मी वालों को खबर पहुँचाते हैं। ये सिर्फ एक इत्तेफाक नहीं है कि पिछले दो महीने में हमारे पैंतीस लोग मारे गए हैं। वो भी तब जब हमने ज़ैदी के ग्रुप से मिलकर काम करना शुरू किया। लेकिन सचाई यही है। अब तो हमने उनसे खबरों का लेन-देन फिर से बन्द कर दिया है—अब अगर उन्हें चाहिए तो पाकिस्तान में बैठे अपने आकाओं से लें।'

'पता है तुम्हें मैं क्या चाहती हूँ?'

यास्मीन ने बेहद मुलायम आवाज़ में कहा।

'क्या?'

हबीब के चेहरे पर बल पड़ गए। उसकी उँगलियाँ यास्मीन के चेहरे को टटोल रही थीं।

और फिर कुछ देर को उस छोर से कोने मे खिलखिलहट सुनाई देती रही

जो एक जमाने में जन्नत से कम नहीं थी। जहाँ मोहब्बत थी। हँसी-खुशी से रहना था।

× × ×

वहाँ से चार किलोमीटर दूर बादामी बाग के आर्मी कैंट के बीचोंबीच सात गढ़वाल राइफल्स के जवान चेहरों पर क्रूरता लिए अपनी-अपनी पोजीशन सम्भाल रहे थे। थोड़ी दूर बरामदे पर एक छोटे लालटेन की रोशनी फैली थी जहाँ उनका कमांडिंग अफसर आदेश देने ही वाला था।

हबीब और यास्मीन इस सबसे बेखबर एक-दूसरे में खोए हुए थे।

हर दिन पौ फटने से पहले यह कार्रवाई होती थी जिसे फौज वाले 'घेराबन्दी और तलाशी' कहते थे तो शहर के बाशिन्दे उसे छापामारी कहते थे। खौफ के उन बरसों में फौज अमूमन हर रात यही करती थी। इससे वहाँ की जनता का मन बुरी तरह फट रहा था।

फौजियों के साथ चुँधियाई आँखों वाला वरुण माथुर भी होता था। उसका टी वी रिपोर्टर बनने का सपना पूरा हो चुका था। उसका रिजल्ट ऑक्सफोर्ड में उसकी उम्मीद के विपरीत बहुत बढ़िया हुआ था। उसे पहली बार कश्मीर भेजा गया था 'कवर' करने। पिछली दोपहर वो अपने दल-बल के साथ हवाई अड्डे पर उतरा था। चूँकि वह आर्मी का मेहमान था इसलिए उसे हथियार बन्द काफिले के साथ बादामी बाग ले जाया गया। 1992 तक कश्मीर युद्ध का मैदान ही था। नए आनेवालों को सब कुछ अजीब-सा लगता था; चप्पे-चप्पे पर बुलेट प्रूफ जैकेट पहने पहरा देते फौजी; जली हुई सुनसान इमारत जो एक समय कश्मीरी पण्डित परिवार का बसेरा था और जिन्हें घाटी छोड़ने पर मजबूर कर दिया गया था। उसके अलावा फौजी दस्ता-जिसमें आगे-आगे दो टन का फ़ौज़ी ट्रक होता था जिसके ऊपर मशीनगन लगा होता था और ठीक वैसा ही ट्रक सबसे पीछे होता था। बीच में जीपों का काफिला होता था। भविष्य का पत्रकार उन्हीं में से एक जीप में बैठा बुलेटप्रूफ शीशे से बाहर की दुनिया को देख रहा था।

वरुण के वहाँ पहुँचते ही ब्रिगेडियर अरुण रॉय ने उसे बुलाया और यह खबर दी कि उसे एक कार्रवाई की फिल्म बनाने का मौका दिया जाएगा। वह वरुण का पहला अनुभव था घेराबन्दी और तलाशी की मुहिम का।

बरामदे पर कमांडिग अफसर बोल रहा था—

'हमारा आज का निशाना है ज़फर बाग। हमें कोई पक्की खबर नहीं है इसलिए हम 'कैर' यानि मुखबिर के इस्तेमाल से छुपे हुए आतंकवादी को बाहर निकालने की कोशिश करेंगे। उसके लिए कम्पनी अल्फा वाँध की बायीं और रहेगी, कम्पनी बहादुर मेन रोड के पीछे होगी ताकि अगर कोई भागना चाहे तो भाग नहीं पाए...'

जब उसकी आवाज़ थोड़ी कम हुई तो वरुण ने अपने कैमरामैन की ओर देखा तो उसे कुछ सन्तोष हुआ। उसका कैमरामैन टी.राजू. अब तक कश्मीर के मामले में उस्ताद हो चुका था और इस तरह के कामों का उसे पुराना अनुभव था। उसकी टीम का तीसरा साथी था साउंड रेकॉर्डिस्ट रवि। उसने सिगरेट का एक कश लिया और एक बार फिर अपने साज़ो-सामान की अच्छी तरह जाँच की।

जाने का वक़्त हो गया। सारे सिपाही ट्रक से चढ़ गए और कैमरा टीम सामने की एक सवारी में। कैंटोनमेंट के बगल-वाला दरवाज़ा खुला और काफिला सावधानी से श्रीनगर की खामोश सड़क पर चल पड़ा।

गाड़ियों की हेडलाइट बुझा दी गई थी और गाड़ियाँ बगल की मद्धिम रोशनी के सहारे आगे रास्ते का टोह लेती चल रही थीं। ऐसा करने के दो कारण थे। एक तो ये कि कहीं आतंकवादी गुटों के खबारिए उन्हें खबर न पहुँचा दें और दूसरा कहीं ऐसा नहीं कि आतंकवादी रॉकेट से उस काफिले का ही निशाना न बना लें।

× × ×

सुबह होने में अभी भी एक घण्टे की देर थी और शहर धुन्ध अन्धेरे में सोया पड़ा था।

दस मिनट बाद गढ़वाद राइफल्स अपने ठिकाने पर पहुँची। चारों ट्रक ज़फर बाग से गुजरनेवाली मेन रोड पर रुकी और फौजी तेजी से बाहर उतरे। बाकी गाड़ियाँ तेजी से दूसरी और घेराबन्दी करने तेजी से चल पड़ी। कुछ ही मिनटों में ज़फर बाग़ की घेराबन्दी पूरी हो गई। फौजी वर्दी सिपाही चप्पे-चप्पे में मौजूद थे और अपनी राईफल उठाए छतों की ओर देख रह थे। अक्सर आतंकवादी छतों से ही भागने की कोशिश करते थे।

सब कुछ आश्चर्यजनक था। जब तक यास्मीन के घर के सामने की छत पर मौजूद जे के एल एफ का पहरेदार कुछ समझ पाता भागने के सारे रास्ते बन्द हो चुके थे।

बाहर दरवाजे पर दस्तक हुई और हबीब तुरन्त जग गया। उसने खिड़की से झाँका। बाहर कासिम धीमी आवाज़ से कह रहा था–

'हबीब हम तो फंस गए...छापा पड़ा है...हरामज़ादों ने हमें चारों ओर से घेर लिया है।'

यास्मीन ने घबड़ाकर से उसकी ओर देखा। हबीब ने अपनी एके-47 पकड़ते हुए कहा–

'कुछ भी हो तुम यही कहना तुमने मुझे नहीं देखा है। तुम मुझे जानती तक नहीं हो...मैं यहाँ नहीं आया था...खुदा हाफिज़ जानेमन।'

उसके बाद छह लोग सड़कों के साथ-साथ नहर की ओर दौड़ रहे थे जहाँ से उन्होंने निकल भागने का तय किया था। वे अभी भी ज़फर बाग़ के अन्दर ही थे और फौजी घेरा बाहर से था।

'हम लोग तीसरी गली जाएँगे', हबीब फुसफुसाया 'फिर वहाँ से नहर में उतरकर तैरकर हब्बकदल तक पहुँच जाएँगे। फौज अभी तक वहाँ नहीं पहुँची होगी।'

उन संकरी गलियों में भागते हुए अन्धेरा ही उनका हमदम और दोस्त था। तीसरी गली के मुहाने पर पहुँच कर वे रूक गये। उनमें से पाँच एक दूकान की शटर के साथ चिपककर इन्तजार करने लगे। कासिम नहर रोड पर झाँकने के लिए आगे बढ़ा। वह जितनी तेजी से बढ़ा था उतनी ही तेजी से लौट पड़ा। घबड़ाहट के मारे उसके चेहरे पर बल पड़ गए थे। सुरक्षा बल हर जगह मौजूद था—नहर के किनारे हथियारबन्द गाड़ियाँ लिए सीमा सुरक्षा बल का गश्ती दल उनके इन्तजार में खड़ा था।

'सबने मिलकर चढ़ाई की है।'

वह हबीब के पास लौटते हुए फुसफुसाया। 'बी एस एफ वाले तो नहर पर पहले से ही मौजूद हैं—हम तो फंस गए।'

उनमें एक नौजवान, आतंकवादी जो बमुश्किल सोलह साल का था और अभी जिसकी दाढ़ी-मूँछें भी नहीं उगी थीं, लग रहा था अद रो देगा। वह बोला—

'हबीब भाई। क्या हम गोलियाँ चलाते हुए बढ़ें। इससे वे चौंक पड़ेंगे और हम कुछ सेकेंड के भीतर नहर के अन्दर होंगे।'

'बेवकूफ मत बनो'

कासिम ने कड़े होकर कहा।

'उनके पास शैतान की सवारी है। उनकी गाड़ी के ऊपर लगा मशीनगन हमारे परखच्चे उड़ा देगा अगर हम दस कदम भी आगे बढ़े'।

हबीब चुप था लेकिन उसका दिमाग बिजली की तरह दौड़ रहा था।

'अब एक ही रास्ता है'

वह फैसलाकुन अन्दाज़ में बोला।

'मुझे नहीं लगता कि किसी को पता भी है कि हम यहाँ हैं। मुझे लगता है कि हम बदकिस्मती से उनके अचानक छापे में फंस गए हैं। हमें उन्हें धोखे में डालना होगा।'

कासिम उसे घूरते हुए बोला—

'पागल तो नहीं हो गए हो तुम। पूरी घाटी से सबसे ज्यादा तुम्हारी तलाश हो रही है—तुम क्या समझते हो कि वे तुम्हें नहीं पहचानेंगे?'

हबीब बोला—

'अगर ऐसा हुआ तो हमारी किस्मत ही खराब होगी। बरसों में फौजियों ने हमें देखा नहीं है। उनके मुखबिरों ने हमारी फिल्म 1990 में उतारी थी। अब तो हम वैसे लगते भी नहीं हैं...वैसे भी अब और रास्ता क्या बचा है हमारे पास?'

कुछ लम्हों की खामोशी के बाद कासिम ने भी हामी भर दी। दूसरे आदमी की ओर घूमते हुए वो बोला–

'ऐसा ही करो। इस नाली में अपनी बन्दूकें छुपा दो और दुआ करो कि वो उन्हें बाद में भी नहीं मिले। इस वक़्त तो हम किसी के घर जा नहीं सकते। इसलिए मस्जिद की ऐलान का इन्तजार करो और जैसे ही वहाँ जाने के लिए भीड़ जुटेगी हम उसका हिस्सा बन जाएँगे।'

सारे एके-47 ऐसी जगह गड्ढे में फेंके गए कि वहाँ से वे सड़क के नीचे चले गए। उसके बाद छह उदास और भयभीत लोग वहीं छाया में बैठकर ऐलान का इन्तज़ार करने लगे।

उन्हें ज्यादा इन्तज़ार नहीं करना पड़ा। जैसे ही सूरज की पहली किरण से आसमान की रंगत नारंगी हुई फौज के एक शालीन मेजर ने पड़ोस की एक मस्जिद के दरवाजे पर जाकर दस्तक दी और जवाब देने वाले से कहा–

'इमाम साहिब। क्या आप मेहरबानी करके मस्जिद की लाउडस्पीकर से ये ऐलान करेंगे कि ज़फर बाग़ के लोग बीच के चौराहे पर जमा हो जाएँ। वे अपने साथ कुछ न लाएँ और औरतों-बच्चों को घर में ही छोड़ आएँ। हमारा वादा है कि बेकसूरों को कोई नुकसान नहीं पहुँचाया जाएगा और किसी के साथ बुरा बर्ताव नहीं किया जाएगा।'

वह एक जाना-पहचाना ऐलान था। इमाम को पता था। तुरन्त ही खिड़कियों पर रोशनी होने लगी और पहले कुछ लोग सुबह की उस ठण्ढ में बाहर निकले।

वरुण और उसकी टीम को ट्रक से उतार कर उनके हाल पर छोड़ दिया गया। वे एक गश्ती दल के पास पहुँचे जिसका मुखिया था एक हँसमुख सिख कैप्टेन जो एक दिखावटी छड़ी हिला रहा था।

'अब क्या होगा?'

वरुण ने पूछा।

'ये सब लोग चौक पर जुटेंगे। वहाँ फौज के मुखबिरों के सामने उनकी कवायद होगी। अगर कोई आतंकवादी निकल आया इनमें तो उसकी खैर नहीं है फिर। तब तक हमारे जैसे गश्ती दल आसपास की तलाशी लेंगे कि कहीं कोई तहखाने या छतपर छुपा आतंकवादी भाग तो नहीं रहा।'

'लेकिन इस तरह से इस ठण्ड में सारे लोग को बाहर बुलाना क्या उनको बेइज़्ज़त करना नहीं है? क्या बेहतर ये नहीं होगा कि पक्की खबर मिलने पर ही आप तलाशी लें?'

कैप्टेन ने वरुण की ओर देखते हुए कहा—

'वैसे तो तुम्हारी बात ठीक है। और मुझे लगता है कि घेराबन्दी और तलाशी का यह अभियान हम खत्म करने के बारे में सोच रहे हैं। लेकिन जब तक हमें पक्के ऑर्डर नहीं मिल जाते ऐसा ही करते रहना होगा।'

ज़फर बाग़ के बीचों-बीच चौक पर लोगों की भीड़ जुटने लगी थी। फिरन पहने जवान-बूढ़े हाथों में छोटी कांगड़ी लिए और चेहरों पर कड़वाहट और खौफ का मिला-जुला रूप लिए।

जब लोगों का हुजूम उस गली से गुजरा जिसमें हबीब अपने साथियों के साथ छुपा था तो वे भी उसमें शामिल हो गए और चौक की ओर बढ़ने लगे। बिना एक-दूसरे को देखे वे अलग-अलग होकर भीड़ में फैल गए।

चौक के चारों ओर सिपाही भरे थे और वहाँ पहुँचने वालों से जमीन पर बैठने के लिए कह रहे थे। हबीब बड़ी शाइस्ता से उधर बढ़ा जिधर भीड़ ज्यादा थी और जमीन पर बैठ गया। जमीन ठण्डी थी और उस पर रात की बर्फबारी के निशान थे लेकिन जब हबीब ने अपने हथेलियों को देखा तो पसीने से तरबतर थी और उसके हाथ काँप रहे थे। उसने अपने हाथ तुरन्त फिरन की जेब में डाल लिए। उसने आँखे दौड़ाईं और देखा कि कासिम उससे कुछेक सौ फुट की दूरी पर था। वह एक सफेद बालों वाले जाने-पहचाने आदमी से सिगरेट माँग रहा था क्योंकि उसे जोर की तलब लगी थी।

'कल मुझे एक और पैकेट खरीद लेना चाहिए था।'

वह अपने-आप में फुसफुसाया। अब वह बैठकर इस नाटक के अगले हिस्से का इन्तज़ार कर रहा था।

सारे ज़फर बाग़ में फौजी घर-घर तलाशी लेने में जुटे थे अटारियों की तलाशी ले रहे थे। तहखानें का पता पा रहे थे। वह सेना की एक बहुत ही अनुशासित टुकड़ी थी और ज्यादातर सिपाही घर में बचे औरतों और बच्चों से बहुत तमीज से पेश आ रहे थे। इससे पहले भारतीय और विदेशी प्रेस ने छोटे गाँवों में इनके अभियान के बारे में लिखा था जहाँ सुरक्षा जवान वहाँ के लोगों से बड़ा ही बुरा बर्ताव कर रहे थे। लेकिन फिलहाल तो आर्मी की कोशिश यही थी कि सब कुछ बिल्कुल ठीक ढंग से हो—वो भी खासकर तब जब टी वी वाले इस सारी घटना को अपने कैमरे में कैद कर रहे थे।

वरुण ने देखा कि फौज़ का कैप्टेन एक छोटे से घर के हरे दरवाजे को थपथपा रहा था। कैमरामैन इस दृश्य को जूम इन कर रहा था।

'आ जाइए।'

यह यास्मीन की आवाज़ थी। आश्चर्यजनक रूप से एकदम शान्त।

'यह एक छोटा सा घर है। यहाँ बस मैं और मेरी दादी अम्मा रहती हैं।'

तलाशी पूरी हुई। कैप्टेन ने उसका शुक्रिया अदा किया और घर से चला गया। वह इन्तजार करती रही। उसके जाते ही वह धम्म से अपने विस्तर पर गिरकर रोने लगी।

बी एस एफ की गाड़ियों की एक कतार ज़फर बाग़ चौक पर आई और स्कूल की दीवार से लगकर खड़ी हो गई। सबके साथ एक-एक मुखबिर था। वे मुखबिर भी पहले आतंकवादी थे जिन्होंने अपना पुराना रास्ता छोड़ दिया था। कुछ ने तो अपनी मर्ज़ी से और कुछ ने मार के डर से। मुखाबिरों के चेहरे ढके थे। बस आँखों के पास थोड़ी सी जगह छोड रखी गई थी। वे मारूति जिप्सी के पीछे बैठे पर्दे से बाहर झाँक रहे थे। उनके साथ कुछ जवान भी बैठे थे।

फौजी जवान ऐसे दौड़-भाग रहे थे जैसे वर्दी पहने भेंड़ हो। वे ज़फर बाग़ वालों की एक टुकड़ी बनाते थे और उसे जिप्सी के सामने से गुजरने को कहते थे। हर आदमी को लाईन से खड़ी हरी जिप्सी के सामने कुछ देर रूककर अपना चेहरा अच्छी तरह दिखाना पड़ता था ताकि मुखबिर उन्हें अच्छी तरह देख लें।

हबीब बैठा हुआ था। तभी उसने देखा कि कासिम को एक उसी तरह की टोली में शामिल किया जा रहा है और उसकी साँसें रुक गई। कासिम को पुराने रोम के गुलामों की नीलामी के देखे गए दृश्य याद आए। लेकिन हबीब ने तब लम्बी साँस छोड़ी जब सबसे पीछे खड़े जवान ने कासिम की पीठ पर हाथ रखकर उसे एक ओर जाने को कहा। तकलीफ की घड़ियाँ बीत चुकी थीं...।

अब हबीब की बारी थी। जवानों ने उसे जैसे ही पकड़ा वह अपनी धड़कन को ठीक करने की कोशिश करने लगा। उसने पिछली जिप्सी के शीशे के पीछे देखा। अन्दर बैठे मुखबिर ने गर्दन झुका ली। वह दूसरी गाड़ी की ओर बढ़ा। अगली तीन गाड़ियाँ में बैठे मुखबिरों ने भी अपनी गर्दनें झुका लीं।

जैसे ही हबीब पाँचवी जिप्सी के पास पहुँचा अन्दर बैठा मुखबिर सीधा तन गया।

'वही है...वही है...ये हबीब शाह है।'

उसके बगल में बैठे सिपाही ने आगे बढ़कर शीशे से झाँकते हुए पूछा—

'तुम्हें पक्का यकीन है।'

'एकदम पक्का यकीन है वही है। फौज में आने से पहले मैं हिज्बुल मुजाहिदीन में था और एक बार हबीब और उसके लोगों ने मेरे पीछे नुकीला डंडा लगाकर पूछताछ की थी। यही हबीब शाह है।'

उसके बाद तो लगा जैसे कयामत आ गई हो। जैसे ही उस जवान ने लम्बी सीटी बजाई सब लोगों ने हबीब को जमीन पर पटक दिया। उसकी फिरन निकालकर उसके हाथ बाँध दिए गए और कई बन्दूकें एक साथ उसकी छाती पर तन गई।

'इसे स्कूल के मैदान में ले चलो।'

कमांडिंग अफसर चिल्लाया।

'और हर आदमी की पहचान फिर से की जाए—जरूर इस भीड़ में इसके कुछ और साथी भी होंगे।'

वरुण उसी वक़्त चौक पर लौटा और उसने अपनी दायीं ओर देखकर तसल्ली की कि राजू अपने कैमरे में वो सब कैद कर रहा था जोकि शायद उस साल का सबसे बड़ा स्कूप होने वाला था। जब हवीब को घसीट कर स्कूल के मैदान में लाया जा रहा था उसने कैमरे की ओर देखकर कुछ कहना चाहा उन लाखों लोगों के लिए जो इस दृश्य को बार-बार देखने वाले थे। लेकिन उसे ले जा रहे लोगों ने उसकी आवाज़ बन्द कर दी और कुछ ही देर में वो वर्दियों के जंगल और तनी हुई बन्दूकों के पीछे छुप गया।

कासिम अपनी जगह खड़ा सब कुछ देख रहा था। वहाँ से तकरीबन चार सौ मीटर दूर। वह जानता था कि उसे कुछ भी नहीं होने वाला था, लेकिन उसकी आँखों में भयानक सन्नाटा था।

हरे दरवाजे के पीछे, अपने छोटे-से घर के अन्दर एक जवान लड़की अपने बिस्तर पर बैठी थी। उसकी आँखों से आँसू बह रहे थे। ज़फर बाग चौराहे का शोर-गुल उसे सुनाई दे रहा था। वो जानती थी कि इसका बस एक ही कारण हो सकता था...।

अध्याय-14

# एक नया ज़िहाद

जलालुद्दीन ने वह आग बुझा दी जिससे पिछले कुछ घण्टों से वह अपने हाथ गरमा रहा था। सुबह होने में अभी कुछ देर थी। कुछ देर में इतनी रोशनी हो जाएगी कि निशाना लगाया जा सके। उसने अपने शरीर से कम्बल हटाया। ठण्ड थी लेकिन वह अफगानिस्तान से जो पटका अपने साथ लाया था वह काफी था।

उसने अपने गोद में पड़े हथियार का अच्छी तरह मुआयना किया। उसने अभी कुछ ही महीने पहले पेशावर के हथियार बाजार में अपने पुराने एके-47 के बदले में इसे खरीदा था। उसने अच्छी तरह उसको छू-छूकर देखा। उसने घण्टों उसके पुर्ज़े-पुर्ज़े में गन ऑयल डाला था। उसकी महक अभी तक बाकी थी।

उसने बन्दूक अपने कन्धे पर उठाकर इधर-उधर देखा। जबरदस्त बैलेंस था। सुबह की रोशनी फूटने लगी थी। मैदान के किनारे की झाड़ी साफ दिखाई दे रही थी। पोजीशन लेने का समय आ गया था।

उसने हाथ बढ़ाकर करीम को हिलाया। आग की गर्मी से वह बैठे-बैठे ही सो गया था। वह तुरन्त जग गया और हथियार की नली को सीधा करने लगा। फिर वे दोनों घूमकर उस उदास आदमी की ओर देखने लगे जो उनसे कुछ दूर एक पत्थर पर बैठा था।

जलालुद्दीन के लैंगरेयाल से मिले कुछ बरस गुजर गए थे। रूसी जब अफगानिस्तान से चले गए तो जलालुद्दीन पेशावर के पास अपने गाँव लौट आया था और खेती और परिवार के धन्धों को समझने की कोशिश कर रहा था। लेकिन जब उसका मन इस सब में नहीं लगा तो वो वहाँ के तस्करों की मदद करने लगा। वह अफगानिस्तान से अफीम लाने में उनकी मदद करने लगा। जिहाद की यादें भी उसके दिमाग से जाने लगी थी।

एक बार लैंगरेयाल बिना बताए उसके गाँव में आया। उसने उसका स्वागत गर्मजोशी से किया। उसके दिल में अभी भी अपने पुराने उस्ताद के लिए इज्ज़त थी। उसने तुरन्त उसके दूसरे शागिर्द करीम को उसके गाँव से बुलवा भेजा जो उसके अपने गाँव से कुछ ही किलोमीटर दूर था।

अब सूरज की किरणों ने अन्धेरे के आखिरी निशान को भी मिटा दिया। जलालुद्दीन लैंगरेयाल के पास गया–

'खान साहेब! आप तैयार हैं क्या? अगर आप चाहते हैं कि निशाना सही लगे तो अब हमें पोजीशन ले लेनी चाहिए।'

लैंगरेयाल उसे कुछ देर अपलक देखता रहा फिर मुस्कुराते हुए बोला–

'तो आजकल तुम इसे निशाना कह रहे हो? एं! इन झाड़ियों से निकलकर फुदकते कुछ परिन्दों को?'

जलालुद्दीन ने मुस्कुराते हुए जवाब दिया–

'मुआफी चाहूँगा खान साहिब लेकिन यहाँ पेशावर में मैं आपके शिकार को लिए एम आई-25 तो नहीं ला सकता। यहाँ आपको इन्हीं तीतरों से काम चलाना होगा। वैसे आपको बता दूँ कभी-कभी इन तीतरों को गिराना जहाज से भी ज्यादा मुश्किल होता है।'

लैंगरेयाल ने जलालुद्दीन की बन्दूक को छूकर कहा–

'जनाना बन्दूक लगती है।'

जलालुद्दीन ने खुद को थोड़ा अपमानित महसूस करते हुए कहा--

'बारह बोर की है खान साहिब। पचीस इंच चर्चिल, वो भी दुनाली। मैं हर हफ्ते इससे शिकार करता हूँ।'

जलालुद्दीन का शिकार करने का ये शौक नया-नया था। अपने इलाके के एक जमींदार से उसे उसका शौक लगा था जिसके साथ वह घण्टों उसके खेतों में हिरणों और तीतरों का पीछा करता था। वह उसी खेत में लैंगरेयाल को सुबह-सुबह लेकर आया था। उसे लगा था कि उसे भी शिकार करना पसन्द आएगा। लेकिन अब वो थोड़ा उदास लग रहा था क्योंकि उसने पाया कि उसके उस्ताद की उस सबमें कोई दिलचस्पी ही नहीं है।

लैंगरेयाल ने बन्दूक को ध्यान से देखा। उसे खोलकर उसकी नली में झाँका। फिर वह उसे जलालुद्दीन को थमाकर खड़े होकर बोला–

'चलो फिर शुरू करते हैं। लेकिन मैं किससे शिकार करूँगा!'

'आप चर्चिल को चलाइए। मैं झाड़ी से परिंदे उड़ाता हूँ।'

लैंगरेयाल ने हामी भरी और वे लोग नजदीक की गन्ने के खेत की ओर बढ़े। जलालुद्दीन ने लैंगरेयाल और करीम को उस पचास मीटर लम्बाई वाले खेत के एक कोने पर पोजीशन लेने को कहा और खुद गाँव के कुछ नौजवानों के साथ दूसरे छोर पर चला गया। उन नौजवानों को कुछ रुपए देने का वादा करके वह अपने साथ लाया था।

फिर उन्होंने लम्बी-लम्बी रस्सियाँ निकाली और दो-दो लोग उसे पकड़कर दोनों छोरों पर चले गए। जलालुद्दीन के इशारे पर वे दौड़कर आगे बढ़ने लगे गन्ने

की फसल को हिलाते हुए। तेज आवाज़ होने लगी। साथ में जलालुद्दीन भी पत्थर फेंककर और ताली बजाकर शोर बढ़ा रहा था। हाँका लगानेवालों को नजदीक आता देखकर करीम ने अपने शॉटगन में छह नम्बर का शेल डाला। फिर उसने अपनी दायीं ओर देखा जहाँ लैंगरेयाल अपने कन्धे पर चर्चिल रखे हाँका लगाने वालों को आराम से देख रहा था।

पहली चिड़िया जलालुद्दीन के पीछे से निकली और उसके सिर के ऊपर से गुजर गई लेकिन वह शॉटगन लिए बैठे लोगों के निशाने से बाहर थी। फिर एक तीतर गन्ने के बगल के निकला और तेजी से दायीं तरफ उड़ा। वह खेत की ज्यादा ऊँचाई पर नहीं उड़ रहा था। लैंगरेयाल ने चर्चिल अपने कन्धे पर ठीक किया पलक भर तीतर को देखा और गोली चला दी। पँख उड़े और आसमान में ही तीतर गुलाटियाँ खाने लगा।

गोली की आवाज़ सुनकर एक और तीतर खेत से निकलकर सीधा लैंगरेयाल की ओर उड़ा। उसको निशाना बनाना बड़ा मुश्किल होता। लैंगरेयाल ने उसके ठीक अपने सिर के ऊपर आने का इन्तजार किया और निशाना साधकर गोली दाग दी। निशाना इतने नजदीक से लगाया गया था कि चिड़िया के चिथड़े उड़ गए और पंख लैंगरेयाल के ऊपर ऐसे गिर रहे थे मानो उसका अभिषेक कर रहे हों।

जब लैंगरेयाल अपनी शॉटगन में फिर से गोली भर रहा था खेत के कोने से भूरे तीतरों का एक जोड़ा निकला और करीम और लैंगरेयाल के बीच से उड़ा। करीम ने एक पर सही निशाना लगाया। लेकिन अपने दूसरे निशाने में वो चूक गया। चिड़िया बचकर लगभग निकल चुकी थी कि लैंगरेयाल ने गोली भरने के बाद घूमकर बिना निशाना साधे दूर निकल चुकी उस चिड़िया पर गोली चलाई और तीतर उस अचूक निशाने से वहीं ढेर हो गया।

शिकार जबरदस्त रहा और जलालुद्दीन उसके पास पहुँचकर अपने उस्ताद को गर्व से देख रहा था। लैंगरेयाल ने मुस्कुराते हुए उसकी चर्चिल उसे वापस थमा दी।

फिर वो बोला–

'अब बहुत हो गया। चलो कहीं बैठकर बातें करते हैं। जलालुद्दीन ने थोड़ा निराश होकर कहा–

'लेकिन खान साहिब अभी तो बहुत सारे खेत पड़े हैं। मुझे लगा कि आप इस खेल का कुछ देर और लुत्फ उठाना चाहते हैं।'

लैंगरेयाल ने उसकी ओर देखकर मुस्कुराते हुए कहा–

'जब तक जिहाद चल रहा है मुझे ऐसे खेलों में मजा नहीं आता।'

जलालुद्दीन ने अनिच्छा से अपने पिछली जेब में हाथ डालकर खैनी निकाली

और अपनी हथेलियों पर उसे रगड़ते हुए बोला–

'मुझे लगा जिहाद खत्म हो गया। रूसी तो चले गए और अब हमारे भाई एक-दूसरे को मार रहे हैं।'

लैंगरेयाल ने उसकी आँखों में देखते हुए कहा–

'ये एक नया जिहाद है नए दुश्मनों के खिलाफ। मैं कश्मीर जा रहा हूँ।'

जलालुद्दीन हैरत में पड़ गया–

'मुझे लगा कि कश्मीर का मसला वहाँ के लोगों का अपना मामला है। मुझे आई एस आई के लोगों ने अफगनिस्तान से लौटने पर यही बताया था।'

'अब इरादा बदल गया है। कश्मीर के लड़ाकू हिन्दुस्तानियों से लड़ नहीं पा रहे हैं ठीक तरीके से।'

लैंगरेयाल के होंठ ये कहते हुए कुछ भिंच गए।

'वे दीवार के पीछे से छुपकर गोलियाँ चलाते हैं, छुपकर ग्रेनेड फेंकते हैं। यह तय हुआ है कि अफगानिस्तान की लड़ाई के कुछ लोग वहाँ जाकर उनकी मदद करें। हमें उनको इस्लाम के सही रास्ते पर भी लाना है। उन्हें बताना है कि उनका मकसद होना चाहिए उम्मा के साथ एका।'

तीन सालों तक पाकिस्तानियो ने कश्मीर में गड़बड़ी फैलाने में मदद की। सबसे पहले तो वे जे के एल एफ की मकबूलियत के चक्कर में आ गए जिनका मकसद, आज़ादी था। बाद में वे हिज्बुल मुजाहिदीन और कुछ ऐसे लोगों का साथ देने लगे जो कश्मीर को पाकिस्तान का हिस्सा बनाना चाहते थे। अब ऐसे लोगों को भेजने का वक़्त था जिसे हिन्दुस्तानी विदेशी जल्लाद और हरकतपसन्द उन्हें मेहमान आतंकवादी बुलानेवाले थे। वे ऐसे पाकिस्तानी या अफगान थे जिन्होंने रूसियों के खिलाफ जंग से अपने हाथ खुलकर साफ किए थे।

'हम कुछ महीने पहले मिले थे। हमारे अमीर मौलवी शादातुल्ला खाँ और तुम्हारे पुराने कमाण्डर हक्कानी भी वहाँ थे। वहाँ हमारी मुलाकात हरकत-दल-मुजाहिदीन के एक बड़े नेजा मौलाना मसूद अजहर से भी हुई। पता नहीं तुमने उसका नाम सुना है या नहीं। वहाँ ये फैसला हुआ कि हम सब मिलकर एक नया संगठन बनाएँगे-हरकत-उल-अंसार, जो इस्लाम का हथौड़ा होगा।'

जलालुद्दीन उत्तेजित होकर कुछ खिसका। लैंगरेयाल बिना कुछ देखे अपनी रौ से बोलता जा रहा था–

'इस नए संगठन के बनने में समय लगेगा अभी। लेकिन मैं एक टोली लेकर कश्मीर जा रहा हूँ। कुछ तो वहीं के लोग होंगे, बाकी यहाँ के होंगे। बस कुछ ही दिनों में निकल पड़ूँगा।'

जलालुद्दीन ने ध्यान से सुन रहे करीम की ओर देखा और धीरे से पूछा–

'आपने इस मिशन पर हमें ले जाने के बारे में क्यों नहीं सोचा? मुझे यहाँ

अपना काम खत्म करने में ज्यादा वक़्त नहीं लगता।'

'मुझे पता है। मैं तुम्हें बुलाना चाहता था लेकिन फिर मैंने सोचा कि पहले अकेले जाकर वहाँ के हालात का जायजा ले लूँ फिर तुम लोगों को ले जाऊँगा। वैसे भी यही बेहतर होता है कि वफादार दोस्त घर में ही इन्तजार करे ताकि अगर कुछ भी मुश्किल पड़े तो उन्हें याद किया जा सके।'

करीम ने पास के कीचड़ में थूकते हुए कहा—

'हम रूसियों को हरा चुके हैं फिर ये मुट्ठीभर बनिये हमारा क्या कर लेंगे।'

लैंगरेयाल ने मुस्कुराकर गर्दन हिलाते हुए कहा—

'उन्हें कम नहीं समझना चाहिए। जिन रूसियों को हमने अफगानिस्तान में हराया था वे फौज में जबरदस्ती भर्ती किए गए समाज के निचले तबके के लोग थे और वे जबरदस्ती एक अनजान धरती पर लड़ रहे थे। यहाँ हालात दूसरे हैं। यहाँ हिन्दुस्तानी सिपाही अपनी मादरे-वतन के लिए लड़ रहे हैं। यह एक बड़ा फर्क है।'

'मैं समझ सकता हूँ'

जलालुद्दीन ने हामी भरी।

'उन्होंने पाकिस्तानी फौज़ को तो अब तक सभी लड़ाइयों में हराया है। लेकिन मुजाहिदीनों से उन्होंने कभी कोई लड़ाई नहीं लड़ी।'

लैंगरेयाल ने उस मैदान का चक्कर लगाया और बगल के खेत में कुछ फलियाँ तोड़ी और बोलता रहा—

'वैसे भी हमें खोना तो कुछ है नहीं! अगर हम जिहाद से सही-सलामत लौट आए तो हीरो कहलाएँगे और अगर मर गए तो शहीद के तौर पर ज़न्नत जाएँगे।'

× × ×

लेकिन एक और खतरा था-पकड़े जाकर जेल की अन्धेरी कोठरियों में पूरी उम्र काट दें।

नसरुल्ला लैंगरेयाल हिन्दुस्तानी सरहद में चौदह लोगों के साथ घुसा और जम्मू-कश्मीर की एक ऐसी पहाड़ी की ओर चला जोकि आतंकवाद और खूँरेजी से बचा हुआ था। वह डोडा था। घाटी से कुछ दूर घने जंगलों वाला पहाड़ी इलाका। यहाँ लैंगरेयाल ने घात लगाकर कई हमले किए और यह हवा फैलने लगी कि 'मेहमान आतंकवादी' कश्मीर में आ गए।

उधर पाकिस्तानी में मौलाना मसूद अज़हर हरकत-उल-अंसार बनाने में लगा हुआ था। उसने अपने सहयोगी सज्जाद अफगानी को कश्मीर भेज दिया और खुद भी नेपाल के सुरक्षित रास्ते से वहाँ पहुँचने की तैयारी करने लगा।

लेकिन 11 फरवरी 1994 तक तीनों जेल में थे। लैंगरेयाल को हिन्दुस्तानी

फौज ने कापरान के उसके ठिकाने पर हमला करके पकड़ा। जबकि सज्जाद अफगानी और मसूद अजहर तब पकड़े गए जब वे एक ऑटोरिक्शा में सवार होकर अन्नंतनाग में घूम रहे थे। यह एक ऐसा झटका था जिससे हरकत-उल-अंसार कभी नहीं उबर पाया। फिर उस संगठन ने अपहरण और हवाई-जहाज के अपहरण की कई वारदातें कीं अपने उन नेताओं को छुड़ाने के लिए लेकिन नई सदी की सुबह से पहले उनमें से कोई भी नहीं छूट पाया।

अध्याय-15

# श्रीनगर में वरुण

रेजीडेंसी रोड पर हरी टैक्सी ऐसे भाग रही थी जैसे कोई हथियार बन्द गाड़ी उसका पीछा कर रही हो। वरुण ने अपनी सुरक्षा बेल्ट को कसकर बांधा हुआ था जो गेट से लेकर उसकी दायीं ओर तक जाती थी। उसने पीछे मुड़कर कैमरामैन राजू की ओर देखा। उसके चेहरे पर फीकी मुस्कुराहट आई। राजू आराम से पसरकर ऐसे बैठा था जैसे उसे दुनिया की कोई फिक्र ही नहीं हो।

कुछ मिनटों बाद कार खतरनाक तरीके से सड़क से उतरकर एक गली में मुड़ गई और तकरीबन दस मीटर अंदर जाकर एक विशाल लोहे के गेट के सामने रुकी। गेट खुला और ड्राईवर ने गर्दन हिलाकर गेट खोलने वाले लड़के का शुक्रिया अदा किया। गेट खुलते ही सामने एक छोटा सा आँगन था तकरीबन बीस गज चौड़ा जिसमे कुछ टैक्सियाँ खड़ी थीं। पुरानी एम्बेसेडर कारें।

वरुण शुक्रिया अदा करते हुए कार से उतरा और होटल के सामने के दरवाजे की ओर बढ़ गया। उसे टैक्सी ड्राईवर मन्सूर बहुत पसन्द था लेकिन कभी-कभी उसे लगता था कि जितना खतरा उसे जे के एल एफ और हिज्बुल मुजाहिदीन को मिलाकर नहीं था उतना उससे। उसके गाड़ी चलाने के अन्दाज से।

शीशे का दरवाजा खोलते हुए उसे ऐसा लगा मानो घर आ गया हो। अहदूस अकेला होटल था जो चल रहा था। और ढेरों पत्रकारों का अकेला ठिकाना था जोकि घाटी के हालात खराब होने के बाद बड़ी संख्या में वहाँ आने लगे थे। होटल की साज-सज्जा विचित्र थी और अब किनारों से उखड़ने भी लगी थी। यही नहीं फोन और बिजली भी कभी-कभी ही काम करती थी। लेकिन उस होटल के नलों में गर्म पानी रहता था और अगर उसका रसोइया खाना बनाता था तो वो बेजोड़ होता था।

इसके अलावा, अब तक वो होटल दूसरे घर की तरह लगने लगा था और वहाँ काम करनेवाले परिवार की तरह। वरुण काउन्टर पर गया और रिशेप्सनिस्ट शकील के लिए आवाज़ लगाई। वह एक पर्दे के पीछे से मुस्कुराता हुआ हाजिर हुआ।

'तो आखिरकार आप आ गए जनाब!'

उसने वरुण की छाती ठोंकते हुए कहा।

'मुझे तो लगने लगा था कि शायद आप हमें भूल ही गए।'

'हमारी ऐसी किस्मत कहाँ',

वरुण शैतानी से बोला।

'यहाँ से ज्यादा घटनाएँ बाहर मैदानों में घटने लगी थीं। यहाँ तो ज्यादा शान्ति लगती है।'

शकील दुख से गर्दन हिलाते हुए बोला--

'सब बातें ही हैं। कत्ल वैसे ही जारी हैं। आतंकवादी वैसे ही हर वक़्त ग्रेनेड चलाते रहते हैं। सेना और पुलिसवाले वैसे ही नौजवानों को उठा लेते हैं और फिर उनकी कोई खबर नहीं लगती है। हम नागरिक इस सबके बीच में फंसकर इसकी कीमत अदा कर रहे हैं।'

वरुण ने भी गर्दन हिलाकर हामी भरी। वह एक पुरानी कहानी थी। वही जो उसने कुछ महीने पहले अपने पिछले दौरे में भी हर तरफ सुनी थी। हालाँकि नाटकीय रूप से आतंकवाद को जन-समर्थन कम हो रहा था तो भी कोई इतनी हिम्मत नहीं जुटा पा रहा था कि कैमरे के सामने उन लड़कों के बारे में कुछ कह सके। हालाँकि साथ-साथ पुलिस और सेना के खिलाफ गुस्सा भी बढ़ा था और दिन-ब-दिन बढ़ता ही जा रहा था। कारण वे लोग थे जो हर कश्मीरी को शक की निगाह से ही देखते थे।

'सलाम अलैकुम शकील भाई।'

राजू ने अपना साजो-सामान रिसेप्शन के पास रखते हुए कहा।

'वालैकुम असलाम राजू साहब! अपना बैग यहीं छोड़ जाइए। मैं कमरे में भिजवा दूँगा।'

आपके बदमाशों के भरोसे मैं अपना कैमरा छोड़ जाऊँ? बड़ा खतरा है। वैसे क्या हमें अपना पुराना कमरा मिल जाएगा!'

'बिल्कुल जनाब। मैं सूटकेस ऊपर भिजवा दूँगा।'

जब राजू अन्धेरे रास्ते से होता हुआ सीढ़ी की ओर बढ़ा तो वरुण कुछ देर और झुककर रिसेप्शन पर बातें करता रहा, घाटी का हाल-चाल लेता रहा--

'और बताओ 'मेहमान आतंकवादियों' की क्या हरकतें हैं?'

शकील ने कन्धे उचका कर जवाब दिया--

'उनके बारे में सुनने को तो बहुत मिल रहा है। वे अच्छे लड़ाका हैं और उनके आने से कुछ तंज़ीमों का हौसला बढ़ा है। लेकिन बाकी लोग नाराज हैं कि आन्दोलन में बाहरी लोग शामिल हो रहे हों। क्या आप यही खबर करने आए हैं?'

'हालाँकि मैं जब पिछली बार आया था तब भी अपनी खबर में उनके आने का जिक्र तो मैंने किया था लेकिन इस बार कुछ ज्यादा गहराई से उनकी खबर बनाने

आया हूँ कि आखिर वे किसलिए आए हैं? क्या चाहते हैं?'

'मेरा एक मश्विरा है वरुण भाई। उनसे इन्टरव्यू के चक्कर में मत पड़िएगा। वे हमारे कश्मीरी आतंकवादियों की तरह नहीं हैं कि उनके साथ आप राजी-खुशी बातें कर लेते हैं। ये अलग किस्म के लोग हैं। जरूरी नहीं कि ये पत्रकारों को बख्श ही दें। हरकत-उल-अंसार से तो खासतौर पर बचकर रहिएगा।'

अब तक आतंकवादियों और पत्रकारों में एक किस्म का समझौता सा था। उन पत्रकारों से जोकि देश-विदेश से कश्मीर की घटनाओं की खबर बनाने आते थे। वरुण जैसे पत्रकारों को इसमें कोई खतरा नहीं दिखता था कि वे अहदूस होटल के आँगन में अनजान गाड़ियों में सवार होकर आँखों पर पट्टी बाँधकर बड़े आतंकवादी नेताओं के ठिकाने तक जाएँ।

उसके कुछ फायदे थे जो कश्मीर में काम करनेवाले प्रेस ने अपना लिया था और इसीलिए अब तक किसी पत्रकार को कोई नुकसान नहीं पहुँचा था। लेकिन समय बदल रहा था और वरुण ने शकील की हाँ में हाँ मिलाते हुए कहा—

'नहीं! नहीं! हरकत-उल-अंसार के किसी नेता से इन्टरव्यू लेने का मेरा कोई इरादा नहीं है। वैसे भी उसके लोग बौखलाए हुए होंगे क्योंकि कुछ ही महीने के भीतर मसूर अजहर, सज्जाद अफगानी और लैंगरेयाल सब पकड़े गए।'

'हाँ वे मुश्किल में तो हैं लेकिन तो भी खतरनाक हैं।'

'फिक्र मत करो। मैं तो ये भी नहीं जानता कि हरकत में किससे बात करनी चाहिए।'

वरुण रिसेप्शन से हटते हुए बोला।

'पता है मुझे जे के एल एफ की तरह नहीं है कि तुम अब भी चाहो तो जावेद मीर को अपने होटल में कबाब खाने के लिए बुलाकर उसका इन्टरव्यू दिलवा सकते हो।'

वह सीढ़ी की तरफ बढ़ते हुए रुका और पीछे मुड़कर बोला—

'जरा मेरी एक मदद कर दो। मेरे दिल्ली ऑफिस फोन बुक कर दो। अगर तुम्हारा एक्सचेंज पहले जैसा ही होगा तो शायद परसों तक जाकर लाईन मिले।'

तेजी से सीढ़ियाँ चढ़कर वरुण ने गलियारा पार किया और कमरा नं. 104 तक पहुँचा। उसे थोड़ी निराशा हुई जब उसने पाया कि कमरा पहले से भी ज्यादा पुराना लग रहा था। उसे और निराशा यह देखकर हुई कि राजू केटीवी के कैमरामैन गोपालकृष्णन से बातचीत में मशगूल था। केटीवी देश की दूसरी सबसे बड़ी टी वी टीम थी। हालाँकि अब वरुण को इसकी आदत सी पड़ चुकी थी कि जब भी वह किसी खास खबर के चक्कर में होता था केटीवी की टीम उसके पीछे लगी रहती थी। इस बार उसे उम्मीद थी कि ऐसा नहीं हो पाएगा। इसके अलावा वो गोपालकृष्णन को ज्यादा पसन्द भी नहीं करता था। पहले कुछ ऐसी घटनाएँ हो

चुकी थीं। एक बार गोपालकृष्णन ने अचानक एक महत्वपूर्ण प्रेस कांफ्रेंस हो जाने पर वरुण की टीम को कुछ टेप उधार देने से मना कर दिया था। उसी तरह उसने एक बार तो जान-बूझकर एक नेता का पता-ठिकाने गलत बता दिया था जिससे एक खास खबर के सिलसिले में बात करना जरूरी था।

लेकिन वरुण यह सुनकर थोड़ा अकड़ में आ गया कि गोपालकृष्णन वहाँ संजीव देशपाण्डे के साथ आया था। संजीव देशपाण्डे केटीवी का मुख्य रिपोर्टर था और जो अक्सर कश्मीर की बीट सम्भालता था। न सिर्फ संजीव अपने कैमरामैन से अच्छा इन्सान था बल्कि वह हमेशा अपने सूटकेस में वोदका की बोतल भी रखता था, और अगर आप थोड़े खुशकिस्मत होते तो उसके खास शराबवाले की जुटाई हुई स्कॉच भी मिल जाती। आतंकवादियों ने जब से इस्लामी कानूनों को लेकर सख्ती बरतनी शुरू कर दी थी घाटी में शराब नहीं मिलती थी। फिर भी कुछ पत्रकार हिम्मत जुटाकर शराबबन्दी के बावजूद अपनी शराब साथ में ले आते थे। संजीव किसी न किसी तरीके से हमेशा ही उसका इन्तजाम कर लेता था।

इस वादे के साथ कि रात के खाने के बात बातचीत के लिए मिलेंगे वरुण ने संजीव और गोपालकृष्णन को दरवाजे तक छोड़ा। वापस आकर धम्म से कुर्सी मे धँस गया। अचानक फोन की घण्टी से वह कूद पड़ा—

'स्साला! बीस मिनट में लाईन मिल गई। ये तो रेकॉर्ड हो गया।'

राजू को टी वी की आवाज़ कम करने का इशारा कर के उसने रिसीवर उठाया। उसने सुना कि शकील की आवाज़ में थोड़ी हड़बड़ाहट थी—

'आपके लिए आर्मी एक्सचेंज से फोन है।'

अब हड़बड़ाने की बारी वरुण की थी—

'आर्मी एक्सचेंज! उन्हें कैसे पता चला कि मैं यहाँ हूँ?'

दूसरी ओर से शकील ने अनभिज्ञता दिखाते हुए लाईन दे दी। आवाज़ बहुत साफ नहीं थी इसलिए वरुण ने रिसीवर कान से सटाकर कहा—

'हाँ मैं वरुण माथुर बोल रहा हूँ।'

'गुड आफ्टरनून मिस्टर माथुर। बादामी बाग कैंटोनमेंट से मैं कर्नल बरार बोल रहा हूँ। मैं श्रीनगर की इण्डियन एलरलाइन्स फ्लाइट में आपके पीछे बैठा था और मैंने तुरन्त पहचान लिया था। आप वही हैं न जिन्होंने विदेशी आतंकवादियों पर खबर की थी?'

वरुण दिमाण में हर तरह से उस बातचीत का सबब सोच रहा था। कश्मीर जैसे युद्ध के मैदान में अनजान लोगों से बात करते वक़्त हमेशा होशियार रहना चाहिए। खासकर तब और जब किसी ने अचानक आपको फोन कर दिया हो और पता नहीं वो कौन हो? जो बता रहा हो वो हो भी या नहीं।

'हाँ मैं ही हूँ',

उसने बिस्तर पर बैठते हुए होशियारी से जवाब दिया और अपना नोट पैड और पेन निकाल लिया कि शायद जरूरत पड़ जाए।

'मिस्टर माथुर आप कल सुबह बादामी बाग क्यों नहीं आ जाते? हमारे साथ कोई ऐसा आदमी है जिससे शायद आप मिलना चाहें।'

'कौन?'

दूसरी ओर एक ठहाका गूँजा—

'आप निराशा नहीं होंगे। हमें आपकी पिछली कुछ खबरें पसन्द आईं। आपके लिए ये एक बड़ा स्कूप होगा।'

'ठीक है। मुझे कहाँ आना है और वहाँ पहुँचना कैसे है? क्या मैं मुख्य गेट पर आ जाऊँ?'

'नहीं बगलवाली गेट पर आइए। हेलीपैड के पास। आपको पता है न कहाँ पर है वो!'

'हाँ! हाँ! मैं वहाँ पहले आ चुका हूँ।'

'ठीक है फिर। वहाँ पर आपको लेफ्टिनेंट शास्त्री मिलेंगे जो आपको अन्दर ले आएँगे। ठीक ग्यारह बजे।'

'हाँ ये ठीक रहेगा।'

'क्या आप उन लोगों के नाम बता पाऐंगे जो आपको साथ होंगे?'

'सिर्फ मेरा कैमरामैन। उसका नाम है टी. राजू। हम लोग हरी टैक्सी में आएँगे। टैक्सी का नम्बर होगा जे के टी 3984।'

जब फोन कटा तो वरुण चुपचाप कुछ देर तक उस फोन को देखता रहा। राजू उसके पास सिगरेट जलाते हुए पहुँचा—

'तुम्हें देखकर ऐसा लग रहा है कि तुम्हें इसकी जरुरत है। क्या बात है?'

वरुण ने बताया। राजू ने खिड़की से बाहर देखते हुए कुछ सोचकर कहा—

'कहीं इसमें कोई चाल न हो।'

वरुण गर्दन हिलाकर बोला—

'नहीं! लग तो रहा था कि आर्मी एक्सचेंज से ही फोन था। वैसे भी कोई आतंकवादी गुट हम तक अगर पहुँचना ही चाहेगा तो श्रीनगर के सबसे सुरक्षित इलाके में हमें क्यों बुलाएगा। वह कोई जावेद मीर या कोई और बनकर शहर के दूसरी ओर बुलाता।'

'उन्हें तो ये भी नहीं करना पड़ता,'

राजू बोला।

'वो इस कबाड़खाने में आकर हमें मार जा सकते थे...उम...लेकिन दूसरा मुश्किल है, क्या इस मज़े के लिए सीमा तोड़नी पड़ेगी?'

कुछ देर के लिए वहाँ ख़ामोशी रही। उन दिनों कश्मीर कवर करनेवाले

पत्रकारों के दिमाग में एक बात अच्छी तरह भर दी जाती थी कि उन्हें एक सीमा के अन्दर ही रहना चाहिए। एक पत्रकार या तो घाटी में सेना का मेहमान बनकर आ सकता था, सुरक्षा घेरे के पीछे रहता और बख्तरबन्द गाड़ियों में सफर करता। या फिर आराम से बाहर रहता खुले में, बिना किसी सुरक्षा के। सिर्फ अपने प्रेसकार्ड के भरोसे जोकि उसे आतंकवादी से किसी तरह के खतरे से बचाती। आप दोनों नहीं कर सकते थे। ये नहीं कि आप होटल अहदूस में खुले आम रहें और सेना के ठिकानों में आना-जाना रखें–इसमें शक की पक्की गुन्जाइश थी–शायद कोई आतंकवादी गुट इससे नाराज भी हो सकता था। कुछ पत्रकार तो इसका नियम की हद तक पालन करते थे; अगर वे खुले आम रह रहे हैं तो कमाण्डर या गश्ती दल से दुआ-सलाम तक नहीं करते थे, भले ही वो उनका सगा भाई ही क्यों न हो? क्या पता कोई देख रहा हो?

'मुझे नहीं लगता हमारे पास कोई और चारा है,'

आखिरकार वरुण बोला।

'लगता है कोई बड़ी खबर है। इसे किसी भी कीमत पर छोड़ना नहीं है। हम मन्सूर का सहारा लेंगे। वो किसी को बताएगा नहीं कि हम कहाँ जा रहे हैं।'

अगली सुबह मन्सूर उन्हें लेने जल्दी आ गया; उन्हें पता था कि सुरक्षा जाँच-पड़ताल में वक्त लगनेवाला था। वे रेसीडेंसी रोड होते हुए गुपकर रोड के किनारे-किनारे बादामी बाग कैंटोनमेंट पहुँचे। वह अपने आप में एक छोटा-सा शहर था। बरसों के आतंकवाद ने उसे ऐसा बना दिया था। जो यहाँ रहते थे वे बिना सुरक्षा के बाहर निकलने की सोच भी नहीं सकते थे। खासकर अन्धेरे में। मन्सूर नें बँटवारा गेट पार किया और बगलवाले गेट से कुछ पहले उसने अपनी गाड़ी धीमी की। बाहर पहरा देता सिपाही थोड़ा तनाव में लग रहा था। वह अपने हाथ के कागज से गाड़ी का नम्बर मिलाकर कुछ निश्चिंत हुआ।

एक नौजवान आर्मी अफसर संतरी के कटघरे से निकल कार की ओर बढ़ा। वरुण बाहर निकल उसकी ओर बढ़ा–

'गुड मॉर्निंग! मैं विजन टी वी से वरुण माथुर हूँ।'

'हाँ मिस्टर माथुर! मैं आपको पहचानता हूँ। लेकिन क्या आप अपना प्रेस कार्ड दिखाएँगे! वैसे मुझे लेफ्टिनेंट शास्त्री कहते हैं। आपको अपनी टैक्सी बाहर ही छोड़नी पड़ेगी।'

'बिल्कुल! ये मेरा कैमरामैन राजू है। वो अपना सामान बाहर निकाल रहा है।'

राजू अपना साजो-सामान निकालकर सड़क के किनारे रख रहा था–एक ट्राइपॉड था, लाईट थी और टेप-बैटरी से भरी बैग थी। 1995 के शुरू तक तो टी वी टीम का सामान अभी से ज्यादा भारी होता था। वरुण राजू की सहायता के लिए पीछे घूमा। वे दोनों सामान के बोझ से झुके अन्दर जरुरी जाँच-पड़ताल के

लिए बढ़े।

सन्तरी ने सारा सामान खोल दिया और बैग में पड़े कैमरे के केबल को सन्देह से देख रहा था। आखिरकार लेफ्टिनेंट शास्त्री को भी देर होते देख उसे टोकना पड़ा। आखिरकार उन्हें जाने की इजाज़त मिली। वे दूसरी ओर अपने लिए इन्तजार करते जीप में सवार हुए। कुछ ही क्षणों में वे एक विशाल मैदान के एक कोने पर बने विशाल कॉटेज के सामने खड़े थे। उस मैदान का वैसे तो हेलीपैड के बतौर इस्तेमाल होता था लेकिन उसका इस्तेमाल पुराने जनरल गोल्फ खेलने के लिए भी करते थे।

कॉटेज के दरवाजे पर एक लम्बा-तगड़ा सिक्ख केवल उनके इन्तजार में खड़ा था–

'मिस्टर माथुर! मुझ बरार कहते हैं।'

'हलो सर',

वरुण ने हाथ मिलाते हुए अदब से कहा। फिर वह अपनी जानने की बेचैनी को दबा नहीं पाया–

'इस तरह पूछने के लिए मुआफी चाहूँगा लेकिन आप किसका इन्टरव्यू करवाना चाहते हैं हमसे?'

फिर उसने मन ही मन सोचा–

'अगर उन्होंने ये सब इसलिए किया हो कि कोई रिटायर्ड जनरल योजनाबद्ध युद्ध पर अपने विचार रखनेवाला है तो मैं वाकई किसी का खून का दूँगा।'

कर्नल बरार ने हँसते हुए कहा–

'आइए मिस्टर माथुर आइए। यहाँ हमारे पास एक कमरा है जहाँ आपके कैमरामैन अपने इन्तजामात कर सकते हैं। आप जानना चाहते हैं कि वो आदमी कौन है? तो आपने नसरुल्ला लैंगरेयाल का नाम सुना होगा?'

सुनकर वरुण पीला पड़ गया। उसके कानों में स्कूप, स्कूप की आवाजें गूँजने लगीं।

'नसरुल्ला लैंगरेयाल! हरकत-उल-अंसार का कमाण्डर!'

'दिखाई देता है आप आपका होमवर्क करके आए हैं',

कर्नल बरार ने हँसते हुए कहा।

'आप अपना साजो-समान लगाइए। हम उसे थोड़ी देर में ले आएँगे।'

'कुछ पूछने की मनाही भी है?'

वरुण ने सावधानी से पूछा।

'नहीं ऐसा कुछ नहीं है',

कर्नल बरार कुछ फुर्ती में लग रहे थे।

'जो भी पूछना हो पूछिए। वो कुछ हफ्तों से हमारे साथ है। मुझे लगता है

हमारी तरह आप पर भी उसके दिमाग का प्रभाव पड़ेगा।'

अब तक राजू ने इन्टरव्यू के मुताबिक तैयारी कर ली थी। एक-दूसरे के सामने लगी दो कुर्सियां उस पूरी तरह खाली कमरे में लग चुकी थीं। वह बड़ी उदासी से पीछे की सफेद खाली दीवार को देख रहा था जो इन्टव्यू के दौरान बैक ग्राउंड में रहनेवाला था। फिर उसे लगा कि कुछ भी किया नहीं जा सकता। अगर वो वहाँ कुछ फूलदान सजा दे या पर्दे ठीक से लगा दे तो सारा कुछ बनावटी लगेगा। उसने दो माइक्रोफोन निकाले और नीचे कंक्रीट के फर्श पर उसके तार फैला दिए। एक वरुण के लिए था तो दूसरा लैंगरेयाल के लिए। इस बीच वरुण ने लाईट निकालकर उसे स्टैंड पर लगा दिया।

कुछ ही मिनटों में सब कुछ तैयार था। वरुण ने कर्नल बरार की ओर मुड़कर कहा—

'हम इन्टरव्यू के लिए तैयार हैं। लेकिन हमें कुछ कट अवे चाहिए....यानि लैंगरेयाल के लाए जाने के कुछ फूटेज।'

बरार के सिर हिलाकर कहा—

'ठीक है यहाँ दरवाजे पर आ जाइए और आपको कुछ शॉट मिल जाएँगे।'

वे जिस कमरे में थे उससे सटा एक और बड़ा कमरा था। हॉल जैसा। कुछ देर बाद उस हॉल के दूर वाले कोने पर चार लोग दिखाई दिए। उनके साथ जंजीरों में जकड़ा लैंगरेयाल था।

पहली नजर में वरुण कुछ खास प्रभावित नहीं हुआ। वह एक छोटा सा, झुका हुआ आदमी लग रहा था जिसने बदरंग फिरन पहन रखी थी और उसका सिर ऊनी टोपी से ढंका हुआ था। पिछले तकरीबन एक महीने से उससे लगातार पूछताछ हो रही थी और जिससे उसकी लंगड़ाहट कुछ और बढ़ गई थी जोकि अफगान युद्ध की निशानी थी। उसे उसकी कुर्सी की ओर ले जाया गया जहाँ वह खामोशी से बैठ गया। उसने आँखें मिलाने से इन्कार करते हुए अपनी गर्दन झुका रखी थी।

वरुण ने शाइस्ता ढंग से सवाल पूछा इस उम्मीद में कि शायद इससे कुछ बात बने ताकि मुश्किल सवाल पूछे जा सकें। लैंगरेयाल ने तो शुरुआत में हूँ-हाँ में ही जवाब दिया फिर धीरे-धीरे वह खुलने लगा। बीस मिनटों तक धीरज से पूछताछ करते-करते आखिरकार वरुण को वो जवाब मिलने लगे जिसकी उसे दरकार थी—

'आप यहाँ क्यों आए? आप का मकसद क्या है?'

'हम अफ्रीका से लेकर यूरोप और हिन्दुस्तान तक इस्लामी उम्मा बनाना चाहते हैं। और इंशाअल्लाह हम उसे हासिल करके रहेंगे।'

'तो इसका कश्मीर और उसके अवाम से कोई ताल्लुक नहीं है।'

'जिसमें इस्लाम की बेहतरी है उसी में कश्मीरी अवाम की भी बेहतरी है।'

'आप ये कहना चाह रहे हैं कि आपका मकसद कश्मीर या उसकी आज़ादी

नहीं है बल्कि इस्लामी दुनिया बनाना है?'

'ये ठीक है। सारे मुसलमानों को आज़ादी होनी चाहिए।'

'लेकिन हिन्दुस्तान के मुसलमान तो अपने मजहब के मामले में पूरी तरह आज़ाद हैं...'

पहली बार लैंगरेयाल ने गर्दन उठाकर वरुण की ओर देखते हुए कहा–

'और बाबरी मस्जिद की शहादत! उसके बारे में क्या ख्याल है?'

'लेकिन उस पर तो हिन्दुस्तान के लाखों गैर-मुसलमानों ने भी अफसोस जताया था। सूबे की सरकार को बर्खास्त करके जाँच शुरू की गई थी।'

लैंगरेयाल वरुण को घूर रहा था। कैमरे की रोशनी मे उसकी आँखें चमक रही थीं–

'सारे मुसलमानों को एक कानून के अन्दर लाने के लिए हम कुछ भी करेंगे।'

वरुण ने पैंतरा बदला–

'कश्मीर में इस वक्त कितने विदेशी जेहादी हैं?'

'काफी हैं। और उनकी तादात बढ़ती जाएगी। वे हजारों की तादात में आ रहे हैं पाकिस्तान से, अफगानिस्तान से, सूडान से, सोमलिया से, फिलीस्तीन से...'

'क्या आप ही की तरह सारे पाकिस्तान से ही नहीं आ रहे?'

'हाँ! लेकिन बाकी भी आएँगे।'

'अच्छा बताइए आप अपने भविष्य के बारे में क्या सोचते हैं? अपनी किस्मत के बारे में?'

यह सुनकर लैंगरेयाल के आँखों की चमक जाती रही और उसने अपनी गर्दन झुकाते हुए कहा–

'शायद मेरी सारी उमर जेल में कटे। लेकिन मुझे अफसोस नहीं है। मेरा एक मिशन था और मैंने उसे निभाया।'

'आपके लोगों ने हाल ही में आपको आज़ाद कराने के लिए मेजर भूपिंदर सिंह को अगवा करके मार डाला। आप क्या समझते हैं वो सही था?'

'नहीं मेरे ख्याल में अगवा करना इस्लाम के खिलाफ है।'

वरुण को अपने कन्धे के पीछे की एक आवाज़ से पता चला कि राजू का एक और टेप पूरा हो गया था। अब तक का तीसरा। वह पीछे मुड़ा। उसने देखा राजू एक खाली टेप लिए खड़ा था। उसने गर्दन हिलाकर कहा–

'मुझे लगता है काम पूरा हो गया है।'

लैंगरेयाल वहीं बैठा फर्श देखता रहा। जवान दुबारा कमरे में आए और उसे खड़ा होने में मदद करने लगे। उसकी कलाइयाँ फिर से जंजीरों में जकड़ दी गईं और उसके फिरन का पिछला कॉलर उसके सिर तक खींच दिया गया ताकि न तो वह भागने की कोशिश कर पाए और न ही अपने चारों ओर का मुआयना कर

सके। राजू ने ट्रायपॉड से कैमरा उठाया और उन सैनिकों के पीछे बिल्डिंग से बाहर निकल गया जहाँ वे सीढ़ियों से गट्ठर की तरह दिखाई देती उस आकृति को उतारते हुए बाहर इन्तजार कर रहे फौजी ट्रक की ओर ले जा रहे थे।

वरुण ने ट्रक को जाते हुए देखा और फिर कृतज्ञता के साथ राजू से सिगरेट ली। कर्नल बरार भी बरामदे में उनके पास आ गए। वे उन दोनों को देखते हुए मुस्कुराए—

'मेरे ख्याल से इन्टरव्यू अच्छा रहा। मुझे अच्छा लगा कि उसने इतनी सफाई से अपने आगे के मकसद के बारे में बात की।'

'ये विदेशी आतंकवादी कितने महत्वपूर्ण है अभी?'

'अगर आप चाहें तो बी जी एस के साथ आपके इन्टव्यू का इन्तजाम मैं करवा सकता हूँ। वो आपको सारी बातें बता देगा। लेकिन अगर थोड़े शब्दों में कहा जाए वे काफी संख्या में आ रहे हैं और हमारे लड़कों के लिए मुश्किल पैदा कर रहे हैं। यहाँ के आतंकवादी तो दीवार के पीछे छुपकर धमाका करते थे और फिर जान बचाकर भाग जाते थे। लेकिन ये बाहरी तो आखिरी साँस तक लड़ते हैं। लेकिन अगर मेरी राय ली जाए तो पाकिस्तानी बहुत बड़ी गलती कर रहे हैं। इनकी कश्मीरियत से कोई खास हमदर्दी नहीं है और न ही कश्मीरियों को ही इनसे कुछ खास मोहब्बत है। जितना ही ये आन्दोलन विदेशियों के हाथ में जा रहा है उतना ही कश्मीरी लोगों और आतंवादियों के बीच की खाई भी बढ़ रही है। ये हमारे लिए अच्छी खबर है।'

वरुण को सीधे रास्ते से इस टेप को श्रीनगर भेजने में यकीन नहीं था। भूरे कागज में टेप को अच्छी तरह पैक करके दोपहर की फ्लाइट से दिल्ली भेजने में। उसने फैसला किया कि वह इन टेपों को अपने ही साथ रखेगा और दिल्ली वापस लौटने पर ही उनको एडिट करेगा।

लेकिन जब रात को संजीव और गोपालकृष्णन उसके कमरे में डिनर के लिए आए तो वह अपने चेहरे की खुशी को छुपा नहीं पा रहा था। संजीव ने बाथरूम से निकाले गए बड़े मग में वोदका डालते हुए थोड़ी उत्सुकता और कुछ ईर्ष्या से भौंहें चढ़ाते हुए पूछा—

'तो कोई बड़ी खबर कर ली?'

'बहुत बड़ी नहीं। इन्तजार करो थोड़ा तब पता लगेगा। तुमने आज क्या किया?'

संजीव ने मुँह बनाकर कहा—

'मानवाधिकार हनन। हम हसन खान की खबर का पता करने गए थे।'

वरुण को उस केस के बारे में पता था—

'नौजवान था। सोलह बरस के आस-पास की उमर रही होगी। बी एस एफ

वालों ने एक रात उसे उठा लिया और अगली सुबह उसकी लाश घरवालों को लौटा दी। यही मामला है न?'

'हाँ यही है। मैं इस नतीजे पर पहुँचा कि जो यहाँ का कमाण्डेंट है। वह घूसखोर है। वो बेकसूरों को इसलिए पकड़ लेता था कि उसके रिश्तेदारों से कुछ पैसे ऐंठ सके। हालाँकि उस मामले में लड़का उनके पास इतनी देर था ही नहीं कि ब्लैकमेल करने जैसी कोई बात की जा सके। इसके अलावा वो लड़का बहुत ही गरीब परिवार का था। शायद यह गलत पहचान का मामला था। अकेले में तो बी एस एफ वाले भी मानते हैं कि वो लड़का आतंकवादी नहीं था।'

गम्भीर दिखनेवाले गोपालकृष्ण ने वोदका पीते हुए अचानक कहा–

'सारे आर्मी वाले हरामी होते हैं। वे जिस तरह से यहाँ के लोगों से बात करते हैं। वे जिस तरह आम लोगों को तंग करते हैं। जब आप एयरपोर्ट की तरफ गाड़ी से जाएँगे तो वे आपको तंग करेंगे। वो भी ऐसे जैसे आप कोई जानवर हों।'

कमरे में सन्नाटा छा गया। वरुण इस अचानक निकले भड़ास से हैरान था। फिर संजीव ने खामोशी तोड़ते हुए कहा–

'छोड़ो भी गोपाल, सबके सब बुरे नहीं होते। कुछ अपनी सीमा का ख्याल नहीं रखते तो कुछ ये नहीं समझ पाते कि अपने पावर का कैसे सही इस्तेमाल करना चाहिए। वे समझते हैं कि उनको पूरी आजादी दी गई है...'

'बकवास!'

गोपालकृष्णन फट पड़ा।

'तुम्हारे लिए ये सब कहना बड़ा आसान है क्योंकि तुम्हें हर समय उनके अंगूठे के नीच यहाँ नहीं रहना।'

वरुण ने धीरे से कहा–

'मैं मानता हूँ कि जो गलत लोग है उनपर लगाम लगाने की जरुरत है। आप आम लोगों को डंडा दिखाकर किसी नतीजे पर नहीं पहुँच सकते। लेकिन तुम जानते हो कि अक्सर आतंकवादियों का बर्ताव आमलोगों से इन सुरक्षा जवानों से भी ज्यादा खराब होता है। और मुझे ठीक से नहीं पता...'

'ये सब कुछ भूल-भालकर यहाँ के लोगों को आज़ादी दे दी जानी चाहिए,' गोपालकृष्णन ने एक और गिलास भरते हुए अपना फैसला सुनाया।

'बकवास छोड़ो ! जमीन पर आओ।'

वरुण को गुस्सा आ रहा था।

'मुझे अभी भी इसमें शक है कि ज्यादातर कश्मीरी ये चाहते है कि उन्हें विदेशी आतंकवादियों और फिरकापरस्तों के भरोसे आज़ाद छोड़ दिया जाए।'

वह इस मुद्दे पर गरम हो रहा था कि उसने संजीव की आँखों में देखा और पाया कि वह टेबुल के कोने के पास अपने हाथ उठाकर उसे चुप होने का इशारा

कर रहा था। तभी दरवाजे पर दस्तक हुई और राजू ने तुरन्त बात बदलते हुए कहा–

'खाना! शाहिद के ऑर्डर लेने का वक्त हो गया।'

दाँत निपोरे वेटर कमरे में हाजिर था। जब वरुण पहली बार घाटी में आया था तो उसी ने उसे खिलाया था। तब से वह रिश्ता कायम था। एक जमाना था जब सारे शहर में कर्फ्यू का सन्नाटा छाया होता था और शाहिद बाहर से चिकेन लाकर याखनी बनाता था जो वरुण को बेहद पसन्द था। एक बार तो वरुण अपने टैक्सी ड्राइवर के साथ श्रीनगर के दंगे में पत्थर की बौछारों के बीच गाड़ी से उसे वापस लाने गए थे।

वरुण साहब होटल में हों और वाज़वान खाने को न हो! मुझे अपनी जान बहुत प्यारी है। हम आपके लिए गोश्ताबा और याखनी ला सकते हैं।'

वरुण ने संजीव से मुस्कुराकर कहा–

'मेरा तो दिन बन गया। मैं पूरे यकीन के साथ कह सकता हूँ कि मैंने कश्मीर का बीट चुना ही इसलिए था कि यहाँ का खाना बेजोड़ होता है।'

'मैं भी गोरश्ताबा खाऊँगा',

संजीव ने हामी भरते हुए गोपाल की ओर देखा–

'तुम क्या लोगे गोपाल?'

गोपालकृष्णन मानों अपने गिलास की रंगहीन चीज में खोया हुआ था। उसने धीरे से अपना सिर हिलाते हुए रूखाई से कहा–

मैं थोड़ा सीक कबाब खाना पसन्द करूँगा।'

संजीव ने शाहिद की ओर मुड़ते हुए कहा–

'दो प्लेट गोश्ताबा, एक चिकेन याखनी, थोडे से नान और एक प्लेट सीक कबाब। और हाँ अगर कोक या पेप्सी भी मिल जाए तो ले आना।'

'मिल जाएगा। और कुछ चाहिए! कमरा तो ठीक है! टीवी काम कर रहा है और शावर भी चल रहा है?'

'सब कुछ बढ़िया है',

वरुण मुस्कुराते हुए बोला।

'और हाँ याद आया तुम्हारा भाई कैसा है। जब से वो पहलगाम में ढाबा खोलने गया है मैंने उसे नहीं देखा।'

'ज्यादा पैसे तो नहीं कमा रहा है अभी। इक्के-दुक्के टूरिस्ट ही पहुँचते हैं वहाँ। थोड़-बहुत विदेशी आ जाते हैं सो भी स्टूडेंट होते हैं कम खर्च पर काम चलाने वाले।'

शाहिद ने कुछ खाली गिलास उठाए और बाहर जाते हुए बोला–

'इंशाअल्ला जल्दी यहाँ अमन आएगा और उसके साथ टूरिस्ट भी।'

गोपालकृष्णन बिफर पड़ा–

'ख्वाबों की दुनिया में रहते हो तुम सब हरामी। बहुत नरम हो तुम कश्मीरी...' संजीव ने बात काटते हुए कहा

'तुम लोग कल कहाँ जा रहे हो? श्रीनगर में ही रहोगे या कहीं बाहर जाओगे?'

'नहीं! हम लोग सोपोर जा रहे हैं। मुझे लगता है कि पिछले कुछ महीनों से वहाँ थोड़ी शान्ति है लेकिन अभी भी आतंकवाद की उपजाऊ जमीन है। तुम क्या कर रहे हो?'

'मेरे ख्याल से वापस दिल्ली। वहाँ वापस पहुँचकर कुछ गर्मी तो मिल जाएगी लेकिन अपने मनहूस न्यूज एडीटर के साथ वापस समय बिताना होगा ये सोचकर ही वापस जाने की कोई खास खुशी नहीं हो रही है।'

वरुण हँसते हुए खड़ा हुआ–

'इससे याद आया कि मुझे अपने ऑफिस फोन करके वहाँ सबको बता देना चाहिए कि मैं सही-सलामत हूँ। रिसेप्शन से फोन करने पर जल्दी बात हो जाएगी। थोड़ी देर में आता हूँ मैं।'

संजीव ने भी खड़े होते हुए कहा

'मैं भी चल रहा हूँ। मुझे अपनी बीवी से बात करनी है।'

बरामदे में चलते हुए संजीव ने कहा–

'तुम गोपाल से मुँह मत लगा करो। वैसे तो अच्छा आदमी है बस थोड़ा तुनक मिजाज है।'

वरुण ने हामी भरते हुए कहा–

'वह कश्मीर साथ में लाने लायक नहीं है।'

'नहीं नहीं ऐसा नहीं है। वैसे तो वो ठीक ही रहता है',

संजीव ने उसका पक्ष लेते हुए कहा।

'बस दो-एक पैग लेने के बाद उसे चढ़ जाती है।'

वरुण ने गर्दन उचका दिया। उसे इस सबसे क्या लेना-देना था। वह अपने बारे में तो ऐसा सपने में भी नहीं सोच सकता था कि बिना भरोसेमन्द कैमरामैन के कश्मीर आए। भरोसेमन्द यानि राजू जैसा। राजू बहुत फुर्तीला था और इतना होशियार था कि वह पहले ही भाँप लेता था कि खबर क्या दिशा लेने वाली है। साथ ही उसे इसकी भी बढ़िया समझ थी कि खतरा कहाँ तक उठाना चाहिए और क्या नहीं करना चाहिए। वरुण ने उससे पूछे बिना कुछ भी शूट करने का फैसला नहीं लिया।

वे रिसेप्शन पर पहुँचे और शकील को मिलाने के लिए नम्बर सौंप कर बाहर बरामदे में सिगरेट पीने को चल पड़े। अहदूस होटल का स्टील-गेट बन्द था और उसमें ताला लगा था। श्रीनगर रात की खामोशी में लिपटी पड़ी थी। कभी-कभी उस खामोशी को कुत्ते के भौंकने की आवाज तोड़ती थी। और कभी-कभार गोलियों

की आवाज जो आतंकवादी सेना और बी एस एफ के बंकरों पर चलाते थे।

इस बार खामोशी एक जोरदार धमाके से टूटी और फिर अन्धाधुन्ध गोलियाँ चलने लगी। संजीव और वरुण पीछे की ओर भागे।

'मुझे लगता है इस बार उन्होंने लाल चौक के बंकर पर ग्रेनेड फेंका है।'

वरुण ने गेट के बाहर सड़क की ओर देखते हुए कहा।

'हो सकता है। हालाँकि मुझे लगता है आवाज और दूर से आ रही थी',

संजीव बोला।

'शायद डल गेट के बंकर पर हो। बेचारे, कितना भयानक होता होगा इन बंकरों पर रात बिताना। चारों ओर बालू भरे बोरे, घोर अन्धेरा और यही नहीं हजारों लोग आपको मारने की जुगत में भी लगे हों।'

'एक बार बेवकूफी में मैंने गणतन्त्र दिवस से पहले की रात श्रीनगर की दूसरी ओर एक बंकर में बिताई थी' वरुण ने रिसेप्शन की ओर जीने का दरवाजा खोलते हुए जवाब दिया।

'वो मुझे दीवाली की रात लग रही थी। वे पिस्तौल से लेकर ग्रेनेड तक सब कुछ से बंकर पर हमला कर रहे थे। मुझे लगता है कि उन आठ घण्टों में मेरी उम्र दस साल बढ़ गई।

कुछ मिनटों बाद शकील को दिल्ली की लाईन मिल गई और वरुण अपने न्यूज एडीटर से बातें कर रहा था–

'मेरे हाथ एक बड़ी खबर लग गई है।'

वह दरवाजे पर नजर रखते हुए फुसफसाया जहाँ संजीव उसे सिगरेट पीता हुआ दिखाई दे रहा था।

'अभी मैं बता नहीं सकता लेकिन मेरे आने पर उसके लिए जगह रखिएगा। मैं शनिवार की फ्लाइट से आने की सोच रहा हूँ।'

'क्या तुम पहले नहीं आ सकते?'

एडीटर ने सामने पड़े रोस्टर पर आँखे फेरते हुए कहा।

'ठीक है। कोशिश करता हूँ। अफवाह है कि सरकार कुछ करने की सोच रही है यानि जेल में पड़े आतंकवादी नेताओं में कुछ को छोड़ने के बारे में सोच रही है। अगर ऐसा नहीं होता तो मैं जल्दी आ सकता हूँ।'

## अध्याय-16

# लम्बा गर्म मौसम

दिल्ली के चारों ओर लू चल रही थी। धरती सूरज की गरमी से तप रही थी और छाया में भी चैन नहीं था। दिल्ली में अप्रैल के महीने का मध्य चल रहा था और तापमान $43^0$ सेल्सियम तक पहुँच चुका था।

विजय कौल ने अपनी मारुति 800 का दरवाजा खोला और थोड़ा हिचकिचाया क्योंकि अन्दर की तपती हुई गर्मी उसके चेहरे को झुलसाने वाली लगी। धूप में आधे घण्टे भी गाड़ी खड़ी करने का मतलब था कि अन्दर इतनी गर्मी का भर जाना कि उसमें एकाध पिज़ा पकाया जा सके। वह गर्म हवा के थोड़ा निकल जाने के इन्तजार में खड़ा रहा। फिर उसने कार में बैठते एयर कंडीशनर चलाया तो ऐसा लगा मानो वह फुसफुसाकर विरोध जता रहा हो उसके इस अपराध पर। स्टीयरिंग को छूने पर वह फिर थोड़ा चौंका। वह जल रहा था। उसे याद आया कि जल्दी-से-जल्दी उसे उसका कवर ले लेना चाहिए। वह रक्षा मंत्रालय के पार्किंग से निकल रायसीना हिल से होता हुआ राजसी लेकिन सुनसान राजपथ की ओर बढ़ा। बाहर शायद ही कोई दिख रहा था सिवाय उन मालियों के जो बुलवर्ड रोड के कोने पर पेड़ों के नीचे लेटे थे। गन्जी और पैंट पहने वे ऐसे लग रहे थे मानो वे कुत्तों की तरह जीभ निकालकर पड़े रहना चाहते हों। उनके सामने बहते नहर में कुछ पानी था जो राजपथ के साथ-साथ था और कुछ फुटपाथ पर रहनेवाले गर्मी से निज़ात पाने के लिए अपने कपड़े उतारकर उसमें कूद रहे थे।

विजय ने इण्डिया गेट की ओर बढ़ते हुए एक्सीलेटर दबाया। धूप की चमक से सामने सड़क ऐसा आभास दे रही थी मानो कोई तालाब हो। विजय ने अपनी गीली शर्ट को थोड़ा ढीला किया और घर पहुँचने की जल्दी में तेजी से गाड़ी चलाने लगा। पाँच मिनट बाद वह अपने घर में डेजर्ट कूलर के सामने खड़ा था।

गर्मी उसके चेहरे से झलक रही थी। ठंढक से उसे कुछ राहत मिली। फिर उस तकलीफ में कमरे में घुसती अपनी माँ की ओर देखकर बोला–

'हे भगवान! अम्मा तुम्हें पता नहीं बाहर कितनी गर्मी है?'

उन्होंने मुस्कुराते हुए पूछा–

'रूह अफजा!'

'मजा आ जाएगा। थैंक यू अम्मा।'

अम्मा ने झटपट तैयार किया और गिलास में लाल रंग की उस मीठी चीज को लेकर लौटीं। विजय ने उसे खुशी से हाथों में लेते हुए पूछा—

'पापा कहाँ हैं?'

'दोपहर की झपकी ले रहे हैं। आधे घण्टे में जग जाएँगे।'

पापा को रिटायरमेंट और प्रवास रास नहीं आया। वे बहुत मोटे हो गए थे। थोड़े उतावले और झगड़ालू किस्म के भी हो गए थे। अम्मा अब सारे दिन उनको खुश करने की कोशिश में ही लगी रहती थीं।

उन्होंने सोफे पर बैठते हुए विजय को बैठने का इशारा किया—

'उन्हें क्या चाहिए था? तुम मिनिस्ट्री क्यों गए थे?'

'कैप्टन राजीव साहनी याद है आपको आई एम ए में मेरे साथ था। वो इन दिनों मिनिस्ट्री में काम करता है और उसी ने मुझे मिलने के लिए बुलाया था। वह एक ऐसी खबर मुझे देना चाह रहा था जो अभी एनाउंस नहीं हुई है।'

वह रुका। उसे समझ में नहीं आया कि उन्हें सुनकर कैसा लगेगा।

'और?'

'और हमारी यूनिट का यहाँ से तबादला हो रहा है। हमारा तबादला बादामी बाग हो रहा है।'

कुछ क्षण के लिए खामोशी छा गई। उन सबको इसकी उम्मीद थी। उन्हें पता था कि विजय को एक न एक दिन घाटी में काम करने के लिए बुलाया जाएगा। लेकिन अभी यह सुनकर अम्मा को अन्दर से कुछ डर सा लगा। यह विजय की पहली खतरनाक पोस्टिंग थी।

फिर वह बहादुरी से मुस्कुराकर बोलीं—

'इससे कम से कम तुम गर्मी से तो बच जाओगे।'

'यही नहीं मुझे एकबार फिर श्रीनगर जाने का मौका मिलेगा तकरीबन चार बरस हो गए हैं।'

अम्मा गर्दन हिलाते हुए पुरानी यादों में खो गईं। घर के पीछे बहता झरना। झरने का ठण्डा मीठा पानी कैसे कलकल करती चपटे गोल पत्थरों के ऊपर से बहती थीं। उसके ऊपर किसी बूढ़े आदमी की तरह झुकी सरपत की डालियाँ। उसके पत्ते पानी को किसी प्रेमी की तरह छूते थे।

पापा ने पैम्पोर में जो खेत खरीदा था उसमें उगे केसर की खूशबू की भी उन्हें याद आई।

उन्हें जामा मस्जिद के पीछे के बाजार की याद आई। खाटों पर बिखरे सामान के लिए होता मोल-भाव। अपने पोतों के लिए स्वेटर खरीदतीं बुरकेवालियाँ याद

आई। याद आई हज़रत मस्जिद की डल झील में गिरती परछाई जो छोटा-मोटा ताजमहल लगती थी। जहाँ मुअज्जिन शाम की नमाज के लिए दीन पसन्दों को बुलाता था। याद आया गुलमर्ग का वीकेंड जहाँ गर्मियों में कुदरत बर्फ की मोटी चादर समेटकर खूबसूरत फूलों की क्यारियाँ उगा देता था।

अपने घाटी को याद करते हुए वहाँ की यादें इतनी ताज़ा लगीं कि वे उन्हें अपने अन्दर महसूस करने लगीं और लौटने की इच्छा इतनी तेज हो गई कि उन्हें अपनी छाती पर नश्तर सा चुभता महसूस होने लगा।'

'शायद हम तुम्हारे साथ चलें।'

उन्होंने रुकते हुए कहा।

'बादामी बाग सेफ भी रहेगा। और मेरे ख्याल से तुम्हारा घर इतना बड़ा तो तो होगा ही कि हम वहाँ रह सकें।'

'हम बादामी बाग नहीं जाएँगे।'

पापा की तेज आवाज दरवाजे के पास से आई। उनकी आँखों में अपने इरादे की सख्ती की झलक दिखाई दी।

'वहाँ हम किसी जंगली जानवर की तरह आर्मी किले के अंदर बन्द नहीं होना चाहते। हम श्रीनगर तभी जाएँगे जब आज़ादी से रह सकें। जब अपनी मर्जी से आज़ाद सड़कों पर घूम सकें। तब तक हम उस शहर में कदम नहीं रखेंगे।'

'पापा यहाँ रहने में आपलोगों को मुश्किल होगी',
विजय ने इस तरह कहा कि उन्हें गुस्सा न आए।

'मैं भी वहाँ आप लोगों के बिना अकेला हो जाऊँगा। मेरे ख्याल से मुझे वहाँ बड़ा घर भी मिलेगा तो फिर हम सब साथ क्यों नहीं रह सकते?'

'विजय मैंने अपनी बात साफ कर दी। मैं श्रीनगर में सुरक्षा गार्डों के पीछे छुपकर नहीं रहूँगा। तुम्हारी माँ और मैं--हम दोनों यहीं बेहतर हैं।'

फिर अचानक मुस्कुराकर बोले--

'अभी हम इतने बूढ़े भी नहीं हुए हैं कि अपनी देखभाल न कर सकें। खाना बनाने और साफ-सफाई के लिए मेरी है ही और जैसे ही हमारे फिक्स्ड डिपोजिट की मियाद पूरी हो जाएगी हम एक ड्राईवर रखने लायक भी हो जाएँगे। हमारी चिन्ता मत करो।'

कहने को कुछ बाकी नहीं रह गया था।

बाद में जब अम्मा विजय की पैकिंग कर रही थीं तो उन्होंने सूटकेस में एक बड़ा पैकेट रखा जिसमें सलवार-कमीज़, कान की बालियाँ और नेकलेस थी।

'जब यास्मीन से मिलो तो इसे मेरी ओर से उसे दे देना और हाँ मेरी ओर से गले भी लगा लेना।'

कोई भी महीना ऐसा नहीं गुजरा था जब यास्मीन ने उन्हें चिट्ठी न लिखी

हो। हर महीने की सात तारीख के आसपास एक नीला अन्तर्देशीय उनके दरवाजे के नीचे से सरक आता था जिसके अन्दर बड़ी ही खूबसूरत लिखावट में श्रीनगर का ताजा हाल-समाचार होता था। कौल परिवार यास्मीन से बार-बार दिल्ली आने की जिद करता रहता था। पापा ने तो यहाँ तक लिखा था कि वे हवाई जहाज का टिकट देंगे और दिल्ली में सुरक्षित रहकर वो जो भी काम करना चाहेंगी ढूंढ़ने में उसकी मदद भी करेंगे।

लेकिन यास्मीन हर बार मना कर देती थी। वे सब जानते थे कि वो कश्मीर क्यों नहीं छोड़ना चाहती थी पर कभी उनके बीच इसका ज़िक्र नहीं हुआ। न उसके खतों में और न ही कौल परिवार द्वारा।

'उससे कहना कि कम से कम एक बार दिल्ली आए। यहाँ क्या कुछ मिल सकता है एक बार आकर देख ले और फैसला करे।'

'अम्मा ने विजय के सूटकेस में अचारों की कुछ शीशियाँ रखते हुए कहा। हालाँकि वो अपना सिर ऊपर उठाए आँखें बचाकर बनावटी अफसोस जताता रहा।

'ठीक है अम्मा, मैं बोल दूँगा। अब आप प्लीज सूटकेस को छोड़ दीजिए नहीं तो सामान के बोझ से यह फट जाएगा।'

× × ×

श्रीनगर आने के कई हफ्तों बाद विजय यास्मीन से मिलने का समय निकाल पाया। वह जानता था कि सेना की वर्दी में वहाँ जाना न तो खुद उसके लिए ही बेहतर रहेगा न उसके लौटकर आने के बाद यास्मीन के लिए। इसलिए उसने आम शहरियों वाले कपड़े पहने-कुर्ता-पाजामा और ऊपर फिरन डाल लिया। फिर एक आर्मी टुकड़ी से लिफ्ट ले ली जोकि बादामी बाग के पास से ही गुजर रही थी। गोल चक्कर के पास जब उनकी गति कुछ कम हुई तो वो उस दो टन के ट्रक के पीछे से कूदकर तेजी से बगल की एक गली में गुम हो गया। कुछ देर चलने के बाद यह अपने जाने-पहचाने दरवाजे के बाहर खड़ा था। उसने दरवाजा थमथपाया।

यास्मीन ने बड़ी सावधानी से दरवाजा खोला लेकिन विजय को पहचानकर खुशी से चहक उठी। फिर उसने बड़ी पशेमानी से इधर-उधर देखा और विजय को अन्दर आने का इशारा किया।

जैसे ही वह अन्दर घुसा वह उसकी बाँहों में सिमट गई। थोड़ी देर बाद उसने उसे परे हटाया और उसके गालों पर बहते आँसुओं की भाषा पढ़ने लगा।

'अगर तुम्हें मेरे आने से खुशी नहीं हुई तो मैं चला जाता हूँ।'

उसके चेहरे पर पनीली मुस्कुराहट फैल गई—

'नहीं पागल! इतने दिनों बाद जो मिले हैं।'

फिर वह उसकी बाँह पकड़कर सोफा की ओर लेकर बढ़ी।

'अम्मा और पा ा कैसे हैं? कुछ दिनों पहले उनकी चिट्ठी आई थी पर उसमें ऐसा कुछ नहीं लिखा था कि आप श्रीनगर में हैं।'

'पता है मुझे। सुरक्षा कारणों से ऐसा करना पड़ता है। अगर तुम्हारी चिट्ठी कोई और खोलकर पढ़ ले तो। एक मिनट, बैठने से पहले क्या मैं तुम्हारी दादी अम्मा से मिल आऊँ?'

'हाँ! हाँ जरूर। लेकिन वो शायद आपको पहचान नहीं पाएँ। ढल रही हैं अब। कभी-कभी तो मुझे भी नहीं पहचान पाती हैं।'

विजय ने आधे खुले दरवाजे को थपथपाया और फिर पर्दे से अन्दर झाँका। यास्मीन की दादी बिस्तर पर बैठी थीं। सामने लकड़ी के तख्ते पर कुरान खुला था। विजय के सलाम करने पर मुस्कुराईं लेकिन उसे ऐसे देख रही थीं जैसे कभी देखा ही न हो। इसलिए वह धीरे से चलकर उनके पास गया उनके पैरे छुए और कमरे से बाहर निकल गया।

यास्मीन रसोई में चाय बनाने चली गई।

'आप क्या खाएँगे?'

उसने बाहर विजय को आवाज लगाई।

'आप खाना खाकर आए हैं या कुछ गर्म कर दूँ?'

'नहीं-नहीं रहने दो। खाना मैं खाकर आया हूँ। सिर्फ चाय लेकर आ जाओ।'

वह एक ट्रे में चाय और मेवों के कुछ डिब्बे लेकर लौटी।

'मेरे ख्याल से किशमिश और बादाम आपको अभी भी अच्छे लगते होंगे इसलिए थोड़े-से लाई हूँ।'

उसने चुटकी लेते हुए कहा। विजय ने कुछ मासूमियत से गर्दन हिलाई और डिब्बों को उठा लिया।

यास्मीन सोफे पर टाँगें फैलाकर पसर गई। उसने तकरीबन तीन सालों बाद पहली बार उसे ध्यान से देखा। अब वो मासूम लड़की नहीं लग रही थी। उसका बदन भर गया था और उसकी आँखों के नीचे झुर्रियाँ पड़ गई थीं।

उसने उसके पास जाकर उसके बालों में हाथ फेरते हुए कहा—

'क्या करती रही तुम इन सालों में। तुम्हारी चिट्ठियाँ और बर्थडे कार्ड मिलते रहे। तुम कभी नहीं भूली।'

'और कितने भाई हैं मेरे?'

उसने मुस्कुराकर पूछा।

'ठीक कहा। अब बताओ जो तुमने चिट्ठियों में कभी नहीं लिखा। यहाँ तुम्हारे दिन कैसे बीते?'

'कभी अच्छा कभी बुरा।' उसने उदासी से कहा।

'वैसे ज्यादा बुरा ही रहा। आतंकवादियों और सुरक्षावालों की जंग चलती ही रही। फिर हुर्रियत है। वो समझते हैं कि हर दूसरे दिन हड़ताल करने से ही आन्दोलन आगे बढ़ेगा। उनके लिए तो शायद सब चलता है लेकिन भुगतना तो हमें पड़ता है। न बाहर पढ़ाई। न घर में खाना।'

हाल ही में सारे अलगाववादी नेताओं ने साथ मिलकर ऑल पार्टी हुर्रियत कांफ्रेंस बनायी। एक ऐसा संगठन जो अपने आपको कश्मीरी जनता का सच्चा नुमाइंदा मानता था। जे के एल एफ भी हुर्रियत में शामिल हो गया था हथियार रखने की घोषणा करके। लेकिन ज्यादातर हुर्रियत नेता पाकिस्तान-समर्थक थे।

'क्या तुम अब भी दूकान पर जाती हो?'

'नहीं, आखिरकार मैंने पिछले महीने दुकान बन्द कर दी। सैलानी आते नहीं हैं। अब तो विदेशी भी नहीं आते। अब तो नुकसान होने लगा था। अब मैं यहीं पास के एक स्कूल में पढ़ाने लगी हूँ।'

अचानक वह हँसकर बोली–

'लड़कियों का स्कूल है और ये एक नई मुश्किल है। कुछ जमाती इस पर नजर रखते हैं कि हम वहाँ क्या पढ़ाते हैं और वहाँ लड़कियाँ किस तरह के कपड़े पहनकर आती हैं। अपनी सहेली आयेशा से कई बार मेरी लड़ाई भी हुई...लेकिन अब सब ठीक लग रहा है।'

कुछ देर चुप्पी रही फिर विजय दाँतों से बादाम फोड़ने लगा। फिर बिना ऊपर देखे वो बोला–

'उसकी कोई ताज़ा खबर?'

'नहीं',

वह फुसफुसाई।

'जबसे वो पकड़ा गया है तबसे उसकी कोई खबर नहीं है। शायद वो इस पते पर लिखना नहीं चाहता है। उसे लगता होगा कि बाद में आर्मी वाले मुझे तंग करेंगे।'

'ये तो खैर उसने बड़ा अच्छा किया',

विजय ने हामी भरी।

'असल में ये बड़ा आश्चर्यजनक लगा मुझे कि आर्मी वालों को तुम्हारे बारे में कुछ भी पता नहीं है सिवाय मेरे और मैं किसी को कुछ बतानेवाला नहीं हूँ।'

यास्मीन ने उसका हाथ पकड़कर कुछ बेचैनी से पूछा–

'विजय भाई आपको कुछ पता है हबीब के बारे में! मुझे तो बस उड़ती-उड़ती खबर मिलती है और कभी-कभी कासिम वगैरह आते हैं तो कुछ बता जाते हैं।'

फिर इसका मतलब समझते हुए उसने अपने मुँह पर हाथ रखा।

विजय का चेहरा तन गया–

'कासिम आता है यहाँ क्या? लेकिन तुम परेशान मत हो। हालाँकि उस हरामी को मैं जरूर गिरफ्तार करना चाहूँगा लेकिन उसके लिए मैं तुम्हारे घर का इस्तेमाल नहीं करूँगा। ऐसा कर सकता हूँ क्या मैं? मैं इसके लिए कुछ दूसरे तरीके सोचूँगा। हबीब के बारे में पिछले सोमवार को खबर मिली थी मुझे। ठीक है। उन्होंने उसे पूरी सुरक्षा में जम्मू के बाहर कोट किंदरी में रखा हुआ है लेकिन वहाँ हालात उतने बुरे नहीं हैं।'

'विजय भाई मैंने सुना है कि वे जिसे पकड़ते हैं उससे जानकारी लेने के लिए उसे पीटते हैं, तरह-तरह से सताते हैं।'

'फिक्र मत करो',

उसने ढाढस बंधाते हुए कहा।

'हबीब कोई छोटी मछली नहीं है। वो जे के एल एफ के बड़े नेताओं में है। वे उसका बड़ा ख्याल रखते हैं। आखिरकार सरकार को पता है कि उसे कभी-न-कभी उस जैसे लोगों से बातचीत शुरू करनी होगी।'

'आपको क्या लगता है वो जल्दी छूट जाएगा?'

उसके चेहरे पर इतनी उम्मीद थी कि विजय पिघल गया और उसने कुछ झिझकते हुए सच बयान किया--

'मुझे कोई खबर तो नहीं है यास्मीन। लेकिन मैंने सुना है कि सरकार का रूख जे के एल एफ को लेकर कुछ नरम हुआ है क्योंकि वह पाकिस्तानियों और पाकिस्तान-समर्थक हिज्बुल जैसे संगठनों के मुकाबिल होगा। लेकिन हबीब जैसे आदमी को छोड़ने का फैसला तो ऊपर से होगा।'

'तो मेरे पास इसके अलावा और कोई चारा नहीं है कि मैं इन्तजार करूँ, दुआएँ करूँ और उम्मीद रखूँ।'

यास्मीन की आवाज में कड़वाहट थी।

विजय खामोश रहा।

'मुझे पता है ये तुम्हारे लिए आसान नहीं होगा,' वो आखिरकार बोला।

'ये कोई नहीं समझ सकता कि मुझपर क्या गुजरी है?' उसकी आवाज बेहद मुलायम थी।

'आप आदमी लोग अपने ख्वाबों को पूरा करने के लिए जो भी चाहें करें और भुगतना उन्हें पड़ता है जो आपकी फिक्र करते हैं।'

'हमने कोशिश की थी यास्मीन। हमने उसे समझाया था कि वो गलती कर रहा है।'

इस बार चुप्पी कुछ लम्बी रही। विजय ने यास्मीन की ओर देखा। उसके चेहरे पर भावनाओं के उबाल को पढ़ा जा सकता था। उसके अन्दर जो कुछ बरसों से जमा था उबाल खाकर बाहर आ रहा था–

'मैं सुबह उठती हूँ। स्कूल जाती हूँ। लौटकर दादी अम्मा के लिए खाना बनाती हूँ। इसका ख्याल रखती हूँ कि वे ठीक रहें। अगर कुछ खरीदना हो तो बाजार जाती हूँ और इसका ध्यान रखती हूँ कि शाम से पहले लौट आऊँ। फिर यहाँ कमरे में अकेले बैठ जाती हूँ। आमतौर पर बिजली नहीं रहती है तो मोमबत्ती जलाकर टेबल पर गाड़ देती हूँ। वक्त इतनी धीमी रफ्तार से गुजरता है कि लगता है हर घड़ी जिन्दगी की आखिरी घड़ी हो। मैं यहाँ बैठकर मोमबती का पिघलना देखती रहती हूँ। रोशनी बुझ जाती है और सारा मोम पिघल जाता है। मैं यहाँ घण्टों बैठकर मोमबती का जलना देखती रहती हूँ विजय भाई। यही मेरी जिन्दगी है...आपको पता दुनिया की सबसे बुरी चीज क्या होती है विजय भाई?'

विजय ने गर्दन ना में हिलाई।

'अकेलापना'

आवाज उसके अन्दर कहीं गहरे से आई। ऐसा लगा जैसे कुछ चीरकर निकली हो।

'अकेलापन। कोई बात करनेवाला न हो। कोई ऐसा नहीं हो जिससे आप अपनी जिन्दगी के बारे में बात कर सकें। कोई प्यार करनेवालो न हो। जब आपको कुछ बुरा लगे तो कोई हमदर्दी जतानेवाला न हो। मैं इतने समय से अकेली हूँ विजय भाई कि समझ में नहीं आता कि मैंने ऐसा क्या किया था जिसकी सजा है ये?'

विजय ने उसके कन्धे पर हाथ रखा पर ऐसा लगा जैसे उसे पता ही न चला हो।

'आपको मेरी जिन्दगी के बारे में पता है ना मुझे अभी भी अपने अब्बू की याद आती है। मुझे लगता रहा कि इतने बरसों में तन्हाई की मुझे आदत पड़ गई है। लेकिन ऐसा कर नहीं पाई। फिर आप लोग मिले और फिर से अकेले पड़ जाना बड़ा मुश्किल रहा मेरे लिए।'

विजय ने उसे अपनी और खींचा और वो अपने आँसुओं के बीच थोड़ा मुस्कुराई–

'आखिरकार आप आए हैं। मैं तो बस शिकायत ही कर सकती हूँ न।'

'तुम दिल्ली क्यों नहीं चली जाती जिद्दी लड़की?'

विजय ने शाइस्ता से कहा।

'तुम और तुम्हारी दादी अम्मा? हम तुम्हारे रहने का इन्तजाम कर देंगे या तुम पापा-अम्मा के साथ ही रह सकती हो। उनके पास जरुरत से ज्यादा जगह है। और तुम जानती हो कि तुम्हें साथ रखकर उन्हें खुशी ही होगी। तुम यहाँ क्यों रुकी हो! किसलिए?'

'ये तो मान न मान मैं तेरा मेहमान वाली बात होगी?'

उसने कुछ झिझकते हुए कहा।

'ऐसी बातें करके क्या तुम थप्पड खाना चाहती हो? वहाँ उनको भी तुम्हारा साथ अच्छा लगेगा। और दिल्ली में तुम्हें काम ढूँढने मे दिक्कत नहीं आएगी।'

उसने पीछे हटते हुए अपनी आँखें पोंछीं–

'विजय भाई! आप जानते हैं मैं यहाँ किस इन्तजार में रूकी हूँ लेकिन फिर भी आप की बात पर मैं सोचूँगी।'

वहाँ कुछ देर खामोशी छाई रही जिसे बादाम फोड़ने की आवाज़ ने तोड़ा। यास्मीन ने फिर बोलना शुरु किया–'विजय भाई सियासत में मेरी कभी खास दिलचस्पी नहीं रही है लेकिन मैं आप से कुछ जानता चाहती हूँ। क्या आपको लगता है कि हबीब और उस जैसों को वो मिल पाएगा जो वे चाहते हैं? क्या हिन्दुस्तान कश्मीर को कभी छोड़ना चाहेगी?'

विजय को इसका जवाब देने के लिए थोड़ा भी नहीं सोचना पड़ा।

'नहीं,' उसने फैसले के अन्दाज़ में कहा।

'ऐसा कभी हो नहीं पाएगा।'

वह कुछ देर ते सोचता रहा कि उसे किन शब्दों में समझाए फिर उसे आहिस्ता-आहिस्ता समझाने लगा–

'देखो यास्मीन यह सिर्फ घाटी मे रहनेवालों की ही बात नहीं है। इसके साथ हिन्दुस्तान का भविष्य भी जुड़ा है। भारत कश्मीर को कभी अपने-आप से अलग नहीं होने देगा। क्योंकि इसका असर बाकी देश पर भी पड़ेगा।'

वह धीरे-धीरे बोलता रहा और यास्मीन खामोश सुनती रही। उसे पहली बार समझ में आया कि कश्मीर का विद्रोह क्यों जब से शुरू हुआ तभी से दुर्भाग्यपूर्ण रहा है।

भारत हमेशा से अलग-अलग समुदायों का मिला-जुला संघ रहा है। एक विशाल संघ जिसमें करीब एक अरब लोग रहते हैं जहाँ अलग-अलग धर्मों को मानने वाले रहते हैं और जहाँ इतनी भाषाएँ बोली जाती हैं कि समूचे यूरोप को मिला देने पर भी उतनी नहीं बोली जातीं। उत्तर-पूर्व के मिजो और और दक्षिण के तमिलों में थोड़ी ही समानता होगी और अगर उन्हें एक कमरे में छोड़ दिया जाए तो शर्तिया आपस में बातचीत भी नहीं कर पाएँ।

उन टुकड़ों को आपस में जोड़ती है मुश्किल से समझाई जाने वाली भारतीयता–जो झण्डे और भारतीय क्रिकेट टीम के प्रति निष्ठा में दिखाई देती है तो कभी अपने लोकतांत्रिक परम्पराओं के प्रति गर्व में, कभी बॉलीवुड के सिनेमा के प्रति प्यार से और साझी संस्कृति साझी पहचान की ढीली सी समझ में।

लेकिन देश के सुदूर सीमावर्ती इलाकों जहाँ इन पहचानों को सबसे ज्यादा खतरा था एक चीज थी जो अलगाववादी प्रवृत्तियां पर लगाम लगाती थी और वो

थी इस बात की समझ कि भारत अपने किसी भी हिस्से को इसे तरह हाथ से जाने नहीं देगा। आसाम, मिजोरम, पंजाब में भारत ने बलवाइयों के साथ लंबी लड़ाइयाँ लड़कर बता दिया है कि चाहे कुछ भी हो जाए भारत से आजाद होने की बात तो सोची भी नहीं जा सकती चाहे आन्दोलन सौ सालों तक चले। आखिरकार हुआ ये कि अलग-अलग इलाकों में पहले अलगाव उभरा, जोरदार चला। फिर भारतीय संविधान के अन्दर चुनाव लड़कर वे जल्दी ही अपने-अपने राज्यों में मंत्री बन गए। गर्व के साथ अपनी सरकारी कारों पर झण्डा टाँगे।

बस एक बार ऐसा होने ही देर थी। एकता के धागे के टूटने और किसी एक टुकड़े के अलग होने की। बस फिर तो देश टुकड़े-टुकड़े हो जाता-सैकड़ों युगोस्लाविया के पैदा होने का खतरा था।

जब विजय सब कुछ कह चुका तो आखिर में यास्मीन ने हामी भरते हुए धीरे से पूछा—

'आपको क्या लगता है हबीब और दूसरे लोग इस बात को समझते हैं?'

'मुझे नहीं लगता', विजय ने कन्धे उचकाकर कहा। 'शायद उन्हें लगता है कि अभी भी कुछ उम्मीद है। या शायद ये हो कि वे शेर के ऊपर सवार तो हो गए हैं पर उतरना कैसे है समझ नहीं आ रहा है।'

अचानक विजय ने खिड़की से बाहर देखा। अन्धेरा हो रहा था और उसे ध्यान आया कि बादामी बाग लौटना है और वो भी बिना वर्दी के। उसने यास्मीन को एक बार फिर गले लगाया और बनावटी सख्ती से बोली—

'मैं जल्दी ही तुम्हारे हवाई जहाज के टिकट के बारे में बात करने आऊँगा। मैं तुम्हें यहाँ अपने आप के भरोसे ज्यादा नहीं रहने दे सकता।'

यास्मीन मुस्कुराई पर कुछ नहीं बोली। विजय दरवाजे से बाहर निकल गया भय और शंका भरे रास्ते से सुरक्षित ठिकाने की ओर।

## अध्याय-17

# हबीब की रिहाई

कासिम दौड़ता हुआ घर में घुसा। वह उत्तेजना में अपने हाथ हिला रहा था।

'यास्मीन! वो छूट गया है। उन्होंने उसे रिहाकर दिया है।'

यास्मीन ने बड़े आराम से पूछा–'कब?'

'एक घण्टे पहले। उन्होंने उसे जे के एल एफ के चार-पाँच बड़े नेताओं के साथ छोड़ दिया है। अभी-अभी मुझे पता चला...उन सबको बड़े जुलूस में घर लाया जा रहा है।'

यास्मीन ने हाथ के कपड़ों को फेंका और बाहर की ओर भागी।

'तुम्हारे चप्पल...'

कासिम ने टोका

'और गर्म कपड़े?'

वह रुकी और पीछे मुड़कर वापस घर में दौड़ी, अपनी दादी अम्मा को बाँहों मे आकर उनके गालों को कसकर चूमा और नवम्बर की ठिठुरन भरी ठण्ड से बचने के लिए अपने आपको गर्म कपड़ों में कसकर लपेट लिया।

फिर वो घर से बाहर निकली और कासिम की ओर काँपती मुस्कान फेंककर बोली–

'ले चलो मुझे उसके पास। जल्दी।'

श्रीनगर के बीचोंबीच, मैसूमा से ठीक पहले एक पुल है जो शहर में बहने वाली बहुत सारी नहरों में से एक के ऊपर बना है। पुल के ठीक पहले आर्मी वालों का एक बंकर है, एक अस्थायी ठिकाने जैसा। बालू भरे बोरों को एक के ऊपर एक जमाकर और ऊपर टीन की मुड़ी हुई चादर डालकर। वो बंकर जाल से अच्छी तरह ढंका हुआ था ताकि आतंकवादी बोरे और उस पर डली टीन के चादर के बीच की हल्की दरारों से ग्रेनेड नहीं फेंक सकें। इस बंकर में पाँच सिपाही थे। एक के हाथ में हल्की मशीनगन थी जिसकी नली जाली के बाहर झाँका रही थी। बाहर कुछ और सिपाही सड़क के दोनों और दूकानों की ओर पीठ किए खड़े थे। सबने बुलेट प्रूफ जैकेट और हेल्मेट पहन रखी थी और बिल्कुल चौकस दिख रहे थे।

1994 की सर्दियों तक घाटी का माहौल कुछ नरम हो चला था लेकिन छिटपुट हत्याओं का दौर अब भी जारी था। कोई साइकिल से गुजरता आदमी ग्रेनेड फेंक जाता या कोई छत से छुपकर हमला हमला करता या कभी-कभी तो खड़ी हुई कार या पड़ी हुई सुटकेस में बम को बड़ी चतुराई से छुपा दिया जाता। इसलिए अधिकारी चैन से नहीं बैठ सकते थे। तब तो और नहीं जब जे के एल एफ के बड़े नेता जेल से छूटे थे और बड़ी तादात में लोग सड़कों पर निकलने वाले थे।

सड़क पर तेजी से आती छोटी सी टुकड़ी पुल के पास रुकी। विजय ने अपनी जीप से बाहर आते हुए और साथ चल रहे ट्रक के ड्राइवरों को सड़क के किनारे पोजीशन ले लेने को कहा।

यह जे के एल एफ का इलाका था। जहाँ कुछ भी घटित होने का अन्देशा बना रहता था। लेकिन आज के प्रदर्शन का माहौल खराब नहीं लग रहा था—यह जीत का जुलूस ज्यादा था। मैसूमा के लोग अपने नेताओं के दो साल जेल में गुजारने के बाद घर वापसी पर स्वागत के लिए जुटे थे।

विजय हमेशा की तरह उस आदमी के ख्यालों में खो गया जो आज के जश्न के केन्द्र में रहनेवाला था—'हबीब क्या तुम सचमुच इतना बदल गए? या अब भी वही हो जिसे मैं जानता था, कहीं नकाब के पीछे, जो अपने अभिनय का ही हिस्सा बन गया?'

वह मुँह बनाते हुए घूमा—

'या शायद तुम थोड़े हरामी किस्म के हो गए हो।'

बढ़ती भीड़ की आवाज़ तेज होने लगी, फिर सड़क के एक किनारे पर वे दिखाई दिए। किसी के हाथ एक ड्रम लग गया था और वो जोर-जोर से उसे पीटे जा रहा था। कुछ नौजवान जे के एल एफ के झण्डे लपेट जोर-जोर से नारे लगा रहे थे। बाकी भीड़ उसे दुहरा रही थी। अपने समर्थकों के कन्धे पर दुबला लेकिन हीरोनुमा हबीब शाह दिखाई दे रहा था।

जब भीड़ सिपाहियों की पंक्ति के पास पहुँची तो विजय आगे बढ़ा—

'बहुत हो गया! आप पुल के पार नहीं जा सकते। आगे जाने की मनाही है।'

उसके पीछे पुलिसवाले आँसू गैस के गोले लिए तैयार थे।

अपनी ऊँचाई से हबीब ने नीचे उस आदमी को ओर देखा जिसे वो किसी जमाने में अपना भाई मानता था और उसने उपेक्षा से अपने होंठ बिचका दिए। फिर थोड़ा हिलते हुए उसने अपने हाथ उठाए। भीड़ खामोश हो गई।

'दो सालों तक उन्होंने मुझे कैद में रखा लेकिन मुझे तोड़ नहीं पाए। वे मेरी आवाज़ नहीं दबा पाए, पूरे कश्मीर की आवाज़। हम क्या चाहते?'

'आज़ादी।'

हजारों की आवाज़ें गूंज उठी।

'हमें आज़ादी चाहिए।'

'हिन्दुस्तानी कुत्ते'

हबीब ने नारा दिया।

'वापस जाओ'

भीड़ ने जोड़ा।

हालाँकि नारों की आवाज़ें चारों ओर गूँज रही थीं पर विजय कुछ निश्चिंत था। इस तरह के दर्जनों मुठभेड़ों के अनुभव ने उसमें भीड़ के मूड की समझ पैदा कर दी थी। अपने इसी अनुभव से उसने समझ लिया था कि यह भीड़ दंगा-फसाद करनेवाली नहीं थी। थोड़े हो-हंगामे के बाद यह भीड़ शायद छँट जाती और बाकी के जश्न के लिए हबीब को घर ले जाया जाता।

जुलूस चिल्ला-चिल्लाकर नारे लगाने में मशगूल थी। हबीब विजय की ओर घूमा। उसके होंठों पर बेखौफ मुस्कुराहट तैर रही थी। फिर जहाँ विजय खड़ा था वो उसके परे देखने लगा और देखते-देखते उसके चेहरे की रंगत बदलने लगी।

उसे नहर के किनारे से एक मर्द और एक औरत तेजी से अपनी ओर बढ़ते दिखाई दिए। लड़की हरे फिरन में थी लम्बी कश्मीरी चोटी किए। उसकी बड़ी-बड़ी आँखें' आँसुओं से डबडबा रही थी पर चेहरे पर बयान न की जाने लायक खुशी झलक रही थी।

'यास्मीन'

हबीब फुसफसाया। उसकी आवाज़ भारी थी। लम्बी जुदाई का दर्द था उसमें। वह ऊपर से कूदकर उसकी ओर बढ़ने लगा। यूँ लगा जैसे भीड़, गायब हो गई हो। शोरो-गुल, नारे उसे कुछ भी सुनाई नहीं दे रहे थे। दुश्मन ज्यादा दूर नहीं खड़े थे उसे परवाह नहीं थी उनकी। उसकी दुनिया जैसे सिमट गई थी। वहाँ सिर्फ वो था-यास्मीन थी।

वहाँ से पचास गज दूर दो लोग भीड़ की बीच से आर्मी के बंकर की ओर बढ़ने लगे। उन्होंने ढीला-ढाला गहरे मटमैले रंग का फिरन पहन रखा था जोकि कश्मीर घाटी में हर कोई पहनता था। एक तो उसका मोटा ऊन ठण्ड से बचाता था और उसके ढीले-ढाले होने की वजह से लोग उसके अन्दर कांगड़ी लेकर चलते थे। ताकि अपने-आपको गर्म रख सकें। हालाँकि फिरन में बाँहें होती थीं लेकिन लोग उसे बिना बाँहों के ही पहनना पसन्द करते थे ताकि कांगड़ी को अपने शरीर के अधिक से अधिक नजदीक रख सकें।

लेकिन आजकल दूसरे कामों में सहूलियत की वजह से लोग फिरन पहनते थे। वे दोनों लोग जो बंकर की ओर बढ़ रहे थे। उन्होंने अपने ढीले-ढाले फिरन के भीतर एके-47 छुपा रखे थे। वे सही वक्त के इन्तजार में थे। जब जुलूस घना। होकर बंकर के पास दूकान के बाहर खड़े सिपाहियों के पास से गुजर रहा था,

सिपाहियों का ध्यान नारे लगाने वालों पर लगा हुआ था।

और फिर, बड़ी होशियारी से अभ्यास ढंग से, उन लोगों ने सामने से फिरन हटायी, अपनी बन्दूक ऊपर उठाई और फौजियों के खुले चेहरे पर बिल्कुल करीब से गोली दाग दी। सिपाहियों के बचने का सवाल ही नहीं था। गोलियाँ माँस और हड्डियों को छेदती पीछे के सफेद दीवार पर लाल और मटमैले घब्बों के साथ जा लगी।

फिरन फिर से गिरा ली गई और वे लोग वापस भीड़ का हिस्सा हो गए। लेकिन सड़क की दूसरी ओर की एक बाल्कनी से उस दस्ते का तीसरा आदमी विजय और उसके लोगों पर गोलियाँ चलाने लगा जोकि पुल के पास खड़े थे।

समय बहुत धीरे-धीरे गुजर रहा था। पहली गोली चले हुए अभी कुछ ही सेकेंड गुजरे थे। सिपाहियों की लाश भहराने लगी थी और सड़कों पर खून फैल रहा था। बंकर के अन्दर, एल एम जी पकड़े आदमी ने एक तेज आवाज़ सुनी, फिर भयभरी चीख और उसकी उँगलियाँ ट्रिगर पर कस गईं। एके-47 की आवाज़ों के साथ कुछ फटने जैसी आवाज़ भी आई फिर पुल के पास से गोलियों की गूँज सुनाई दी। वहाँ ट्रक के पास खड़ा एक जवान बाल्कनी में खड़े आतंकवादी पर वापस गोलियाँ चलाने लगा था। अचानक बहुत सारे फौजी गोलियाँ दागने लगे, कुछ तो अन्धाधुन्ध चला रहे थे।

भगदड़ मच गई। लाशें गिरने लगीं। आतंकवादी उतनी ही होशियारी से गायब हो गए जितनी होशियारी से वे आए थे। भुगत जनता रही थी। लाशों से सड़क पट गई। विजय पूरी ताकत से चिल्ला रहा था–

'सीजफायर! गोली मत चलाओ।'

वंदूक खामोश हो गए।

× × ×

हबीब यास्मीन के करीब पहुँचने को ही था कि पहली गोली चली। आँखें एक-दूसरे पर जमी थीं और बाँहें मिलन के लिए फैली थीं। जैसे ही गोलियों की आवाज़ आई हबीब ने घबड़ाहट से पीछे देखा और फिर आगे की ओर भागा ताकि वह यास्मीन को नीचे गिराकर उसके ऊपर कवच सा बन जाए।

और फिर ये हुआ। उसे उसकी आँखों में कुछ बदलता-सा दिखाई दिया। कुछ घबड़ाहट, व्याकुलता दिखी उसमें। उसने अपने कपड़े पर फैलते धब्बे की ओर देखा और फिर शान्त हो गई।

'हबीब',

वह फुसफुसाई जब वह उसके करीब पहुँचा। उसने देखा कि उसकी ख़ूबसूरत चमकदार आँखों से रोशनी धीरे-धीरे गायब हो रही थी।

विजय सड़क के बीचोंबीच खड़ा अपने आसपास मुआयना कर रहा था जहाँ सड़क पर मौत पसरी थी और फौजियों-शहरियों का खून एक एक होकर नालियों में बह रहा था।

तभी उसे पुल के किनारे छाया-सी दिखाई दी और वह उस ओर बढ़ने लगा।

हबीब शाह सड़क पर बैठा था, यास्मीन का शरीर उसकी गोद में था। उसका चेहरा भावहीन दिख रहा था लेकिन उसकी ऊँगलियाँ धीरे-धीरे यास्मीन के चेहरे को सहला रही थीं।

विजय कुछ दूर खड़ा था। उसकी आँखों में आँसुओं का सैलाब उमड़ आया था--

'यास्मीन! मेरी छोटी बहन।'

फिर वह उसे लेकर बैठे हबीब से बोला--

'हबीब आओ तुम्हारी मदद करता हूँ। इसे तुरन्त आस्पताल ले चलना चाहिए।'

हबीब ने धीरे से अपनी गर्दन उठाई। उसका चेहरा अब भी भावहीन दिख रहा था लेकिन उसकी आँखों में गहरे अवसाद का अन्धेरा दिखाई दे रहा था। उसने अपने पास खड़े उस दूसरे आदमी को ऐसे देखा जैसे उसे पहचानता ही न हो फिर धीरे से दर्द में डूबी आवाज़ मे बोला--

'चले जाओ। यहाँ से चले जाओ।'

विजय ने पहले आग्रह भरा हाथ बढ़ाया फिर उसे बगल में गिर जाने दिया। फिर वह मुड़ा और धीरे-धीरे जाने लगा।

एम्बुलेंस के सायरन की आवाज़ सड़क पर गूँज रही थी और फौजी टुकड़ियों के ठहरने की आवाज़ें आ रही थी। भीड़ गायब हो चुकी थी सिवाय उनके जिन्हें गोलियाँ लगी थी और जो घायलों की मदद कर रहे थे।

पुल के किनारे हबीब शाह के बाजुओं में वो लड़की लेटी थी जो उसकी दुल्हन बननेवाली थी। वह बैठा रहा जबकि सब चले गए। उसे बाजुओं में थामे। वह उसे थामे बैठा रहा जब रात उस सड़क को कफन की तरह ढंक गई।

## अध्याय-18

# जलालुद्दीन हिन्दुस्तान में

उन्हें हिन्दुस्तान में आए चार महीने बीत चुके थे और जलालुद्दीन और उसके साथी कुपवाड़ा के पास की पहाड़ियों में अब सुकून महसूस कर रहे थे जहाँ उनका अड्डा था। वह घने जंगलों वाला इलाका था। छितराई आबादी वाला गाँव। सबसे नजदीकी सड़क की कई मीलों दूर थी और सबसे बड़ी बात थी कि बी एस एफ का ठिकाना भी उतना ही दूर था।

जलालुद्दीन के लिए वह बदले का मिशन था। लैंगरेयाल को जेल गए एक साल होने को था और अब कभी-कभी जलालुद्दीन को लगने लगा था कि वह अपने पुराने कमाण्डर को कभी देख नहीं पाएगा। वह बस यही कर सकता था कि कुछ ऐसी कार्रवाई करे कि काफिरों पर लैंगरेयाल को छोड़ने के लिए दबाव बने और अगर इसमें भी सफल नहीं होता तो फिर उसको छुड़ाने के लिए वह कुछ भी कर सकता था।

उस टुकड़ी ने पाकिस्तान के शहर केल में कई महीने इन्तजार किया सही वक्त का हिन्दुस्तानी सीमा में घुसने के लिए। वे दरअसल कतार में थे। उनके साथ, केल के उस टिकाने में 300 से ज्यादा विदेशी आतंकवादी थे। निठल्ले बैठे-बैठे जलालुद्दीन और उसके लोग ऊबने लगे थे कि आखिरकार उनकी बारी आ गई। जब वे सरहद पार कर रहे थे तो पाकिस्तानी सैनिक भारी गोलाबारी कर रहे थे ताकि हिन्दुस्तानी सरहद के सिपाही अपने बंकरों में छुपे रहें।

कुछ दिनों की मुश्किल चढ़ाई के बाद वे अपने ठिकाने पर पहुँचे। अब तक जलालुद्दीन की टोली ने जंगलों में अपने छुपने के तीन-चार ठिकाने बना लिए थे। वे उनमें बारी-बारी से रहते थे ताकि वहाँ से गुजरते किसी चुस्त बी एस एफ टुकड़ी के हत्थे न चढ़ पाएँ। मनोरंजन और जरूरी सामानों के लिए गाँवों में जाना पड़ता था।

आधीरात से भी ज्यादा वक्त गुज़र चुका था जब जलालुद्दीन की टोली सिरीकोट पहुँची। उस सुदूर इलाके में बिजली नहीं थी और चूँकि चाँदनी रात नहीं थी इसलिए गाँव में धुप्प अन्धेरा छाया था। सिरीकोट उस इलाके के बड़े गाँवों

में था पर वहाँ की आबादी भी बमुश्किल एक हजार थी। गाँव वाले साधारण किसान थे। ज्यादातर मुसलमान थे हालाँकि कुछ सिख परिवार भी थे। वैसे उनमें आपस में शायद ही कभी झगड़ा होता हो।

जलालुद्दीन के साथ के लोगों में दो पाकिस्तानी थे। एक अफगान था और एक मोहम्मद कर कश्मीरी था। वह एक किस्म से उनका गाईड और दुभाषिया था। जलालुद्दीन और उसके साथियों को कश्मीरी नहीं आती थी तो गाँववाले उर्दू नहीं समझते थे। कर का गाँव वहाँ से तीस किलोमीटर दूर था और वो उस इलाके के चप्पे-चप्पे को जानता था।

सिरीकोट पहाड़ की तलहटी पर बसा था और वहाँ जाने के रास्ते में अन्तिम दो सौ गज की चढ़ाई बिल्कुल सीधी थी। लेकिन आतंकवादियों को वहाँ दिन भर ऊपर चढ़ने-उतरने का अभ्यास था। और इसीलिए किसी की भी साँस तक नहीं फूली जब वे गाँव की बाहरी सीमा की काँटेदार झाड़ियाँ के पास पहुँचे।

मोहम्मद कर यहाँ पहले भी आ चुका था और उसने छिपने के सबसे अच्छे ठिकाने का चुनाव कर लिया। वह एक ऐसे किसान की झोपड़ी थी जो गरीब था। वह एक साधारण सा घर था। एक के ऊपर एक बने कमरे मरम्मत की माँग कर रहे थे और उसके सामने बड़ा खुला-सा आँगन कीचड़ भरा था। पर वह बाकी गाँव से थोड़ा अलग था और वहाँ से पूरी घाटी दिखाई देती थी जिसकी उन्हें जरुरत थी ताकि बी एस एफ की टुकड़ी के आने का उन्हें पहले से पता चल सके। उसके ठीक पीछे भागने का रास्ता भी था। एक ऐसा रास्ता जो आगे जंगलों में खो जाता था।

आतंकवादी बड़ी सावधानी से गाँव के किनारे-किनारे अपनी मन्जिल तक पहुँचे। वे समझते थे कि अगर किसी ने उन्हें देख भी लिया तो भी गाँव वाले डर के मारे शायद ही आर्मी या पुलिसवालों को उनके बारे में कोई जानकारी दें। लेकिन जान-बूझकर खतरा मोल लेनें से कोई फायदा नहीं था।

जैसे ही झोंपड़ी के पास पहुँचे जलालुद्दीन ने करीम और मुजफ्फर को हाथ से इशारा किया और दोनों ने आहिस्ता से आँगन में खुलनेवाले लकड़ी के दरवाजे के दोनों ओर अपनी पोजीशीन ले ली। कर ने दरवाजे के पास पहुँचकर उसे थपथपाया। कुछ मिनट इन्तजार करने के बाद उसने दरवाजे पर फिर से थपकी दी।

कुछ मिनटों बाद तकरीबन चालीस साल के एक आदमी ने दरवाजा खोला। वह देखने से ही डरा हुआ लग रहा था। दरवाजा खुलते ही कर उसे धकेलकर अन्दर आँगन में ले गया। उसके पीछे-पीछे बाकी आतंकवादी भी घुस आए।

जलालुद्दीन ने कमान सम्भाली–

'तुम्हें उर्दू बोलना आता है?'

उसने पूछा।

उसने घबड़ाहट में सिर्फ गर्दन न हिलाई और एक डरी हुई निगाह जलालुद्दीन के साथियों के असलहों पर डाली।

'तुम्हारा नाम क्या है?'

'अब्दुल बट साहब!'

'डरो मत अब्दुल। हम तुम्हें नुकसान पहुँचाने नहीं आए हैं। हमें बस कुछ दिनों के लिए छुपने की जगह चाहिए। हम तुम्हारे एक कमरे में रहेंगे लेकिन इस तरह रहेंगे कि तुम्हें भी इसकी खबर नहीं हो पाएगी।'

अब्दुल कुछ और डर गया--

'आपका ही घर है साहब। लेकिन अगर फौजियों को पता चल गया तो वे मुझे उठा ले जाएँगे...'

जलालुद्दीन भौंहें चढ़ाकर गुर्राते हुए कड़कती आवाज़ में बोला--

'तुम उस मुजाहिदीन को सर छुपाने के लिए जगह देने से इन्कार कर रहे हो जो तुम्हारी आज़ादी के लिए लड़ रहा है?'

'अब्दुल ने बड़ी बेचारगी से अपने चारों और खड़े लोगों की ओर देखा। सबके हाथों में एके-47 थी और एकाध तो उसके ट्रिगर से खेल भी रहे थे। फिर उसने अपना सर झुका लिया और आवाज़ भी--

'नहीं साब। मैं मना करनेवाला कौन होता हूँ?'

जलालुद्दीन ने शबासी देने के अन्दाज में कहा--

'बहुत अच्छा! वैसे तुम्हारे अलावा इस घर में और कौन रहता है?'

'सिर्फ मेरी बीबी और लड़की। मेरा एक लड़का भी है जो बारामूला में काम करता है।'

'बेहतर है। मुझे पता है कि तुम्हारे घर में दो कमरे हैं। तुम नीचे वाले कमरे में अपने परिवार के साथ रहो। हम ऊपर रहेंगे। हम तुम्हें तंग नहीं करेंगे और हमारी कोई जरुरत भी नहीं है सिवाय तीन वक्त खाने के।'

फिर वह अब्दुल बट्ट के एकदम करीब पहुँचकर उसकी आँखों में आँखें डालते हुए बोला--

'एक बात का ध्यान रखना। अगर तुमने हमारे बारे में अपनी जुबान खोली तो याद रखना बुरी तरह मारे जाओगे।'

'अब्दुल अपनी गर्दन झुकाकर बोला--

'मैं कुछ नहीं बोलूँगा।'

जलालुद्दीन ने उसकी बाँह कसकर पकड़ी ताकि वह ऊपर देख सके।

फिर बोला--

'एक बात साफ-साफ सुन लो। तुम्हें मालूम है मलानगाँव में पिछले महीने क्या हुआ था? वहाँ अकबर रशीद के साथ क्या हुआ था?'

'हाँ,' अब्दुल फुसफुसाया।

जलालुद्दीन के चेहरे पर मुस्कुराहट खेल रही थी–

'वह साइकिल से नजदीक के बी एस एफ ठिकाने तक गया और पुर्जा लिखकर वहाँ छोड़ आया कि हम उस गाँव में हैं। बी एस एक आई तब तक हम गाँव से निकल चुके थे। लेकिन एक रात हम लौटे। एक हफ्ते बाद। मैंने उसके सारे परिवार के सामने संतरे की तरह उसका जिस्म छिल दिया।'

लालटेन की रोशनी में अब्दुल के चेहरे पर पसीना चमक रहा था–

'अल्ला कसम मैं किसी को कुछ नहीं बताऊँगा।'

'बहुत अच्छा',

जलालुद्दीन ने उसका हाथ छोड़ा और उसकी पीठ थपथपाई। उसने निचले कमरे की खिड़की की ओर देखा जहाँ उसे मोमबती की रोशनी में अब्दुल की बीबी और लड़की दिखाई दीं। वे दूसरी ओर घूमी थीं।

'उनसे भी कह दो कि खामोश रहें और घर से बाहर न जाएँ। सुबह तुम तो खेत मे काम करोगे पर वे घर के अन्दर ही रहेंगी।'

अब्दुल ने हामी भरी। जलालुद्दीन ने अपने लोगों से उस संकरी सीढ़ी की ओर बढ़ने का इशारा किया जो ऊपर के कमरे मैं जाती थी।

कमरे में कालीन के ऊपर एक चादर बिछी थी। इसके अलावा कमरे में कुछ फर्नीचर नहीं था। एक दीवार पर कुछ खूंटियाँ टँगी थीं जिसपर कुछ गन्दे कपड़े लटक रहे थे। कमरे में बक्से थे जिसमें शायद घर का बाकी सामान था। एक दीवार पर एक बड़ा सा कैलेण्डर लटक रहा था जिसमें मक्का में काबे के सामने हजारों सिजदे में झुके खड़े थे।

दरवाजे के पास जूते रखने का एक छोटा स्टैंड शायद इसलिए था कि वहाँ घुसने से पहले लोग अपने जूते खोलकर रख दें। लेकिन जलालुद्दीन ने उसकी परवा नहीं की कमरे में घुसते हुए चादर पर अपने पैरों के निशान छोड़ दिए।

कर ने कुछ नाराजगी जताते हुए कहा–

'तुम जिस कमरे में भी रहते हो उसे गन्दा क्यों कर देते हो?'

जलालुद्दीन उसे घूरते हुए बोला–

'तुम्हें इससे क्या है? अगर हमें जल्दी में भागना पड़े तो जूते के फीते बाँधने में समय कौन जाया करेगा?'

करीम ने विषय बदलते हुए कहा,

'इस कबाड़खाने में कितने दिन ठहरने का इरादा है?'

'ज्यादा से ज्यादा एक दिन'

जलालुद्दीन तकिए के एक जोड़े पर पसरते हुए बोला।

'अगर हमारे बाकी साथियों से मिलने का मौका मिल गया तो कुछ दिन अच्छे

बीतेंगे। उन से महीने के आखिर तक मिलने की बात थी। मेरे ख्याल से अभी मार्च के काफी दिन बाकी हैं।'

वह अपनी जानकारी सही करने के इरादे से मोहम्मद कर की ओर घूमा और उसने हामी भरी–

'तकरीबन पन्द्रह दिन तो लग ही जाएँगे।'

मुज़फ्फर बोला–

'हम कौन से शहर को जा रहे हैं?'

'उसे चरारे-शरीफ कहा जाता है। वहाँ कश्मीर के एक बड़े फकीर की मज़ार है और वहाँ फौजी शायद ही कभी आते हों। हम वहाँ महफूज़ रहेंगे। रमज़ान तक कुछ महीने बिताने के ख्याल से वह एक अच्छी जगह है। कई मुजाहिदीन तो अभी से उस शहर में हैं।'

× × ×

सुबह बहुत धीरे-धीरे गुजरी। मोहम्मद कर और दो जवान मुजाहिदीनों को घर के बाहर पहरेदारी के लिए भेज दिया गया। उन्हें दोपहर तक वहीं रहना था। बाकी मुजाहिदीन कमरे में बिछी फटी हुई कालीन पर लेटे थे। खिड़की अच्छी तरह बन्द थी। दोपहर से पहले ही करीम ऊब गया और उसने जलालुद्दीन से इशारों में ही खिड़की खोलने की इजाजत माँगी।

जलालुद्दीन ने हामी भर दी और करीम ने चैन की साँस लेकर खिड़की खोली। वह घर के सामने के आँगन में खुलती थी। उसके सामने घाटी का नजारा था और बर्फ ढँकी चोटियाँ थीं। वह धान रोपने का मौसम था और थोड़ी दूर पर किसान घुटनों भर पानी में झुके धान रोप रहे थे।

फिर करीम की नजर आँगन पर पड़ी। अब्दुल बट की बीवी घर के बाहर पत्थर पर बैठी चरखा कात रही थी। आँगन करीब 30 मीटर लम्बा-चौड़ा था और उसके एक कोने में कुछ गड्ढा जैसा था जो शायद कुआँ हो। बट की लड़की गड्ढे में अपनी लोहे की बाल्टी झुकाए मटमैला पानी बाहर निकाल रही थी।

जलालुद्दीन करीम की ओर खिड़की की तरफ बढ़ा। उसे बाल्टी से बड़े नाद में पानी डालती लड़की दिखाई दी। वहाँ कुछ गन्दे बर्तन पड़े थे। देखने से वह चौदह साल की लगती थी। खूबसूरत थी। तीखे नैन-नक्शवाली। गुलाबी गाल थे उसके जिसपर हँसते वक्त गड्ढे पड़ जाते थे।

करीम और जलालुद्दीन ने एक-दूसरे की ओर देखा और फिर आंगन में देखा। कुछ मिनट गुजरे। जलालुद्दीन ने बदन झटककर अपनी थकान उतारी और कमरे से बाहर निकलकर सीढ़ियाँ उतरने लगा। उस विशाल अजनबी को देखकर लड़की कमरे में चली गई। अब्दुल बट की बीवी चरखे के पास से कुछ घबड़ाई-सी उसे

देखने लगी।

'सलाम अलैकुम!'

जलालुद्दीन ने बड़े अदब से आँखे झुकाते हुए कहा।

'मुआफ कीजिएगा मोहतरमा लेकिन मुझे लग रहा है कि हमने आपके शौहर को खेतों की ओर भेजकर एक भूल कर दी है। क्या आप जाकर उन्हें बुला लाएँगी?'

'पन्द्रह मिनट का रास्ता है।'

उसने दुखी होकर कहा।

'मुझे पता है। बताया था उसने मुझसे। लेकिन मुझे अभी ही कुछ जरूरी बात करनी है।'

'वह धीरे-धीरे खड़ी हुई और अपनी लड़की से कश्मीरी में बोली–

'शीरीन! तैयार हो जाओ।'

'उसे यहीं छोड़ दीजिए',

जलालुद्दीन बेपरवाही से बोला। हम कुछ खाना चाहते हैं। हम आपके शौहर से बात करके यह गाँव छोड़ देंगे। उसे हमारे खाने के लिए कुछ बनाने को बोल दीजिए?'

बट की बीबी पहले तो जाते हुए कुछ झिझकी पर उसे समझ आ गया था कि इस आदमी से बहस बेकार है। इसलिए उसने पैरों में अपनी जूती डाली और अपनी बेटी को कुछ समझाती हुई बाहर निकल गई।

शाहीन ने चूल्हा जलाया और उस पर उबलने के लिए पानी डाल दिया। वह चावल के डिब्बे को ढूँढ ही रही थी कि उसने कुछ आहट सुनी। जब वह पीछे मुड़ी तो उसने पाया कि वही राक्षस सा दिखनेवाला आदमी कमरे में उससे कुछ फीट दूर खड़ा मुस्कुरा रहा था। उसके पीछे करीम खड़ा था और घनी दाढ़ी वाला अफगान। उसकी साँसों में शरीर से उठती गन्ध का एक भभका घुसा। उसने देखा कि अफगान दरवाजा बन्द कर रहा था। उसके बाद कुछ भी समझने का समय नहीं रहा।

## अध्याय-19

# चरारे-शरीफ

'वहाँ है। उन पहाड़ियों के ठीक दूसरी तरफ।' गाइड ने ऊँगली से कुछ इशारा करते हुए कहा–

'मुझे अभी तक कुछ दिखाई नहीं दिया।'

जलालुद्दीन कुछ गुर्राकर बोला।

'आपको वे ट्रांसमिशन के खम्भे नहीं दिखाई दे रहे हैं? वो यहाँ से कुछ किलोमीटर ही दूर है। मेरी राय में रात वहीं गुजारते हैं ताकि हम अहले-सुबह चरार पहुँच सकें।'

उनकी रसद कुछ घटने लगी थी क्योंकि वे दो दिनों से कहीं रुके नहीं थे। किसी भी गाँव में नहीं। वे अब चरारे-शरीफ में ही थकान उतारने के इरादे से चल रहे थे। उन्हें पता था ज़ुबैर हरकत-उल-अन्सार के पन्द्रह मुजाहिदीनों को लेकर पहले से ही वहाँ मौजूद था।...और पाकिस्तानी मेजर मस्त गुल भी अपने लश्कर के साथ वहीं था।

जब वे चरार में पहुँचे तो जाड़े की मुलायम सुबह ने अभी अपनी आँखें खोली ही थीं। सूरज की किरणें पत्तों में जान डाले दे रही थी और दरगाह की लकड़ियों से खेल रही थी। जिसकी वजह से वो शहर मशहूर था।

वह नुन्द ऋषि की जियारत थी। कश्मीर के बहुत बड़े सन्त, खुलेपन के शैदाई। कश्मीर की सूफी-परम्परा के संत। वह मज़ार सिर्फ एक तीर्थस्थल नहीं था बल्कि वो कश्मीरियत की निशानी भी थी।

चरार के बाहर चौकसी के काम में लगे मुजाहिदों ने पीछे शहर में अपने साथियों तक खबर पहुँचा दी थी कि कुछ हथियारबन्द लोग आ रहे हैं। जब जलालुद्दीन और उसके साथी शहर में घुसे तो उन्होंने पाया कि दूसरी ओर कुछ लोग हाथों में एके-47 लिए खड़े थे। जान-पहचान हुई और बन्दूकें एक ओर रखकर वे गले मिलने लगे।

एक दाढ़ीवाले आदमी, जो देखने में कुछ रोबीला लग रहा था, ने घर के दरवाजे से बाहर निकलते हुए कहा–

'सलाम अलैकुम। मेरा नाम ज़फर है और मैं यहाँ मौजूद सारे मुजाहीदीनों की ओर से आप सबका इस्तकबाल करता हूँ। आपके ठहरने का सारा इन्तज़ाम हो चुका हो।'

जलालुद्दीन से गले मिलकर जब वह वापस लौटा तो उसने आस-पास सवालिया निगाह डाली और बोला—

'मौहम्मद कर कहाँ है? मुझे लगा वह आपको लेकर यहाँ आया है।'

जलालुद्दीन ने झुककर अपने पीठ का बोझ अपने कन्धे पर लिया और थोड़ा। उखड़ा हुआ सा जवाब दिया—

'उसकी तबियत कुछ नासाज़ लग रही थी। उसने कुछ उल्टा-सीधा खा लिया था। वह इतनी दूर आ नहीं सकता था तो हमने उसे छोड़ दिया और एक दूसरे गाइड की मदद लेकर यहाँ तक आया।'

जब वह अपना सामान कन्धे पर रख रहा था तभी उसने करीम के चेहरे पर कुछ परेशानी पढ़ ली और उसने उसे आँखों ही आँखों में घुड़की दी। वह इन कश्मीरियों को यह जानने का मौका नहीं देना चाहता था कि कर के साथ असल में क्या हुआ था?

'आइए'

ज़फर आगे-आगे रास्ता दिखाता चल रहा था। 'चलिए मैं आपको औरों से मिलवाता हूँ। जब वे—आगे बढ़ रहे थे तो नजर रखने के लिए तैनात मुजाहिदीनों की ओर इशारा किया। हालाँकि फौज को इसकी खबर लग चुकी थी कि दूसरे मुल्कों के मुजाहिदीन आकर चरार में अपना ठिकाना बना रहे हैं तो भी उस पर कोई कार्रवाई नहीं हुई थी। हफ्तों से शहर में फौजी गश्ती नहीं हुई थी। दरगाह होने की वजह से एक हिचक रहती थी। इसका कोई नुकसान कश्मीरी कभी नहीं भूलते।

'कौन-कौन से तंज़ीम यहाँ मौजूद हैं?'

जलालुद्दीन ने पूछा।

'ज्यादातर लड़नेवाले यहाँ मेहमान मुजाहिद ही हैं। पाकिस्तान और अफगानिस्तान के। हालाँकि कुछ हम जैसे कश्मीरी भी है। ज्यादा मुजाहिद आपके हरकत-उल-अंसार के हैं और कुछ हिज्बुल मुजाहिद्दीन के भी हैं। कुछ दूसरी तंज़ीमों के मुजाहिद भी हैं। कुछ बहादुर लश्करे—तइबा के भी है।'

'लश्कर! वो क्या है?'

ज़फर मुस्कुराया—

'उन्होंने जिहाद से ही शादी कर रखी है और उनके पीछे मरकज़-वल-दावा-वल इरशाद की ताकत है। बड़ी हैरत हुई सुनकर कि आप उनके बारे में नहीं जानते हैं। उनके सामने तो आपके हरकत के कुछ मुजाहिद भी फीके पड़ जाएँ।'

कहकर वह मुस्कुराने लगा ताकि इस बात को मजाक ही समझा जाए। उसके

बाद वह कुछ ढूँढ़ता सा इधर-उधर देखने लगा फिर एक कोने में बैठे एक भयानक से आदमी को दिखाते हुए बोला–

'यह अब्बू तलहर है। यह लश्कर से है और अभी तक दर्जनों हिन्दुस्तानी सिपाहियों का कत्ल कर चुका है।' उसने बड़ी बेपरवाही से अपने कन्धे से एक मशीन गन लटका रखी थी।

जलालुद्दीन ने कुछ उत्सुकता से उस आदमी की ओर देखा उसने काली सलवार-कमीज़े पहन रखी था जिसकी सलवार टखनों तक थी। रात को आग सेंकते हुए उसने उस आदमी को अपना परिचय दिया–

'आखिर लश्कर की बुनियाद क्या है?'

'हम अल्लाह की असल फौज हैं। हमारा यकीन जेहाद में है और उसके लिए वक्त पड़ने पर हम जान भी दे देंगे। तुमने हमारे मुखिया तंज़ीम के बारे में जरूर सुना होगा–मरकज़-वल-दावा।'

जलालुद्दीन ने गर्दन हिलाकर बताया कि उसे पता नहीं है। इससे अबू तलहर कुछ चिढ़ सा गया–

'वो नई इस्लामी आइनों का झरना है। इस्लामी तालीम की जगह। मुरीद के शहर उसका खास ठिकाना है। मुरीदके लाहौर के पास है। जहाँ लाखों जिहादियों को रास्ता दिखाया जाता है। तुम कभी मुरीदके हो आओ। खासकर नवम्बर के महीने में इजतिमा के मौके पर। जब हजारों लोग जिहाद की आवाज़ सुनने जमा होते हैं।

जलालुद्दीन ने कुछ सोचकर गर्दन हिलाई और अपनी दाढ़ी खुलाते हुए बोला–

'हाँ। मुझे लगता है जरूर जाना चाहिए।'

बादामी बाग कैंटोनमेंट के बीचोंबीच एक रास्ता ऊपर पहाड़ी पर बने इमारतों की ओर जाता था। जब आप सुरक्षा गारदों के पास से निकल जाते तो कालीन बिछी लकड़ी की सीढ़ियाँ आती थीं जो ऊपर एक छोटे कमरे में ले जाती थी। वहाँ एक घूमने वाली ट्रॉली पर टेलिफोन एक कतार में रखे थे और टेबुल पर शीशे के नीचे कश्मीर का नक्शा दबाकर रखा गया था। लकड़ी की दो पट्टियाँ दीवार से लगी थीं जो बता रही थीं इस कुर्सी पर पहले कौन-कौन बैठ चुका था? कौन-कौन श्रीनगर में ब्रिगेडियर जनरल स्टाफ पहले रह चुका था? हालाँकि ब्रिगेडियर जनरल जनरल को रिपोर्ट करता था। जोकि श्रीनगर में सेना का प्रमुख था लेकिन काम संभालनेवाले अफसरों में निस्संदेह वह सबसे प्रमुख होता था। इसलिए यह छोटा कमरा आतंवादियों के खिलाफ लड़ाई का केन्द्र था।

हालाँकि पास ही में भड़कदार कंट्रोल रूम थे जहाँ बड़े-बड़े नक्शे और वायरलेस आदि लगे होते थे। यह एक ऐसा कमरा था जहाँ आला अफसर चरारे-शरीफ से आनेवाली रिपोर्ट पर विचार करने जुटे थे। वहाँ ब्रिगेडियर जनरल के अलावा, सूबे

के पुलिस डी जी, बी एस एफ के आला अफसर और खुफिया विभागों के लोग मौजूद थे। इसके अलावा सरकार की नुमाइंदगी करने के लिए राज्यपाल के सलाहकार लेफ्टिनेंट जनरल ज़र्की भी थे।

बैठक में मौजूद लोग दुखी थे। वे पहले भी मिलकर इस बात की चर्चा कर चुके थे कि आतंकवादी चरार में घुस रहे हैं, पर उनका ख्याल था कि यह मसला सुलझ जाएगा। आर्मी और बी एस एफ के लोगों से चरार से पास ऑपरेशन चलाने को कहा गया था लेकिन अभी तक आतंकवादियों से उनका कोई आमना-सामना नहीं हुआ था। अब आतंकवादी उस शहर में कुछ ढिठाई दिखाने लगे थे और अखबारों में उनके वहाँ होने की खबरें आने लगी थीं। बहस ज़ारी थी–

'देखिए यह मस्जिद लकड़ी की बनी हुई है और सो भी घनी आबादी वाले इलाके में। इसलिए हमें अन्दर जाते हुए इस बात का ध्यान रखना चाहिए। इस खतरे को भी ध्यान में रखना चाहिए कि आतंकवादी उस इबादतगाह को नष्ट न कर दें।'

'ठीक बात है लेकिन हमें कुछ जल्दी ही करना चाहिए। मीडिया में अब बात उठने लगी है और ऐसा न हो कि सोपोर की तरह आतंकवादी इसे भी आज़ाद इलाका घोषित कर दें। याद है वहाँ हमें कितनी मुश्किल हुई थी।'

'मेरे ख्याल से हम दूर से ही यह सन्देशा भिजवाते रहें कि हम घुसनेवाले हैं ताकि वे खुद ही भाग जाएँ।'

आखिरकार फैसला हुआ। आर्मी का एक ढीला-ढाला घेरा शहर के चारों ओर डाला गया। उस पहाड़ी को तो फौजियों ने घेर लिया था पर चरारे-शरीफ में घुस नहीं रहे थे।

घेरा डाला जा चुका था।

× × ×

हबीब शाह अपनी उम्र से बूढ़ा लगने लगा था। उसके बालों में सफेदी और आँखों के नीचे उदासी के काले धब्बे पड़ गए थे। कुछ तो जेल में रहते हुए आयी थी लेकिन ज्यादा यास्मीन की मौत के बाद के महीनों में।

जो लोग इन्कलाब में अब भी यकीन करते थे हबीब का घर उन सबकी राजनीति का केन्द्र बन चुका था। हर दिन मैसूमा की गलियों के उस छोटे से घर में दर्जनों लोग आगे की रणनीति पर चर्चा करने जुटते थे। ऊपर से वे भले ही बहादुरी दिखाते लगते थे पर सबके अन्दर गहरी मायूसी थी। वे समझ गए थे कि अब यह आन्दोलन अपनी मौत मर रहा था।

उसे दबाने में सुरक्षा बलों की रोज की सफलताओं का हाथ था। वे हर सूचना पर तुरन्त कार्रवाई करते थे जो इनदिनों उन्हें काफी मिलने लगी थी। वे चुन-चुनकर

सक्रिय आतंकवादियों को निशाना बना रहे थे। इस कारण किसी भी आतंकवादी का घटनाप्रद जीवन कुछ महीनों से ज्यादा नहीं रह गया था। उसे बर्बाद करने में विदेशी आतंकवादियों का भी हाथ था जिनमें से ज्यादातर की स्थानीय लोगों से कुछ खास हमदर्दी नहीं थी। सबसे बड़ा कारण इस आन्दोलन के खत्म होते जाने का कारण यह था कि जिस जनता के नाम पर इस आन्दोलन को चलाया जा रहा था उसी में जड़ता आ गई थी।

लेकिन जो शेर पर सवार होते हैं वे उससे कूद नहीं सकते। हर रोज हबीब के मेहमानख़ाने में लोग जमा होते थे, सिगरेट के अनगिनत कश भरते थे और चाय के प्यालों के संग अवश्यंभावी आज़ादी की चर्चा करते हुए एक-दूसरे की बुद्धि की दाद देते रहते थे।

शाम को वे सब उठते थे और अन्धेरा होने से पहले घर पहुँचने के लिए जल्दी-जल्दी चलते हुए चल देते थे।...और हबीब तनहा मायूस रह जाता था।

रात को हबीब अपने छोटे टेबल पर चुपचाप खाना खाता था। उसके बाद हबीब बिस्तर पर लेट जाता था जहाँ पुरानी यादें उसे रातभर जगाती थीं। जेल में उसे यास्मीन की बड़ी याद आती थी पर वो जानता था कि बाहर वो उसके इन्तज़ार में है। लेकिन आजकल उसे अक्सर यह बात सताती थी कि वो उसे वह नहीं देख पाएगा। कभी नहीं। उसकी बाँहों में बाँहें नहीं डाल सकेगा।

वह उस सिपाही के लिए नफरत की आग में जल रहा था लेकिन अन्दर-ही-अन्दर उसे पछतावा भी होता था। वह हमेशा से इस बात को जानता था कि यास्मीन की उसके आन्दोलन में कोई दिलचस्पी नहीं थी लेकिन वह यह भी जानता था कि इसकी कीमत उसे खुद ही चुकानी है न कि उसके आस-पास के लोगों को।

अब उसका सब खत्म हो चुका था। वो एक सपना था जो पूरा नहीं हो पाया।

सुबह होते-होते हबीब फिर से पक्का क्रान्तिकारी हो जाता था। शालीनता से बैठा मिलनेवालों की बातें सुनता रहता था। उनको मशविरे देता रहता था। ऐसा लगता था मानो जाती नुकसान का उसके लिए कोई खास मतलब नहीं था। सिर्फ कासिम जानता था कि हबीब के अन्दर क्या गुज़र रहा था। वो हबीब की बगल में अपनी आँखों में उदासी और हमदर्दी लिए बैठा रहता था।

हबीब ने अपना ध्यान उन बड़े हुर्रियत नेताओं की बातों में लगाया—

'हबीब भाई, हमें यह मुद्दा दुनिया के सामने लाना चाहिए। हमारे इबादतगाहों का घेरा बर्दाश्त नहीं किया जा सकता और मेरे ख्याल से जब तक हिन्दुस्तानी फौज हट नहीं जाती हमें मुसलसन हड़ताल करना चाहिए।'

'मौलवी साहब मैं आपके गुस्से को समझ सकता हूँ लेकिन मुझे यकीन है

कि हमारे लोगों की दिलचस्पी इन बार-बार की हड़तालों में रह नहीं गई है।'

हबीब ने बड़े अदब से जवाब देते हुए कहा—

'आम कश्मीरी अवाम को इससे बड़ी मुश्किल होती है।'

'थोड़ा-बहुत सहना तो पड़ेगा ही, दो-एक दिन नहीं खाने से लोग मर नहीं जाएँगे।'

सामने बैठा एक आदमी, जो बड़ी होशियारी से अपनी तोंद छुपाए था, बोला।

'चुप हो जाइए,'

हबीब रूखाई से बोला।

'मेरा मश्वरा है कि ज्यादा असरदार तो ये होगा कि हममें से कुछ लोग चलें और अन्दर फँसे मुजाहिदों से अपनी एकता दिखाएँ और घेरा खत्म करवाने की कोशिश करें। मैं कासिम से यही बात कर रहा था। मेरे ख्याल से परसों चरार के लिए कूच किया जा सकता है।'

श्रीनगर से चरारे-शरीफ कार से जाने में डेढ़ घण्टे से कुछ ज्यादा समय लगा। वहाँ पहुँचने पर उनके सामने मुश्किल आई सेना का घेरा तोड़कर पार जाने की। पहले तो वहाँ मौजूद कैप्टेन ने उनके जाने देने में कोई दिलचस्पी नहीं दिखाई लेकिन घण्टे भर की नारेबाज़ी और बहसबाज़ी के बाद कैप्टेन ने अपने अफसरों से वायरलैस से बात की और आखिरकार उन्हें जाने की इजाज़त मिल गई।

आधे घण्टे बाद हबीब और उसके साथियों को मस्त गुल और उसके आदमी अन्दर मज़ार में ले गए। कासिम और बाकी हुर्रियत नेताओं में कोई नहीं गया था। हबीब के साथ जे के एल एफ के तीन लोग थे। जो उसकी सुरक्षा के ख्याल से भी थे। हबीब के चेहरे पर मुस्कान फैल गई जब वह कोने से मुड़ा और उसे रोब से खड़ा मज़ार दिखाई दिया। लेकिन उसकी मुस्कान तुरन्त ही गायब भी हो गई जब उसने देखा कि मज़ार के आसपास के बागों में खुदाई की गई थी और आस-पास के खानकाहों या मस्जिद की दीवारों पर चिपके पोस्टरों पर उसकी नजर गई जिनमें हिज्बुल मुजाहिदीन की तारीफों का बयान था।

वह बड़े अदब से अपने साथ चल रहे पाकिस्तानी मस्त गुल की ओर घूमते हुए बोला—

'मुझे लग रहा है कि मज़ार के चारों ओर की मिट्टी कुछ खोदी गई है। आपने कहीं मज़ार तो नहीं खोद दिया है!'

मस्त गुल ने तुरन्त जवाब दिया—

'अपने बचाव के लिए। यह फौजियों को दिखाने के लिए है कि अगर उन्होंने इसके अन्दर घुसने की कोशिश की तो मज़ार के लिए खतरनाक होगा।'

मेहमानों से कुछ कदमों की दूरी पर चल रहे जलालुद्दीन ने नफरत से अपने ओंठ सिकोड़े। इन कश्मीरियों को अपने पीरों-दरगाहों से बड़ी मोहब्बत है। उसके

हिसाब से ये सब इस्लाम के खिलाफ बात थी। लेकिन जे के एल एफ के जोकरों से आप और उम्मीद ही क्या कर सकते हैं? वे तो ये भी चाहते थे कि घाटी के हिन्दू भी वापस लौट आएँ। उसने बड़ी मुश्किल से उनपर कोई टिप्पणी करने से अपने-आपको रोका। लेकिन बाद में जब मस्जिद के अन्दर बैठे थे और हबीब ने फिर से दरगाह की सुरक्षा की बात उठाई तो उसका सब्र छूट गया–

'लकड़ी या लोहे का कोई गट्ठर उस पाक़ इरादे से बड़ा नहीं हो सकता जिसके लिए यहाँ हम जुटे हैं। और तुम्हारे जैसे लोगों को तो हमारा अहसानमन्द होना चाहिए कि हम तुम्हारी आज़ादी में मदद करने आए हैं।'

हबीब ने उस बड़े आदमी को ध्यान से देखा जो कि उसके सामने बैठा अपनी दाढ़ी खुजा रहा था। उसे यह नागवार गुजरा और कमरे में सन्नाटा छाया था।

'मेरे ख्याल से हम पहले मिले नहीं हैं',

उसने बड़े अदब से कहा।

'ये जलालुद्दीन है हरकत-उल-अंसार से। छह महीनें पहले ही घाटी में आया है।'

मस्त गुल बीच में बोल उठा कमरे में भर आए उस तनाव को दूर करने के ख्याल से।

गुस्से में हबीब के होंठ मिंचे थे। उसने नाम से पहचान लिया था। सिरीकोट से उसके पास उड़ती-उड़ती खबरें पहुँची थीं।

'हाँ! मैंने सुना है तुम्हारे बारे में और तुम्हारे कारनामों के बादे में जब तुम हमारी धरती पर नहीं आए थे।' उसने आखिरी शब्दों पर कुछ ज़ोर दिया।

'मैं तुम्हें बता दूँ कि ये मज़ार हम कश्मीरियों के लिए लकड़ी या लोहे का गट्ठर भर नहीं है। उससे बहुत ज्यादा है। यह हमारी एकता और कौमियत का प्रतीक है। यह हमारी उस लड़ाई से कम नहीं है जिसके लिए हम लड़ रहे हैं।'

'मज़ार जाने में कम समय लगाते और उसके बजाए लड़ने की ओर ध्यान देते तो आज आज़ादी तुम्हारे ज़्यादा करीब होती',

जलालुद्दीन बोला पड़ा।

अब हबीब बेकाबू हो रहा था।

'हम तुम लोगों के आने के बहुत पहले से अपनी जायज़ लड़ाई लड़ रहे हैं। हमें अपनी मर्दानगी दिखाने के लिए कभी चौदह साल की लड़की की जरूरत नहीं पड़ी।'

जलालुद्दीन इसे सुनकर हँसने लगा क्योंकि वह समझ गया था कि इशारा सिरीकोट वाली बात का था। वह इसका जवाब सोचते हुए अपने कुर्ते के अन्दर हाथ डालकर खुजाने लगा।

'काफिरों ने तुम्हारी औरतों के मारा। मारा ना बड़े अफसोस की बात है।

हमारी कुछेक रातें रंगीन कर दो फिर हम उन्हें शायद बचा दें।'

कुछ देर के लिए तो हबीब को अपने कानों पर यकीन नहीं हुआ। उसकी आँखें भर आई और फिर वह अपने सामने बैठे उस आदमी की ओर लपकने लगा। जे के एल एफ के एक आदमी ने उसकी बाँहें पकड़कर पीछे खींचा। वह उसे कसकर पकड़े था। उसे इसका अन्दाज़ा था कि आस-पास के कमरों में अफगान और पाकिस्तानी बन्दूकें बिछी पड़ी हैं।

हबीब ने गुस्से में जलालुद्दीन को गालियाँ दी। जलालुद्दीन उसे सुनकर चुप हो गया। उसने चुपचाप अपनी जेब से तम्बाकू निकाली और उसे बनाने लगा और हबीब से ध्यान से हटाकर करीम से बातें करने लगा।

मस्त गुल ने फिर बीच-बचाव किया। वह इस बात से चिढ़ा हुआ लग रहा था कि जलालुद्दीन ने बेकार की बहस मोल ले ली। वह जानता था कि आनेवाले दिनों में उसे हबीब जैसे लोगों की कैसी जरुरत पड़ने वाली थी।

जलालुद्दीन कमरे से बाहर निकल गया। फिर मस्त गुल ने कुछ माफी माँगने के अन्दाज़ में कहा--

'मुआफ करना हबीब भाई। वो आदमी थोड़ा जंगली है और उसकी बातें मुआफ करने लायक नहीं हैं।'

हबीब गुस्से से काँप रहा था और बेबसी से उसकी आँखों में आँसू आ गए थे। उसने हाथ मिलाया और सिगरेट पीते हुए अपने गुस्से को काबू करने की कोशिश करने लगा। उसने मस्त गुल के सामने अदब से सिर झुकाया और मस्त गुल उसे शहर की सुरक्षा की तैयारी के बारे में बताने लगा।

कुछ मिनटों में हबीब फिर से सामान्य हो गया और वह धीरज के साथ वहाँ बैठे एक आदमी से चुपचाप शहर छोड़कर दूसरे इलाके में चले जाने के फायदों की चर्चा करने लगा।

आधे घण्टे गुजर गए और फिर चाय पीने के बाद हबीब और उसके साथ श्रीनगर से आए लोग जाने के लिए उठ खड़े हुए। मस्त गुल ने खानकाह के दरवाज़े पर गले लगाकर उसे विदाई दी।

'खुदा हाफिज़ हबीब भाई। मुश्ताक यहाँ से आप की तब तक निगरानी करता रहेगा जब तक आपकी गाड़ी पार्क नहीं हो जाती है। यह आपके ही शहर का है। इसके अब्बा की वहाँ बेकरी है।'

हबीब मुस्कुराया और हाथ हिलाते हुए वहाँ से विदा हुआ। फिर वे वापसी को चल पड़े। सड़क से शहर के बाहरी इलाके की ओर जहाँ उनकी कार खड़ी थी।

उनके साथ दर्जन भर विदेशी आतंकवादी हाथों में चुस्ती से बन्दूके थामे यूँ चल रहे थे मानो गार्ड ऑफ ऑनर की रस्म पूरी कर रहे हों।

हबीब ने महसूस किया कि मुश्ताक के चेहरे पर कुछ घबड़ाहट थी और उसे आश्चर्य नहीं हुआ जब वह उसे एक कोने में ले जाकर कुछ फुसफुसाने लगा।

'मैं आपकी बड़ी इज़्ज़त करता हूँ हबीब भाई। मुझे मालूम है कि आप जे के एल एफ से हैं जबकि मैं हिज्बुल से हूँ। दरअसल मैं आपसे सलाह करना चाहता हूँ जो मैं आपके सिवा किसी और से नहीं कर सकता। मैं चाहता हूँ कि आप चरारे-शरीफ के अन्दर आए एक खास मेहमान से मिलें। सिर्फ हम दोनों को ही उसकी असलियत का पता है। बाकी समझते हैं कि वो भी यूँही एक मेहमान मुजाहिद है। मैं चाहता हूँ कि आप उससे बात करें।'

हबीब की उत्सुकता बढ़ी—

'कौन है वो!'

'उसका नाम मेजर इरफान है। वह आई एस आई में मेजर है और कुछ ही दिनों पहले पाकिस्तान से हम लोगों के लिए कुछ खास सन्देशा लेकर आया है। वह अभी आपके कार के आस-पास ही सन्तरी की ड्यूटी पर होगा। आप उससे जरूर मिल लिजिएगा।'

हबीब तैयार हो गया। एक दिन में वह काफी पाकिस्तानियों से मिल चुका था लेकिन आई एस आई के मेजर से मिलने की बात ही कुछ अलग थी। हालाँकि उसे इस बात से थोड़ा आश्चर्य हुआ कि यहाँ आई एस आई के किसी आदमी को लोग सिर-आँखों पर बिठा रहे हैं तो फिर ये मेजर इरफान अपने-आप को इस तरह छुपाता क्यों फिर रहा है?

वो मुश्ताक की ओर मुड़ा—

'उसने तुम्हें क्या सलाह दी! और वो सीधा मस्तगुल के पास क्यों नहीं गया?'

मुश्ताक कुछ बोलने जा ही रहा था कि कि वह चुप होकर हबीब से कुछ दूर खिसक गया क्योंकि वहाँ एक अफगान आ गया था।

वे कुछ दूर खामोश चलते रहे जब तक वो जगह न आ गया जहाँ उनकी कार खड़ी थी शहर के बाहर की ओर एक दीवार के पास। उस दीवार के पास कंकड़ बिछाकर बनाई गयी एक काम चलाऊ सड़क थी जो किसी घर के गैराज तक जाती थी। वहाँ से चरार-शरीफ की ओर आनेवाले रस्ते पर अच्छी नजर रखी जा सकती थी। वहाँ बैठकर एक आदमी नीचे घाटी की ओर देख रहा था। एके-47 उसकी गोद में रखी थी। पीछे से आनेवाले लोगों की ओर उसका ध्यान नहीं गया।

'वे मेजर इरफान हैं',

मुश्ताक फुसफुसाया।

'मैं आपको शहर में आनेवाले रस्ते दिखाने के बहाने उनके पास ले चलता हूँ।'

हबीब ने हामी भरी और वे दोनों उधर चल पड़े। साथ चलने वाला मुजाहिद

वहाँ खड़ी कार के पास ही सिगरेट पीने के बहाने ठहर गया।

जैसे ही हबीब उस कंकड़ बिछी सड़क पर आगे बढ़ा तो कदमों की आहट सुनकर आई एस आई वाला आदमी खड़ा होने लगा। घाटी के सुन्दर नजारे से उसका ध्यान थोड़ा भंग हुआ जो वहाँ से कुछ दूर से दिखाई दे रही थी।

मुश्ताक परिचय कराने लगा–

'मेजर इरफान, ये हबीब शाह हैं। आपने इनके बारे में सुन रखा होगा। और हबीब भाई ये मेजर इरफान है आई एस आई से।'

हबीब आई एस आई के उस आदमी की ओर घूमा। उसके चेहरे पर मुस्कुराहट थी। फिर वो मुस्कान गायब हो गई जब उसने विजय कौल की घबड़ाई हुई आँखों में आँखे डालीं।

## अध्याय-20

# चरार के भीतर

यह सब कुछ महीने पहले तब शुरू हुआ जब बी जी एस ने विजय को अपने कमरे में बुला भेजा। वहाँ पहले से एक वरिष्ठ पुलिस अफसर और गहरे भूरे रंग का सफारी सूट पहने एक और आदमी बैठा था।

बी जी एस विजय को देखकर मुस्कुराया और उसे बैठने का इशारा करते हुए बोला–

'आराम से बैठ जाओ, कैप्टन। और तुम कॉफी लोगे या कहवा?'

विजय कुर्सी के कोने पर सीधा तनकर बैठा उस उधेड़बन में गुम था कि आखिर उसे यहाँ बुलाया क्यों गया है।

विजय की बेचैनी बढ़ती रही जब उसका अफसर इधर-उधर की बातें की करता रहा। आखिरकार वो मुद्दे पर आया।

'कैप्टन कौल! हमें पता है कि तुम श्रीनगर में ही पले-बढ़े हो। तो एक बात बताओ कि क्या तुम अभी भी अच्छी कश्मीरी बोल लेते हो?'

'बिल्कुल सर!'

रहस्य में डूबे हुए विजय ने जवाब दिया।

'वो मेरी मातृभाषा है और हम घर में उसी भाषा में अक्सर बातें करते थे।'

अफसर अपने टेबल पर पेपरवेट घुमाते हुए कुछ सोचता रहा। फिर अचानक सामने देखते हुए बोला–

'कैप्टन कौल! क्या कुछ महीने के लिए आप अपने यूनिट से अलग होकर किसी खास ऑपरेशन पर काम करेंगे? वैसे मैं आपको पहले ही आगाह कर दूँ कि यह खतरनाक हो सकता है।'

विजय ने छूटते ही कहा–

'ये तो बड़ी बात होगी मेरी लिए, सर! लेकिन यहाँ हम असल में किस बारे में बात करने इकट्ठा हुए हैं?'

'तुम्हें तो हमारे मनोवैज्ञानिक ऑपरेशन सेल के बारे में पता है न, जिसके हम अपने दुश्मनों के हौसले पस्त करने की कोशिश करते हैं मीडिया और दूसरे

तरह के प्रचार के तरीकों के इस्तेमाल से? हम सब उसको कुछ फैलाना चाह रहे हैं। थोड़े में इतना समझ लो कि पुलिस आतंकवादियों के खिलाफ कुछ विशेष ऑपरेशन चलाने जा रही है तो हमें लगा कि ये अच्छा रहेगा कि इस काम में हमारे कुछ जवान भी साथ रहें। इसमें तुम्हें पुलिस के साथ-साथ करना होगा। यह ऑपरेशन कुछ गुप्त तरीके का हो सकता है। इसमें नागरिकों से मेल-जोल बढ़ाने जैसे काम करने होंगे। और हाँ एक बात और—इस काम के दौरान तुम्हारा रैंक मेजर का होगा।

विजय की आँखे चमक उठीं—

'ये तो बहुत ही अच्छा है सर! थैंक यू सर!'

'बहुत अच्छा मेजर कौल।' अफसर ने खड़े होकर हाथ बढ़ाते हुए कहा।

'हाल में ही तुम्हारी किस्मत ने तुम्हारे साथ कुछ धोखा किया है—मैं मैसूमा के पुल की घटना का ज़िक्र कर रहा हूँ। लेकिन अब तुम्हें पलटकर वार करने का मौका मिलेगा।'

उस दिन की याद करके विजय दुख से भर गया, लेकिन उसने पीछे हटते हुए फुर्ती से सैल्यूट किया।

'इन लोगों के साथ जाओ। अब तुम्हें इनके ही साथ रहना है।'

बोलते हुए बी जी एस बैठ गया और इधर-उधर फोन ढूँढने लगा।

चार हफ्ते बाद विजय वड़गाम के पास एक छोटे-से गाँव में चाय की दूकान से बेपरवाह सा निकला। वह गन्दा लग रहा था। उसके बालों और नाखूनों में धूल जमी थी। उसके गालों को देखकर लगता था कि बहुत दिनों से बढ़िया ब्लेड उन्हें नसीब नहीं हुआ था। उसने एक गन्दा-सा फिरन पहन रखा था जिसमें चिप्पियाँ लगी थीं। पैरों में प्लास्टिक के जूते थे और वह उन्हें ज़मीन पर ऐसे घसीटता हुआ चल रहा था मानो वह उनका वजन नहीं सम्भाल पा रहा हो। उसने चायवाले को दो रुपए दिए जोकि उसके चाय का बिल था और दुकानदार से अपना दुखड़ा रोता रहा कि किस तरह उसके जैसे मजदूरों की कमर महँगाई ने तोड़ दी है। फिर वह लौट आया मजदूरों के उस झुण्ड में जो मेन रोड के गड्ढों की भराई के काम में लगे थे। ऊपर से तो उसने अपना चेहरा पिटा-सा बना रखा था पर अन्दर-ही-अन्दर बेहद सन्तुष्ट था वो।

हिज्बुल मुजाहिदीन के एक गिरफ्तार आतंकवादी से सुराग मिलने पर वह उस गाँव की ओर आया था। वहाँ घण्टों मजदूरों के साथ काम करने के बाद वह धीरे-धीरे अपने शिकार की ओर बढ़ रहा था—अल्ताफ दर उस इलाके में हिज्बुल मुजाहिदीन का कमान्डर। उनको मालूम था कि वो इसी इलाके में रहता है लेकिन कोई भेदिया उसका सही-सही सुराग नहीं पा सका था। कई छापों के बाद भी कुछ हाथ नहीं लगा था। विजय ने सैकड़ों दफा अल्ताफ की तस्वीर देखी थी और अभी

उसने उसे अपने आँखों से देखा था अपने लोगों के साथ चाय की दूकान के पिछवाड़े बैठे।

विजय सड़क पर काम करते मजदूरों के पास से तेजी से गुजर गया। उसके कुछ साथी मजदूर उसे आश्चर्य से देख रहे थे। उसने अपना चेहरा ऐसा बना रखा था मानो उसे बहुत दर्द हो रहा हो, वह अपना पेट भी मसल रहा था। फोरमैन ने उसे देखा और कुछ समझते हुए गर्दन हिलाई। विजय अब उनसे लगभग तीस गज की दूरी पर आ गया था सड़क के उस मोड़ पर जो गाँव से बाहर की ओर जाती थी। उसकी चाल कुछ धीमी हुई और भेदभरी निगाहों से दायीं और देखने लगा जहाँ उसे मालूम था कि बी एस एफ का आदमी झाड़ियों के पीछे हाथ में रेडियो लिए तैयार बैठा था। विजय गर्दन हिलाता हुआ सड़क के किनारे घुटने मोड़कर पेट दबाता हुआ बैठ गया। बेचारगी का पुतला बना हुआ।

पाँच मिनट के भीतर बी एस एफ की हरी जिप्सियाँ सड़क पर तेजी से आयीं; आगेवाली गाड़ी की रफ्तार कुछ धीमी हुई और विजय उसमें कूदकर चढ़ गया।

'हरामजादा चाय की दूकान में है। इसका इन्तजाम कीजिए कि वह पीछे से भाग नहीं पाए,' वह चिल्लाया।

'फिक्र मत करो, वे सब तैयार हैं', उसके बगल में बैठे मुच्छड़ बी एस एफ कमान्डेंट ने कहा। चारों गाड़ियों सड़क मरम्मत करते मजदूरों के काफिले को पार कर चाय की दूकान के पास धीमी हुई। कुछ ही पलों में, दो जिप्सी सामने के दरवाजे के पास रूकीं, जबकि बाकी दोनों जिप्सी में सवार जवान बगल की गली को पार कर पिछले दरवाजे की ओर दौड़े। दरवाजा खुला और बी एस एफ के जवानों के सामने आश्चर्य में डूबा अल्ताफ दर था। चाय का प्याला अब भी उसके हाथ में था। सब कुछ इतनी जल्दी हुआ कि उसके पास समय ही नहीं था भागने या जवाबी कार्रवाई करने का।

'सारे यूनिट वापस आओ। जल्दी वापस आओ।'

बी एस एफ कमाण्डेंट अपनी वॉकी-टॉकी पर बोला और सब तेजी से अपनी गाड़ियों की ओर बढ़े अल्ताफ दर को लगभग घसीटते हुए। यह सबसे खतरनाक मौका था क्योंकि दर के साथी अचानक जवाबी हमला कर सकते थे। उन्होंने उस आतंकवादी को एक जिप्सी के पीछे की ओर धकेला और फिर सारी गाड़ियाँ पलक झपकते ही वापस सड़क पर थीं।

विजय ने कुछ इत्मीनान के साथ घड़ी देखी। गाँव में गाड़ी के घुसने के एक मिनट के अन्दर ही उनके पास हिज्बुल मुजाहिदीन का इलाकाई सरदार था। वो भी सब कुछ इतनी सफाई और चुस्ती से कि उसे घेराबन्दी और तलाशी के अभियानों की याद आई।

उसने अपने पीछे की ओर देखा जहाँ हतप्रभ अल्ताफ फर्श पर औंधा पड़ा था और एक हट्टा-कट्टा जवान घुटनों पर झुका उसके हाथों को पीछे की ओर बाँध रहा था।

'पापा II', कमान्डेंट ने पूछा और विजय ने हामी भरी।

जब आप श्रीनगर में गुपकर रोड से नीचे की ओर गाड़ी से बढ़ते हैं, मुख्यमन्त्री के बंगले को पार करते हुए और बादामी बाग कैंटोनमेंट के पिछले दरवाजे को पार करते हुए तो आपकी नजर एक सफेद इमारत पर जाती है जोकि मेन रोड से चालीस गज की दूरी पर है शंकराचार्य पहाड़ी के पीछे से डल झील के ऊपर झाँकता हुआ। अब यह सुन्दर मकान जम्मू-कश्मीर के आला अफसर का ठिकाना है खूबसूरती से सजाया हुआ। लेकिन जब उपद्रव अपने चरम पर था तो इस मकान को पापा II पुकारा जाता था। यह बी एस एफ का मुख्य पूछताछ केन्द्र था और इसक नाम सुनते ही आम नागरिकों की भौंहों पर भी पसीने की बूँदें चुहचुहा आती थीं।

काफिला मेन रोड से मुड़कर उस मकान तक पहुँचा। अल्ताफ को खींचकर जिप्सी से उतारा गया। जैसे ही उसने महसूस किया कि वो कहाँ हैं उसकी आँखे फड़फड़ाने लगी। बी एस एफ के तीन मुस्तंडे जवान उसे लेकर मकान के पिछवाड़े बने एक टेन्ट की ओर बढ़ चले जबकि विजय कमान्डेंट के मुख्य ऑफिस की ओर। कमरे के एक कोने में पड़ा बड़ा सा बुखारी कमरे को हमेशा गरम रखता था।

शुरुआती पूछताछ में शामिल होने में विजय ने रूचि नहीं दिखाई। हालाँकि यह जरूरी था कि उससे जल्दी-से-जल्दी कुछ उगलवाया जाए इससे पहले कि उसके साथियों तक उसकी गिरफ्तारी की खबर पहुँचे। दरअसल, उसे यह सब देखना अच्छा नहीं लगा था। फिर, उसे पता था कि जैसे ही अल्ताफ दर बकना शुरू करेगा बी एस एफ वाले उसे खुद ही बुलाएँगे।

वह कमरे में सोफे पर बैठा रहा थकान भरी चैन के साथ बुखारी के सामने हाथ फैलाकर गर्म करता। फिर उसने कुछ घृणा से खुद को देखा। उसे पहली बार महसूस हुआ कि उसके ऊपर गन्दगी की परत सी जमी थी। एक जवान ट्रे में कहवा और बिस्किट लेकर आया और कमान्डेंट ने विजय की ओर इशारा करते हुए कहा—

'कहवा लीजिए!' हम पूरे मुल्क में सबसे बेहतरीन कहवा बनाते हैं।'

'मुझे पता है', विजय ने मुस्कुराते हुए कहा;

'मैं पहले भी पी चुका हूँ। लेकिन मैं चाहूँगा कि पहले मैं अपनी गन्दगी धो लूँ नहीं तो आपके इतने सुन्दर बर्तन मैले हो जाएँगे।'

वह उठ खड़ा हुआ और बाहर लकड़ी के गलियारे के आखिरी कोने पर बने छोटे बाथरूम की ओर बढ़ा। उसने अपने चेहरे की अच्छी तरह लाइफबॉय साबुन से मलते हुए तय किया कि वापस बादामी बाग पहुँचकर अच्छी तरह नहाएगा।

पापा II के पिछवाड़े के टेन्ट से उसे हल्की कराह की आवाज सुनाई दी और विजय ने अपनी नाक सिकोड़ी। कमान्डेंट के ऑफिस में वापस लौटकर उसने पूछा–

'आपको क्या लगता है इसमें कितना समय लगेगा?'

'ज्यादा नहीं। ज्यादातर कश्मीरी ज्यादा समय नहीं लेते। हाँ विदेशी आतंकवादियों से कुछ भी उगलवाने में जरूर कई दिन लग जाते हैं। मुझे तो दर्जनों आतंकवादियों ने बिना एक ऊँगली लगाए ही बता दिया कि उनके असलहे कहाँ छुपे हुए हैं। यहाँ पापा II में आते ही उनका पाखाना उतर आता है।'

विजय ने गर्दन हिलाई और आँखें बन्द करके सोफे पर पसर गया। उसे ज्यादा इन्तजार नहीं करना पड़ा। बी एस एफ की पोशाक में एक लम्बा-तगड़ा आदमी पन्द्रह मिनट बाद कमरे में आया और सैल्यूट करके बोला–

'सर वो बक रहा है।'

'इतनी जल्दी।'

विजय ने आश्चर्य से घड़ी देखते हुए कहा।

वह आदमी मुस्कुराया, 'मैंने उसे दो-चार तमाचे लगाए और इतना काफी था सर।'

'चलो', कमान्डेंट बोला–

'चलिए चलकर देखते हैं वो क्या कहनेवाला है।'

वह एक अन्धेरा कमरा था। दीवार से पीठ टिकाकर उकड़ूँ बैठा अल्ताफ बेचारगी की मूरत लग रहा था। अब और जोर-जबरदस्ती की जरुरत नहीं थी क्योंकि वह उनके सारे सवालों के जवाब दिए जा रहा था–कि उसकी यूनिट ने हथियार कहाँ छिपाकर रखे थे और उनकी योजनाएँ क्या-क्या थीं? लेकिन जब उससे उसकी यूनिट के बाकी साथियों के नाम-पते पूछे गए तो उसने बताने में हिचकिचाहट दिखाई तो कमान्डेंट ने वापस पूछताछ के लिए जवानों को इशारा किया जो इस दौरान चुपचाप कमरे में पिछवाड़े में इन्तजार कर रहे थे।

तकरीबन एक घण्टे की पूछताछ के बाद विजय के पहला सवाल किया–

'एक आखिरी सवाल अल्ताफ। क्या तुम चरारे-शरीफ के अन्दर मौजूद लोगों में से किसी को जानते हो?'

अल्ताफ ने कुछ देर बाद ना में गर्दन हिलाई और विजय ने तुरन्त ताड़ लिया–

'तुम्हारी हिचकिचाहट बताती है कि तुम्हें पता है हरामज़ादे। बताओ वो कौन लोग हैं?'

'मैं अपने बाल-बच्चों की कसम खाकर कहता हूँ मुझे कुछ नहीं पता,'

अल्ताफ तेजी से गर्दन हिल-हिलाकर कहने लगा।

'मुझे बस वही पता है जो मैंने अखबारों में पढ़ा है।'

'चरार के भीतर हिज्बुल मुजाहिदीन के लोग हैं और तुम कहते हो कि तुम्हें

उनकी कुछ खबर नहीं है।'

'मैं अपने माँ-बाप की कसम खाके कहता हूँ...'

अल्ताफ फिर शुरू हो गया और विजय कमान्डेंट की ओर मुड़ा।

यह पूछताछ बीस मिनट और चली और विजय को वह सूचना मिल गई जिसकी ताक में वो था–

'मैं चरार के अन्दर मौजूद ज्यादातर लोगों को नहीं जानता; अल्ताफ आखिरकार बोला,

'लेकिन मुझे पता है कि मुश्ताक मलिक वहाँ है। वो हिज्बुल का श्रीनगर में कमान्डर था जब मैं पिछली दफा वहाँ था।'

'श्रीनगर का मुश्ताक मलिक; विजय ने जल्दी से दुहराया।

'वह कहाँ रहता था और उसके साथ कौन-कौन थे?'

उस रात अपने कमरे में वापस लौटकर विजय ने अपनी डायरी को उलट-पुलट कर देखा। उस दिन उसका दिमाग बहुत तेजी से काम कर रहा था। वह जानता था कि उसे ऐसा मौका मिला है कि वह अपनी उन योजनाओं पर काम कर सकता था जिसके बारे में वो तभी से सोच रहा था जब यह विशेष ऑपरेशन शुरू हुआ था। लेकिन उसे समझ नहीं आ रहा था कि आगे कैसे बढ़ा जाए।

उसने डायरी वापस टेबल पर रखी और बत्ती बुझा दी। उसे पुलिस में अपने कुछ दोस्तों से लंच पर मिलना था कि शायद उनके पास कुछ आइडिया हो।

लेकिन अगले दिन दो बजे तक उसके पास सारे जवाब थे। जैसे ही विजय ने मुश्ताक का नाम लिया एस.पी. जोर से हँसा। फिर उसने विजय की पीठ ठोंकते हुए कहा–

'तुम पर इसके लिए एक बोतल स्कॉच उधार रहा। मुश्ताक मलिक तुमने बताया हिज्बुल मुजाहिदीन का है और ज़ैनाकादल इलाके में रहता है!'

'बिल्कुल सही', विजय ने अपनी डायरी देखते हुए जवाब दिया।

एस.पी. फिर से हँसा–

'जानते हो? उस ग्रुप में हमारा अपना भी एक आदमी है खान। मुश्ताक उससे ऑर्डर लेता है। वह सोचता है कि खान पक्का जमाती है, लेकिन असल में वो हमारा आदमी है। हाल ही में शहर के बाहरी इलाके में जो कुछ सफलताएँ हमें मिली हैं उसकी वजह वही है–खान।'

विजय के चेहरे पर हल्की मुस्कान फैल गई।

'क्या ये सच है?' उसने आहिस्ता से पूछा

× × ×

एक हफ्ते बाद मुश्ताक मलिक बड़गाम के पास एक छोटे-से घर में घुसा।

वह चरारे-शरीफ छोड़कर आया था क्योंकि उसे अपने कमान्डर का सन्देशा मिला था। वह एक ऐसे खुफिया रास्ते से आया था जिसका पता आर्मी को नहीं था। वह इस रहस्य को जानने को बेचैन था कि आखिर ऐसी क्या जरुरत आ पड़ी कि उसे चरार से इतने खतरनाक सफर पर बुलाया गया। उसने साथ रफीक था। जो चरारे-शरीफ का रहनेवाले था और मुश्ताक के कुछ महीनों बाद हिजबुल मुजाहिदीन में शामिल हुआ था और मुश्ताक वहाँ उसी के घर में रहता था।

घर में लगा लोहे का दरवाजा खुला था। मुश्ताक ने उसके अन्दर झाँका और दरवाजा खोल दिया। अपने कमान्डर को पहचानकर वह मुस्कुराया और रफीक के साथ दहलीज पार करते हुए बोला—

'सलाम अलैकुम खान साहिब। श्रीनगर से बुरी-बुरी खबरें सुनता रहा हूँ; हमारे बहुत से बच्चे हलाक हो गए।'

खान ने उदासी के गर्दन हिलाई और उनके स्वागत के लिए उठा और मुद्दे पर आते हुए बोला—

'मुझे अफसोस है कि मैंने तुम्हें चरारे-शरीफ से बाहर आने के लिए मजबूर किया। लेकिन ये बड़ा ही खास मिशन है और इसे तुम ही पूरा कर सकते हो।' रफीक को देखते हुए वो थोड़ा रुका। मुश्ताक ने उसे इत्मीनान दिलाते हुए कहा—

'फिक्र मत कीजिए खान साहिब। रफीक मेरे भाई जैसा है, इसके सामने बातें करने में कोई हर्ज़ नहीं है।'

खान ने कहना शुरू किया—

'पाकिस्तान से एक आदमी आया है। आई एस आई में मेजर है। वह पाकिस्तानी हुक्मरानों का सन्देशा लेकर आया है और वो सन्देशा तुम्हारे काम का है। मैं चाहता हूँ, कि तुम उसे ध्यान से सुनो।'

मुश्ताक से खड़ा नहीं हुआ जा रहा था और वो बैठ गया। उसके दिल की धड़कन बढ़ गयी। तभी अन्दर कमरे से एक लम्बा-तगड़ा आदमी निकला।

विजय कौल ने सलवार-कुर्ता पहन रखा था, सर पर टोपी और चेहरे पर वो तुर्शी जो ओहदेदारों में होती है। उसने अदब से मुश्ताक और रफीक से दुआ-सलाम किया और फिर खालिस उर्दू में कहने लगा—

'मेरा नाम मेजर इरफान है। और मुश्ताक मलिक पिछले कुछ दिनों से हमारी तुम पर नजर है। हमारी रिपोर्ट के मुताबिक तुम पाकिस्तान और जेहाद के वफादार हो।'

मुश्ताक शरमा गया। अगर उसे थोड़ा आश्चर्य भी हुआ हो कि उसके जैसे छोटे आतंवादी पर भी आई एस आई नजर रखती है पर उसने जाहिर नहीं होने दिया।

विजय ने आगे कहना शुरू किया—

'मैं कश्मीर एक खास मिशन पर आया हूँ। लेकिन मुझे तुम्हारी मदद चाहिए।'

उसने मुश्ताक की ओर रुककर थोड़ा देखा और फिर बोला–

'मस्त गुल जैसों के साथ तुम्हारे ताल्लुकात कैसे हैं?'

मुश्ताक हक्का-बक्का हो गया। यह आखिरी सवाल था जिसकी उसे उम्मीद थी। थोड़ी देर सोचने के बाद उसने बड़ी सावधानी से जवाब दिया–

'मेरे ख्याल से उससे मेरा कुछ खास मेल-जोल नहीं रहा है।'

'वो बेवकूफ है', विजय बोला और मुश्ताक काँप उठा। 'उसे अपनी ही ज्यादा फिक्र है। अपनी तस्वीरें खींचवाने और टीवी कैमरे के सामने आने में जिहाद को ऐसे लोगों की कोई जरुरत नहीं है जो अपने-आपको उससे बड़ा समझते हैं। वो जिहाद पर धब्बा लगा रहा हैं और उसे जाना होगा।'

कुछ देर तक सन्नाटा छाया रहा फिर मुश्ताक ने रफीक की ओर देखते हुए कहा–

'मैं समझा नहीं। आप हमसे क्या करने को कह रहे हैं?'

विजय अन्दर से खुश हो गया। उसे अपना काम बनता दिख रहा था। वह आगे झुककर संजीदगी से बोला–

'मैं चाहता हूँ कि तुम मुझे अपने साथ चरार ले चलो। ऐसा जताते हुए कि मैं श्रीनगर का तुम्हारा पुराना साथी हूँ, एक मेहमान आतंकवादी जो सेना से बचने के लिए कुछ दिन चरार में रूकना चाहता है।'

कमरे में आने के बाद रफीक पहली बार बोला–'और फिर क्या होगा? हम आपको चरार ले जाएँगे तो फिर आप क्या करेंगे?'

विजय ने कुछ देर की चुप्पी के बाद कहा–

'होगा क्या? हम उसे मार डालेंगे। मैं उसे तुम्हारी मदद से मार डालूँगा।'

विजय बैठा रहा और उनके चेहरे पर सहमति दिखाई दे रही थी।

वे चरार में बिना किसी मुश्किल के दुबारा घुस गए और विजय को बिना ज्यादा सवाल किए उन्होंने अपने में शामिल कर लिया। धीरे-धीरे उसने तय कर लिया कि वो किस तरह मस्त गुल और बाकी आतंकवादी कमान्डरों को मारेगा। मुश्ताक की मदद से वे एक गैस सिलेन्डर उस सड़क की बगल के दूकान में रखने में सफल हो गए जहाँ मस्त गुल रोज टहलता था। एक ऐसा सिलेन्डर जिसे जरुरत पड़ने पर बम की तरह फोड़ा जा सकता था। बस सही वक्त का इन्तजार था।

मुश्ताक और रफीक ने उस राज को अपने तक ही रखा, हालाँकि रात को सोते वक्त उन्हें कुछ शंका-सन्देह घेरता था। अब, हबीब शाह को शहर में घूमते देख, मुश्ताक ने फैसला किया कि कश्मीर के इस अज़ीम रहनुमा के साथ वह अपनी मुश्किल साझा करेगा।

× × ×

वक्त बहुत धीरे-धीरे गुजर रहा था। हबीब को देखते ही विजय का दिमाग तेजी से दौड़ रहा था। पहले उसने सोचा कि दौड़ कर भाग जाए, लेकिन जानता था कि भागना आसान नहीं था।

हवीब विजय को देखता रहा और सोचता रहा कि उसने अपने को सेहतमंद बनाए रखा है। वह जानता था कि विजय शहर में किसी खास मिशन पर आया होगा, और यह जानना जरूरी था कि वो मिशन क्या था। उसने बोलने के लिए मुँह खोला, लेकिन उसके दिमाग में एक तस्वीर कौंध गई कि विजय जलालुद्दीन और उसके लोगों की दया पर है, कि उन्होंने उसे नंगा टेबल पर लिटा रखा है और उससे पूछताछ में लगे हैं। धीरे-से उसने अपना मुँह फिर से बन्द कर लिया।

विजय के माथे पर पसीने की बूँदें चमकने लगीं और उसके बगल में बैठा मुश्ताक थोड़ा बेचैन हो उठा। आखिरकार हबीब बोला—

'मेरे ख्याल से आप आई एस आई के मेजर इरफान हैं।'

'हाँ, मुझे इस्लामाबाद से यहाँ भेजा गया है',

विजय इतने आराम से बोल रहा था कि उसे खुद भी आश्चर्य हो रहा था।

हबीब ने मुड़कर देखा कार के पास विदेशी आतंकवादी जमा थे। वे पाँच थे, परम्परागत अफगान पोशाक में सलवार-कमीज और सर पर साफा। लापरवाही से बन्दूक और असलहे उनके शरीर पर लटके हुए थे। तीन जे के एल एफ के लोग जो उसके साथ कार से अड़कर ड्राईवर से हँसी-मजाक कर रहे थे।

फिर उसने विजय की ओर वापस देखा—

'हम यहाँ बात नहीं कर सकते। आप क्यों नहीं शहर से जाते वक्त हमारे साथ चलते हैं? हम गाड़ी में बात कर सकते हैं।'

'जैसा आप चाहें', विजय ने सिर हिलाकर जवाब दिया।

वे कार की तरफ बढ़े, मुश्ताक हतप्रभ सा लग रहा था। हबीब ने आगे की सीट की ओर इशारा करते हुए कहा—

'कोशिश करके घुस जाइए मेजर इरफान। थोड़ी तकलीफ तो होगी, पर हमें ज्यादा दूर नहीं जाना है।'

विजय अन्दर घुस गया, उसके साथ ही जे के एल एफ के बाकी लोग भी। लेकिन अन्दर घुसने से पहले हबीब ने मुश्ताक की बाँह पकड़ी और उसने कान में कश्मीरी में फुसफुसाने लगा, ताकि विदेशी समझ नहीं पाएँ और जे के एल एफ के लोग सुन नहीं पाएँ—

'मैं तब तक मिशन के बारे में कुछ और पता करता हूँ। लेकिन जब तक मैं तुम्हें कुछ न कहूँ तुम इसकी बातों पर अमल मत करना। समझ रहे हो न!

मेरे आदेश का इन्तजार करो और किसी के नहीं।'

मुश्ताक ने हामी भरी। उसे लगा कि कुछ गड़बड़ है और इस बात पर खुश हुआ कि फैसला अब उसे नहीं करना था। वह कार को जाते हुए देखता रहा और वापस विदेशी आतंकवादियों की ओर देखकर मुस्कुराया जो वहीं आराम से उकड़ूँ बैठे थे।

कार में खामोशी छाई रही। कार चरार से निकलकर खाली जगह में आ गई थी और आगे सेना का चेक पोस्ट आने वाला था। फिर हबीब ने ड्राईवर की पीठ पर हाथ मारा—

'जरा रुकना। मेरे ख्याल से हमारे गाईड अब हमसे विदा लेकर वापस जाएँगे।'

विजय कार से बाहर निकल आया और हबीब भी दरवाजा खोलकर बाहर आ गया। फिर वह विजय के नजदीक आया। ताकि अन्दर के लोग सुन नहीं पाएँ—

'पता नहीं तुम वहाँ क्या कर रहे थे और मैं जानता हूँ तुम मुझे बताओगे नहीं। लेकिन क्या तुम वादा करोगे कि आगे कुछ नहीं करोगे?'

विजय उसे आराम से देखकर बोला—

'ये मेजर कौल है। तुम जानते हो कि मैं फिर से अन्दर ही जाऊँगा।'

'अगर जाओगे, तो मारे जाओगे। और ये कोई आसान मौत नहीं होगी। अब जाओ।'

जब हबीब वापस कार की ओर मुड़ा विजय ने धीरे से पूछा—

'तुमने मुझे अपने साथियों के हवाले क्यों नहीं किया?'

हबीब की आँखें जड़ और भावशून्य थीं—

'पता नहीं। आज रात जब मैं सोने की कोशिश करूँगा तो इस सवाल का जवाब अपने आपसे पूछूँगा।'

फिर वह वापस अपने काम में लौट आया जे के एल एफ ने अपने साथियों की सवालिया निगाहों से बचता-बचाता। जैसे ही कार आगे बढ़ी, विजय धीरे-धीरे नजदीकी सेना पोस्ट की ओर बढ़ा। मिशन पूरा होने से पहले ही खत्म हो चुका था, लेकिन उसे इसका अहसास था कि उसकी किस्मत ने ही उसे जिन्दा बचा लिया।

× × ×

वरुण अपनी ट्रॉली को घसीटता एयरपोर्ट से बाहर निकला, उसके पीछे-पीछे राजू था। लोहे की एक बाड़ के उस तरफ टैक्सियाँ थीं, वरुण वहाँ पहुँचा। वरुण की आँखें बूढ़े टैक्सी ड्राईवर मंसूर को ढूँढ रही थीं। उसने आखिरकार उस दाढ़ी वाले चेहरे को ढूँढ लिया और उसके चेहरे पर मुस्कान तैरने लगी।

वे मार्च के शुरुआती दिन थे और चरारे-शरीफ के घेराबन्दी की खबर राष्ट्रीय अखबारों को लग गई थी। वरुण ने अपने न्यूज एडिटर से कश्मीर जाने की आज्ञा ली ताकि वहाँ के हालात का मुआयना कर सके।

उसने अपनी ट्राली मंसूर के इन्तजार करते हाथों में दे दी और उसके गले लग गया जो उस टैक्सी ड्राईवर के लिए उसके मोहब्बत को बताता था। वरुण गले मिलने के बाद यह देखने में लगा था कि उसकी हड्डियाँ सही-सलामत हैं या नहीं तब तक राजू ने गले मिलने की रस्म पूरी की। फिर उन्होंने ट्रायपॉट एम्बेसेडर के ऊपर रखा और सूटकेस नीचे।

'चलना कहाँ है? सीधा अहदूस या कहीं और की बुकिंग है?'

वरुण सामने की सीट पर फैलकर बैठ गया और बोला—

'हम पहले जल्दी से अपना सामान अहदूस में रखेंगे, फिर हमें चरारे-शरीफ जाना है। इस बार हम सिर्फ एक दिन के लिए आए हैं। कल हमारी वापसी की फ्लाइट है। क्या हम वहाँ जाकर शाम से पहले लौट सकते हैं?'

मंसूर ने अपनी बड़ी एच एम टी घड़ी पर निगाह डाली। 'दो तो बज चुके हैं। इसलिए अगर हम शहर की ओर न जाकर बड़गाम होते हुए वहाँ जाएँ तो डेढ़ घण्टे ही लगेंगे। इसलिए बेहतर तो यही होगा कि हम होटल को भूलकर सीधा चरार चलते हैं।'

वरुण सीट पर पसरते हुए बोला—

'ठीक है मेरे आका जैसा आप चाहें। अब बताइए क्या हाल चाल हैं? आपके लड़के कैसे है?'

मंसूर ने एयरपोर्ट के पास खड़े सेना के ट्रकों के पार किया और खिड़की से बाहर थूकते हुए बोला—

'कहने को क्या है? वही पुरानी कहानी। एक तरफ सेना की बन्दूकें तो दूसरी ओर आतंवादियों की बंदूकें। बीच में हम हैं और हमारे सिर पर हुर्रियत वाले बैठे हैं।'

वरुण को थोड़ा आश्चर्य हुआ। मंसूर हमेशा से आतंकवादियों का पक्का समर्थक रहा था और वरुण को पता चला था कि उसका एक लड़का हिज्बुल मुहाहिदीन के लिए काम भी करता था। इसलिए आमतौर पर आतंकवादियों या हुर्रियत के खिलाफ मंसूर की जुबान से एक भी शब्द निकलवा पाना मुश्किल होता था।

'लगता है आपका नजरिया बदल गया है, बूढ़े, अंकल', उसने छेड़ा।

'कौन नहीं बदला?' मंसूर तल्खी से बोला।

'हुर्रियत हड़ताल करती है हम भुगतते हैं। आतंकवादी सैलानियों को धमकाते हैं। चूल्हा हमारा नहीं जलता। मैं आपको कुछ घर दिखाऊँगा जो हमारे इन रहनुमाओं

ने बनवाए हैं। बड़ी-बड़ी इमारतें, सब उन लोगों ने बनवायी हैं जिनके पास इस वहशतनाक दौर के शुरू होने से पहले अपना कहने को दो पैसे भी नहीं थे। उन्हें तो थैली भर-भरकर पैसे मिलते हैं और मरने को रह जाते हैं हम जैसों के बच्चे।'

'लेकिन आपके बच्चे तो सही-सलामत हैं न?'

राजू ने हमदर्दी के साथ पूछा।

मंसूर ने अपने हाथ उठाए और कार खतरनाक ढंग से लड़खड़ाई—

'इंशाअल्ला! मैं रहमत से पिछले आठ महीने से नहीं मिला। लेकिन मेरा यकीन है कि वो ठीक है।'

वे बाते करते रहे और टैक्सी पहाड़ों के बीच चलती रही, चीड़ के वनों के बीच चमकती सड़क पर। कुछ देर बाद दूर पहाड़ी पर दो सैटैलाइट डिश दिखाई दिए और मंसूर उसकी ओर इशारा करते हुए बोला—

'चरार उन दोनों डिश के पीछे है। वहाँ सेना का एक कैम्प है।'

आधे घण्टे बाद टैक्सी उस कैम्प को पार कर रहा था जहाँ डिश लगे थे। सेना के ट्रकों और जीपों का जमावड़ा ये बता रहे थे कि घेराबन्दी को लेकर वे कितने गम्भीर थे। कुछ किलोमीटर बाद सेना का एक पोस्ट था और दो मुस्तैद जवान वहाँ तैनात थे। उन्होंने तकरीबन पचास मीटर ऊपर बने एक कैंप की ओर इशारा किया जो सड़क की दायीं ओर था—

'जाओ कैप्टेन से बात करो। हम कुछ नहीं कर सकते।'

कैप्टेन उस कैंप के बाहर लॉन पर कुर्सी डाले बैठा था। वरुण पूरे विश्वास के साथ उसकी तरफ बढ़ा। जैसे ही उसने अपना परिचय दिया अन्दर से मेजर की पोशाक पहने एक आदमी बाहर आया।

वरुण उसकी ओर मुड़कर अपना परिचय देने लगा। वह आदमी मुस्कुराया—'मुझे पता है आप कौन है, मैंने आपको अकसर टीवी पर देखा है। मेरा नाम विजय कौल है और मैं फिलहाल यहाँ के हालात पर नजर रखे हूँ। तो बताइए हम आपके लिए क्या कर सकते हैं?'

'हम चरारे-शरीफ जाकर वहाँ के हालात का जायजा लेना चाहते हैं।'

विजय ने ठण्डी आह भरी और वरुण को इशारा किया अपने पीछे बगीचे के एक कोने में आने के लिए। एक दीवार के पास जहाँ से चरार जाने का रास्ता दिखाई देता था।

'आपको वो चेकपोस्ट दिखाई दे रहा है। वहाँ हमारी हुकूमत खत्म हो जाती है। अगर आप उसे पार करेंगे आप आतंकवादियों के रहमों-करम पर होंगे और उनमें ज्यादातर विदेशी हैं। वहाँ हम आपको बचाने के लिए कुछ नहीं कर सकते। अगर मान लिजिए वे यह तय करते हैं कि दिल्ली से अभी-अभी आए टीवी टीम का अपहरण कर लिया जाए तो हम आपको बचा नहीं सकते।'

वरुण उसकी ओर इत्मीनान से देखते हुए बोला–

'मुझे खतरों का पता है और ये सब कुछ हमारे लिए नया नहीं है। हम अक्सर अपने आपको आतंकवादियों के भरोसे छोड़ देते हैं और सौभाग्य से उन्होंने अब तक हमारा कोई नुकसान नहीं किया है। हम अपनी सुरक्षा की जिम्मेदारी खुद लेते हैं।'

'और मान लिजिए वे आपको पकड़ लेते हैं।'

वरुण ने कन्धे उचकाते हुए कहा–'ये हमारी समस्या है। हमें पता है कि आप कुछ नहीं कर पाएँगे।'

अब तक कैप्टन भी उनके पास आ चुका था और विजय ने उसकी ओर देखा और उससे पूछा–

'तुम्हें क्या लगता है संजय! असल में तय तुम्हें करना है।'

'सर हमें आदेश है कि अगर कोई पत्रकार जाना चाहे तो जाने दिया जाए अगर वे अपनी जिम्मेदारी खुद लेते हैं तो', उसने जवाब दिया।

विजय ने फिर ठण्डी साँस भरते हुए कहा–'ठीक है! जाइए। पर भगवान के लिए होशियार रहिएगा। वहाँ मौजूद कुछ लोग बड़े खतरनाक हैं और वे पत्रकारों की परवाह नहीं करते।'

'फिक्र मत कीजिए', वरुण ने विजय की बाँह थपथपाकर कहा, 'हम सुरक्षित लौट आएँगे।'

जब बैरियर हटा और कार आगे ही ओर बढ़ी अपनी तमाम बहादुरी के बावजूद वरुण को घबड़ाहट महसूस हुई। दूर-दूर तक कोई दिखाई नहीं दे रहा था और एम्बेसेडर के इंजन की आवाज के अलावा कोई आवाज भी नहीं सुनाई दे रही थी। अब वे ढलान से उतर रहे थे और सामने चरारे-शरीफ की इमारतें दिखाई दे रही थीं। वरुण की धड़कन तेज हो गई और एहतियातन वरुण ने कार के विंडस्क्रीन की ओर देखा जहाँ बड़े-बड़े अक्षरों में कागज पर लिखा प्रेस चिपका हुआ था।

बिना किसी चेतावनी के पहाड़ी के पीछे-से दो आदमी निकले और उनके सामने लगभग पचास गज की दूरी पर सामने सड़क पर आगे बढ़ने लगे। वरुण मंसूर का कन्धा थपथपाकर बोला

'मेरे ख्याल से गाड़ी धीमे कर लेनी चाहिए।'

मंसूर ने एक्सीलेटर से अपने पाँव हटा लिए और उन्होंने देखा कि वे दोनों सड़क के किनारे आ गए थे। दोनों निहत्थे थे और देखने से कश्मीरी लग रहे थे। जैसे ही गाड़ी उनके नजदीक पहुँची उन्होंने हाथ उठाकर रुकने का इशारा किया और फिर बिना कुछ कहे गाड़ी में सवार हो गए। 'चलाते रहो', उन दोनों में से बड़े दिखाई देनेवाले आदमी ने सीट पर बैठते हुए कश्मीरी में मंसूर से कहा।

'चरार कितनी दूर है?' वरुण ने बातचीत के इरादे से कहा। जवाब में उस

आदमी ने अपनी भिंचे हुए होंठों पर ऊँगली से इशारा किया और वरुण खामोश हो गया। कुछ देर बाद वे कंक्रीट के एक चौराहे के पास पहुँचे जो चरारे-शरीफ में घुसने का रास्ता था।

चौराहे के चारों ओर छोटी-छोटी इमारतें थीं; सबके दरवाजे बन्द थे। कुछ लोग जो देखने में साधारण लग रहे थे एक इमारत के बाहर बैठे हुक्का पी रहे थे और श्रीनगर का कोई पुराना अखबार देख रहे थे। उन्होंने कार को आते देखा और तुरन्त उठकर बगल हट गए के बीच से घाटी में फैला पूरा शहर दिखाई देता था और कुछ दूरी पर दरगाह की मीनार अपने चारों ओर बनी इमारतों के बीच शान से खड़ी दिखाई दे रही थी।

'यहीं इन्तजार करो', उस आदमी ने कहा और मंसूर ने तुरन्त गाड़ी रोक दी।

'जाओ उन्हें बुला लाओ', उस आदमी ने अपने नौजवान साथी से कहा, और वो मेन रोड पर आगे निकल पड़ा। वरुण और राजू कार से बाहर निकल आए। कैमरामैन ने अपना बीटाकैम अपने शरीर से टिका रखा था। वरुण ने उस सुनसान चौराहे के चारों ओर देखा और फिर यूँ ही इमारतों की छतों की ओर नजर दौड़ाई। वहाँ मुखबिर और रक्षक हो सकते थे।

उसकी निगाह तुरन्त तीन आतंकवादियों पर गई जो छत पर बंकर बनाकर अन्दर आनेवाली सड़क का निशाना साधे हुए थे। उनकी एके-47 का निशाना उनकी ओर ही था। और उसने सोचा कि उसने कम-से-कम दो और लोगों को पानी की टंकी के ऊपर देखा था जो पहाड़ी से थोड़ी ऊँचाई पर थे।

राजू ने ऐसा किया मानो वह कैमरा अपने कन्धे पर रखकर कुछ शॉट लेगा, लेकिन उनके साथ खड़ा आदमी जल्दी-से आगे आ गया और वरुण ने आँख के इशारे से उसे समझाया। राजू ने कैमरा नीचे कर लिया और बोनट पर झुक गया।

उन्हें ज्यादा इन्तजार नहीं करना पड़ा। उन्हें सामने से आठ आतंकवादियों का दस्ता आता दिखाई दिया।

वरुण ने अपनी अनुभवी आँखें उनपर डालीं। उनमें से ज्यादातर विदेशी लग रहे थे। अफगान या पाकिस्तानी, एकाध कश्मीरी भी हो सकते थे।

वह जत्था उनके करीब पहुँचा, हाथ में एके-47 लिए। किसी के चेहरे पर मुस्कान की कोई परछाईं तक नहीं थी। वरुण पहले भी आतंकवादियों से मिला था और उसने तुरन्त यह महसूस किया ये लोग दोस्ताना नहीं थे। फिर भी, वो आत्मविश्वास के साथ आगे बढ़ा, हाथ में अपना प्रेसकार्ड लिए।

जलालुद्दीन ने अपने आखिरी कुछ कदम टैक्सी की ओर बढ़ाए, जिसमें जींस और टी-शर्ट पहने नौजवान चढ़कर आया था, और कैमरामैन कार की बोनट से हट गया। उसकी दायीं और ज़फर था। उसने सबसे पहले वरुण के पास पहुँचकर

उर्दू में पूछा–'तो बताओ?'

'तुम कौन हो और क्या चाहते हो?'

वरुण ने चेहरे पर दिखावटी मुस्कान लाते हुए अपना प्रेस कार्ड आगे बढ़ा दिया। इसका ख्याल रखते हुए कि अचानक कोई कार्रवाई न हो जाए इसीलिए अपने हाथ भी शरीर से दूर रखा हुआ था।

'सलाम अलैकुम। हम प्रेसवाले हैं। एक प्राइवेट टीवी कम्पनी के लिए काम करते हैं। हम लोग चरारे-शरीफ के हालात को देखने आए हैं। फिल्म बनाने आए हैं।'

ज़फर ने उसके हाथ से प्रेस कार्ड ले लिया और जलालुद्दीन गर्दन आगे बढ़ाकर उसे देखते लगा। फिर बिना कुछ बोले ज़फर ने राजू की ओर देखा और उसने भी अपना कार्ड आगे बढ़ा दिया।

जलालुद्दीन ने कार्ड से नजर हटाकर उसकी ओर देखते हुए कहा–'इसमें लिखा है कि तुम नई दिल्ली से हो।'

'जी हाँ। बिल्कुल!' वरुण ने तुरन्त जवाब दिया।

'हम लोग दिल्ली से आए हैं। एक प्राइवेट टीवी कम्पनी की ओर से।'

आखिरी तीन शब्दों पर जोर देते हुए उसने कहा। उथल-पुथल के उन दिनों में आतंकवादियों ने देश के दूसरे हिस्से से आए पत्रकारों से कभी दुश्मनी नहीं निभाई थी। दूरदर्शन के पत्रकार इसके अपवाद थे। उसको कई आतंकवादी संगठनों ने निशाना बनाया था। क्योंकि उनका मानना था कि वो सिर्फ सरकारी प्रचार करता है। दूसरे पत्रकारों के विपरीत दूरदर्शन के पत्रकारों को भारी सुरक्षा में चलना पड़ता था और और कई तो मारे भी गए थे।

ज़फर ने सन्देह के साथ प्रेस कार्ड पर नजर डाली–

'तुम्हारा दूरदर्शन से तो कोई लेना-देना नहीं है।'

वरुण ने तुरन्त इन्कार में अपना सिर हिलाते हुए कहा–'नहीं! नहीं। बिल्कुल नहीं। हमलोग विजन टीवी से हैं और वो एक प्राइवेट टीवी कम्पनी है जो प्राईवेट चैनलों के लिए कार्यक्रम बनाती है।'

जलालुद्दीन वरुण को घूरे जा रहा था और अचानक वह चीखा–'ये झूठ बोलता है। मैं इसे पहचानता हूँ। कुछ दिनों पहले यह दूरदर्शन पर एक प्रोग्राम कर रहा था।'

वरुण की घबड़ाहट बढ़ गई और वो उस पल को कोसने लगा जब उसने दूरदर्शन पर एक समाचार कार्यक्रम को एंकर करने के लिए हामी भरी थी और वो भी कश्मीर आने से कुछ ही दिनों पहले। लेकिन वह सीधा जलालुद्दीन की आँखों में आँखें डालते हुए बोला–

'आपको जरूर कोई गलतफहमी हुई है। मैं एक प्राइवेट टीवी कम्पनी के लिए

काम करता हूँ। ये मेरे पास प्रेस ऐडिटर की एक चिट्ठी भी है। आप उसे क्यों नहीं देख लेते?'

'हाथ ऊपर करो हरामजादे', जलालुद्दीन चीखा और वरुण और राजू दोनों ने झटपट उसका पालन किया। एके-47 उनके पेट की सीध में तना था। जलालुद्दीन वरुण की जेब से चिट्ठी लेने के लिए आगे बढ़ा। उसने उसे सरसरी नजर से देखा और फिर सड़क पर फेंक दिया।

'इससे तो कुछ भी पता नहीं चलता। चिट्ठी तो कोई भी लिख सकता है। सच-सच बताओ तुम कौन हो और क्या चाहते हो? इससे पहले कि मुझे गुस्सा आ जाए जल्दी से बताओ।'

दो अफगान दोनों के बगल में नजदीक आ गए और उन्होंने राजू को टैक्सी से सटा दिया। बन्दूकों की नलियाँ उनकी छाती से कुछ ही दूर थी और उनकी उँगलियाँ ट्रिगर पर तनी हुई थीं। मंसूर को टैक्सी से बाहर निकालकर कुछ दूर पर जबदस्ती उकड़ूँ बिठा दिया गया।

जलालुद्दीन आगे बढ़कर वरुण के इतने नजदीक आ गया कि उसके नाक में जलालुद्दीन के गन्दे शरीर से निकलती दुर्गन्ध भरने लगी। एके-47 की नली अब वरुण की हड्डी पर थी।

वरुण धीरे-धीरे हाँफ रहा था और उसे अपने दिल की धड़कन साफ सुनाई दे रही थी। उसकी पीठ से पसीना बह रहा था। लेकिन उसके अन्दर के पत्रकार को यह महसूस हुआ कि वह डरा हुआ नहीं था, बल्कि आतंकवादियों को भरोसा दिलाने में लगा हुआ था। उसकी आँखें जलालुद्दीन और ज़फर से मिलीं।

'आप प्लीज मेरा यकीन करेंगे? हम प्राइवेट टीवी कम्पनी से आए हैं। हम प्रोग्राम बनाकर दुनियाभर में बेचते हैं। आप श्रीनगर में अपने किसी भी साथी को फोन करके मेरा नाम पूछ सकते हैं। वे आपको बताएँगे कि मेरा विश्वास किया जा सकता है। चाहे तो यासीन मलिक से पूछ लिजिए या गिलानी साहब से। वे सब मुझे जानते हैं।'

ज़फर सावधानी से आगे बढ़ा और जलालुद्दीन की बाँह पर हाथ रखा लेकिन उस लम्बे आदमी ने उसे झटक दिया—'मैं जानता हूँ तुम कौन हो। तुम एक हरामी जासूस हो।'

एक आवाज सी हुई जब जलालुद्दीन बन्दूक को एक खास अन्दाज में घुमाया। वरुण अपने आपको बात करते हुए सुन रहा था। हालाँकि एक और स्तर पर वो इन सबसे परे निकल गया था। सब कुछ ऐसे देख रहा था। जैसे वो कोई दर्शक हो। हालाँकि ये खामाख्याली ही थी। किसी की जिन्दगी उसके आँखों के सामने नहीं कौंधती है। पता नहीं किसने ये बात कही थी।

एक और आवाज आई। ज़फर ने थोडी कड़ाई से कहा—'रुको जलालुद्दीन।

पहले सच्चाई का तो पता कर लें। हमें एक सचमुच के पत्रकार को परेशान नहीं करना चाहिए, इससे जिहाद पर असर पड़ सकता है।'

जलालुद्दीन थोड़ा। झिझका–'मैं इसे पास के खेमे में ले जाकर पूछताछ करता हूँ।'

वरुण के पेट में फिर उबाल आया। उसके अन्दर की आवाज ने कहा इससे तो बेहतर गोली ही थी।

लेकिन ज़फर ने गर्दन हिलाकर कहा–'सिर्फ टैक्सी ड्राईवर को दूसरी तरफ ले चलो। उसे सचाई का पता होगा।' थोड़ी अनिच्छा से जलालुद्दीन ने एके-47 की नली वरुण के चेहरे से हटाई और ज़फर के साथ मंसूर को लेकर चल पड़ा।

ज़फर ने उस बुजुर्ग टैक्सी ड्राईवर से पूछा–'अच्छा अंकल बताइए ये कौन हैं! आप फिक्र मत कीजिए आपको कुछ नहीं होगा। मैं बस इनकी सच्चाई जानना चाहता हूँ।'

मंसूर ने एकबार बीस मीटर दूर खड़े वरुण और राजू की ओर देखा, ऊपर तनी बन्दूकों को देखा। फिर उसने जफर की आँखों में आँखे डालते हुए कहा–

'लड़का सच कह रहा था। वे प्राइवेट टीवी कम्पनी से ही हैं। मैं उनके साथ पहले भी काम कर चुका हूँ। उनकी हमसे हमदर्दी भी है।'

जलालुद्दीन गुर्राते हुए आगे बढ़ा लेकिन ज़फर ने हाथ उठाकर उसे रोकते हुए पूछा–'हमदर्दी किससे जिहाद से?'

'हमदर्दी कश्मीरी अवाम से', मंसूर ने जवाब दिया।

'आप मेरा यकीन कर सकते हैं। मेरा लड़का भी जिहादी है।'

ज़फर ने ध्यान से मंसूर के चेहरे पर देखा जैसे उसे पढ़ रहा हो। फिर वह गर्दन हिलाता हुआ पत्रकारों की ओर बढ़ा।

'यह बुड्ढा भी इन हिन्दुस्तानी कुत्तों से मिला हुआ है, जलालुद्दीन विरोध में बोला–'मैं कहता हूँ इन सबको गोली मार देनी चाहिए।'

लेकिन ज़फर उसे सुन नहीं रहा था। वह वरुण के पास पहुँचा जो उसे शंका भरी नजर से देख रहा था–

'हमें मुआफ कर दीजिए। चरारे-शरीफ में आपका स्वागत है। हम आपको शहर ले चलेंगे।'

वरुण को तो जैसे यकीन ही नहीं हुआ। उसने राजू को इशारा किया और उसने कार से जल्दी से अपने असबाबों का बैग निकाला। वरुण ने ट्रायपॉड अपने कन्धे पर रखा और ज़फर के पीछे-पीछे चलने लगा जो अपनी वॉकी-टॉकी पर जल्दी-जल्दी बात करता हुआ मेन रोड की ओर बढ़ रहा था। फिर ज़फर रूका और उनकी तरफ वापस आकर बोला–'आप लोग थोड़ा इन्तजार करेंगे? हम चाहते हैं कि शहर के बाकी लोग भी सड़कों पर निकल आएँ।'

'जरूर-जरूर', वरुण बोला। एक मरियल सी मुस्कान उसके चेहरे पर तैर रही थी—'हम लोग तब तक यहीं कुछ तसवीरें लेते हैं।'

राजू ने अपना बीटा कैम उठाया और वरुण उसे कुछ दिखाने लगा। आतंकवादी उनके आस-पास जुटने लगे और उनका साजो-सामान उत्सुकता से देखने लगे और वरुण उनसे इधर-उधर की बातें करने लगा। उनके बीच की बर्फ पिघल चुकी थी। उनमें से एक जो पाकिस्तानी दिख रहा था, ने अपनी एके-47 उतारी और वरुण को दे दी। वरुण बन्दूक से लगी झालर पर हाथ फिराने लगा, जोकि बन्दूक के मालिक ने लगा रखी थी।

'झालर क्यों?' उसने पूछा।

'ये अच्छे लगते हैं', पाकिस्तानी ने बन्दूक वापस लेते हुए जवाब दिया।

'आप किस तंज़ीम से हैं, हरकत उल अंसार से'—

वरुण ने पूछा।

'नहीं' उस आदमी ने जवाब दिया,

'में लश्करे-तैबा से हूँ।'

वरुण ने पहली दफा यह नाम सुना था और उसने इसे अपनी नोट बुक में लिख लिया। फिर उसने मुस्कुराते हुए उस आदमी से कहा ताकि उसे बुरा न लगे—'मैंने लश्कर के बारे में पहले सुना नहीं है।'

'फिक्र मत कीजिए', उसने जवाब दिया।

'आने वालों बरसों में आप हमारे बारे में काफी कुछ सुनेंगे।'

शहर के अन्दर से कुछ शोर-शराबा सुनाई दे रहा था, कुछ-कुछ वैसा जो समुद्री लहरों के चट्टानों से पछाड़ खाने पर उठती है। ज़फर ने राजू और वरुण को चलने का इशारा किया। उन्होंने मोड़ को पार किया और पाया कि उनके स्वागत में जन समुद्र उमड़ आया था। बन्दूकें हाथ में लिए लोग गड़ेरियों की तरह चरार-शरीफ से गुजर रहे थे ताकि वहाँ के सभी नागरिक बाहर आ जाएँ। औरतें, बच्चे मर्द सब मेन रोड पर जमा थे पाकिस्तान की शान में नारे लगाते-आजादी के नारे लगाते।

अचानक जलालुद्दीन ने आगे बढ़कर वरुण के पैर को दबा दिया। जलालुद्दीन ने अपनी बन्दूक राजू की छाती पर भिड़ा दी और बोला—

'हरामजादे लोग जो कह रहे हैं उसकी तस्वीर उतारो।'

राजू ने हामी भरी और काम में लग गया। वे सड़क से दरगाह की तरफ बढ़ते हुए भीड़ की तस्वीर उतार रहे थे। वे नारे लगाती भीड़ की तस्वीर उतार रहे थे। उन कमसिन बच्चों की जोर उछल-उछले कर नारे लगा रहे थे और एक-दूसरे को धक्का देकर कैमरे को सामने आने की कोशिश में लगे थे। मौका मिलते ही वे भीड़ में घूमते बन्दूकचियों को तस्वीरें भी उतार रहे थे जो चरार के बाशिंदों को

और ऊँची आवाज लगाने के लिए टहोका दे रहे थे।

जब वे दरगाह पहुँचे तो वरुण ने अखरोट की लकड़ी से बनी उस खूबसूरत इमारत को देखकर गहरी साँस भरी। राजू फिर से तस्वीर उतार रहा था। दरगाह के सामने एक चबूतरे पर ट्रायपॉड टिकाकर उसमें कैमरा लगाकर। भीड़ अब भी आस-पास जमा थी। नारे लगती, उदासी से उन आतंकवादियों को देखती जिन्होंने बरामदे में चारों ओर पोजशन ले रखी थी।

'सामने की बिल्डिंग पर लगे बैनर की तस्वीर उतारो' वरुण ट्रायपॉड ठीक करने के बहाने राजे के कान में फुसफुसाया। फिर कैमरामैन ने कैमरा धीरे से भीड़ से खानकाह की ओर पैन किया और उन बड़े-बड़े बैनरों की ओर जिनपर लिखा था कश्मीर पाकिस्तान का हिस्सा बनकर रहेगा। एक और जगह बड़े-बड़े हर्फों में लिखा था 'हिज्बुल मुजाहिदीन', जो वहाँ मौजूद ढेरों आतंकवादियों का पता था।

फिर उन्होंने दरगाह के अन्दर जाने की इजाजत माँगी और जूते उतारकर अन्दर घुसे मौला के संगमरमर के मजार के आस-पास के नक्काशी की तस्वीर उतारने। अन्दर कुछ शहरी इबादत में लगे थे। वरुण के लिए यह अच्छा मौका था कैमरे के सामने अपना परिचय रिकॉर्ड करवाने का। वह मजार की ओर पीठ करके खड़ा हो गया और कैमरे की ओर देखते हुए बोला–'चरारे-शरीफ की दरगाह से विज़न टीवी के लिए मैं वरुण माथुर।'

फिर उनका स्वागत करने खुद मस्त गुल आया। लम्बी जटाओं और धनी दाढ़ी वाला वो भड़कीला इन्सान कैमरे के सामने आना बेहद पसन्द करता था। हालाँकि उसने इन्टरव्यू देने से मना कर दिया लेकिन उसने अलग-अलग पोज में तस्वीरें खींचवाई। अपने लोगां को आदेश देते हुए, मशीनगन के पीछे निशाना साधते हुए मानों दूर पहाड़ियों में सेना पर गोली बरसा रहा हो।

जब आखिरकार उन्होंने शहर से विदा ली तो अन्धेरा हो चुका था। जाते हुए वे उन आतंकवादियों को अलविदा कह रहे थे जो उन्हें छोड़ने उस चौराहे तक आए थे जहाँ उनकी कार खड़ी थी। जब शहर उनके पीदे गोधूलि में छुप गया तो वरुण और राजू ने एक-दूसरे की आँखों में आँखे डालीं और मुस्कुराने लगे। मुस्कुराहट हँसी में बदल गई और हँसी चैन भरे ठहाके में। मंसूर भी उसमें शामिल हो गया और वरुण ने आगे की सीट पर झुककर उस बुजुर्ग को गले लगा लिया।

राजू व्यूफाइंडर में देखता हुआ कैमरा रिवाइंड कर रहा था ताकि निश्चित हो सके कि उसने सब कुछ ठीक-ठाक दिया है। फिर उसने चैन की साँस ली और वरुण को देखने का इशारा किया। वह फिर हँसने लगा, 'माई गॉड तुम्हें और कोई काम नहीं मिला था क्या?'

'अभी ज्यादा मत हँसो', वरुण ने गम्भीर होकर कहा।

'हमें कल सुबह फिर आना है। मैं उनके बाहरी मोर्चेबन्दी की कुछ और तस्वीरें चाहता हूँ।'

जब तक वे सेना के चेकपोस्ट पर पहुँचे तक तक घना अन्धेरा हो चुका था और दूर से ही उन्होंने देख लिया कि विजय सड़क के किनारे टहल रहा था। टैक्सी देखकर उसके चेहरे पर सन्तोष भरी मुस्कुराहट तैरने लगी–

'मैं बारह साल और बूढ़ा हो गया हूँ', उसने उन्हें खिड़की से बताया।

'मुझे तो लग रहा था कि उन्होंने तुम्हें वहीं रखने का फैसला कर लिया। कोई मुश्किल हुई?'

'अ ऽ अ ऐसा कुछ खास नहीं। ठीक ही रहा', विजय ने सपाट चेहरे के साथ जवाब दिया, 'असल में उन्होंने हमें कल भी बुलाया है।'

'अफसोस है कि ऐसा नहीं हो सकता। आर्मी हेडक्वार्टर से नए आदेश आ गए हैं। उनका मानना है कि मीडिया कवरेज से मस्त गुल और उसके साथियों को प्रसिद्धि ही मिल रही है और उनका मानना है कि किसी भी पत्रकार को अन्दर जाने की इजाजत नहीं देना चाहिए।'

'इसका क्या मतलब है',

वरुण ने विरोध जताते हुए कहा।

'क्या अब तक वे ये नहीं समझ पाए हैं कि आतंकवादियों को रोके रखने में मीडिया की सबसे बड़ी भूमिका है? अगर मस्त गुल पर एक टीवी कैमरे की नजर रहे तो किसी भी सूरत में वो दरगाह को खाक में नहीं मिला सकता।'

विजय ने अफसोस जताते हुए कहा, 'देखिए मैं मानता हूँ आप लोगों की बात को लेकिन मैं कुछ कर नहीं सकता। इसलिए इन टेपों को हिफाजत से रखो शायद काफी दिनों तक चरार के अन्दर की ये आखिरी तस्वीरें हों।'

× × ×

दो महीने बाद वरुण अपने तकिए से लिपटा गहरी नींद में था जब फोन की घण्टी बजी। घण्टी सुनकर वह तकिए में और गहरे इस उम्मीद में घुस गया कि शायद फोन बजना बन्द हो जाए। लेकिन आखिरकार उसे फोन उठाना पड़ा। फोन सुनते ही वह झटके से उठ बैटा। दूसरी तरफ उसका सम्पादक था।

'उठो वरुण और अपना सामान तैयार कर लो। उन्होंने दरगाहशरीफ को जला दिया है।'

'दरगाह, कौन सी दरगाह?' उनींदे वरुण ने याद करने की कोशिश करते हुए कहा, 'आपका मतलब चरारे-शरीफ से है क्या?'

'मेरा मतलब वेटिकन से तो नहीं ही है, बेवकूफ। मेरा मतलब चरारे-शरीफ से ही है।'

'किसने किया?'

'पता नहीं। फौज और आतंकवादी एक-दूसरे पर इल्जाम लगाने में लगे हुए हैं। लेकिन अगर तुम पता लगाना चाहते हो कि क्या हुआ तो बेहतर होगा कि निकल पड़ो। हवाई जहाज डेढ़ घण्टे बाद उड़नेवाला है और कार तुम्हारे दरवाजे पर पच्चीस मिनट में पहुँच जाएगी। और भगवान के लिए होशिशर रहना। हमें खबर मिली है कि पूरी घाटी में तनाव है और कई जगह तो दंगे भी हो रहे हैं। इस बार तुम्हारे साथ कैमरामैन रविन्दर होगा, राजू का पता नहीं चल पा रहा है।'

सात घण्टे बाद वरुण पहाड़ी पर खड़ा दुख और खौफ से चरारे-शरीफ के सुलगते ढाँचे को देख रहा था। पहले जिस जगह दरगाह गर्व से खड़ा था वहाँ मलबे का ढेर दिखाई दे रहा था। पूरे शहर में गहरा धुआँ छाया था। आग ने रास्ते में आनेवाली लकड़ी की सारी इमारतों को अपना निशाना बना लिया था। शहर से अब भी रूक-रूक कर गोलियों और धमाकों की आवाजें आ रही थीं।

वरुण पीछे मुड़ा। वह अन्दर से बीमार महसूस कर रहा था और थकान भी। वह एक लम्बी यात्रा थी। वह लड़झगड़कर आरजू-भिन्नत करके श्रीनगर की फ्लाइट में चढ़ पाया था। पहले उससे कह दिया गया कि जहाज में जगह नहीं है। फिर पुलिस की गाड़ी में चढ़कर श्रीनगर शहर में आया था और फौजी गाड़ियों में चढ़कर चरारे-शरीफ।

उसके बगल में खड़े रविन्दर ने कैमरा अपने कन्धे से उतार लिया, 'अब हमें इसे दरारे-शरीफ कहना होगा', वह फुसफुसाया। देखते हुए कि वरुण को शायद अच्छा नहीं लगा वह बोला, 'इस खराब मजाक के लिए माफ करना।'

वरुण ने उसे अनसुना करते हुए पहाड़ तक लानेवाले फौजी अफसर से पूछा जो बिग्रेडियर की पोशाक में था, 'क्या आप कुछ बता सकते हैं कि सब कुछ कैसे हुआ?'

'इसके लिए आपको किसी और से इन्टरव्यू लेना होगा, लेकिन मैं आपको यूँ ही कुछ बता सकता हूँ', अफसर ने जवाब दिया और बदले में वरुण ने मुस्कुराते हुए हामी भरी।

'जैसा आपको पता है यहाँ दो दिनों पहले आग लगी थी। हमें पक्का यकीन है कि आग के बहाने मस्त गुल ट्राज बन नाला के रास्ते भागने की कोशिश कर रहा है, लेकिन हम अन्दर गए नहीं क्योंकि भारी गोलीबारी हो रही थी। फिर, कल रात दरगाह के पास फिर आग लग गई। हमें पता नहीं यह कैसे हुआ, लेकिन हमारे ख्याल से वो किसी आतंकवादी ने ही लगाई होगी ताकि ध्यान बँट सके और उस बीच बाकी आतंकवादी भाग सकें। हमने अन्दर दमकल भेजने की कोशिश की थी लेकिन वे लगातार मशीनगन से गोलियाँ चला रहे थे इसलिए दमकल बाहर ही रुक गए। जब तक हम दरगाह तक पहुँचे सब कुछ खाक हो चुका था।

'और आप किसी को पकड़ नहीं सके?' वरुण ने भौंहें चढ़ाकर पूछा।

'नहीं, लेकिन हमें उम्मीद है कि जल्दी ही पकड़ लेंगे। हमने कुछ आतंकवादियों को जरूर मार गिराया; वहाँ टेबल के पास उनके हथियारों का ढेर पड़ा है।'

वरुण उन हथियारों के पास पहुँचा और अचानक एक जानी-पहचानी एके-47 देखकर ठहर गया। वह झालरों से सजी थी।

'कुछ गलत है क्या?' रविन्दर ने पूछा।

'नहीं, कुछ खास नहीं। वह बन्दूक जिसकी है मैं उसे जानता था।'

'यहाँ से दरगाह से उठते धुएँ की पृष्ठभूमि लग रही है। तुम कैमरे के सामने यहीं खड़े होकर अपनी बाइट दो। अच्छा लगेगा।'

'ठीक है। मुझे बैठकर थोड़ा सोचने दो। वरुण थोड़ा आगे बढ़ा और बैठकर शहर के मलबे को देखने लगा। उसे ऐसी उदासी ने घेर लिया था कि जिसे वो बयान नहीं कर सकता था, लेकिन कल रात की घटनाएँ तस्वीर की तरह उसे दिखाई दे रही थीं। जैसे सब कुछ उसकी आँखों के सामने ही हुआ हो। पिछली रात के आग से घबड़ाई फौज धीरे-धीरे शहर की तरफ बढ़ रही थी। शहर की तरफ से आती गोलियों से बचते-बचाते। मस्त गुल अपने लोगों के साथ इसी बीच गली के रास्ते निकल जाने की ताक में था। वहीं दरगाह के पास अपने असलहे से खेलता दरगाह की ओर शरारत से देख रहा था जिसका उसने तिरस्कार कर दिया था। उसकी सूरत जानी-पहचानी लग रही थी। क्या वो जलालुद्दीन था? या कोई और? और क्या वाकई इससे फर्क पड़ता था?

वरुण ने ठंडी आह भरी और उठ खड़ा हुआ। बहुत काम बाकी था। 'बेवकूफ हरामजादे' वह अपने आप में बड़बड़ाया। रविन्दर ने सवालिया निगाह अली। मैंने बताया था उनको कि मीडिया को न रोके। कल रात अगर उन्होंने यहाँ सिर्फ टीवी कैमरा रहने दिया होता तो दरगाह आज बच गया होता।

वे शाम होने से पहले ही श्रीनगर लौट आए और उन्हें यह देखकर खुशी हुई कि होटल के सामने एक टैक्सी खड़ी थी। पूरे शहर में कर्फ्यू लगा था और नाराज नौजवान सड़कों पर सुरक्षा बलों के साथ लड़ रहे थे।

'क्या तुम हमें हजरत बल ले चलोगे?'

वरुण ने टैक्सी ड्राईवर से पूछा जिसका नाम अब्दुल वानी था और वरुण इससे पहले उसकी टैक्सी में कभी नहीं चढ़ा था।

वरुण ने शंका से अपनी भौंहें चढ़ाई। 'इस कर्फ्यू और फसाद के आलम में। शायद पहुँच नहीं पाएँ पर कोशिश करने में क्या हर्ज है।'

वरुण मुस्कुराया। यह आदमी उसके लायक था। 'चलो फिर,' वह बोला।

'हजरतबल क्यों?' रविन्दर ने पूछा। श्रीनगर वह दूसरी बार ही आया था

और यह सब उसे बड़ा अजीब लग रहा था।

'हबीब शाह जरूर वहीं छुपा होगा। हमें चरार की घटनाओं पर उससे बात करनी चाहिए।'

वानी ने एक उस्ताद की तरह सुरक्षा नाकों के बीच से रास्ता निकाल लिया जोकि सारे श्रीनगर में फैले थे। वरुण ने सामने के सीट पर बैठ सामने शीशे पर प्रेस चिपकाया और तकरीबन हर किलोमीटर पर उतरकर सवालिया फौजी अफसरों को अपना प्रेस कार्ड दिखा रहा था।

पूरे शहर पर उदासी और गुस्से की लहर छाई हुई थी। श्रीनगर के लोग उस दरगाह की तबाही पर बेहद दुखी थे जिसे वे बहुत प्यार करते थे। उन्हें समझ नहीं आ रहा था कि इल्जाम किस पर लगाएँ इसलिए फिलहाल वे वर्दीधारियों पर अपना गुस्सा उतार रहे थे। नौजवानों की भीड़ जहाँ भी किसी वर्दीधारी को देखती थी उन पर पत्थर चलाने लगती थी। बहुत सारे इलाकों में आँसू गैस का धुआँ बादल की तरह छाया था।

टैक्सी हजरतबल के सामने वाले चौराहे पर पहुँच गयी और वरुण रविन्दर को देखकर आश्चर्य से मुस्कुराया कि आखिरकार वे अपनी मन्जिल तक पहुँच ही गए। हथियारों से लदी बी एस एफ की दो गाड़ियाँ चौराहे पर खड़ी थी। जवान पत्थरों से बचने के लिए बाड़ लिए खड़े थे। मस्जिद के अन्दर से नौजवान बीच-बीच में पत्थर चलाकर भाग जाते थे। बाकी चौराहा सुनसान था। दूकानों की शटर दिनभर गिरी ही रही थीं। बी एस एफ कमान्डर और दो जवान बाहर खुले में खड़े थे बीच-बीच में आते पत्थरों से बचते-बचाते।

वानी ने टैक्सी को थोड़ा पीछे कर लिया ताकि पत्थरों की सीमा से दूर आ सके। वरुण ने गहरी साँस लेते हुए रविन्दर से कहा, 'आओ चलें। बस कैमरा ले लो और कुछ भी नहीं।'

वे चौराहे के एक किनारे से चलते हुए उस गली की तरफ मुड़े जो हजरतवल की तरफ जाती थी। बी एस एफ की एक टुकड़ी पत्थर फेंकते नौजवानों को गली में खदेड़ रही थी, और बीच-बीच में आँसू गैस के गोले भी फेंकती जा रही थी। लड़कों ने कुछ टायरों को जला दिया था और उसका गहरा धुआँ आँसू गैस के धुएँ से मिलकर और गहरा हो गया था।

'इसकी कुछ तस्वीरें ले लो', और रविन्दर ने दंगाइयों और बी एस एफ के जवानों के बीच जगह बनाते हुए कैमरा चालू कर लिया। कैमरे को देखकर नौजवान और जोश में आ गए और सरकार विरोधी नारे के साथ अब बड़े-बड़े ईंट फेंकने लगे।

'आओ चलो हबीब को ढूँढते हैं', वरुण ने कुछ मिनटों के बाद कहा और दोनों सावधानी से हजरतबल के गेट की तरफ बढ़ चले। बी एस एफ कमान्डर

ने पहले उनको उधर जाते देखकर रोकने के बारे में सोचा लेकिन फिर कुछ सोचकर जाने दिया।

वरुण ने हजरतबल के बाहर की दीवार फाँदने में रविन्दर की मदद की। मस्जिद अभी उनसे तीस गज आगे खड़ी थी। स्याह आसमान के साथ उसकी चमचमाती सफेदी बड़ा ही सुन्दर समां-बाँध रही थी। बाहर थोड़ी रोशनी बाकी थी और चहल-पहल से वरुण ने समझ लिया कि बी एस एफ की टुकड़ी अपनी गाड़ियों की ओर लौट रही थी। शायद वे वहाँ से जा रहे थे।

वे हजरतबल की चहारदीवारी की बायीं ओर से धीरे-धीरे मस्जिद की ओर बढ़ रहे थे ताकि पत्थर फेंकते नौजवानों के निशाने से बचे रहें। कुछ कदम चलने के बाद वरुण उनका ध्यान बँटाने के लिए हाथ हिलाने लगा, 'हबीब शाह को बुला दीजिए। कहिए विजन टीवी से वरुण माथुर आया है।'

पत्थरों की बारिश थम गई और कुछ नौजवान जवाब में हाथ हिलाते हुए हबीब शाह को ढूँढने चले गए।

'वहीं रुक जाइए', एक दूसरे नौजवान ने कहा और वरुण और रविन्दर दोनों वहीं थम से गए। रविन्दर के कन्धे पर अभी भी कैमरा था और वह कुछ और आखिरी फुटेज लेने में व्यस्त था क्योंकि बाहर रोशनी खत्म होने को थी।

वरुण को अपनी ओर आता पत्थर दिखाई नहीं दिया। तकरीबन ग्यारह साल के एक लड़के ने बी एस एफ की गाड़ियाँ के जाने से पहले एक आखिरी पत्थर उनकी ओर फेंका इरादा और पत्थर खतरनाक ढंग से दायीं ओर मुड़ गया और वरुण के सिर में बायीं ओर लगा।

वह घुटनों के बल बैठ गया। दर्द की एक लहर सी उठी और उसे चक्कर आ गया। उसने अपना एक हाथ उठाकर माथे से लगाया और पाया कि खून का फव्वारा बह रहा था और फिर वह खुद को सम्भालने की कोशिश में लगे रविन्दर की ओर देखकर फीकी मुस्कान के साथ बोला, 'इस बार क़श्मीर में मेरे साथ कुछ ठीक से नहीं हो रहा है।'

उसे संगमरमर के बरामदे पर कुछ पैरों की आहट सुनाई दी। कुछ नौजवान उसकी ओर मदद के लिए बढ़ रहे थे। यहाँ तक कि वो लड़का जिसने पत्थर फेंका था जड़वत मुँह पर हाथ रखे खड़ा था। फिर वरुण की आँखों के सामने अन्धेरा छा गया।

'अब हम इसका क्या करें?' आधे घण्टे बाद हबीब शाह ने बेहोश पड़े वरुण को दिखाकर पूछा। वे उसे मस्जिद के अन्दर ले गए, जितना हो सकता था उसका घाव साफ किया और उस पर कुछ चमकदार लाल रंग का एन्टिसेप्टिक घोल लगाया।

रविन्दर अपनी कुर्सी पर बैठे-बैठे बोला—'मेरे ख्याल से बाहर चौराहे पर हमारी टेक्सी अभी भी खड़ी होगी। हमें अभी तुरन्त कोशिश करके होटल पहुँचना चाहिए।'

हबीब ने ध्यान से वरुण का माथा देखते हुए कहा, 'हाँ, लेकिन इसे टाँके की जरूरत है। और मुझे लगता है कि इसके माथे पर ये निशान जीवनभर रहेगा। कहीं दिमागी चोट न लगी हो। इसे तुम तुरन्त डॉक्टर के पास ले जाओ।'

रविन्दर हारा हुआ सा दिख रहा था।

'अब इस कर्फ्यू में मैं डॉक्टर कहाँ ढूंढू। फौज का ही एक आसरा है। लेकिन फौजी डॉक्टर तक मैं पहुँचुंगा कैसे...'

इस बात का अहसास होते ही कि कहाँ है वो टूट सा गया।

उसे आश्चर्य हुआ जब उसने पाया कि हबीब दोस्ताना ढंग से बोल रहा था, 'हाँ आपको यही करना चाहिए। लेकिन पहले आपको फौज में किसी से बात करनी चाहिए। ये बताने के लिए कि आप वहाँ आ रहे हैं। वे आज बहुत सशंकित हैं। मेरे साथ आइए यहाँ एक फोन है आप जिसका इस्तेमाल कर सकते हैं।'

कुछ मिनटों के बाद रविन्दर कुछ हलका महसूस करने लगा। एक बेहद दोस्ताना फौजी पी आर ओ ने उससे वादा किया कि वो एक फौजी टुकड़ी को हजरतबल की तरफ भेद देगा जिससे कि वे अपनी देखरेख में उनकी टैक्सी को बादामी बाग कैंटोनमेंट तक ले आएँ।

'हालाँकि आपको आज की रात यहीं काटनी होगी', पी आर ओ बोला और रविन्दर ने चैन की साँस लेते हुए हामी भरी।

हजरतबल के गेट के पास खड़ा हबीब टैक्सी को जाते देखता रहा। फिर वह थोड़ा चौंका जब मटमैले फिरन में एक आकृति उसके बगल में आई।

'तुम्हारे पास कुछ समय है क्या?' उस आकृति ने पूछा और हबीब उसे आश्चर्य से देख रहा था।

'विजय कौल। क्या मरने का इरादा है जो इस तरह घूम रहे हो?'

'मैं इस फौजी टुकड़ी में था और तुमसे बातें करने का मौका पाकर अपने आपको रोक नहीं पाया।'

हबीब ने कुछ देर सोचने के बाद जवाब दिया, 'ठीक है मेरे साथ आ जाओ।'

हबीब ने जे के एल एफ के गारदों को इशारा किया और विजय को लेकर मस्जिद के एक किनारे की ओर बढ़ा जहाँ डल झील का पानी हजरतबल की सीढ़ियों से खेल रहा था। मस्जिद की रोशनी पानी पर पड़ रही थी और विशाल मच्छरों के झुण्ड ने उन दोनों को स्वागत किया। वे सीढ़ियों पर बैठ गए और बैठते हुए विजय ने हबीब को ओर सिगरेट बढ़ाया जिसे उसने कुछ देर बाद ले लिया।

'तुम्हें पता है न ये किसने किया है?' विजय ने आहिस्ता से पूछा।

'जलालुद्दीन ने उसने दरगाह में आग लगाने जैसा घटिया काम किया है।'

'ऐसा तुम मानते हो', हबीब ने जवाब दिया और इससे उसे चैन महसूस हुआ कि अन्धेरे की वजह से विजय उसकी आँखों की सहमति को पढ़ नहीं पाया।

'ऐसा मैं जानता हूँ', विजय बोला।

'वह भाग चुका है और उम्मीद है कि जल्दी ही पाकिस्तान पहुँच जाएगा जहाँ उसे एक हीरो की तरह बरता जाएगा।'

कोई जवाब नहीं आया। सिगरेट धीरे-धीरे जलता रहा और उसके धुएँ ने मच्छरों को दूर रखा हुआ था।

विजय ने सावधानी से सिगरेट को अपनी जूते से मसलते हुए कहा, 'मैं तुमसे पिछले कई महीनों से मिलना चाहता था ताकि तुम्हें बता सकूँ कि यास्मीन के जाने की मुझे कितनी तकलीफ है...'

'मुझे कुछ नहीं सुनना है', हबीब ने बात काटते हुए कहा। इस बार चुप्पी कुछ ज्यादा लम्बी खिंची। अचानक बिजली भी चली गई और उसके साथ-साथ वे छायाएँ भी जो उनका साथ दे रही थीं। रात असहय हो रही थी। कर्फ्यू की वजह से सड़कें सुनसान थीं। और लोगा जल्दी सो गए थे।

'ऐसा कब तक चलेगा?' आखिरकार विजय ने पूछा।

'तुम कहना क्या चाहते हो?'

'आतंकवाद जिसे तुम जिहाद कहते हो। कब तक ये मारकाट और तबाही का आलम जारी रहेगा।'

'जब तक तुमलोग हमें आजादी नहीं दे देते। जब तक हमारी माँगें पूरी नहीं हो जातीं', जवाब तुरन्त और रटा-रटाया आया।

विजय ने कुछ बेचैन होते हुए हाथ लहराकर कहा, 'तुम जानते हो कि ऐसा कभी नहीं हो सकता चाहे यह जमीन खाक में मिल जाए और इस बीच जलालुद्दीन जैसे लोग यहाँ राज करेंगे।'

'ठीक है फिर यही सही', हबीब ने उठते हुए जवाब दिया।

'अपने घर जाओ मेजर विजय कौल। तुम अपना समय बर्बाद कर रहे हो।'

# खंड–2

## अध्याय-21

# मिशन गणतन्त्र दिवस

वरुण उत्तेजना में आगे की ओर झुक गया। उसे उस अमूल्य क्षण का पता था जब जहाज बर्फ ढंकी पीर पंजाल की चोटियों को पारकर कश्मीर घाटी के ऊपर आता था। वह देखने लायक नजारा होता था। नीचे की धरती ऐसी लगती थी जैसे हरे और भूरे रंग की चित्रकारी की गई हो और उसके पास शहर ऐसे लगते थे जैसे चाँदी की झालरें हों।

जनवरी 2000 की बात है। वरुण कई महीने बाद कश्मीर आ रहा था। हुआ ये था कि तीस साल की उम्र में ही वह टीवी पत्रकारिता की दुनिया में बुजुर्ग की हैसियत पा गया था और इसने उसे डेस्क के पीछे बैठे रहने को मजबूर कर दिया था। उसकी जगह भाग-दौड़ के काम के लिए कॉलेज के नए लड़के-लड़कियाँ आ गए थे। काफी लम्बी जद्दोजहद के बाद उसे कुछ खास 'स्टोरी' करने के लिए घाटी जाने की इजाजत मिली थी।

जहाज के उतरने पर उसके चेहरे पर मुस्कुराहट फैल गई और वह एयरपोर्ट कर्मचारियों में जाने-पहचाने चेहरों की तलाश करने लगा। राजू उसे आश्चर्य से देख रहा था, वह कुछ ही हफ्ते पहले घाटी आया था।

'तुम पिछली बार कश्मीर कब आए थे!' राजू ने ट्राली में सामान रखते हुए कहा। उनकी नजरें-पुराने टैक्सी ड्राईवर को तलाश रही थीं।

'कारगिल की लड़ाई के वक्त तो आया ही था, लेकिन उसके बाद अब आ रहा हूँ', वरुण ने जवाब दिया।

'मुझे तो कोई जाना-पहचाना नजर ही नहीं आ रहा...किसी भी टैक्सी में चलते हैं। क्या ये नया होटल बढ़िया है?'

राजू ने मुँह बनाते हुए कहा, 'हाँ, अहदूस से तो बेहतर ही है अब। वह तो अब बहुत कम चलता है।'

वरुण ने इधर-उधर देखा और होटल की तरफ बढ़ चला। उसे आश्चर्य हो रहा था कि पिछले चार वर्षों में कश्मीर कितना बदल गया। डर के गहरे बादलों की जगह एक तरह के हल्केपन ने ले लिया था। वे अपनी कार की खिड़की से

बेहतर हालात के नजारे ले रहे थे।

वरुण यह देखकर मुस्कुराया कि एक फौजी जवान पी सी ओ बूथ के अन्दर बैठा था और उसकी बन्दूक कोने में दीवार से लगी थी। चार साल पहले वह आदमी इतनी हिम्मत नहीं जुटा सकता था कि अकेले बाजार में घुस सके। कम-से-कम एक दर्जन साथियों के बिना घुसना आसान नहीं था।

उनके चारों और सड़क पर सुरक्षा गश्त भी नहीं लग रही थी। बिना हथियार के खाकी वर्दीधारी कभी-कभी नुक्कड़ों पर दिखाई दे जाता था जहाँ पहले मशीन गन का पहरा रहता था।

वरुण ने अचानक राजू की बाँह पकड़कर एक छोटी दूकान की ओर इशारा जिसके आगे बाड़ लगी थी और लिखा था 'अंग्रेजी शराब की दूकान'।

'देखो यह देखने की बात है। अगर इससे भी हिज्बुल मुजाहिदीन के घटते ताकत का अन्दाजा नहीं होता है तो फिर किससे होगा।'

राजू ने दाँत निपोरते हुए कहा, 'तुम्हें कुछ पता नहीं है। यह साल 2000 है। बॉस। अब वे तुम्हें होटलों के बार में शराब देते हैं, अगर चाहो तो कमरे में भी। और इसका कोई बुरा नहीं मानता।'

तीन घण्टे बार वे होटल के निचले तले पर लकड़ी से घेरकर बनाए गए बार में बीयर पी रहे थे। उन्होंने कुछ मूँगफली और गोश्त टिक्का मंगाया और फिर वरुण घूमकर बार को ध्यान से देखने लगा। वहाँ बहुत लोग नहीं थे। एक कोने में मद्धिम रोशनी के बीच भारी-भरकम सरदारजी टोपी पहने एक आदमी को समझाने की कोशिश कर रहे थे। हनी सिंह इन्टरप्राइजेज, श्रीनगर से कालीन एक्सपोर्ट करवाने के क्या फायदे हैं।

दूसरे टेबल पर एक नौजवान मुसलमान, जो बीसेक साल का रहा होगा, अकेला बैठा स्कॉच पर स्कॉच ढाले जा रहा था उसने खूब अच्छे कपड़े पहन रखे थे जो देखने से बाहर के लग रहे थे और वरुण ने अन्दाजा लगाया कि वो कोई एम आर आई होगा जो अपने परिवार-दोस्तों से मिलने आया होगा और बाहर दो-एक पेग लगाने आया होगा।

और उनके ठीक दायीं ओर एक मदहोश सा विदेशी बैठा हुआ अपने बीयर के मग को आश्चर्य के साथ निहार रहा था।

'अमेरिका या इंगलैंड से नया-नया आया कोई पत्रकार होगा', वरुण ने अन्दाजा लगाया और उसने अपना मग उठाकर उसकी तरफ देखते हुए दोस्ताना लहजे में टोस्ट करते हुए कहा, 'हाय! मैं वरुण माथुर विजन टीवी दिल्ली से हूँ। आप यहाँ पहले भी आ चुके हैं?'

सामने वाला आदमी ऐसे उछल पड़ा जैसे उसने गोली की आवाज सुन ली हो, फिर धीरे से मुस्कुराते हुए बोला, 'हाय! मैं बॉब गिलमैन ब्रॉडकास्ट नेटवर्क

से। असल में कश्मीर पहली बार आया हूँ। असल में दक्षिण एशिया में अभी-अभी मेरी पोस्टिंग हुई है।'

राजू ने गोश्त टिक्का बॉब की ओर बढ़ाया और उसने एक ले लिया।

'आप यहाँ खुद ही सब कुछ कर रहे हैं?'

'मैं यहीं के एक कैमरामैन हुमजर अली की मदद ले रहा हूँ। वो ऊपर कमरे में तैयार हो रहा है।'

राजू और वरुण ने एक-दूसरे को सवालिया निगाहों से देखा। वे दोनों वहाँ के सारे पत्रकारों को अच्छी तरह जानते थे। कइयों से उनकी दोस्ती भी थी। लेकिन उन्होंने किसी हुमजर अली के बारे में नहीं सुना था।

वरुण ने कन्धे उचकाते हुए कहा, 'वे शायद कोई नया आदमी होगा। मैं कभी उससे मिला नहीं। तो आपको कश्मीर कैसा लगा? क्या ये इस धरती की सबसे खूबसूरत जगह नहीं है?'

'मेरे ख्याल से', बॉब ने कुछ सन्देह के साथ कहा। 'बातये है कि मैं पहले कभी किसी युद्ध के मैदान की ओर गया नहीं, ये थोड़ा डरावना है–सिपाही और चेकपोस्ट।'

'युद्ध का मैदान!' वरुण ऐसे चौंका जैसे उसे विश्वास न हुआ हो। 'कैसा युद्ध का मैदान! यहाँ सब कुछ शान्त है अब–आपने इसे चार-पाँच साल पहले देखा होता।'

'लेकिन आज हुमज़र मुझे कहीं ले गया था जहाँ दर्जनों लोग अपनी आजादी की माँग चिल्ला-चिल्लाकर कर रहे थे...'

'मैसूमा', वरुण अपनी आँखें बचाकर बोला।

'वहाँ मैन रोड पर पुल के बगल में जहाँ एक तिकोना सा है जो दो गलियों की ओर जाती है?'

'हाँ', बॉब बोला।

'यह कश्मीर का पुराना नुस्खा है। वे हर नए आनेवाले टीवी टीम के साथ यही करते हैं। वे उन्हें मैसूमा ले जाते है जहाँ उनके पहुँचते ही प्रदर्शन शुरू हो जाता है। टीवी टीम को फुटेज मिल जाती है और अलगाववादियों को प्रचार-प्रसार। सब खुश रहते हैं। अगर आप सचमुच सचाई जानना चाहते हैं तो आपको इस फन्दे से बाहर निकलना होगा। दूसरे शहरों में जाइए, गाँवों में जाइए। और सबसे बढ़कर लोगों से बिना कैमरे के अलग-अलग बात कीजिए। नहीं तो वे आपको यूँही कुछ बता देंगे ताकि वे आस-पास पास में बैठे आतंकवादियों के कोप से बच सकें।'

खाली गिलासें फिर से भरी जा चुकी थीं और वरुण ने अपनी घड़ी देखी। राजू और उसका खाना एक पुराने दोस्त के घर था और उन्हें होटल से निकल जाना चाहिए।

'पता नहीं', बॉब ने बीयर का घूँट भरते हुए कहा 'लगता है लोग ऊब चुके हैं।'

'लोग अब ऊब चुके हैं', वरुण ने जोर देते हुए कहा।

'बहुत दिनों तक उनका हर किसी ने इस्तेमाल किया। वे सुरक्षा बलों को पसन्द नहीं करते। वे पाकिस्तानियों और अफगानों को भी पसन्द नहीं करते जोकि आतंकवादियों में लगभग सत्तर प्रतिशत हैं। न ही वे हुर्रियत को पसन्द करते हैं। कहने को कोई उनका अपना नेता नहीं है। 1996 के चुनावों के बाद राज्य सरकार से काफी उम्मीदें थीं लेकिन उसने भी अवाम की खातिर कुछ भी नहीं किया। न ही विकास का कोई काम न ही कोई कल्याण योजना। कुछ भी नहीं।'

'हाँ ये तो मेरी भी समझ में आ रहा है कि लोग बन्दूक राज से ऊब चुके हैं, हालाँकि हिन्दुस्तानी सरकार में भी उनका यकीन नहीं है', बॉब ने एक और टिक्का उठाते हुए कहा।

'वाकई वे बन्दूक से ऊब चुके हैं। 1990 के आस-पास की बात कुछ और थी जब जे कि एल एफ का जोर था, ये उनके आतंकवादी थोड़े ही हैं। वैसे ही आतंकवाद अब वैसा रहा भी नहीं जैसा होता था। हालाँकि कारगिल युद्ध के दौरान हजारों विदेशी आए लेकिन पहले की तरह अपने आस-पास छिपते-छिपाते आतंकवादी अब नहीं दिखते। अब ज्यादा आतंकवादी रहे नहीं, जो हैं भी तकरीबन सभी विदेशी ही हैं।'

'वरुण, घड़ी देखो', राजू बीच में बोला। वह जानता था कि अगर वरुण कश्मीरी आतंकवाद पर बोलना शुरू कर दे तो उसे रोकने के लिए एक और परमाणु परीक्षण की जरूरत पड़ेगी।

'हमें जल्दी चलना चाहिए।'

'ओप-फो! साढ़े आठ बज भी गए', वरुण जल्दी से बची-खुची पीते हुए भुनभुनाया और खड़ा हो गया।

'फिर मिलते हैं बॉब। मेरा ख्याल से तुम परसों के गणतन्त्र दिवस समारोह के लिए रूक रहे हो?'

'जरूर-जरूर। मैं पास के इन्तज़ाम में लगा हूँ।'

वरुण और राजू दरवाजे से बाहर निकल गए जनवरी की कंपकंपाती ठण्ड में। बाहर टैक्सी ड्राईवर धैर्य के साथ उनकी प्रतीक्षा कर रहा था। उसने उन्हें अपनी कंगड़ी सौंप दी जिसपर वो अपनी उँगलियाँ सेंक रहा था। राजू ने उसे तपाक से ले लिया और अपनी छाती गरमाने लगा। हालाँकि दोनों ने खूब गरम कपड़े पहन रखे थे लेकिन बाहर की ठण्डी हवा उनके कान में चुभने लगी जब वे पहले से ही ठण्डी पड़ी कार में बैठे।

सड़क पर अभी भी गहमागहमी थी; कई दूकानों खुली थीं और रेजीडेंसी रोड

पर गाड़ियाँ आ-जा रही थीं। जैसे ही उनकी कार डल झील की दायीं ओर बुलवर्ड की ओर मुड़ी तो झील के किनारे लोगों के जमावड़े खड़े बातें कर रहे थे जबकि बुजुर्ग सड़क के किनारे उकड़ूं बैठे बीड़ी फूँक रह थे और माएँ अपने बच्चों का हाथ पकड़कर उनके मूँगफली के एक और पैकेट की माँग को ठुकरा रही थीं।

'जरा देखो इनको', वरुण धीरे से बोला, 'सो भी इस ठण्ड में। जरा तीन साल पहले की इस जगह को याद करो? छह बजते ही सड़कों पर सन्नाटा छा जाता था। जबकि अभी नौ बजने को हैं और लोग अब भी सड़कों पर चहलकदमी कर रहे हैं।'

'ये तो कुछ भी नहीं है', राजू ने जवाब दिया। 'तुम यहाँ कारगिल की लड़ाई के एक महीने आए होते। तब तुमने श्रीनगर को देखा होता। एक लाख से भी ज्यादा सैलानी थे, और सो भी ज्यादातर हिन्दुस्तानी। दक्षिण से, गुजरात से, मुम्बई से। श्रीनगर वाले तो पागल हो गए थे। उन्होंने उस एक महीने में जितने पैसे बनाए उतना तो पिछले दस साल में नहीं बनाया होगा।'

आधे घण्टे बाद उनका मेजबान इम्तियाज अहमद अपने बेडरूम में गद्देदार कालीन पर बैठा रॉयल चैलेंज पीते हुए बता रहा था, 'पिछली गर्मियों में हमें इसका अन्दाजा हुआ कि सब कुछ सामान्य होने के बाद जिन्दगी कैसी हो सकती है। हमने देखा कि भारतीय मध्यवर्ग के पास अब कितना पैसा है और वे अपनी छुट्टियों पर कितना खर्च करते हैं। तुम्हें पता है मेर पास तीन हाउसबोट हैं? अप्रैल की शुरूआत में मैंने एक रात के पाँच सौ रूपए चार्ज किए और मुझे एक दिन में दर्जन भर सैलानियों को लौटाना पड़ा। अगले हफ्ते तो मैंने हजार रुपए तक चार्ज किए और तो भी दर्जनों सैलानियों को मना करना पड़ा। फिर मैंने एक रात के दो हजार रुपए माँग। सैलानी तो भी आते रहे।'

उसने व्हिस्की का एक और पेग ढालते हुए दुख से अपनी गर्दन झुका ली। 'और फिर सरहद पार के उन पाकिस्तानी हरामजादों ने सारा गुड़गोबर कर दिया। खुद तो कंगले हैं ही साले इसलिए वे हमें भी अपने जैसा ही बनाए रखना चाहते हैं। और मैं कहूँगा कि हमारी इस बर्बादी में सरकार ने भी उनकी मदद की जब उसने ऐन झड़पों के बीच तीन दिनों के लिए एयरपोर्ट बन्द कर दिया।'

वरुण ने मुस्कुराते हुए कहा, 'तो इम्तियाज़ पाकिस्तान के साथ कोई हमदर्दी नहीं रही अब? मैं सोचता था कि तुम अपने बेडरूम में पाकिस्तानी झण्डा रखते थे।'

इम्तियाज ने मजाहिया ढंग से अपने कान पकड़ते हुए कहा, 'बरसों पहले जला चुका हूँ। तभी जब आतंकवादियों ने पहली बार मुझसे पैसे वसूले थे।'

राजू ने सामने पड़े कटोरे में से मूँगफली उठाई, तभी इम्तियाज ने नौकर से खाना लगाने को कहा।

'मैंने वो किस्सा सुना नहीं है', राजू बोला।

'उन्होंने मुझे पकड़ा और शहर के निचले हिस्से की ओर ले गए। अजीब सा नाम था उस ग्रुप का फरदीन फोर्स या ऐसा ही कुछ। जिस कमरे में उन्होंने मुझे रखा था वहाँ चारों ओर बड़े-बड़े पाकिस्तानी झण्डे लगे थे। फिर उनका सरदार मेरी और बढ़ा और बोला कि उसे दो लाख रुपए चन्दा चाहिए। मैंने उसके सामने हँसते हुए कहा कि इतने पैसे तो मैं अपना सब कुछ बेचकर भी नहीं जुटा सकता। फिर उसने अपनी पिस्तौल निकाली और उसे नचाने लगा।'

राजू का हाथ मूँगफली लिए बीच में ही रूक गया।

'फिर!'

'फिर वह वैसे मोल-भाव करने लगा जैसे मण्डी में गाँव की औरतें करती हैं, बीच-बीच में वह पिस्तौल मेरे कान से भी सटा देता था। आखिरकार पाँच हजार रुपए में सौदा तय हुआ और मैं घर वापस आ गया।'

वरुण ने हँसते हुए पूछा, 'कब की बात है?'

'ओह अब याद नहीं...शायद 1996 की बात है। विधानसभा के चुनावों से पहले। लो, खाना आ गया।'

उन्होंने अपनी थालियाँ चावल और मटन रोगन जोश से भर लीं और कालीन पर पालथी मार कर असल कश्मीरी ढंग से खाने लगे। कुछ मिनट चुपचाप खाने के बाद वरुण ने खामोशी तोड़ते हुए कहा, 'हबीब शाह की क्या खबर है? कैसे काम चला रहा है वो?'

इम्तियाज ने कन्धे उचकाकर जवाब दिया।, 'हबीब अभी भी मैसूमा में है। अब कोई उसपर खास ध्यान नहीं देता। सब जान बचाने में लगे हैं। सेना और पुलिसवाले अभी भी मासूमों को पकड़कर मारने में लगे हैं। सूबे के अवाम के ऊपर जीत हासिल करने में। मुझे समझ में नहीं आता कि सरकार क्यों नहीं सारे सिपाहियों को सरहद पर भेद देती है। ताकि वे वहाँ विदेशी आतंकवादियों को आने से रोक सकें और हम अवाम का पीछा छोड़ दें।'

वरुण ने अपने प्लेट में थोड़ा और रोगन जोश और उसका रस डाल लिया।

'हमें जाकर हबीब से जरूर मिलना चाहिए। परसों गणतन्त्र दिवस के दिन शायद जाएँ।'

राजू ने चावल भरे मुँह से जवाब दिया 'मेरे ख्याल से उस दिन सुरक्षा कड़ी रहेगी अगर परेड के लिए फारूक अब्दुल्ला आ रहे हैं तो।'

'वैसे भी गणतन्त्र दिवस के दिन सुरक्षा कड़ी रहती है। और लश्करे-तैबा के आत्मघाती दस्तों का खौफ तो सबको रहता ही है,' इम्तियाज ने जवाब दिया।

वे अपने आपको फिदायीन कहते हैं। दो-तीन लोगों का दस्ता जो जिहाद के नाम पर कुर्बान होने की शपथ ले चुके होते हैं सेना ठिकानों में घुसकर मरते

दम तक लड़ते रहते हैं। उन्हीं की वजह से वरुण और राजू इस दफा कश्मीर आए थे। और भी कई आए थे। वे जब आधीरात के करीब होटल वापस लौटे तो वरुण ने रिसेप्शन के पास टहलते गोपालकृष्ण को देखकर अपने दाँत निपोरे। वह हमेशा की तरह बदमिजाज लग रहा था, पर उसने बड़े अदब से वरुण के अभिवादन का जवाब दिया।

'इस बेहूदे होटल में टेलिफोन फिर काम नहीं कर रहा है। मुझे एक जरूरी फोन करना है—क्या तुम्हारे पास सैटेलाइट फोन है?'

राजू ने जवाब दिया, 'असल में है तो। लेकिन अभी भी बन्द पड़ा है। मुझे उसे निकालकर सेट करना होगा। कल करूँगा।'

'नहीं-नहीं प्लीज अभी कर लो। बहुत जरूरी फोन करना है।'

'गोपाल अभी तो करना सम्भव नहीं हो सकेगा। अगर मैं बाहर निकाल भी लूँ तो कई घण्टे तो बैटरी चार्ज होने में ही लग जाएँगे।'

'तुम कोशिश क्यों नहीं नहीं करते?'

राजू चिढ़ गया, 'मैंने कहा न अभी सम्भव नहीं है।' बारह तो बज ही चुके हैं। सुबह तक इन्तजार क्यों नहीं कर लेते?'

गोपाल ने राजू को घूरा। उसके चेहरे पर बेचैनी की झलक थी, वरुण को लगा उसके माथे पर पसीना चुहचुहा रहा था। 'नहीं, मुझे अपनी पत्नी से अभी बात करनी है। जाने दो मैं देखता हूँ शायद कोई पी सी ओ बूथ खुला हो।'

वह दरवाजे की ओर बढ़ा और वरुण ने उसकी ओर आश्चर्य से देखते हुए कहा, 'गोपाल बेवकूफ मत बनो। जनवरी का महीना, आधी रात और सो भी गणतन्त्र दिवस से दो दिन पहले। कौन होगा इस वक्त पी सी ओ बूथ पर?'

लेकिन गोपाल ठण्ड से बाहर निकल चुका था ओर अन्धेरे में गुम हो गया। वरुण ने राजू की ओर देखा।

'ऐसी क्या बात है आखिर?'

'भगवान जाने। ये आदमी भी अपनी ही तरह का है।'

× × ×

कैमरामैन गणतन्त्र दिवस के दिन जल्दी उठ गया। उसे अपना पेट कुछ भारी लग रहा था। वह कुछ देर तक छत निहारता रहा। रिपोर्टर अभी भी कम्बल में घुसा बीच-बीच में खर्राटे भी ले रहा था।

पिछले दिन उसने अच्छी तरह जाँच लिया था कि सेमटेक्स प्लान काम करेगा या नहीं। इसके लिए उसने एक नई बैटरी लेकर उसके अन्दर थोड़ा सेमटेक्स डाला। अगर पकड़ा गया तो वो ऐसे अभिनय करेगा कि जब कुछ हफ्ते पहले वो जब हथियारों के एक डिपों में शूटिंग कर रहा था तो शायद तभी कुछ सेमटेक्स बैटरी

पर जमा हो गया होगा।

फिर वह उस बैटरी को लेकर बादामी बाग कैंटोनमेंट के बीचोंबीच तक गया। हमेशा की तरह उन्हें गेट पर टोका था। फिर मेटल डिकेक्टर से उनके सामान आदि की अच्छी तरह जाँच की गई। उसकी तो धड़कन ही रुक गई जब एक सैनिक ने प्लास्टिक विस्फोटकों की जाँच करने के लिए एक नए तरह का उपकरण निकाला। लेकिन हमेशा की तरह सिपाही ने सिर्फ बैग की जाँच की। कैमरे में लगी बैटरी पर उनका ध्यान नहीं गया।

आज गणतन्त्र दिवस था श्रीनगर में। असली कार्रवाई का दिन।

× × ×

वरुण बॉब गिलमैन के साथ बख़्शी स्टेडियम के बाहर खड़ा था। दस बजे थे और कुछ ही मिनटों में परेड शुरू होनेवाला था। राजू और हुमजर अली दोनों हथियारबन्द सिपाहियों और कुछ उदास से दिखाई दे रहे अफसरों की स्टेडियम में आते वक्त तस्वीरें उतारने में लगे थे।

स्टेडियम के बाहर की सड़क वीरान थी। हमेशा की तरह हुर्रियत कांफ्रेंस ने गणतन्त्र दिवस के दिन हड़ताल का नारा दिया था। वैसे भी ज्यादातर नागारिक इतने भारी सुरक्षा इन्तज़ाम के बीच घर में ही रहना पसन्द करते थे।

'दोपहर तक सब ठीक हो जाएगा', वरुण बॉब से बोला।

दोनों के कैमरामैन वापस लौट चुके थे। वरुण ने हुमजर पर निगाह डाली। वो बिल्कुल जवान लग रहा था। बीसेक साल का। नाटे कद का था ओर कन्धे पर रखे बीटा कैम के बोझ तले और भी छोटा लग रहा था। उसके घुंघराले बाल चेहरे पर आ रहे थे। वरुण को इस तरह देखते हुए देखकर वह कुछ घबड़ा गया। वह बस दाँत निकाले उसे देख रहा था।

वरुण ने सिगरेट का पैकेट निकाला और बॉब की तरफ बढ़ाते हुए बोला, 'कल तुम लोग क्या कर रहे थे।'

बॉब ने सिगरेट लेने से मना करते हुए कहा, 'हम शहर में घूमते रहे। फिर हम बादामी बाग में बी जी एस में मिले। हम उससे आज के सुरक्षा इन्तज़ामों के बारे में जानना चाहते थे।'

बॉब ने कुछ बेचैनी से अपनी घड़ी देखी। 'देरी क्यों हो रही है? हम अभी स्टेडियम में क्यों नहीं जा सकते?'

'मुझे लगता है कि जो एस.पी. सुरक्षा इन्तज़ाम देख रहा है वो हमें खुद अन्दर लेकर जाएगा। और भी पत्रकार और टी वी वाले हैं जिन्हें टूरिस्ट रिसेप्शन सेन्टर से यहाँ लाया जा रहा है। सब लोग हमारी तरह यहाँ नहीं आ गए हैं।'

पन्द्रह मिनट के बाद सारे पत्रकार अन्दर आ गए। उनके लिए बड़ा

कष्टदायक था कि जितने भी सुरक्षा घेरे से गुजरते हर बार फिर से जाँच की जाती उनकी। वरुण ने संजीव देशपाण्डे को देखकर खुशी से हाथ हिलाया। वो गोपाल कृष्णन के साथ था। 'हाय बॉस। हम श्रीनगर में बरसों बाद मिल रहे हैं।'

संजीव ने उसकी बाँह पर टहोका मारकर कहा, 'तुम दिल्ली में टीवी के अलावा कहीं दिखाई तो देते नहीं हो। इसलिए मुझे लगा कि श्रीनगर में ही मिलना होगा।'

भागता हुआ एक पुलिसवाला पत्रकारों के झुण्ड की तरफ आया और बोला, 'स्टेडियम की ओर चलते रहिए। आप लोग गेट के पास कर कतार में खड़े हो जाएँ ताकि आपके बैग की जाँच हो सके?'

× × ×

जैसे-जैसे कतार आगे बढ़ रही थी कैमरामैन अपने-आपको मजबूत कर रहा था। उसने सेमटेक्स मिली बैटरी कैमरे में लगा रखी थी। असली वक्त आ गया था। अगर सिपाहियों ने विस्फोटक को ढूँढ निकाला। बचने का कोई रास्ता नहीं था। किसी सफाई को दरकार नहीं थी।

उसकी गर्दन ऐसे लग रही थी मानो उसके कन्धे पर झूल रही हो। उसकी घबड़ाहट बढ़ती जा रही थी। भागने का कोई रास्ता नहीं था। उसके बायीं ओर बख्शी स्टेडियम की दीवार थी और दायीं ओर एक बाड़। उसके सामने कुछ पत्रकार किसी चुटकुले पर हँस रहे थे। उसके और सुरक्षाकर्मियों के बीस बस सात लोग और थे।

उसका साथी रिपोर्टर पीछे मुड़ा और उसके चेहरे को देखकर थोड़ा चिंतित हुआ। 'सब ठीक तो है न? तुम कुछ ठीक नहीं दिखाई दे रहे हो।'

उसके चेहरे पर ओढ़ी हुई मुस्कान फैली और वह आश्चर्यजनक ठण्डेपन से बोला, 'मुझे कुछ ठीक नही लग रहा। मुझे लगता है होटल के पानी में कुछ गड़बड़ है।'

'बड़ी विचित्र बात है। मैं बिल्कुल ठीक हूँ। और तुम्हें तो यहाँ के पानी की मुझसे ज्यादा आदत होनी चाहिए। कोई नहीं, हम थोड़ी ही देर में अन्दर होंगे।'

'चिन्ता मत करो। मैं ठीक हूँ।'

बस दो और लोग रह गए थे। उसने देखा सुरक्षाकर्मी उसके रिपोर्टर की जाँच कर रहे थे। अब उसकी बारी थी। उसने अपना प्रेस कार्ड बाहर निकाला। वह एक जादुई चीज थी यानि जिसका मतलब था कि ज्यादा गहरी जाँच-पड़ताल से बचाव। सेना के हवलदार के सधे हुए हाथों से उसके शरीर को जाँचा-परखा, और फिर उसके कैमरे को दिखाकर बोला, 'आप जरा इसे चालू करेंगे?'

'जी हाँ। बिल्कुल', कैमरामैन ने जवाब दिया। उसने स्विच को दबाया और व्यूफाइण्डर उसकी ओर कर दिया ताकि वह उसमें झाँक सके। हवलदार ने उसमें

आती तस्वीरों को देखा और फिर कैमरामेन को जाने का इशारा किया।

उसने आगे बढ़ना शुरू किया कि एक आवाज ने उसे रुकने को कहा। 'एक मिनट प्लीज' एक सिपाही हाथ में मेटल डिटेक्टर लेकर आगे बढ़ा। कैमरामैन ने अपने हाथ फैला दिए जिससे कैमरा भी उसके शरीर से दूर हो गया। मेटल डिटेक्टर उसके शरीर पर ऊपर नीचे किया गया पर कैमरे पर नहीं।

वह इसी की प्रतीक्षा कर रहा था। उसने चैन की साँस ली और बख्शी स्टेडियम के गेट से अन्दर घुसा। वहाँ जाँच-पड़ताल करने के लिए और सुरक्षावाले थे।

पाँच मिनट बाद वह स्टेडियम को जाती सीढ़ियों पर अपने रिपोर्टर के साथ था। पत्रकारों ने उस अहाते को पार किया जहाँ वी आई पी कुर्सियाँ लगी थीं और अब वे वहाँ आ गए जहाँ केवल सुरक्षा वाले थे, बड़े सरकारी अफसर थे और परेड में भाग लेनेवालों का ऊबा हुआ जत्था था।

टीवी टीम ने घास पर अपने ट्रायपॉड जमाए। उस जगह से कुछ ही दूर जहाँ मुख्य अतिथि अपना भाषण देने वाले थे और उस खम्भे की तस्वीर उतारने लगे जहाँ भारतीय झण्डा फहराया जाना था।

अचानक कैमरामैन को अपने पीछे खड़े पत्रकारों की बाताचीत सुनाई दी जिसे सुनकर उसने जल्दी से अपना कैमरा हटा लिया।

'अली मोहम्मद सागर को जल्दी ही आना चाहिए। उनके भाषण के बाद हमें कोशिश करके उनसे कुछ सवालों के जवाब भी ले लेने चाहिए।'

'सागर', कैमरामैन ने लगभग चौंकते हुए पूछा। 'मुझे लगा कि फारूक अब्दुल्ला सलामी लेनेवाले हैं। क्या हमें यही नहीं बताया गया था?'

'हाँ, लेकिन खबर गलत थी', रिपोर्टर ने जवाब दिया। 'कल उस पुलिसवाले ने हमें उल्लू बना दिया, उसने शायद सोचा होगा कि अगर हमें यह पता चले कि फारूक अब्दुल्ला आनेवाले हैं तो हम शायद परेड की फिल्म बनाने में ज्यादा दिलचस्पी दिखाएँ। लेकिन हमें अभी-अभी बताया गया है कि वे जम्मू में ही हैं।'

'हाँ, असली परेड तो वहीं होता है', पास ही खड़े एक और पत्रकार ने कहा। 'बल्कि ये ज्यादा बड़ा आश्चर्य होता अगर फारूक घाटी में आए होते, हालाँकि आते तो अच्छा ही होता।'

कैमरामैन धीरे से गर्दन हिलाता हुआ अपने ट्रायपॉड के पास पहुँचा। बड़े ही आराम से उसने सेमटेक्स वाली बैटरी हटाई और उसकी जगह साधारण बैटरी लगा दी। फिर उसने टेप भी बदल दिया। ताकि देखनेवाली यही समझें कि वह शूटिंग की तैयारी कर रहा है।

उसके शरीर से तनाव दूर होने लगा। अब वह चैन महसूस कर रहा था। उसे अभी नहीं मरना चाहिए।

अध्याय-22

# मन्त्रिमण्डल की बैठक

लालबत्ती हरी हो गई और सफेद एम्बेसेडर दिल्ली के रेसकोर्स को तेजी से पार कर गई। विजय कौल बेचैन सा अपने सीट के कोने पर बैठा था। वह पहली बार देश के प्रधानमन्त्री से मिलने जा रहा था।

मुड़ने का सिग्नल बिना देखे ही कार के ड्राईवर ने गाड़ी दायीं ओर मोड़ ली और अब वो रेसकोर्स रोड पर था। बीस गज आगे लोहे का एक बड़ा सा बाड़ था और रास्ता बन्द था। गाड़ी वहीं रुक गई। विजय कौल गाड़ी से कूद पड़ा और कठोर चेहरे वाला एस पी जी का गार्ड, जो उसे लाने के लिए भेजा गया था, उसे लेकर सड़क की बायीं ओर बनी एक छावनी की ओर बढ़ा। औपचारिकताएँ पूरी होने में कई मिनट लग गए और फिर विजय कौल वहाँ बने कई गेटों को पार करता प्रधानमन्त्री के आवास की ओर बढ़ चला।

उसके पीछे बाड़ के पास और भी गाड़ियाँ रूक रही थीं। भारत सरकार के प्रमुख मंत्री बैठक के लिए आ रहे थे। बाड़े को बार-बार हटाया जा रहा था ताकि गाड़ियाँ वी आई पी पार्किंग में रूक सकें। लेकिन आखिरकार सारे मन्त्रियों को बाकी का रास्ता पैदल ही पार करना होता था।

विजय बाहर वेटिंग रूम में कुछ देर बैठा रहा। वहाँ एयर कंडीशनर चालू था। वहाँ दो और लोग थे। एक को उसने पहचाना। वे भारत सरकार के कैबिनेट सेक्रेट्री थे। उन लोगों को कुछ मिनटों बाद प्रधानमन्त्री के कमरे में ले जाया गया। जबकि विजय धैर्य से इन्तजार करता रहा। फिर दरवाजा खुला और प्रधानमन्त्री कार्यालय के संयुक्त सचिव ने उसे इशारा किया। उसने तुरन्त अपने जूतों की ओर देखा कि वे चमक रहे हैं या नहीं और दरवाजे के पार बढ़ गया।

अन्दर आठ आदमी बड़े-बड़े सोफों पर आराम से बैठे थे। प्रधानमन्त्री ने धोती-कुर्ता पहन रखा था; गृहमन्त्री सामने टेबुल पर रखे अपने चश्मे के डिब्बे से खेल रहे थे और रक्षामन्त्री अपनी कुर्सी में धंसे हुए थे। वे अपनी जानी पहचानी पोशाक कुर्ते-पाजामे में थे। उनके अलावा गुप्तचर ब्यूरो के डायरेक्टर और कैबिनेट सचिव थे। साथ ही गृह सचिव और प्रधानमन्त्री के प्रधान सचिव भी थे जो राष्ट्रीय

सुरक्षा सलाहकार भी थे।

विजय ने ध्यान बँटाते हुए जोरदार सैल्यूट मारा। प्रधानमन्त्री ने मुस्कुराते हुए उसे कुर्सी पर बैठने का इशारा किया। फिर उन्होंने धीरे से कहा, 'तो मेजर कौल ये सब क्या है?'

विजय जानता था कि हर आदमी के सामने पड़े फाइल में एक-एक जानकारी मौजूद थी लेकिन उसने जल्दी जल्दी मुख्य बातें दुहराईं।

प्रधानमन्त्री ने हाथ उठाकर उसे रुकने का इशारा किया, 'एक मिनट। जो आदमी आपके पास आया था, उस पर कितना भरोसा किया जा सकता है?'

'सर उसका नाम हैदर अली है। उसका कहना है कि वो बरसों लश्करे–तैबा के साथ रहा है और वो जलालुद्दीन का खासमखास रहा है। उसका कहना है कि वो जलालुद्दीन के साथ चरारे-शरीफ के अन्दर भी था और वो उसके साथ कई और मिशन में भी रहा है। वो जलालुद्दीन और उसकी गतिविधियों को बिल्कुल सही-सही बता रहा था।'

गृहमन्त्री ने गुप्तचर ब्यूरो के डायरेक्टर की ओर देखा और उन्होंने सिर हिलाया।

'सर, हमने हैदर अली के बयान की जाँच की थी और ऐसा लगता है कि उसकी बातें सच थीं। उसने जब-जब जिस-जिस घटना के बारे में बताया था वे तभी-तभी घटी थीं।'

'आप जलालुद्दीन से मिले हैं न?' रक्षा मन्त्री ने विजय से पूछा।

'जी हाँ सर, मैं मार्च 1995 में चरारे-शरीफ में घुसा था और मैंने कुछ समय उसके साथ वहाँ बिताया था।'

'और?'

'मुझे वो जुनूनी और खतरनाक किस्म का आदमी लगा। बेहद खतरनाक। उसके साथ मुझे हमेशा डर लगता था। मेरे ख्याल से वो ऐसा कोई काम अन्जाम दे सकता है।'

गृहमन्त्री ने उत्तेजित होते हुए पूछा, 'तुम्हें पता है कि हैदर अली ने तुम्हें ही क्यों बताया सब कुछ? मेरा मतलब है तुम्हीं क्यों? किसी और को क्यों नहीं?'

विजय ने अपनी गर्दन हिलाते हुए कहा, 'ये तो मुझे पता नहीं सर। ये सवाल पूछा था उससे मैंने। उसने यही बताया कि उसने मेरे बारे में सुन रखा है।'

'और वो चाहता क्या है? पैसा? या मुआफी?'

'असल में सर उसने न तो अपनी कोई कीमत बताई न ही कोई माँग ही रखी। वो बस जलालुद्दीन से नाराज लग रहा था।'

गृहमन्त्री कुछ नाखुश से लगे और उन्होंने प्रधानमन्त्री की ओर देखा जो अपने हाथ में ठुड्डी टिकाए बैठे थे, ऐसा लग रहा था जैसे सो रहे हों। फिर अचानक

उन्होंने आँखे खोलीं और बोले, 'धन्यवाद मेजर कौल। आप बाहर इन्तजार करेंगे?'

विजय खड़ा हुआ अपनी एंड़ियाँ बजाई और कमरे से बाहर चला गया। फिर प्रधानमन्त्री ने अपने चारों ओर देखते हुए कहा।

'इस प्लॉट के बारे में क्या कहना है? कितना कारगर होगा?'

गुप्तचर विभाग के डायरेक्टर ने फाईल खोली, 'इसे एक-एक करके देखें सर। हैदरअली का कहना है कि जलालुद्दीन भारत में हैं। हो सकता है क्योंकि यहाँ हजारों घुसपैठिए हैं। फिर उसका कहना है कि आतंकवादी स्टिंगर मिसाइल लाने में सफल हो गए हैं। जिससे वो हवाई जहाज को मार गिराना चाहता है। मुझे लगता है ये भी सम्भव है।'

अब बोलने की बारी रॉ के प्रमुख की थी, 'हाँ ये तो हो सकता है। हमारे संगठन ने इस पर हमेशा चिन्ता जताई है कि अफगान युद्ध के बचे स्टिंगर मिसाइल खुलेआम मिल रहे हैं और वे आतंकवादियों के हाथ पड़ सकते हैं।'

स्टिंगर अफगान मुजाहिदीनों को अमरीकियों ने दिया था जब शुरुआती मिसाइल खरे नहीं उतर रहे थे। महीनों में ही स्टिंगर मिसाइल ने अफगान युद्ध में अपना रंग दिखाना शुरू कर दिया। हेलिकॉप्टर युद्धक जिनसे मुजाहिदीन बेहद डरते थे, उनका उड़ना मुश्किल हो गया था। जब तक रूसी अफगानिस्तान छोड़कर गए तब तक ढाई सौ जहाजों को स्टिंगर की मदद से वे गिरा चुके थे।

लेकिन इसका एक दुखद सिरा था। बाकी स्टिंगर अभी भी मुजाहिदीनों के कब्जे मे थे और बाद में वे तालिबान के असलहे का हिस्सा बन गए और उनके सबसे बड़े दुश्मन नॉर्दर्न एलायंस के भी। बाकी को पाकिस्तानियों ने बड़ी सावधानी से नष्ट कर दिया और अमरीकियों के डर से बहुत से खतरनाक मिसाइल पेशावर के बाहर हथियार-बाजार में दिखाई देने लगे। सी आई ए ने स्टिंगर वापसी के लिए ढेरों पैसों का लालच दिया लेकिन कुछ ही लौट सके।

मेहमान आनेवाले हैं। बातचीत का ये टुकड़ा हैदरअली ने सुना; जलालुद्दीन अपने साथी करीम से कह रहा था, ''जब वे हरामजादे अपने-अपने पुछल्लों के पीछे भाग रहे होंगे तब हम जहाज पर स्टिंगर दाग देंगे। फिर लोग सड़कों पर निकल आएँगे और इंशाअल्ला आज़ादी आ जाएगी।''

कमरे में दूसरे कोने से एक अविश्वास भरी आवाज उभरी 'ये मुझे कुछ जमती नहीं है।'

'पता नहीं', रक्षा मन्त्री ने कुछ सोचते हुए कहा। 'ये जो फिदायीन हमले हो रहे हैं। इनके बारे में किसने सोचा होगा, दो-तीन लोग एक कैंप में घुस जाते हैं और मरते दम तक लड़ते है। मिसाल के तौर पर पिछले साल के कारगिल घुसपैठ के बारे में किसने सोचा होगा, वो भी तब जब हम पाकिस्तानियों से शान्ति वार्ता में लगे थे। मेरे ख्याल से बेहतर यही होगा कि किसी भी चीज के लिए तैयार रहना

चाहिए।'

गृहमन्त्री ने बड़ी सावधानी से संक्षेप में कहा, 'मेरे ख्याल से आप सब महानुभाव समझ गए होंगे कि निशाना कौन हो सकता है।'

रॉ प्रमुख ने नाखुशी के साथ कहा, 'राष्ट्रपति क्लिंटन 20 मार्च को आनेवाले हैं, अभी से करीब एक महीने बाद। इसलिए ज्यादा समय है नहीं।'

'हमें अमरीकी खुफिया सेवा को चेतावनी देनी होगी इस बारे में। और इसी बीच हमें इस जलालुद्दीन को ढूंढ निकालना होगा। जम्मू-कश्मीर सरकार से कहा जाए कि इस पर तेजी से काम करें। मेरे ख्याल से हमें दिल्ली में एक विशेष दस्ता भी बनाना चाहिए। श्रीनगर डीजीपी को फोन करके कहना चाहिए कि इस ग्रुप से शामिल होने के लिए अपने सबसे बढ़िया आदमी को भेजें। शायद उस नौजवान कौल को, हम इस दस्ते में उसका इस्तेमाल कर सकते हैं। वो इसमें शामिल हर किसी को जानता है।'

प्रधानमंत्री ने अपने चारों ओर देखते हुए कहा, 'ठीक है फिर?'

राष्ट्रीय सुरक्षा सलाहकार पहली बार बोले, 'कहीं ऐसा नहीं कि ये सब एक सोची समझी चाल हो ताकि हमारा ध्यान बँटाया जा सके। मुझे लगता है हम स्टिंगर को लेकर कुछ ज्यादा ही उत्तेजित हैं।'

प्रधानमन्त्री ने कहा, 'हम कैसे कह सकते हैं। मेरे ख्याल से हमें हैदर अली से कुछ जानकारी हासिल करनी चाहिए। उससे कहो कि हमारे लिए कुछ और मालूमात जमा करे।'

## अध्याय-23

# हताश और पराजित

हबीब की अब उम्र हो गई थी, समय के साथ उसके चेहरे पर झुर्रियाँ आ गई थीं, आँखों के नीचे काले धब्बे और बालों में सफेदी भी।

लेकिन उसके कन्धे में लोच उम्र के साथ नहीं आई थी। और दाँतों के बीच खाली जगह भी पुलिस की लाठी से एक प्रदर्शन के दौरान आई थी। उसकी आँखों से धीरे-धीरे आग गायब हो रही थी और वह एक उदास और पराजित आदमी लगता था।

ऐसा ही हो गया था हबीब। उदास और पराजित। चुपचाप अपने मैसूमा के घर में कालीन बिछी फर्श पर उदास बैठा रहता था। जैसे-जैसे वक्त गुजरता जा रहा था उसकी उदासी बढ़ती जा रही थी।

कासिम वरुण को कमरे में लेकर गया और वो पहली नजर में तो हबीब को पहचान ही नहीं पाया। फिर वो उसकी ओर हाथ बढ़ाकर बढ़ा और हबीब उसकी ओर देखकर मुस्कुराते हुए खड़ा होने लगा।

'कैसे हो वरुण भाई', वो पत्रकार से गले मिलते हुए बोला।

'तो आप भी मुझे बाकी दुनिया की तरह भूल गए हैं?'

वरुण थोड़ा झेंप गया। घाटी की अपनी पिछली तीन यात्राओं में वह जे के एल एफ के किसी नेता से मिलने का समय नहीं निकाल पाया था। सुरक्षा बलों और विदेशी आतंकवादियों के बीच की नई लड़ाई में उनका खास महत्व नहीं रह गया था।

'माफ करो हबीब। मैं पिछली बार तुमसे मिलना चाहता था, लेकिन समय ही नहीं मिला और मुझे वापस दिल्ली भी भागना था। और पिछली बार जब मैं आया था तो ये मेरी गलती नहीं थी—तुमसे किसने कहा था कि फिर से गिरफ्तार हो जाओ?'

हबीब उसे लेकर दीवार से लगे कुशन की ओर बढ़ा। 'यहाँ बैठो, मुझे पता कि तुम्हें पालथी मारकर बैठना कितना खराब लगता है। तुम आज दिन का खाना तो हमारे साथ ही खाओगे न?'

वह आग्रह से ज्यादा आदेश था और वरुण जानता था कि मना करने के बारे में सोचना भी बेकार था।

वो कुशन के टिककर बैठ गया। राजू भी बैठ गया और कासिम से पुराने दिनों

की बातें करने लगा। फिर वरुण हबीब की ओर मुड़ा जो उसे देखे जा रहा था।

'तो आज यहाँ क्यों आए हो? क्या किसी स्टोरी का तार जोड़ने आए हो?'

'नहीं, मुझे जो करना था मैं कर चुका और उसे दिल्ली भेज भी चुका। मैं बस तुमसे बातें करने आया हूँ।'

हबीब थोड़े आश्चर्य और शंका से उसे देखता रहा। फिर वो वरुण के माथे की ओर देखकर मुस्कुराते हुए बोला, 'तुम्हारे माथे का निशान अब भी है। ये तुम्हें हर सुबह दाढ़ी बनाते वक्त कश्मीर की याद दिलाता होगा।'

वरुण ने अपने निशान पर हाथ फेरते हुए कहा, 'मुझे ज्यादा याद करने की जरुरत नहीं पड़ती। तुमने उस दिन जो भी किया उसके लिए मैं तुम्हें धन्यवाद देने भी कभी नहीं आया।'

'बेकार ही बात मत करो', हबीब ने हाथ हिलाकर कहा और बात बदलकर बोला, 'दिल्ली में क्या चल रहा है? और सरकार क्या कर रही है?'

सरकार तो स्थिर है, दशक की सबसे स्थिर सरकार। और मुझे लगता है कि कश्मीर मसले के हल निकालने को लेकर वे कुछ गम्भीर भी हैं।'

'अरे नहीं, यही तो बात है', हबीब ने दोनों हाथ उठाकर अपना चेहरा छुपाते हुए कहा, 'तो तुम फिर से मुझे समझाने की कोशिश करने वाले हो।'

वरुण ने मुस्कुराने की कोशिश करते हुए कहा, 'नहीं, मैं ऐसा कुछ नहीं करनेवाला हूँ। लेकिन जानते हो हबीब केन्द्र सरकार यहाँ दूसरे विकल्पों की तलाश में लगी है। वे जानते हैं कि राज्य सरकार ठीक से काम नहीं कर रही हैं, और उन्हें खुशी ही होगी अगर कोई बेहतर विकल्प दिखे। बेहतर यानि कोई तुम जैसा।'

'तो तुम चाहते हो कि मैं आन्दोलन के बाकी लोगों को धोखा दे दूँ! घाटी में फैले सत्तर हजार कब्रों को भूल जाऊँ?'

'ये तो कोशिश कर ही सकते हो कि और ज्यादा कब्र न बनें और कम-से-कम मैं तो जानता हूँ कि तुम 'दूसरों' के बारे में क्या सोचते हो। जमात और तुम में क्या समान है? और पाकिस्तानी आतंकवादियों से जो इन दिनों सरहद पार आ रहे हैं?'

झूठी हँसी जो हबीब ने अपने चेहरे पर ओढ़ रखी थी धीरे-धीरे गायब होने लगी और उसने जवाब नहीं दिया। वरुण जानता था कि इस मुद्दे पर जोर देने को कोई फायदा नहीं था और बातचीत दूसरी तरफ मुड़ गई।

'तुम अभी भी विजन टीवी में ही हो?' हबीब ने पूछा। 'हमारे श्रीनगर में वो चैनल बड़ी मुश्किल से पकड़ता है।'

'हाँ मैं अब भी वहीं हूँ। वहाँ का माहौल बढ़िया है। और वे बहुत बढ़िया से ख्याल भी रखते हैं मेरा।'

'एन डी टीवी जाने के बारे में नहीं सोच रहे हो।' हबीब ने छेड़ा। 'क्या काम करने के लिए वो सबसे अच्छी न्यूज कम्पनी नहीं मानी जाती?'

वरुण हँसा। 'अभी मेरी किस्मत में वो कहाँ है। लेकिन शायद अपना बायोडाटा भेजूँ मैं उनको।'

'यहाँ भी बहुत सारे लोग मीडिया में काम करना चाहते हैं। सब टीवी के लिए ही काम करना चाहते हैं', कासिम बोला।

'हाँ हमें नए लोग दिखाई देते रहते हैं। अभी हम एक कैमरामैन से मिले थे, हुमजर अली नाम था उसका। उससे हम पहले कभी नहीं मिले थे', वरुण ने जवाब दिया।

'कौन?' हबीब ने चौंककर पूछा।

'हुमजर अली। श्रीनगर का ही है। ब्रॉडकास्ट नेटवर्क के बॉब गिलमैन के साथ फ्रीलान्स कर रहा है। नाटे कद का है। घुंघराले बाल हैं।'

हबीब ने कासिम को देखते हुए पूछा, 'तुम मिले हो उस आदमी से? मुझे लगता था कि मैं यहाँ के सारे पत्रकारों को जानता हूँ।'

'कभी सुना नहीं। और मुझे नहीं लगता कि वो हमारे किसी प्रेस कांफ्रेंस में आया भी है।'

'और अब देखोगे भी नहीं', राजू बोला। 'मैं कल उससे बातें कर रहा था। कह रहा था कि दिल्ली की किसी टीवी कम्पनी में उसे नौकरी मिल गयी है। और वो वहीं जा रह है।'

'हुँ!' हबीब बोला। खाना आ चुका था और हुमजर अली को अब अपने दिमाग से निकाल चुके थे।

खाने के बाद पत्रकार जाने के लिए खड़े हुए। हबीब भी उठ खड़ा हुआ। 'जल्दी जाना जरूरी है क्या? आओ मैं बाहर तक छोड़ दूँ। वैसे भी मेरे टहलने का समय है ये।'

वे मैसूमा के पिछवाड़े की तंग गलियों में निकल आए। थोड़ी ही दूर पर जे के एल एफ का ऑफिस था जो उजाड़ सा लग रहा था। कुछ लड़के वहाँ पर टेनिस बॉल से क्रिकेट खेलने में लगे हुए थे। एक छोटा सा लड़का गार्ड ले रहा था और उसने अगली गेंद बॉलर के ऊपर से उठाकर मारी और दौड़कर दो रन ले लिए।

वहाँ से गुजरते हुए वरुण ने रास्ता बदल लिया ताकि उनके खेल में बाधा न आए। 'अब इनके हीरो कौन हैं? अब भी शाहिद आफरीदी जैसे पाकिस्तानी क्रिकेटर ही हैं?'

'नहीं अब उनका कोई आदर्श नहीं है; वे अपने लिए खेलते हैं', हबीब ने जवाब दिया।

'मुझे पता नहीं, कासिम ने एक कवर ड्राइव से खुद को बचाते हुए कहा; 'कुछ अकरम और यूनिस को पसन्द करते हैं। लेकिन मैं कई ऐसों को जानता हूँ जो सचिन तेंदुलकर और गांगुली के दीवाने हैं।'

वे गली के मोड़ तक पहुँचे जहाँ से मेन रोड दिखाई देने लगा। दूर सड़क के किनारे उनकी टैक्सी खड़ी थी और ड्राईवर बाहर ही बैठा था। हबीब ने वापस मुड़ते हुए उन पत्रकारों को अलविदा कहा लेकिन वरुण ने कुछ टोकते हुए कहा, 'अगर हम कुछ देर यूँ ही टहलते रहें तो तुम्हें कोई परेशानी तो नहीं होगी। मुझे कोई खास जल्दी नहीं है।'

हबीब पहले तो कुछ झिझका फिर बोला, 'जी हाँ, मुझे खुशी होगी।'

वे वापस मुड़े और गली में टहलने लगे जो आगे और तंग और गन्दी थी। हबीब, कासिम, वरुण, राजू और उनके साथ दो और लोग थे जो जे के एल एफ के उन नेताओं की सुरक्षा में थे।

'जरा इसे देखो', हबीब ने एक नाली की ओर इशारा किया जो पूरी तरह भर चुकी थी और उसका पानी बाहर सड़क पर बह रहा था। 'सरकार को इसकी कोई फिक्र नहीं है कि लोग कैसी जिन्दगी जी रहे हैं।'

वरुण किसी ख्याल में खोया था। वह चारों ओर ध्यान से देख रहा था। दरअसल, वह इस इलाके में कभी आया नहीं था। मकान एक-दूसरे से बेहद सटे हुए थे, फिर उसके बाद खुली वादियाँ थीं। अचानक सामने के नजारे को देखकर वरुण का मुँह खुला रह गया। सामने एक चौड़ी नहर थी, जिसमें ऊपर तो काई जमी थी पर फिर भी वह बह रही थी। उसके किनारे घने पेड़ों के झुण्ड थे और सामने दो-एक शिकारे भी दिखाई दे रहे थे। वे फूलवालों के थे जो डल झील के सैलानियों को फूल बेचते थे।

उन्होंने लकड़ी के एक झूलते पुल के सहारे नहर पार की और फिर हबीब दाएँ मुड़ा। करीब सौ फर्लांग चलकर वो रुक गया और बाकियों को अपनी ही जगह रुकने का इशारा किया। फिर वह कुछ दूर और चला और फिर बाएँ मुड़कर पेड़ों के एक झुरमुट की ओर बढ़ा। वरुण उसे हैरान देख रहा था, फिर उसकी नजर उन पेड़ों के बीच एक छोटी कब्र पर पड़ी।

हबीब संगमरमर के एक छोटे से पत्थर के पास आकर रुक गया। वह घुटने मोड़कर कुछ देर वहाँ शान्त बैठा रहा।

राजू ने कासिम की ओर सवालिया नजर डाली। वह फुसफुसाया, 'यास्मीन। वो लड़की जिससे ये शादी करनेवाला था। यहाँ रोज आता है।'

समय गुजर रहा था और हबीब वैसे ही बैठा रहा। वरुण को थोड़ा अजीब लगने लगा। अचानक उसे लगा जैसे वो एक अनजानी जगह पर है।

'मेरे ख्याल से हमें चलना चाहिए', उसने कासिम को धीरे से कहा। 'हबीब से कहना हम जल्दी ही फिर मिलेंगे।'

दोनों वापस चल पड़े और जब वे पुल के पार पहुँचे तो वरुण ने रुककर आखिरी बार देखा। हबीब वैसे ही बुत बना बैठा था। उसके अन्दर भी कुछ घुमड़ने लगा था. ..शायद हमदर्दी...या शायद अफसोस।

अध्याय-24

# मुरीदके की साजिश

वरुण कुर्सी खींचकर अपने कम्प्यूटर के सामने बैठ गया और उसे ऑन करने लगा। कुछ महीने से उसके घर बिजली की सप्लाई रूक-रूककर होने लगी थी। वोल्टेज कभी कम हो जाती थी कभी ज्यादा। हारकर उसने वोल्टेज स्टेबलाइजर का इस्तेमाल शुरू कर दिया था।

उसने कम्प्यूटर का स्विच दबाया और उठकर कुछ खाने के लिए लाने बढ़ा जब तक कि मशीन हरकत में आ रही थी। वह नंगे पैरों अपने डाइनिंग रूम में बढ़ा और फ्रिज खोलकर खाने के सामान का मुआयना करने लगा। 'चीज है। थोड़ी मेयोनिज भी है। हैम नहीं है, पर कुछ सलामी है', वह अपने आप में बुदबुदाता रहा और खाने के साथ पीने के लिए कोक निकालने लगा। सब कुछ मिलाकर उसने एक सैंडविच बनाया और कम्प्यूटर पर लौटकर इन्टरनेट से उसे जोड़ने लगा।

'प्लीज आज तो लाईन मिल जाए', वह कुछ दुआ सा माँग रहा था कि सामने उसने स्क्रीन पर देखा कि लाईन मिल चुकी थी।

विजय ने अपने सैंडविच का एक टुकड़ा काटा और सामने के कागज के टुकड़े को देखने लगा। उस पर लिखा था–www.dawacenter.com

उसने उसे ध्यान से टाईप किया। और कोक से बोतल से चुस्की भरी। वह लश्करे-तैबा और मरकज़-उल-दावा-वल-इरशाद की वेबासाइट पर था। वह पहले से काफी बदल चुका था पर उसका होम पेज अभी भी वही था एक खुले कुरान के बीच से एके-47 झाँकता दिखाई दे रहा था। हिन्दुस्तान, अमेरिका और इजरायल के 'आतंकवादी राज्यों' के खात्मे का दावा करने वाले बैनरों की जगह अब वहाँ जिहाद के इतिहास की बातें थीं और पाक लड़ाई की ताजातरीन खबरें भी। कराची, पाकिस्तान के फैसल बैंक का एक एकाउंट नम्बर भी था जिसपर दान भेजने की अपील भी थी।

लेकिन जिस पेज पर मरकज़ का इतिहास था वो नहीं बदला था। विजय उसे पढ़ने लगा।

गहरे नीले बैकग्राउंड वाले इन पन्नों की लिखावट को धीरे-धीरे वह पढ़ने लगा।

'अफगान जिहाद के दौरान अल्लाह की खिदमत में कुछ कमजोर तबके के मुसलमान उम्मा काम आए। 1986 में मरकज़-उल-दावा-वल-इरशाद इसलिए बनाया गया कि अफगान जिहाद में शामिल होने के लिए पाकिस्तानियों को तैयार किया जा सके।'

1987 में इस तंज़ीम के मेम्बरान की ट्रेनिंग के लिए अफगानिस्तान के पकटिया सूबे के जाजी में ट्रेनिंग सेन्टर खोला गया थोड़े ही दिनों में एक और ट्रेनिंग सेन्टर "मो अस्कर तैबा" खोला गया कन्नार सूबे में। यहाँ जिन मुजाहिदीनों की ट्रेनिंग हुई उन्होंने बेहतरीन मिसालें पेश कीं। जैसे–जैसे मरकज़ का काम बढ़ा, इसके तालीमी और जिहादी हिस्से अलग हो गए।'

विजय ने कोक का एक घूंट भरा और अपनी घड़ी पर निगाह डाली। आधी रात से ज्यादा का वक्त हो रहा था और बाहर सड़क पर गुजरते भारी ट्रकों की आवाजें विजय को खिड़की से सुनाई दे रही थी। वह उस पन्ने पर आगे बढ़ा–

बाद में, 1993 में मरकज़-उल-दावा-वल-इरशाद का जिहादी गुट बनाया गया। नाम था "लश्करे-तैबा"। बाद में यह पाकिस्तानी हिस्सेवाले कश्मीर का एक ताकतवर दल बना। यहाँ मुजाहिद्दीन तैयार किए जाने लगे ताकि उन्हें अफगानिस्तान, कश्मीर, बोस्निया, चेचन्या, कोसोवो, फिलीफींस समेत उन इलाकों मे भेजा जा सके जहाँ मुसलमान अपनी आज़ादी की लड़ाई लड़ रहे थे।

'अल्लाह दुनियाभर के मुजाहिदीनों को फतह दे और कब्जेवाले मुस्लिम-इलाकों को आजादी।'

विजय धीरे-धीरे अपने कम्प्यूटर पर उस वेबसाइट के दूसरे पन्नों पर सर्च करता रहा और हमेशा की तरह उनकी सैद्धांतिक सख्ती पर आश्चर्यचकित होता रहा। जब से मरकज़-उल-दावा-वल-इरशाद दक्षिण एशिया में जिहाद का सबसे बड़ा प्रचारक बन गया था वह कुछ-कुछ महीने में उसके वेबसाइट को देखता रहता था।

पाकिस्तान के मदरसों-स्कूलों में हजारों लड़कों को यह सिखाया जाता था कि इस्लाम के लिए लड़ने से जन्नत मिलती है और जिहाद के लिए मरना एक शान की बात है। जब उन्हें पक्का यकीन हो जाता था वे अपने आप लश्करे-तैबा के मेम्बर हो जाते थे जहाँ से लड़ाके कश्मीर सहित दुनियाभर में जाते थे।

लश्कर के ये नए रंगरूट अपने पाक विचारों का सबूत देते हुए टखने के ऊपर पाजामा पहनते थे और घर जाकर टीवी सेट तोड़ देते थे। उसके बाद वे मरने के लिए तैयार हो जाते थे।

विजय के कम्प्यूटर स्क्रीन ने उसे चेतावनी दी कि इन्टरनेट का उसका कनेक्शन फिलहाल टूट चुका है। वह झुंझला उठा और अपार्टमेन्ट के टेलिफोन लाईन को मन-ही-मन कोसने लगा। उसमें उस कनेक्शन को दुबारा जोड़ने की हिम्मत नहीं बची थी, इसलिए उसने पहले से 'सेव' किए हुए कुछ पन्नों के प्रिंट आउट लेने

लगा जो उसने मरकज़ का साईट देखते हुए किया था।

अचानक उसकी नज़र उस पत्रे पर पड़ी जिसमें इजतिमा का जिक्र था इजतिया यानि हर नवम्बर में होनेवाले लश्करे-तैबा का सालाना जलसा। उसमें मौजूदगी के बारे में विजय का ख्याल था कि दुनियाभर में होनेवाली आतंकवादियों की सबसे बड़ी बैठक होती थी। पिछली बैठकों में हजारों ने जिहाद के फायदों की चर्चा सुनी थी और कश्मीर में अपने ऊपर होते जुल्मों की लगभग 'झूठी' दास्तान। इस बार तो नेट पर उन भाषणों का ऑडियों भी मौजूद था विजय ने झट से उनको 'सेव' कर लिया था।

उसने उनमें से एक ऑडियो फाइल खोली। कम्प्यूटर पर लश्कर सरदार मोहम्मद सईद की आवाज गूँज उठी। वो हिन्दुस्तानी फौज पर अपने हमले में फतह के बारे में में कुछ बोल रहा था।

विजय ने कुर्सी पर पसरते हुए अपनी आँखें बन्द कर लीं। उसने ये भाषण इतनी बार सुने थे कि वे उसे तकरीबन याद थे। 'जूनागढ़ लेना है, हैदराबाद लेना है। पाकिस्तान के मुसलमान तुम्हें अपना हक क्लिंटन नहीं देगा, हक जिहाद से मिलेगा', हफीज़ की आवाज़ गूँज रही थी। वो हिन्दुस्तान के टुकड़े-टुकड़े हो जाने की बातें कर रहा था और उसके हिस्सों के पाकिस्तान में मिलाए जाने की।

आवाज़ अचानक खामोश हो गयी। ऑडियो फाईल खत्म हो चुकी थी। विजय ने अपनी आँखें खोलीं और उसे बन्द करने लगा। कम्प्यूटर बन्द करके वह खिड़की की ओर बढ़ा। बड़े-बड़े हैलोजन बल्बों की पीली रोशनी सड़क पर बिखरी हुई थी। विजय ने सिगरेट जलाई और बाहर दिल्ली की ओर भागती ट्रकों पर निगाह डाली। उसने मन-ही-मन उन मुट्ठी भर कठमुल्लों के बारे में सोचा। उसे उन तक पहुँचने की कोई सूरत नहीं दिखाई दे रही थी।

उसने फिर से अपनी घड़ी देखी। सुबह के दो बज रहे थे। सोने का वक्त हो गया था। वह थक गया था और कुछ उदास भी था।

× × ×

जलालुद्दीन ने सईद की ओर देखा। उसकी आँखों में चमक थी।

घण्टों से वह हजारों और लोगों के साथ मुरीदके के उस मैदान में बैठा जिहाद के मजहबी मतलबों के बारे में सुन रहा था। कुछ ऐसे लोग वहाँ किस्से भी सुना रहे थे जिनका दावा था कि वे कश्मीर से लौटे थे।

इजतिमा में शामिल होने का यह जलालुद्दीन का तीसरा मौका था। पहली बार वो 1996 में शामिल हुआ था। तब वह हरकत-उल-अन्सार से कुछ दुखी चल रहा था। उसे लगने लगा था कि हिन्दुस्तानी जेलों में सड़ रहे लैंगरेयाल और उसके साथियों को छुड़ाने के लिए हरकत कुछ कर नहीं रहा था।

लश्करे-तैबा के जिहाद का नारा उसे जँच गया। मानो उसे इसी का इन्तजार था। 1996 के जलसे के खत्म होते ही वो लश्कर में शामिल हो गया। वो एक पुराना लड़ाका था। लश्कर ने आगे बढ़कर उसका स्वागत किया। उसके कमाण्डर ने खुद उसे शपथ दिलाई और कुनियात यानि उसे अरबी नाम देने की रस्म अदा की। फिर उसे अफगानिस्तान में मोआस्करे-तैबा में इक्कीस दिन की बुनियादी तालीम के लिए जाना था, जो उसके लिए बेहद बचकाना था। उसके कमाण्डर ने होशियारी दिखाते हुए उसे नब्बे दिनों के ज्यादा गहरे तालीम के लिए भेद दिया। यही नहीं उसे यह आजादी भी दी गई कि वो कश्मीर में अपने खुद की योजना बनाकर काम करे। उन्होंने इसका भी ज्यादा विरोध नहीं किया जब जलालुद्दीन ने कहा कि वो कुनियात की जगह अपने नाम का ही इस्तेमाल करना चाहेगा।

भाषण खत्म हो चुके थे और नमाज़ का वक्त हो चला था। जलालुद्दीन का पेट फटा जा रहा था। उसने धीरे से खड़े होते हुए आराम महसूस किया। फिर वह रास्ता बनाता आगे बढ़ा। उसने पाया कि कुछ आँखें हैरत से उसे घूर रही थीं। उसके बारे में खबर फैल चुकी थी कि वह एक उस्ताद मुजाहिद था जिसने न जाने कितने हिन्दुस्तानी फौजियों को मारा था। बहुत से नए रंगरूटों को लग रहा था कि उसने वहाँ तकरीर क्यों नहीं दी। जवाब शायद यह था कि जलालुद्दीन जल्दी ही उन पहाड़ियों में खुद जाने वाला था न कि भाषण देकर वहीं रहनेवाला था। कुछ चीजें तो ऐसी होती हैं जिनसे खुद मुजाहिद भी खौफ खाते हैं।

जलालुद्दीन फारिग होने के लिए बढ़ रहा था। सामने उसे वो बैनर दिखाई दिया जिसे उसने और करीम ने मिलकर लगाया था और जिसमें लश्करे-तैबा का खंजर हिन्दुस्तान, अमरीका, इंग्लैड, रूस और इसरायल के झण्डों में गड़ा हुआ था। यह देखकर यह अपने आप में मुस्कुराया। उसे पेंट करने में उनका काफी वक्त लगा था और उसे अपनी कलाकारी पर फख्र हो रहा था। कुछ दूरी पर एक और बैनर लगा था जिसमें दान देने की बात थी। लिखा था कि दस रुपय भी हिन्दुस्तानी सिपाही की जान लेने को काफी है।

वह फारिग होने लगा। फिर उसने पाया कि उस पर नजर थी लोगों की और वह अकड़कर चलने लगा कुछ वैसे जैसे किसी शेर को पता चल जाए कि शिकारी मचान में छुपे बैठे हैं। कुछ दूरी पर लम्बी दाढ़ी और अफगानी साफे में तीन लोग खड़े थे। उनके बीच में जो आदमी खड़ा था उसकी दाढ़ी की चाँदी की लकीरें बता रही थीं कि वो उनका सरदार था। दाढ़ी और चमकती गहरी आँखों से।

वह चौकन्ने जलालुद्दीन की ओर बढ़ा और दोस्ताना हाथ बढ़ाकर बोला, 'असलाम अलैकुम। हम तुम्हें देख रहे हैं। काफी सुना है तुम्हारे बारे में। मेरा नाम अबू हानिफ इब्राहिम है।'

जलालुद्दीन की आँखें आदर से भर उठीं और उसने उतनी ही गर्मजोशी से

जवाब दिया। 'वालैकुम सलाम। आपको किसी तआरूफ की जरूरत नहीं है हजरत। मुआफ कीजिए मैं आपको पहचान नहीं पाया। मेरी किस्मत है जो आपने मुझे इस काबिल समझा कि मुझपर ध्यान दिया।'

इब्राहिम ने बेपरवाही से सिर झटका फिर उसने जलालुद्दीन की बाँह पकड़ी और उसे एक कोने में ले जाकर कहा, 'मेरे साथ आओ नौजवान। मेरा एक साथी तुमसे बात करना चाहता है और मुझे लगता है उससे मिलकर तुम घाटे में नहीं रहोगे।'

'मेरे साथी अभी भी मजलिस में बैठे हैं...'

'वे इन्तजार कर लेंगे। तुम नमाज़ के बाद उनके साथ हो लेना।'

जलालुद्दीन कुछ नहीं बोला और इब्राहिम ने भी आगे कुछ और नहीं जोड़ा। वे मुरीदके की चहारदीवारी के दूसरे कोने की ओर बढ़ चले। बस्ती के सारे निशान पीछे छूट चले थे, आगे पेड़ों के झुरमुट में बस एक छोटी सी झोंपड़ी दिखाई दे रही थी।

जब वे उस घर के दरवाजे पर पहुँचे तो इब्राहिम ने जलालुद्दीन की पीठ ठोंकते हुए कहा, 'तुम अन्दर जाओ, मैं मजलिस में लौट रहा हूँ। अन्दर एक अज़ीम शख्सियत तुम्हारे इन्तजार में है और इंशाअल्ला वो तुम्हें तुम्हारी मन्जिल तक पहुँचाएगा।'

थोड़ी उत्सुकता और घबड़ाहट से जलालुद्दीन ने लकड़ी के दरवाजे को धक्का देकर खोला, फिर वह कुछ देर अपनी जगह पर ही खड़ा रहा। अंदर घना अन्धेरा था। उसे कुछ भी समझने में थोड़ा वक्त लगा। उसे दिखाई दे रहा था कि अन्दर एक छाया बैठी थी, उसके सिर पर पगड़ी थी और गोद में एके-47।

उसकी आँखें चमक उठीं। उसने आश्चर्य से कहा, 'पहचान गया! पहचान गया। आप हैं...'

सामनेवाली छाया ने हाथ के इशारे से उसे रोकते हुए कहा,

'मैं यहाँ कुछ भी नहीं हूँ। बस खुदा का एक खिदमतगार। अबू फतह कहते हैं मुझे।'

जलालुद्दीन तो जैसे जड़ बन गया, उसे कुछ याद नहीं रहा था कि वो कैसे वहाँ पहुँचा था। वो बस सामने बैठे इन्सान को इबादत भरी निगाहों से देख रहा था। 'आप सबसे बढ़कर हैं। काफिर जितना आपका नाम सुनकर काँपते हैं उतना शायद ही किसी और से खौफ खाते हों। उन्होंने आपको कहाँ-कहाँ नहीं ढूँढा। आपको मारने की क्या-क्या कोशिशें नहीं की...हम सोचते थे आप अफगानिस्तान में हैं...'

अबू फतेह मुस्कुराते हुए बोला, 'जानता हूँ। सब सोचते हैं मैं अफगानिस्तान में हूँ। और-तो-और ज्यादातर तालिबानी भी यही सोचते हैं। लेकिन मुझे कुछ नए हमदर्द मिले हैं, जो बेहद दिलदार भी हैं।'

उसने जलालुद्दीन को एक आरामदेह गद्दे पर बैठने का इशारा किया। फिर उसने पूछा कि क्या वो कुछ पीना पसन्द करेगा। उस लम्बे आदमी ने गर्दन हिलाई।

आज उसे वैसा ही महसूस हो रहा था जैसा तब हुआ था जब वो पहली बार लैंगरेयाल से मिला था।

अबू फतेह ने कुछ इधर-उधर की बातें शुरू की और जलालुद्दीन अब कुछ सामान्य महसूस कर रहा था। फिर उस सफेद पोशाक वाले शख्स ने काम की बात शुरू की।

'मैंने तुम्हारे बारे में सुन रखा है, जलालुद्दीन मैं जानता हूँ कि तुममें जिहाद का जज्बा है। क्या तुम कुछ कुर्बानी करोगे?'

जलालुद्दीन बेहिचक बोला, 'ये तो मेरी किस्मत होगी जो मैं जिहाद के लिए शरीद हो पाऊँ।'

अबू फतह ने शाबासी देने के अन्दाज में गर्दन हिलाई। उसे मालूम था जवाब यही होगा।

'तुम लश्करे-तैबा के साथ कब से जुड़े हो?'

'अब तो तीन साल होने को आए। उससे पहले मैं हरकत-उल-अंसार के साथ था।'

'तुम्हें लश्करे-तैबा छोड़ने में कोई उज्र तो नहीं होगा।'

कुछ देर की चुप्पी के बाद जलालुद्दीन बोला, 'अगर मकसद कोई बड़ा हो तब-अबू फतेह।'

'एक बड़ा मकसद है। मेरे पास एक प्लान है। कुछ ऐसा जो दुनिया को हिलाकर रख दे। लेकिन हम अपने हमदर्द मेहरबानों को शर्मिन्दा नहीं करना चाहते और हम उस तंज़ीम को भी इससे दूर ही रखना चाहते हैं जिसकी वजह से हम यहाँ आए हुए हैं। यह कुछ हमारा अपना होगा। मेरा और तुम्हारा...और उनका जो तुम्हारी सदारत में काम करेंगे। लेकिन वक्त कम है। तुम्हें कुछ हफ्तों में हिन्दुस्तान निकलना पड़ सकता है।' वह प्लान समझाने लगा। जलालुद्दीन चुपचाप गर्दन हिलाते हुए तो कभी मुस्कुराते हुए सुनता रहा।

एक घण्टे बाद जलालुद्दीन जाने के लिए उठ खड़ा हुआ, लेकिन सामने बैठे इन्सान ने हाथ उठाकर उसे रुकने का इशारा किया और बोला, 'एक बात और। हो सकता है कि इस बीच दूसरे मुजाहिद कुछ हरकत करें। उनपर ध्यान मत देना। उनके इरादे अलग हैं और तुम्हारे अलग।'

× × ×

अभी पिछली शताब्दी ही चल रही थी जब जलालुद्दीन और उसके साथी लाहौर से चले। एक पुरानी रेलगाड़ी में सवार छुक-छुक करते वे उत्तर की ओर बढ़ रहे थे। दिसम्बर की सर्दियों की ओस बाहर खिड़की पर झलक रही थी। पंजाब के खेतों की हरियाली भरी उपज पीछे छूटते जा रहे थे, गाँव धुन्ध के पीछे छुपे थे।

ट्रेन के चक अमरू पहुँचने में अभी एक घण्टा बाकी था। जलालुद्दीन ने थोड़ा पाँव पसारने का फैसला किया। उसे अपने उस दूसरे दर्जे के उजड़े से डिब्बे से और अपने आस-पास उकड़ूँ बैठे लोगों से कुछ चिढ़ सी हो रही थी। वह लकड़ी की अपनी बेंच से उठा और सोए करीम को लांघकर गलियारे पार दरवाजे तक पहुँचा।

कुर्ते की जेब से सिगरेट निकालते हुए उसने बाहर खेतों पर निगाह डाली। ज्यादा बाशिंदे दिखाई नहीं दे रहे थे, जो दुनिया के उस हिस्से के लिए कुछ हैरतनाक बात थी। उसे अपने पीछे कुछ हरकत सी सुनाई दी और बिना घूमे ही वह समझ गया कि करीम आ गया था।

उसने सिगरेट का पैकेट पीछे बढ़ाते हुए कहा, 'हम जल्दी ही पहुँच जाएँगे। क्या बाकी लोग तैयार हैं?'

करीम हामी भरते हुए बोला, 'मुजफ्फर तैयार बैठा है और सलीम तो हमेशा ही तैयार रहता है। मुझे उसकी फिक्र भी होती है, कभी आराम ही नहीं करता।'

'कुछ नहीं होगा। वो एक बार हिन्दुस्तान पहुँच जाए फिर बिल्कुल ठीक हो जाएगा। सबको यहीं बुला लो, हम स्टेशन से जल्दी-से-जल्दी निकल जाएँगे। हो सकता है हिन्दुस्तानियों के भेदिए यही देखने को खड़े हों कि ट्रेन से कोई बन्दूक लेकर नहीं उतर रहा हो।'

चक अमरू एक छोटा-सा शहर था। उसकी अहमियत इसी वजह से थी कि वो हिन्दुस्तानी बॉर्डर से कुछ ही किलोमीटर की दूरी पर था। स्टेशन पर जलालुद्दीन और उसके लोगों का आई एस आई के एक एजेंट ने स्वागत किया। जिसने उन्हें एक जीप से बिठाया और इंजन की आवाज के बीच, गाड़ी चलाते हुए, उन्हें हिदायतें भी देता रहा।

'तुम लोग आज की रात सुकुमल में गुजारोगे। सरहद के पास का गाँव है। एक दिन के आराम के बाद तुम लोग कल रात सरहद पार करोगे।'

जलालुद्दीन ने हामी भरी और ठण्डी हवाओं से निजात पाने के लिए टोपी सिर पर खींचते हुए अपनी सीट पर पसर गया। उन्हें गाँव के बाहर की ओर एक हरे रंगे के घर में ठहराया गया। उनके सामने उस सूखी नदी का पाट था जो हिन्दुस्तान के साथ सरहद का काम करती थी। अपने कमरे से वे सामने खुले मैदान का मुआयना कर रहे थे। जलालुद्दीन खिड़की के पास दूरबीन लिए हिन्दुस्तान में घुसने के रास्ते का अन्दाजा लगा रहा था।

आई एस आई का अफसर कमरे में आया। 'पीछे बाग में गाईड तुम लोगों का इन्तज़ार कर रहा है, वह कल रात ही सरहद पार से आया है और उसे बी एस एफ के सारे ठिकानों की खबर है।'

जलालुद्दीन दूरबीन लगाए हुए ही बोला, 'बी एस एफ का कैम्प कहाँ है?'

'नदी ने उस तरफ एक टीका दिखाई दे रहा है। वहाँ धान के खेतों के बगल में। कैम्प उसी के पीछे है। वहाँ तीस से चालीस लोग हैं। कैम्प के दोनों और घने जंगल हैं और उनके बीच के रास्ते पर अक्सर नजर रखी जाती है। हमारे कुछ लोग ऐसे ही एक गुप्त ठिकाने के पास कुछ महीने पहले मारे गए। मुझे लगता है कि तुम लोगों के लिए बेहतर यही होगा...'

'गाईड को यहीं ले आइए,' जलालुद्दीन ने टोका और आई एस आई का एजेंट तुरन्त चल पड़ा।

गाईड एक नाटा सा आदमी था। अपने जानवरों के साथ सरहद के उस पार रहनेवाले गूजरों के कबीले से। पाकिस्तानी उन्हें एक रात के पचीस-पचीस हजार तक दे देते थे। सालभर दूध बेचकर भी वे इतना नहीं कमा सकते थे।

जलालुद्दीन ने उसे घूरा और फिर खिड़की की ओर घूमते हुए बोला। 'हमें किस रास्ते से ले चलोगे?' गाईड ने उसकी ओर बढ़ते हुए कहा, 'हुजूर हम नदी के पाट से होकर बायीं और चलेंगे, हाथी घास के बीच से। हम तकरीबन एक किलोमीटर तक नदी का पाट नहीं छोड़ेंगे क्योंकि बी एस एफ के जवान घात लगाए बैठे होते हैं। फिर हम उस खाई में घुस जाएँगे। हम उन्हीं बीहड़ों में तब तक चलते रहेंगे जब तक मेरा ठिकाना नहीं आ जाता-जोकि यहाँ से 5-6 किलोमीटर तो है ही। वहाँ से हाइवे कुछ मिनटों का ही रास्ता है। आपलोग वहाँ से बस पकड़ सकते हैं।'

'हम दायीं ओर से क्यों नहीं जा सकते? मुझे लगता है कि उधर से जाना ज्यादा महफूज रहेगा।'

'नहीं हुजूर, उस इलाके में कंटीले बाड़ भी हैं और बड़े-बड़े बल्ब भी। वे अन्धेरा होने के बाद रात को दिखाई देते हैं।'

जलालुद्दीन ने उसकी बात से सहमति जताई। अपना दूरबीन नीचे रखा और कमरे के एक कोने में पड़े खाट की ओर बढ़ा। वह जूते पहने ही खाट पर गिर पड़ा। 'कुछ घण्टों में मुझे जगा देना।'

अगली सुबह, जलालुद्दीन ने ग्वालों के कपड़े उधार लिए और उनकी भैंसों के पीछ-पीछे चल पड़ा तब वो नदी की ओर जा रहे थे। उसने कंबल कसकर लपेट रखा था और हथियार घर में ही छोड़ रखे थे। नदी के पास पहुँचने पर उसने एकाध बार सरहद की दूसरी ओर झाँका, बी एस एफ के जवान पहरे पर चौकस थे। वो भैंसों को हाँकता जा रहा था और उस रास्ते का अन्दाजा भी लेता जा रहा था जिससे होकर उन्हें गुजरना था।

उसे आश्चर्य नहीं हुआ ये जानकर कि बॉर्डर पार जाना कितना आसान था। हालाँकि हिन्दुस्तानियों को इसका अन्दाजा काफी पहले हो चुका था कि सरहद पार से पाकिस्तानी घुसपैठियों की आमद कश्मीर के उपद्रवों का बड़ा कारण है,

लेकिन अभी तक वे सरहद को मजबूत नहीं बना पाए थे, उसे घेर नहीं पाए थे। कुपवाड़ा और बारामूला की ऊँचाइयों पर तो मौसम और दर्रों की वजह से बाड़ा लगाना सम्भव नहीं था। लेकिन यहाँ तो मैदान में भी बहुत थोड़ी बाड़ाबन्दी है, न डायनामाइट ही, बस एक काल्पनिक सी रेखा थी जो नदी के उस पाट के साथ-साथ चल रही थी।

उस रात जलालुद्दीन और उसके लोग जब नदी और हाथी घास के जंगल को पार कर रहे थे तो उन्हें कुछ मुश्किलें आईं। रात चाँदनी नहीं थी, लेकिन उनका गाईड अच्छा था। वो जानता था कि बिल्कुल कहाँ जाना है। सुबह के छह बजे तक उनका जत्था हरिनगर पहुँच चुका था, जो नेशनल हाईवे 1ए के पास था। वह सड़क जो दक्षिण की ओर जम्मू और आगे दिल्ली तक जाती थी।

गाईड ने उन्हें शहर में एक हमदर्द के हवाले कर दिया। उसे भी खातिरदारी की अच्छी कीमत अदा की जाती थी। उसका काम था पाकिस्तान से आनेवाले जिहादियों और हथियारों को अपने सही ठिकाने तक पहुँचवाना। उनके सामने बस की लम्बा सफर था। और ऐसे में बन्दूकें ले जाना महफूज नहीं था। साथ ही, उनके ठिकाने तक हथियारे पहुँचाने का इन्तज़ाम पहले ही हो चुका था।

स्टिंगर मिसाइल का बक्सा भी शायद उनके इन्तजार में हो। उसे जहाज से भेजा गया था और गुजरात के बन्दरगाह पर उसे एक भ्रष्ट कस्टम अफसर की मदद से उतारा गया था। फिर उस बक्से को सामानों के ट्रक में लादकर फरीदाबाद रवाना किया गया, जो दिल्ली के पास ही है। जलालुद्दीन और उनके लोग पाकिस्तान में ही बैठे बेताबी से मिसाइल सही-सलामत पहुँचने का इन्तजार करते रहे। खबर मिलने पर ही उन्होंने सफर शुरू किया।

सुबह ग्यारह बजे तक, पाँच लोग हरिनगर के बस अड्डे पहुँच चुके थे। जलालुद्दीन टिकट खिड़की पर गया और मुस्कुराते हुए बोला, 'पाँच टिकट दें जनाब।'

'कहाँ की?' काउन्टर क्लर्क ने खीझते हुए पूछा।

'दिल्ली'।

## अध्याय-25

# पहाड़गंज

यह सब तकरीबन तीन महीने पहले हो गया। तबसे जलालुद्दीन और उसके साथी नई दिल्ली रेलवे स्टेशन के पास ही पहाड़गंज के एक गेस्ट हाउस में रह रहे थे। उस गेस्ट हाउस में केवल नौ कमरे थे और जलालुद्दीन ने उसके मालिक के साथ पूरे फ्लोर का छह महीने का कान्ट्रेक्ट किया था। वे सिर्फ एक दफा नांगल डेरी के फार्म हाउस गए थे मिसाइल को परखने उसके बाद उन्होंने मिसाइल को तहखाने में छुपा दिया था।

पड़ोसियों की पूछताछ का एक ही जवाब था उनके पास कि वे अफगान शरणार्थी हैं। अफगानिस्तान में नौर्दर्न एलायंस के हमदर्द थे जो तालिबान के खिलाफ लड़ाई लड़ रहे थे। वे वहाँ की लड़ाई से भागकर हिन्दुस्तान में गुजर-बसर की कोशिश में लगे थे। इस कहानी पर सबने विश्वास कर लिया। पुरानी दिल्ली की गलियों में पहले से ही तिब्बती, बंगलादेशी, अफगान शरणार्थी नयी जिन्दगी जीने की उधेड़बुन में लगे थे।

उनका ज्यादातर वक्त टीवी देखने में कटता था। अपने कमरे के एक कोने में पड़े इक्कीस इंच के टीवी पर ही उसने काठमांडू से दिल्ली आनेवाले इंडियन एयरलाइन्स के जहाज कर अपहरण देखा था जिसे अफगानिस्तान में कांधार ले जाया गया था। यह उनके दिल्ली आने के एक हफ्ते के अन्दर ही हुआ था। उसके बाद के कुछ दिन उनके लिए उम्मीदों भरे थे क्योंकि खबर आ रही थी कि अपहरणकर्ता जिन आतंकवादियों को छोड़े जाने की माँग कर रहे थे उसमें नसरुल्ला लैंगरेयाल का नाम भी था। लेकिन आखिरकार मायूसी ही हाथ लगी उनके। अपहर्ता मसूद अज़हर और दो अन्य आतंकवादियों के बदले बंधकों को छोड़ने को तैयार हो गए थे। लैंगरेयाल जेल में ही रह गया और सज्जाद अफगानी की लाश उसी कब्र में जहाँ उसे जेल से भागने की कोशिश करते हुए मरने पर दफनाया गया था।

जलालुद्दीन उसके बाद कई घण्टे बेचैन अपने कमरे में टहलता रहा—अपने आप में कुछ बुदबुदाता और दीवार पर हाथ मारते हुए। फिर उसे अबू फतेह की बात याद आई और वह खामोश हो गया। जल्दी ही पहाड़गंज के सरफरोश गेस्ट

हाउस के नए मेहमान अपने पुराने आरामफहम ढर्रे पर वापस आ गए।

जामा मस्जिद गेस्ट हाउस से ज्यादा दूर नहीं था जहाँ वे हर जुमे को नमाज़ पढ़ने जाते थे। जलालुद्दीन ने अपने हर आदमी को चेतावनी दे रखी थी–'यहाँ तुम मिलते मुसलमानों से जरूर है, लेकिन याद रखना वे हिन्दुस्तानी हैं और उनकी वफादारी अपने मुल्क से है। किसी को अपने इरादों की भनक भी नही मिलनी चाहिए।'

गेस्ट हाउस में उन लोगों के रहते ढाई महीने हो चुके थे। 6 मार्च को जलालुद्दीन अपने कमरे से निकलकर बाहर ऑटोरिक्शा ढूंढ रहा था। यह कैमरामैन से मिलने का वक्त था।

अपने ऑटोरिक्शा में चढ़ते हुए करीम चलने को कहा। करीम जामा मस्जिद के पिछवाड़े की गली में एक मशहूर ढाबा था उसे अपने बेहतरीन उत्तर भारतीय मुस्लिम खानों के लिए जाना जाता था। ऑटोवाला खुदापरस्त इन्सान लग रहा था। जलालुद्दीन ने देखा कि ऑटो मे काबा की तस्वीर लगी थी और जगह-जगह कुरान की आयतें लगाई गई थीं।

'आप दिल्ली घूमने आये हैं?' ड्राईवर ने बातों-बातों में पूछा। 'मैं सलीम हूँ और अगर आप चाहें तो मैं आपको लालकिले की खास सैर करवा सकता हूँ।'

जलालुद्दीन चुपचाप सिर झुकाए बाहर सड़क की भीड़भाड़ को देख रहा था। वह उसकी बातचीत से बच रहा था। ड्राईवर को थोड़ा बुरा लगा, लेकिन जल्दी ही वह सड़क पर बचते-बचाते चलने में अपनी तकलीफ भूल गया।।

ऑटो ने जामा मस्जिद के पास की कसाइयों की दूकान को पार किया और मस्जिद के सामने वाली एक गली के मुहाने पर रूकी। जलालुद्दीन उतरकर अपना बटुआ निकाल रहा था तब ऑटोवाले ने एक और आखिरी दोस्ताना कोशिश की, 'करीम में आप मटन इस्टू और मटन कोरमा जरूर खाइएगा', दुनिया का बेहतरीन मिलता है।'

जलालुद्दीन ने मुस्कुराते हुए ड्राईवर को पैसे दिए और कहा, 'मैं जरूर खाऊँगा। खुदा हाफिज़।'

फिर वह गली में मुड़कर करीम तक पहुँचा। कैमरामैन वहाँ कुछ घबड़ाया हुआ सा इन्तज़ार में खड़ा था। मिलने की जगह पिछली शाम ही फोन पर तय थी। कैमरा मैन के लिए फरवरी के बाद यह पहला कांट्रैक्ट था।

वे सीढ़ियों से ऊपर चढ़े और एक खाली टेबल ढूँढ़ ली। वेटर के आने पर उन्होंने इस्टू और कोरमा मँगाया, साथ में ढेर सी तंदूरी रोटियाँ। फिर कैमरामैन आगे झुककर शरारत से फुसफुसाया,

'क्या हुआ आप लोगों को? पहले हफ्तों कोई खबर तक नहीं, फिर अचानक एक दिन फोन करके बुला लेते हैं। मेरे लिए इस तरह अचानक निकल पाना

आसान नहीं होता। और गणतंत्र दिवस को क्या हुआ था! आपने बताया था कि फारूक वहाँ जरूर होगा। मैंने इतना खतरा भी उठाया पर फुस्स...।'

जलालुद्दीन उसे देखता रहा। वह कैमरा मैन पर जाहिर नहीं होने देना चाहता था कि गणतंत्र दिवस के दिन तो उसका इम्तेहान था। मुरीदके के लोगों को पता चल चुका था कि फारूक परेड के लिए श्रीनगर नहीं जा रहा था, लेकिन वे यह देखना चाहते थे कि कैमरामैन में इस मिशन को अंजाम दे पाने की कूवत है भी या नहीं। वह खरा उतरा था और अब उसको यह बताने का समय था कि वे उससे क्या चाहते थे।

जलालुद्दीन ने अपने पीले दाँत निपोरे और अफसोस जताने के अंदाज़ में बोला, 'उस दिन के लिए माफ करना। उसने आखिरी वक्त अपना इरादा बदल दिया था। खैर कोई बात नहीं जो हुआ अच्छा ही हुआ। फिर एक नया प्लान है जिसमें सबसे अहम रोल तुम्हारा होगा।'

उन्होंने जानबूझकर दोपहर बाद का वक्त चुना था जब वो भीड़-भाड़वाला रेस्तराँ कुछ खाली होता था। वहाँ कोई सुननेवाला नहीं था। जलालुद्दीन धीरे-धीरे कैमरामैन की प्लान समझा रहा था। बीच-बीच में वेटर के आने से खामोशी छा जाती थी।

जलालुद्दीन की बात पूरी होने के बाद एक लम्बी खामोशी रही। कैमरामैन उसे अविश्वास के साथ देख रहा था। उसने कुछ बोलने के लिए अपना मुँह खोला, पर उसके होंठ काँप रहे थे। फिर उसने एक फँसे हुए जानवर की तरह कमरे में इधर-उधर देखा और बोला, 'आप मजाक कर रहे हैं। मैं ये काम किसी भी सूरत में नहीं कर सकता। हो ही नहीं सकता...मैं नहीं करूँगा।'

जलालुद्दीन को ऐसे जवाब की उम्मीद थी। लेकिन उसपर कोई असर नहीं पड़ रहा था। उसने रोटी का एक टुकड़ा तोड़ा रस में डुबाया और मुँह में डालते हुए बोला, 'मुझे पता है तुम कर सकते हो। तुम्हें पता है तुम्हारे पास और कोई रास्ता नहीं है। अब जबकि तुम हमारा एक काम कर चुके हो।'

कैमरामैन पस्त दिख रहा था। कुछ इस तरह जैसे मोम की गुड़िया को गर्मी के महीने में धूप में रख दिया जाए। उसने अपने घुंघराले बालों में हाथ फिराया और फिर धीरे से फुसफुसाया, 'भाई! समझने की कोशिश करो। ये हो नहीं सकता। हम कर नहीं सकते। आपको पता है कैसी सिक्योरिटी होती है। आप सेमटेक्स के साथ नजदीक भी नहीं जा सकते।'

'तुमने श्रीनगर में कर लिया था या नहीं?' जलालुद्दीन आहिस्ता से बोला, 'सिक्योरिटी तब भी थी। तुम इस बार फिर से कर लोगे। या तो कर लोगे या कोशिश करते हुए मारे जाओगे।'

जलालुद्दीन अपने सामने बैठे उस बुझे हुए आदमी का देख रहा था। वह जानता

था कि उसकी जीत हो चुकी थी। कैमरामैन वही करनेवाला था जो उसे कहा जाता।

उन्होंने बिल अदा किया और वहाँ से चल पड़े। कैमरामैन उन गलियों में ऐसे लड़खड़ाते हुए चल रहा था जैसे वो चलना भूल गया हो। जब वे अलग होने लगे तो जलालुद्दीन उसकी बाँह पकड़कर फुसफुसाया, 'एक बात और। तुम्हारे पास तैयारी के लिए कुछ हफ्ते हैं। ऐसा करो कि फतह तुम्हारी हो। याद रखो हमारा वादा तभी तक है जब तुम अपने मकसद में कामयाब रहोगे। अगर नहीं, तो...'

कैमरामैन ने बिना देखे हामी भरी और उस लम्बे पाकिस्तानी को कनखियों से देखा। जलालुद्दीन को नियॉन रोशनी में उस आदमी की आँखों में डर और नफरत दिखाई दे रही थी। उसे इन सबकी आदत पड़ चुकी थी। वह मुस्कुराया और भीड़ में गुम हो गया।

## अध्याय-26

# आना क्लिंटन का

रक्षा मंत्रालय में एक अलग कमरा बनाया गया था 'स्टिंगर क्राइसिस' से निपटने के लिए। एक टास्क फोर्स बनायी गयी थी उसकी योजना का पता लगाने के लिए जिसमें गृह मंत्रालय के विशेष सचिव के नेतृत्व में गुप्तचर विभाग, राष्ट्रीय सुरक्षा गार्ड और सेना के लोग थे। प्रोटोकॉल को तोड़ते हुए विजय कौल से कहा गया कि वो इस दस्ते की कार्रवाई दल का नेतृत्व करे।

विजय गाड़ी से रायसीना हिल पहुँचा और साउथ ब्लॉक के सामने बायीं और गाड़ी खड़ी करने की जगह तलाशने लगा। उसके सामने बागों के बीच खड़ा राष्ट्रपति भवन था। दायीं और नॉर्थ ब्लॉक था जहाँ वित्त मंत्रालय के अफसर देर तक काम कर रहे थे ताकि केन्द्रीय बजट की हो रही आलोचना का जवाब दिया जा सके।

विजय ने अपनी मारूति बन्द की और सड़क पार कर नॉर्थ ब्लॉक में गृह मंत्रालय की ओर चला। बाहर उसने चौकस खड़े सुरक्षा जवान को अपना पहचान-पत्र दिखाया। फिर वह मन्द रोशनी वाले गलियारे को पार करने लगा, उसके जूतों की आवाजें गूँज रही थी। फिर वो अपने पार्टीशन वाले ऑफिस में मुड़ गया।

सुबह के आठ बजे थे और नॉर्थ ब्लॉक तकरीबन पूरा खाली था। लेकिन उस दस्ते के विजय के साथी अपनी जगह मुस्तैद थे। वे एक-एक करके आई एस आई के एक-एक सेल और एक-एक कट्टरपंथी इस्लामी संगठनों की फाईलें देख रहे थे। वे उनमें से किसी के भी अफगानिस्तान को सम्बन्धों के बारे में देख रहे थे या फिर ये कि शायद जलालुद्दीन को कोई खबर मिल जाए। लेकिन फिलहाल कुछ भी हाथ नहीं लगा था।

'कुछ नहीं?' विजय ने पूछा और बिना जवाब की उम्मीद किए अपनी कुर्सी में धँस गया। एक चपरासी कमरे में कॉफी का प्याला लेकर आया जो कि इतनी मीठी थी कि पीनेवाले को डायबिटीज हो जाए। विजय ने कप उससे ले लिया और पीने लगा।

'मुझे बॉस के पास एक घण्टे में जाना है और वे पी एम से आज दिन में मिलनेवाले हैं। मुझे लगता है कि अब वक्त आ गया है कि हमें जल्दी फैसला ले

लेना चाहिए। हमने लगभग सारे राज्यों के पुलिस प्रमुखों को आतंकवादी हमले की सम्भावना से आगाह कर दिया है, लेकिन उनसे चुप ही रहने को कहा गया है। क्या हमें टीवी पर उस हरामजादे की तस्वीर दिखानी चाहिए?'

'मेरे ख्याल से नहीं', खुफिया विभाग की शीतल जैन ने जवाब दिया, जो कश्मीरी आतंकवाद के मामले की एक बड़ी विशेषज्ञ मानी जाती थी। 'इससे घबड़ाहट में वो और भी कोई कदम उठा सकता है। फिर इससे जनता में भी घबड़ाहट फैलेगी। क्या तुम सोच सकते हो कि इसका एयरलाइन बुकिंग पर क्या असर पड़ेगा।'

'ठीक है', विजय फुसफुसाया। 'अगला सवाल है कि क्या वो हरामजादा कश्मीर में है या देश के किसी और हिस्से में?'

'बात फिर वहीं आ जाती है', शीतल का जवाब था।

'ये सब हमने तुम्हारे दोस्त हैदर अली की बातों से बनाया है। तुम्हारा कहना है कि उसका कहना था कि जलालुद्दीन हमला कश्मीर में नहीं करनेवाला है।'

विजय असहाय सा लग रहा था। 'ऐसा उसका अनुमान था, बस। हम फिर इस पर एक-एक करके बात करते हैं। हैदर उस गुट में शामिल नहीं है जिसका नेतृत्व जलालुद्दीन कर रहा है। वो चरारे शरीफ के दिनों से जलालुद्दीन के साथ रहा है। उसका कहना कि वह दिल्ली में ही उससे टकराया था। जलालुद्दीन ने उसे अपने गुट में शामिल होने के लिए कहा था और वे दोनों कुछ दिनों साथ भी थे। वे अपने निशाने के बारे में कुछ भी बता नहीं रहे थे लेकिन उसने एक रात उनकी बातचीत सुनी थी। हैदर अली उसके बाद दिल्ली से श्रीनगर लौट गया। जहाँ वो मुझसे मिला था।'

'जानते हैं मुझे क्या लगता है?' सेना के खुफिया विभाग का अरुण बतरा बोला। 'मुझे लगता है इस सारी कहानी में ही कोई झोल है। किसी की बात सुनना? सिनेमा में ही होता है ये बस। और फिर श्रीनगर क्यों गया? यहाँ उसने किसी से बात क्यों नहीं की? माफ कीजिएगा सर, उसें आपको ही ढूंढते हुए श्रीनगर जाने की क्या जरूरत थी? वो यहाँ भी किसी को बता सकता था।'

'तो आप क्या सलाह देते हैं? हम ये मानकर हाथ पर हाथ धरे बैठे रहें कि ये सब कुछ हुआ ही नहीं था?' विजय डपटा।

'मुझे लगता है हमें हैदर अली को यहीं बुलाकर अच्छी तरह पूछताछ करनी चाहिए।'

'भगवान के लिए। ये सब हम कितनी बार कर चुके हैं। मुझे पूरा भरोसा है कि हैदर को जो भी पता था उसने बता दिया है। अब उसे डराने-धमकाने का कोई फायदा नहीं होनेवाला। अगर ऐसा ही होता तो वो बताता ही क्यों? इसके अलावा हमने उससे कहा तो है कि कुछ और पता करे। अगर उसे कुछ पता चला तो जरूर बताएगा जो हमारे लिए बेशकीमती होगा।'

'वो तो ठीक है', बतरा बोला, 'लेकिन सर, 14 मार्च हो चुका है। छह दिन में क्लिंटन आनेवाले हैं। अगर निशाना वही हैं तो समय कहाँ है अब?'

× × ×

क्लिंटन के आने में एक हफ्ता से भी कम समय रह गया था। ऐसा लग रहा था कि अमेरिका खुफिया विभाग ने सरदार पटेल मार्ग पर बने मौर्या शेरटन होटल को पूरी तरह अपने कब्जे में ले लिया था। ऐसा इसलिए भी कि वह अमेरिकी दूतावास के करीब था। एक पूरे फ्लोर को काले कपड़े वालों ने अपने कब्जे में ले रखा था। वे इधर से उधर भागते दिखाई दे रहे थे।

हालाँकि वे हिन्दुस्तानी गुप्तचार विभाग के सहयोग से काम कर रहे थे लेकिन वहाँ आने वाले भारतीयों के मन में कोई शंका नहीं थी कि वो अमेरिकी इलाका है। बड़ी-बड़ी जाँच मशीनें दूर से ही दिखाई दे रही थीं।

विजय अमेरिकी अफसर जॉन कैसेल के साथ अगली मीटिंग के लिए आ चुका था। वे दोनों इंदिरा गाँधी अन्तरराष्ट्रीय हवाई अड्डे और उसके आसपास के इलाके का नक्शा ध्यान से देख रहे थे।

'महफूज, महफूज, महफूज', अमरीकी ने नक्शे पर आड़ी-तिरछी रेखाएँ खींचते हुए कहा। 'दो-तीन इलाके ही हैं जहाँ से स्टिंगर से जहाज को गिराया जा सकता है। आप लोगों को इसका खास ध्यान रखना पड़ेगा कि वहाँ एक चींटी भी न चल पाए!'

'मुझसे ब्लैंकेट सिक्योरिटी के लिए कहा गया है', विजय ने जवाब दिया। 'हमारे इतने आदमी आपको जमीन पर दिखाई देंगे कि जितने आप गिन नहीं पाएँगे। हालाँकि मैं फिर भी चाहूँगा कि आप एक बार पूरा इलाका हमारे साथ चलकर देख लें।'

'हाँ हाँ क्यों नहीं।'

वे सीधे हुए और जॉन ने एक कोने में जाकर दो कप में कॉफी डाली। उसने वापस लौटकर विजय के हाथ में कॉफी का प्याला दिया और बोला, 'हालाँकि मुझे ऐसा कुछ लग नहीं रहा है। हम इतनी बार देख चुके हैं। इस सारे स्टिंगर वाले मसले को भी। देखना इसलिए भी जरूरी था क्योंकि स्टिंगर मिसाइलें उन्होंने अफगानों को चाकलेट की तरह बाँटे थे। वैसे कई कारणों से ऐसा लगता है कि ऐसा कुछ भी कर पाना संम्भव नहीं हो सकता कि कोई मिसाइल से जहाज को गिरा दे। यहाँ की तैयारी भी ठीक है दिल्ली से लेकर मुम्बई, जयपुर और हैदराबाद हर जगह की रिपोर्ट आ चुकी है।'

'बंगलादेश और पाकिस्तान की क्या खबर है?' विजय ने पूछा।

'प्रेसीडेंट वहाँ भी जा रहे हैं और फिर किसे पता है जलालुद्दीन ह कहाँ?'

अमेरिकी खुफिया विभाग का अफसर अपने सोफे में धंसते हुए बोला, 'हाँ मैं जानता हूँ कि एक मुश्किल ये भी है। ढाका तो ठीक ही है--लेकिन प्रेसीडेंट बंगलादेशी बच्चों से मिलने खास हेलीकॉप्टर से वहाँ जाना चाहते हैं--रास्ते में घना जंगल है', वह फिर उबासी लेकर विजय के चेहरे पर कुछ भाँपते हुए बोला, 'उसे तो कैंसिल ही करवा लेना चाहिए। बहुत खतरनाक है। हाँ पाकिस्तान...वहाँ कुछ करना पड़ेगा। वहाँ भी ठीक हो जाना चाहिए।'

विजय अंगड़ाई लेकर उठा। उन्हें बैठे काफी देर हो चुकी थी। 'अब ठीक है फिर। मैं चलता हूँ, कल फिर मिलेंगे।'

जॉन भी उठा चुका था, 'चलो मैं तुम्हें बाहर तक छोड़ देता हूँ। मुझे समझ नहीं आ रहा कि ये जलालुद्दीन नाम का जीव सचमुच कुछ कर भी रहा है क्या? हरामजादे ने हमारी छुट्टी भी खराब कर रखी है।'

'मेरा यकीन कीजिए कि वो आदमी है। जहाँ तक उसके प्लान की बात है तो कौन जानता है?'

अगले दिन करीब-करीब दोपहर के भोजन का वक्त हो चला था विजय लिमोजीन में बैठा हवाई अड्डे के आस-पास के इलाकों की सैर कर रहा था। वे एक लालबत्ती पर रुके हुए थे, सड़क पर ट्रैफिक बहुत ज्यादा थी। स्कूटर, कार, ट्रक, साइकिल सब उनकी गाड़ी के आस-पास खड़े थे।

जॉन कैसेल ने खिड़की से बाहर देखते हुए पूछा, 'हम कहाँ है अभी?'

'सामने नेशनल हाईवे-8 है, हम इसे पहले भी अच्छी तरह देख चुके हैं। हमारी दायीं तरफ महिपालपुर है और बायीं और रैडिसन होटल आ जाएगा और अगर हम हाइवे पर आगे चलते रहे तो जयपुर पहुँच जाएँगे। मेरे ख्याल से देखने का काम पूरा हो चुका है।'

'हाँ', जॉन ने सहमति जताई। 'अगर उस हरामजादे के पास स्टिंगर मिसाइल हो भी तो 6-7 किलोमीटर से ज्यादा उसकी रेंज होती नहीं।'

विजय ड्राईवर से वापस चलने के लिए कहने की वाला था कि अचानक उसने अपना इरादा बदला, 'एक काम करो, एक बार और इस सड़क पर सीधे चलते हैं। उस तरफ जिधर एयरपोर्ट अथॉरिटी वालों के घर हैं।'

'ठीक है', जॉन ने उबासी लेते हुए कहा, 'मुझे सुबह कुछ ज्यादा काम है नहीं।'

वे गड्ढों वाली उस सड़क पर आगे चलने लगे। रास्ते में कुछ वर्कशॉप दिखाई दिए जहाँ पुरानी गाड़ियों की मरम्मत का काम चल रहा था।

एकाध किलोमीटर बाद ही एक चौराहा आया, जहाँ से एयरपोर्ट की बाहरी चहारदीवारी दायीं और मुड़ रही थी। 'इस तरफ ठीक रहेगा', विजय फुसफुसाया। उसने ड्राईवर से सैंटोर होटल की तरफ मुड़ने का इशारा किया।

उनके दोनों और परती थी। कहीं-कहीं मालगोदाम जैसा था जिसमें जहाज

में उतरा सामान रखा हुआ था।

अचानक विजय सीधा होकर बैठ गया। उसे सड़क की बायीं ओर जाती एक पगडंडी दिखाई दी। उसने सामने बैठे दिल्ली पुलिस इंस्पेक्टर की ओर झुकते हुए पूछा,' वह सड़क कहाँ जाती है?'

'आगे कुछ प्राचीन खंडहर हैं', उसने जवाब दिया। 'कुछ खास नहीं है वहाँ। कुछ कुम्हारों के टीले हैं मेरे ख्याल से।'

'आपके ख्याल से?' विजय ने कुछ सन्देह से पूछा। फिर उसने जॉन की ओर मुड़ते हुए पूछा, 'क्या एक नजर देख लें?'

'क्यों नहीं?'

गाड़ी बड़ी मुश्किल से उस पगडंडी पर मुड़ी। जैसा कि इंस्पेक्टर ने बताया था आगे परती ही परती थी। आगे बढ़ने पर एक छोटा सा गाँव आया। एक किलोमीटर की दूरी पर महिपालपुर की भट्ठी इमारतें दिखाई दे रही थीं। मिट्टी के बर्तनों के टीले तार के बाड़ के पीछे बन्द दिखाई दे रहे थे। सुप्रीम कोर्ट ने प्रदूषण वाले कारखानों को बन्द करने का आदेश दे दिया था।

गाड़ी रूकी और वे दोनों अपनी दूरबीनें लेकर बाहर निकल आए। विजय इंस्पेक्टर को समझाने लगा कि उसे कहाँ पुलिस लगानी चाहिए। हालाँकि इसके लिए ऊपर से आदेश लेना पड़ता था पर ड्यूटी पर काम करनेवाले लोगों से बात करने में कोई बुराई नहीं दिखाई दे रही थी।

'आइए, चलते हैं', विजय ने जॉन के कन्धे पर हाथ रखते हुए दरवाजा खोला।

'एक मिनट', जॉन ने आँखों पर दूरबीन लगाए कहा। 'वो पेड़ों से घिरा हुआ घर कैसा है?'

विजय ने इंस्पेक्टर की ओर देखा, वह तुरन्त उस इलाके का नक्शा निकालने लगा। 'यह एक खाली फॉर्महाउस है, यह एक बर्तन के कारखाने का हिस्सा है जो बन्द पड़ा है। इसके मालिक दुबई में हैं और कई महीने से इधर आए नहीं हैं। मेरे ख्याल से एक चौकीदार रहता है वहाँ।'

जॉन ने विजय की ओर देखा, विजय ने हामी भरते हुए कहा, 'हाँ चलकर देखते हैं।'

वे उस लोहे के दरवाजे की ओर बढ़ने लगे जो छह फुट ऊँची ईंट की दीवार का हिस्सा थी। उसके चारों ओर खेत थे। वे आगे बढ़ रहे थे पीछे धूल का गुबार उड़ रहा था। गेट को अच्छी तरह चेन से लपेटकर उस पर एक बड़ा-सा ताला लगा था ताकि कोई चोर उसे खोल भी न पाए। विजय तारों के काँटे से बचता-बचता दीवार पर चढ़ने लगा।

'छोटा सा घर है—शायद एक या दो कमरों का। जमीन के ज्यादातर हिस्से में पेड़ हैं', उसने बताया। 'चौकीदार कहाँ है?'

'सर, अगर मालिक यहाँ महीनों नहीं आते, तो चौकीदार ज्यादा अपने घर में ही रहता होगा। ऐसा लगता नहीं है कि वो यहाँ रहता होगा।' इंस्पेक्टर ने जवाब दिया।

विजय नीचे कूद पड़ा। उसने हाथों की धूल पतलून पर झाड़ी और बुदबुदाया, 'तो मकान के मालिक दुबई में हैं।' वह अपने चारों और देखने लगा। कुछ सौ मीटर दूर उसे एक टीला-सा दिखाई दिया जो शायद खुदाई की वजह से बन गया था। 'एक काम कीजिए। अठारह तारीख से कुछ लोगों की उस टीले के पास तैनात कर दीजिए। वे इस पूरे इलाके के लिए काफी होंगे। उन्हें कहिएगा कि चुपचाप इस फार्म हाउस पर नजर रखें। देखें कि अन्दर कोई हरकत तो नहीं होती।'

× × ×

19 मार्च 2000। इतवार का दिन। हिन्दुस्तान दुल्हन की तरह सजा था। बिल क्लिंटन के इन्तज़ार में। एक नई शुरुआत की उम्मीद की जा रही थी। उस उपमहाद्वीप में अमेरिकी प्राथमिकताओं की नई शुरुआत की उम्मीद। दशकों तक अमेरिका ने भारत और पाकिस्तान को बराबर समझा, जुड़वाँ की तरह। लेकिन अब हालात दूसरे थे। राज्य सरकार और विदेशी मामलों के विशेषज्ञ टीवी स्टुडियों में बैठकर यह बताने में लगे थे कि अब आगे की अमेरिकी नीति भारत को एक प्रमुख ऐशियाई ताकत मानकर तय होगी।

एयरफोर्स प्लेन दिल्ली की धरती पर उतरने को बढ़ी। विजय उसे आता हुआ देख रहा था दिल पर हाथ रखे। फिर आखिरकार उसने धरती को चूम ही लिया और जल्दी ही अमेरिकी राष्ट्रपति जहाज ने भारत की धरती पर उतरे। टीवी कैमरे चमक उठे।

हर तरफ से सुरक्षा वालों कि रिपोर्ट आ गयी। कुछ भी ऐसा-वैसा नहीं हुआ था। न ही ऐसा कुछ देखा ही गया था। नांगल डेरी के उस फार्म के गेट पर लगी जंजीर यूँ ही जंग खाती रही। उस फार्म हाउस को तो छोड़िए उस इलाके में भी कोई नहीं आया।

20 तारीख को होली थी। मदहोश होकर रंगों में सराबोर हो जाने का दिन। राष्ट्रपति बुद्धिमानी दिखाते हुए एक दिन के लिए बंगलादेश चले गए, जहाँ एक गाँव में जाने की उनकी योजना को गुप्तचर विभाग ने हरी झण्डी नहीं दिखाई थी। वे उसी शाम भारत लौट आए।

नांगल डेरी चुपके से सो गया। उसे उसकी परवाह नहीं थी।

21 तारीख की सुबह बिल क्लिंटन मौर्या शेरटन से निकलकर भारतीय संसद को संबोधित करने चले। वरुण माथुर दक्षिणी दिल्ली के एक स्टुडियों में बैठा रहा। उसके चारों ओर कैमरे और अंतर्राष्ट्रीय मामलों के विशेषज्ञ थे। वरुण एक टीवी

न्यूज चैनल के लिए राष्ट्रपति के भाषण के विश्लेषण के कार्यक्रम को एंकर कर रहा था। विशेषज्ञ तो बता भी चुके थे कि क्लिंटन संसद में अपने भाषण में क्या कहने वाले थे।

एक प्रमुख अमेरिकी अखबार का दिल्ली संवाददाता कह रहा था, 'देखिए लगता है अमेरिका को शायद से समझ आ गया है कि उसे दक्षिण एशिया में एक न एक तरफ होना ही होगा और शायद ये कि अब तक वे गलत घोड़े की सवारी कर रहा था। एक छोटा, दिवालिया, कट्टर तानाशाह पाकिस्तान के मुकाबले थी दुनिया की सबसे बड़ी जम्हूरियत। भारत की खूबियों को देखिए। पी पी पी के मुताबिक दुनिया की चौथी बड़ी अर्थव्यवस्था। सूचना तकनीक का उभरता सितारा। और सबसे बढ़कर चीन का संभावित प्रतिद्वन्द्वी। जिसके साथ आनेवाले दिनों में अमेरिका की मुश्किल बढ़नेवाली थीं।'

कैमरा नं. 6 की लाल बत्ती जली। यह वरुण के लिए चेतावनी थी कि यह सब लाखों घरों में देखा जा रहा है इसलिए बेहतर है कि वो अपने चेहरे पर कोई भाव लाए। लेकिन वरुण की नजर मेहमानों के पीछे लगे मॉनिटरों पर थी, जिनपर कुछ और जगहों से 'लाइव' कार्यक्रम आ रहे थे। मॉनिटर बता रहे थे कि क्लिंटन अभी-अभी होटल से निकले हैं तो इसका मतलब ये हुआ कि संसद की स्वागत समिति अगले दस मिनटों तक खाली ही है।

उसके कान में लगे ईयरफोन में एक आवाज आई, 'इस बहस को पाँच मिनट तक और चलाओ, फिर हम सीधा संसद चलेंगे। वहाँ अपने रिपोर्टर से बात करेंगे।'

कैमरा नं. 6 की लालबत्ती फिर से जल उठी। वरुण अगले मेहमान की ओर मुड़ा, 'प्रोफेसर साब अगर तिमोटी सही कर रहे हैं कि अमेरिका की नीतियाँ बदली हैं। तो ऐसे में आप क्या सोचते है बिल क्लिंटन इस दौरे में क्या कहनवाले हैं?'

उस खूबसूरत दिखनेवाले प्रोफेसर ने अपनी कैम्ब्रिज टाई ठीक करते हुए कहा, 'मुझे लगता है वो कश्मीरी हिन्सा के खिलाफ कुछ बोलेंगे, वे कल रात हुए सिक्खों के नरसंहार की निन्दा करेंगे, और अपरोक्ष रूप से सीमा पार उग्रवाद के बारे में कुछ कहें। अगर हमारी किस्मत ठीक रही तो वे पाकिस्तान से ये भी कह सकते हैं कि वे कश्मीर के मामले में मध्यस्थता नहीं कर सकते।'

'देखिए', प्रोफेसर बोले जा रहे थे, 'हर आदमी इस उपमहाद्वीप में युद्ध के खतरे की बात करता है। लेकिन ये तनाव है क्या आखिर? जोकि इस इलाके को गरम बनाए रखता है। और फिर वह ऐसा करता क्यों है? क्योंकि उसे लगता है कि परमाणु युद्ध से घबड़ायी दुनिया बीच में आएगी। पाकिस्तान को लगता है कि अगर ऐसा कुछ हुआ तो पाकिस्तान को कश्मीर में कुछ फायदा होगा। इसलिए बेहतर होगा कि अमेरिकी राष्ट्रपति पाकिस्तान से कह दें कि वे चाहे जितना खून-खराबा कर ले बाहरी मुल्क बीच में नहीं पड़नेवाले । इससे आगे कुछ फर्क

पड़ेगा।'

वरुण का आधा ही ध्यान था उस बातचीत पर, आधा संसद भवन से आती खबरों पर था। अचानक उसकी नजर केटीवी के संजीव देशपाण्डे पर पड़ी जो उस जगह से काफी नजदीक खड़ा था जहाँ से बिल क्लिंटन पैदल गुजरनेवाले थे। उसके बगल में उसका कैमरामैन गोपालकृष्ण था। मार्च की उस सुबह उन्हें हल्का पसीना भी आ रहा था।

'वे वहाँ पहुँच कैसे?' वरुण अन्दर ही अन्दर भुनभुनाया, 'मैं सोच रहा था कि उस इलाके में कैमरा ले जाना मना है। उसे तो स्कूप मिल जाएगा और हम टापते रह जाएँगे।'

बिल क्लिंटन के संसद भवन पहुँचने में कुछ मिनट रह गए थे। उनकी अगवानी करनेवाले नेता अपनी-अपनी जगहों पर चुस्त दिखाई दे रहे थे और अब इस बात की कम ही सम्भावना दिखाई दे रही थी कि विजन टीवी का रिपोर्टर वहाँ पहुँच जाए जहाँ केटीवी की टीम थी।

वरुण ने मॉनिटर से अपनी आँखें हटाईं और अपने तीसरे मेहमान की ओर मुड़ा, जो कश्मीर के अन्तर्राष्ट्रीय मामलों का विशेषज्ञ था।

'डॉ. राबर्टसन, इस यात्रा में हम कश्मीर को लेकर काफी कुछ सुननेवाले हैं। आपके हिसाब से उसका क्या हल है? और इसमें अन्तर्राष्ट्रीय मदद कैसे मिल सकती है?'

'मेरे ख्याल से तो एक हल ये है कि नियन्त्रण रेखा को अन्तर्राष्ट्रीय सीमा रेखा के रूप में मान लिया जाए। हो सकता है शुरुआत में कुछ विरोध हो पर धीरे-धीरे भारतीय इसे खुशी-खुशी मान लेंगे। पाकिस्तानियों को भी इसे मानना पड़ेगा ही। यह इस हल का एक हिस्सा है। दूसरा हल ये हो सकता है कि भारत अपने हिस्से के कश्मीरियों का दिल जीत ले, कुछ ऐसा कर दे कि उन्हें भी लगे कि उनकी शहादत बेजा नहीं गयी। उदाहरण के लिए भारतीय संविधान में एक किस्म की ऑटोनोमी जैसा कुछ। और फिर सुरक्षा हटा लिए जाएँ और वहाँ विकास जैसा भी कुछ दिखाई दे।'

फिर ब्रेक हुआ और वरुण अपने डायरेक्टर से जाकर कहने ही वाला था कि वे अपने रिपोर्टरों की जगह बदलवाने का कुछ इन्तजाम करें कि उसने देखा कि सिक्योरिटी वाले वहाँ आ गए और संजीव और गोपालकृष्ण से उस इलाके से निकल जाने को कहने लगे। गोपालकृष्ण झगड़ रहा था, पर कुछ नतीजा नहीं निकला। जब क्लिंटन संसद भवन पहुँचे तो सौ गज के अन्दर कोई कैमरामैन नहीं था।

क्लिंटन ने अपना भाषण पूरा किया जिसका संसद में जोरदार तालियों से स्वागत हुआ। विजन टीवी के स्टुडियों में भी लोगों ने एक-दूसरे को मुस्कुराते हुए

बधाई दी। संसद में सांसदों ने क्लिंटन को घेर लिया, लेकिन वे वहाँ से सही-सलामत निकल गए।

अगले कुछ दिन धुंधले-धुंधले से थे। बिल क्लिंटन ताल महल गए, राजस्थान गए, साइबर नगर हैदराबाद गए और मुम्बई भी। उनकी हर यात्रा के बाद विजय कौल और दोनों देशों की सुरक्षा वाले राहत की साँस ले रहे। हर रोज सुरक्षा दस्ता बैठकर बिल क्लिंटन के एक-एक पल की खींचतान करते थे। हर रात विजय इस आशंका में जगा पड़ा रहता था कि जलालुद्दीन उसके सुरक्षा दस्ते की कलई खोलता मारने आ पहुँचा है।

अन्त तक कुछ भी नहीं हुआ। इस तरह की कोई अफवाह भी नहीं उड़ी कि आतंकवादी क्लिंटन के आस-पास भी थे।

क्लिंटन जा चुके थे। बीच में वे इस्लामबाद पाँच घण्टे के लिए रूके। वहाँ उन्होंने पाकिस्तानी जनता को संबोधित भी किया जो शायद भारतीय नीति-निर्धारकों द्वारा तैयार किया गया भाषण रहा हो।

उस शाम थका-हारा विजय कौल जॉन कैसेल से मौर्या शेरटन के जैज बार में मिला। दोनों साथ शराब पी रहे थे। उन्होंने गिलास टकराए। फिर विजय ने उदासी से पूछा, 'कैसा रहा?'

जॉन ने जल्दी से अपना गिलास खाली किया और एक और लाने का इशारा करते हुए कहा, 'ये जलालुद्दीन वाला किस्सा तुम्हारे दिमाग की उपज तो नहीं था? बचकानापन', उसने जल्दी से कहा। विजय का चेहरा लाल हो गया।

'हैदर अली झूठ नहीं बोल रहा था। जलालुद्दीन यहीं कहीं है', विजय उत्तेजित हो रहा था, 'मैं उसका अता-पता जानने में कोई कसर नहीं छोड़ूँगा।'

उस वक्त जलालुद्दीन पहाड़गंज के गेस्ट हाउस में आराम से बिस्तर पर लेटा, तन्दूरी चिकन खा रहा था जो करीम पास के ही एक ढाबे से लेकर आया था। वे पन्द्रह दिनों से पहाड़गंज से हिले भी नहीं थे। वे अपना समय खाने, टीवी देखने में बिता रहे थे। जब वे सिक्योरिटी वालों को बिल क्लिंटन को एक अज्ञात खतरे से बचाते हुए देखते थे तो मुँह दबाकर हँसते थे। इन्तज़ार ने उनकी आशंकाओं को और बढ़ा दिया था। जलालुद्दीन अपने लोगों को रोज भाषण देता था ताकि उनका जोश बुलन्द रहे।

पुलिसवाले नांगल डेरी से चले गए। फार्म और उसके आस-पास एक बार फिर सुनसान हो गए। स्टिंगर अब भी बेसमेंट के पास छिपाकर रखा हुआ था। अभी उसके इस्तेमाल का वक्त नहीं आया था।

अध्याय-27

# शूरा

सैकड़ों किलोमीटर दूर उत्तर-पश्चिम में अठारह लोग मुरीदके मरकज-उल-दावा के इलाके में जुटे थें। वे साथ नमाज़ पढ़ रहे थे।

कमरे में दही और खजूर आया। अबू फतेह ने सबको खाने का इशारा किया।

खाना खतम करके वे सब अपने-अपने गावतकिए से किसी नई खबर की उम्मीद में टिक गए। वे इतना तो समझ ही गए थे कि अबू फतेह ने उन्हें यहाँ किसी खास मकसद से बुलाया था। उनमें ज्यादातर पाकिस्तानी थे, पर चार अफगान, तीन अरब और तीन कश्मीरी थे। सबने आरामदेह सलवार-कमीज पहन रखी थी जोकि उस इलाके में ड्रेस जैसा ही था और ज्यादातर लोगों ने इस्लाम की पहचान घनी दाढ़ी रखी थी।

अबू फतेह ने खामोश रहकर उत्सुकता को कुछ और बढ़ाया और हमेशा की तरह अपने धीमे लहजे में बोलना शुरू किया, 'आप सबने अमेरिकी राष्ट्रपति का बयान सुना ही होगा।'

भीमकाय मौलाना अजीज़ ने ललकारते हुए कहा। वो कट्टर पंथी इस्लाम का पाकिस्तान में सबसे बड़ा नुमाइन्दा था और पिछले कई वर्षो से जिहाज की आवाज लगा रहा था। 'इस दौरे में उनको ईनाम नहीं मिलेगा। वह बोला और उसके आस-पास बैठे चेहरों पर मुस्कान फैल उठी।' उसे तो सबक तब मिलेगा, इंशाअल्ला जब हम व्हाइट हाउस पर झण्डा गाड़ेंगे।'

फिर उसने सीधा अबू फतेह की ओर देखा, 'माफ करना मेरे भाई। लेकिन जहाँ तक मेरी मालूमात है खबर ये थी कि उसे इस इलाके से बचकर नहीं जाने देना है फिर गड़बड़ कहाँ हुई?'

कमरे में खामोशी थी। सत्रह जोड़ी आँखें अबू फतेह को घूर रही थीं। यह अबू फतेह के तंज़ीम का शूरा था। शूरा यानि सर्वोच्च संस्था। जिहाद को जारी रखने के लिए यह खास संस्था बनाई थी अबू फतेह ने। खासकर अपने हालिया दुश्मनों हिन्दुस्तान, अमेरिका, रूस और इजरायल से लड़ने के लिए।

उसके अपने मेजबान अफगानिस्तानी तालिबान की तर्ज पर शूरा बनाई थी।

अपने इस शूरा से उसकी यही उम्मीद थी वे आगे दशकों चलनेवाली जेहाद में उसके पीछे एक साथ हैं।

इसे अबू फतेह से बेहतर कौन जान सकता था कि जिहाद के लिए मर-मिटने वाले बांकुड़े पाकिस्तान और अफगानिस्तान से ही ज्यादातर मिलनेवाले थे। ये दोनों ऐसे मुल्क थे जहाँ न जाने कितने ही नौजवानों में शहादत का जज्बा था। यह जरूरी था कि एक किस्म की फतह का तोहफा दिया जाए। एक ऐसा तोहफा जो आनेवाली नस्लों को इस ओर खींच सके यानि जिहादी बनाए।

अबू फतेह धीरे-धीरे सधे हुए अन्दाज मे उठ खड़ा हुआ और बोला, 'भाइयों, कुछ भी गलत नहीं हुआ है। हमारे सारे प्लान अपने समय के मुताबिक चल रहे हैं। इंशाअल्ला जल्द ही हमारी जीत होगी।'

उसकी आँखें कमरे में मौजूद एक-एक आदमी पर घूम रही थी मानों पूछ रही हो किसी को कोई शक। उसे ऐसा कुछ भी दिखाई नहीं दिया तो उसने फिर बोलना शुरू किया, 'भाइयों, आप सबने देखा होगा कि काफिर कैसे हमारे कोप से क्लिंटन को बचाने में लगे थे। मौलाना अजीज की तरह आप सबमें से बहुतों ने शायद ये समझ लिया कि क्लिंटन हमारे खास मिशन का निशाना था। वो खास मिशन जो हमारे अपनी पिछली मीटिंग में तय की थी,

'अगर आपको मेरी बातों से ऐसा लगा हो तो मुझे मुआफ कर दीजिएगा', उसकी आँखों मे शरारत चमक रही थी।

'क्योंकि क्लिंटन कभी हमारे निशाने पर था ही नहीं। और नहीं स्टिंगर मिसाइल वो हथियार जिससे हम इस्लाम को पहली फतह दिलाने वाले हैं।'

कमरे में सबके चेहरे पर आश्चर्य फैल गया। सब खामोश सुन रहे थे।

'भाइयों, हमने एक खास आदमी बहाल किया है। वो प्रेस का आदमी है, कैमरामैन। एक हफ्ते बाद हिन्दुस्तान के मन्त्रियों की बैठक है। वहाँ के प्रधानमन्त्री भी उसमें आएँगे और प्रेसवालों को भी बुलाया गया है, उस दिन कैमरामैन बम फोड़ेगा, कुफ्र के झण्डाबरदार का खात्मा करेगा।'

अबू फतेह अपनी बाँहें मोड़कर कमरे में मौजूद कश्मीरियों के चेहरे पर खिली मुस्कान देख रहा था। एकाध ने तो तालियाँ भी बजानी शुरू कर दीं। उसने हाथ उठाकर खामोश रहने का इशारा किया।

'हिन्दुस्तान में मातम छा जाएगा और उसके नेता दिल्ली में मातम मनाने जमा होंगे। सारे नेता दिल्ली भागेंगे। कश्मीर में उनका कठपुतला फारूक अब्दुल्ला भी। जिसके इशारे पर हत्यारी फौज का कत्लेआम चल रहा है। हमेशा की तरह वो अपने खास जहाज से ही आएगा तब हमारे मुजाहिदीन नांगल डेरी के फार्म से स्टिंगर मिसाइल दागेंगे। गद्दार का खात्मा हो जाएगा।'

कई मिनटों तक तालियों की आवाज गूँजती रही। फिर उसने मुँह से खामोश

हो जाने का इशारा किया और फिर बोलना शुरू किया। 'हिन्दुस्तानी ताकत का निशान मिटते ही कश्मीरी अवाम उठ खड़ी होगी। वे सड़कों पर निकल पड़ेंगे और इंशाअल्ला इस बार काफिर उन्हें रोक नहीं पाएँगें। इंशाअल्ला, कश्मीर आजाद हो जाएगा।'

शूरा के लोग उठ रहे थे। मौलाना अजीज की आँखों में आँसू भर आए। उसने आगे बढ़कर अबू फतेह को गले लगा लिया। सफेद चोगा पहने मौलाना कुछ चौंका हुआ दिख रहा था। वापस लौटकर वो सबसे गले मिलने लगा।

'अल्ला हो अकबर', उसने नारा लगाया। बाकियों ने उसका साथ दिया। मुरीदके के उस छोटे से कोने के पेड़ों ने उन आवाजों की गूँज सुनी।

## अध्याय-28

# सन्देश

उन सत्रह लोगों में एक आदमी था जो खुश नहीं था। हालाँकि आँखों में खुशी के आँसू लिए वो भी जश्न मना रहा था। मिशन की कामयाबी की दुआएँ माँग रहा था।

वह उस कमरे में मौजूद तीन कश्मीरियों में से एक था। एक ऐसा आदमी जिसका कश्मीरी आतंकवाद से रिश्ता एक दशक पुराना था। पहले वो हिज्बुल मुजाहिदीन का मेम्बर था, फिर लश्करे-तैबा का आला नेता बना। उसकी दाढ़ी लम्बी थी और सलवार तंग। उसके जिस्म पर गोलियों और सिगरेट से जलाए जाने के निशान थे, जो इसका सबूत थे कि उसके इरादे मजबूत थे।

पिछले चार सालों से वो कश्मीर घाटी में हथियार बन्द लश्कर के जवानों को भेज रहा था। उनको अच्छी तरह समझाकर। वह उनसे हर दिन उन महंगे वायरलेस सेट से बातें करता था जो उसे आई एस आई ने दिया था। उन्हीं बेतार सन्देशों से वो हिमालय की चोटी पर भागते अपने जवानों में जोश भरता रहता था। हमेशा जिनके पीछे भारतीय फौज लगी रहती थी। हालाँकि वह शहादत और जिहाद की बातें करता रहता था, पर अन्दर-ही-अन्दर उसे घुटन सी होती थी।

घाटी से भागकर पाकिस्तान आने से पहले ही उसने अपने आतंकवादी साथियों से पाकिस्तान से मोह भंग से किस्से सुने थे। किस्से कि कैसे पाकिस्तान के कश्मीरियों को नीचा गिराया है। कैसे 1990 में सड़क पर निकली कश्मीरी अवाम की मदद के लिए पाकिस्तान घुसपैठ के अपने वायदे से मुकर गया था। कैसे उसने आजादी के हिमायती जे के एल एफ जैसे संगठनों को धोखा देकर पाकिस्तान में विलय चाहनेवाले गुटों को बढ़ावा दिया था।

मुरीदके में पिछले सालों में आकर साफ-साफ देख रहा था कि पाकिस्तान का मकसद कश्मीरी अवाम की बेहतरी नहीं था, बल्कि सिर्फ हिन्दुस्तान को कश्मीर के मसले पर लहू-लुहान रखना था। लेकिन उसने वह सब छोड़ा नहीं। उसके पास और चारा ही क्या था?

कारगिल की लड़ाई ने तो उसकी उम्मीदों पर पानी ही फेर दिया। उससे कहा

गया कि वो अपने लोगों को बर्फीले पहाड़ों पर भेजे ताकि वो पाकिस्तानी फौज के साथ-साथ लड़ सकें जिससे इस बात को बल मिले कि बटालिक, द्रास और मुशकोह की ऊँचाइयों की आतंकवादियों ने कब्जा कर रखा था न कि पाकिस्तानी फौज ने। वह बैठा वायरलेस पर अपने एक-एक साथी के मरने की खबर सुनता रहा। वे उन ऊँचाइयों पर मरे जहाँ उनका आखिरी क्रिया-कर्म भी नहीं हो सका। न ही उन्हें उस मुल्क से इज्जत ही मिली जिसके लिए उन्होंने अपने जान दी थी।

वह अपना वायरलेस सेट बन्द कर आँसू बहाता रहा। उसने कसम खाई कि वो बदला जरूर लेगा।

भारतीय खुफिया विभाग कभी नहीं जान पाया कि कैसे अबू फतेह के शूरा के उस रहस्यमय आदमी ने श्रीनगर सन्देशा भेजा। ये काफी खतरनाक काम था, गोपनीयता की सौंगंध खाए कट्टरपंथियों के बीच रहते हुए।

लेकिन सन्देश पहुँच गया था।

राज्य के मन्त्रियों के साथ प्रधानमन्त्री की मीटिंग के चार दिन पहले विजय कौल के घर फोन की घण्टी बजी। रात के ढाई बज रहे थे और अभी उसकी आँख लगी ही थी, लेकिन आवाज सुनते ही वह उठ खड़ा हुआ और फोन उठाया।

दूसरी तरफ वो आवाज थी जिसके सुनने का वो इन्तज़ार कर रहा था। 'मैं, हैदर अली। अभी कुछ नहीं कह सकता। कल सुवह की फ्लाईट से श्रीनगर आ जाइए और ठीक 3 बजे रीगल चौक पर मिलिए।'

इससे पहले कि विजय कुछ कह पाता फोन कट चुका था। उसने फोन की ओर देखा और फिर बगल के टेबल की ओर बढ़कर पानी का गिलास उठाया। फिर फोन के बगल में कागल पर लिखे नम्बरों पर फोन घुमाने लगा।

'यह एक फन्दा है', स्पेशल सेक्रेट्री ने घूरते ही कहा। 'वे तुम्हारा अपहरण का लेंगे और उगलवाने की कोशिश करेंगे कि तुम्हें स्टिंगर वाले प्लॉट का पता कैसे चला?'

'हो सकता है सर', विजय ने जवाब दिया। 'लेकिन मुझे नहीं लगता कि हमारे पास और कोई चारा है। मेरे ख्याल से हमें उस आदमी की बात माननी ही पड़ेगी।'

'अगर वो झूठ बोल रहा होगा तो? कोई स्टिंगर-विंगर है नहीं मुझे लगता है कि ये साजिश है हमारे एक खास आदमी को पकड़ने की।'

विजय अपने अन्धेरे कमरे में बोल रहा था, 'हो सकता है सर। वह भी एक सम्भावना हो सकती है, हालाँकि मुझे लगता नहीं है। अगर आप आज्ञा दें तो एक बार देख आता हूँ।'

दूसरी तरफ से उबासी की आवाज आई। 'कुछ देर देख लो, विजय। मैं कुछ और लोगों से भी बात कर लेता हूँ। मैं थोड़ी देर में फोन करता हूँ तुमको।'

विजय अपने बिस्तर से उठ खड़ा हुआ बत्ती जलाई और बाथरूम में घुस गया।

लौटकर वह बिस्तर के कोने पर बैठ गया उसने अपने हाथों को देखा और पाया कि उसकी उँगलियाँ काँप रही थीं। वह उँगलियों को दबाता फोन की ओर देखता रहा। काले रंग के फोन की ओर जो साइड टेबल पर रखी थी।

उसकी घण्टी आधे घन्टे बाद बज उठी। रात की खामोशी में उसकी आवाज गूँज उठी। 'ठीक है विजय। तुम आगे बढ़ो। जो भी इन्तजाम तुम बेहतरीन समझते हो करो। और हाँ ध्यान से।'

विजय मुस्कुरा उठा, 'क्या बात है', उसने मन ही मन सोचा और जाने का इन्तजाम करने के लिए उठ खड़ा हुआ। वह जानता था कि पहले उसे कुछ देर सो लेना चाहिए, लेकिन वह यह भी जानता था कि सो पाना मुश्किल था।

सुबह छह बजे उसने सामने का दरवाजा खोला। फिर कुछ सोचकर उस कमरे की ओर गया जहाँ उसके माता-पिता सो रहे थे। उसने धीरे से परदा हटाकर पापा को देखा। वे नीला पाजामा पहने पीठ के बल लेटे खर्राटे भर रहे थे। दूसरी ओर अम्मा सिकुड़ी हुई लेटी थीं। उसने परदा वापस छोड़ दिया और चुपचाप घर से निकल पड़ा। जहाज छूटने में अभी कई घण्टे थे, लेकिन उसे पहले ऑफिस भी जाना था।

× × ×

दोपहर दो बजकर पैंतालीस मिनट पर विजय रेजीडेंसी रोड पर पैदल चला जा रहा था। किसी तरह की सिक्योरिटी का तो सवाल ही नहीं उठता था। उसने ये फैसला भी किया था कि वह आम पोशाक में ही मिलने जाएगा। उसने फिरन पहन रखी थी और प्लास्टिक के जूते। थोड़ा बदले भेद में। हालाँकि अगर हैदर अली ने फँसाने के लिए चारा ही डाला हो तो भेस बदलकर भी बच पाना मुश्किल ही था।

रीगल चौक की ओर मुड़ते हुए उसने अपनी सस्ती घड़ी पर नजर डाली-दो बजकर पचपन मिनट। अभी पाँच मिनट बाकी थे। चौक के एक किराने की दूकान में जाकर उसने सॉफ्ट ड्रिंक माँगा। फिर वो दूकान के शीशे के काउन्टर से सटकर मुँह में स्ट्रा डाले कोक पीता रहा और आस-पास देखता भी रहा। कुछ दूरी पर टैक्सियाँ खड़ी थीं और अच्छे मौसम का फायदा उठाकर लोग सड़कों पर खरीदारी करने निकल आए थे। विजय के बगल में खड़ी एक जवान औरत जो देखने में पंजाब की लग रही थी, दूकानदान से वहाँ की असली केसर की पत्तियाँ माँग कर रही थी।

उसकी आँखें दायीं और घूमी। उसने देखा एक नीले रंग की एम्बेसेडर कार तकरीबन पन्द्रह मीटर दूर खड़ी थी और उसके अन्दर कोई भी नहीं था। वह थोड़ा चौकन्ना हुआ। 'कार बम! ऐसा नहीं हो सकता। वे मेरे ऊपर कार बम तो बर्बाद नहीं ही करेंगे-वे जब चाहें मुझे उठाकर जो भी चाहें कर सकते हैं।'

स्ट्रा से आती गुड़-गुड़ की आवाज से उसे महसूस हुआ कि कोक खत्म हो

चुका था। उसने खुद को घूरते दूकानदान से एक और बोतल की माँग की। तीन बजकर पाँच मिनट हो चुका था। शायद वो नहीं आ रहा हो। नहीं, शायद वो रहा। अहदूस होटल की ओर से एक मारुति वैन सड़क पर चली आ रही थी। वह सीधा उसके सामने आकर रूकी।

दरवाजा खुला और हैदर अली बोला, 'जल्दी से आ जाइए।' विजय ने जल्दी से कुछ रुपए दूकान की काउन्टर पर रखे और गाड़ी में सवार हो गया। वहाँ हैदर के साथ तीन और लोग थे और उनकी कंपकंपी छूट गयी जब उसने उन सबकी कमीजों के अन्दर रिवॉल्वर की छाया देखी।

गाड़ी चल पड़ी श्रीनगर की गलियों को पार करती नागिन झील की ओर। विजय ने हैदर से बातें करने के लिए मुँह खोला, लेकिन उस नौजवान कश्मीरी ने होंठों पर उँगली रखकर चुप रहने का इशारा किया।

वैन डल झील के किनारे पहुँची और फिर कंक्रीट के पुल को तेजी से पार करने लगी। विजय को अचानक ध्यान आया कि वे हजरत बल की ओर बढ़ रहे थे। उसे समझ नहीं आया कि ये अच्छी बात थी या बुरी।

गाड़ी कुछ गलियों को पार हजरतबल दरगाह के पिछले दरवाजे के पास रुकी। विजय और दूसरे लोग गाड़ी से उतरे। गाड़ी उतनी ही तेजी से वापस चली गयी जितनी तेजी से आई थी। वे एक ऐसे मकान की ओर बढ़ रहे थे जिसके बारे में विजय को पता था कि आतंकवादी अपने ठिकाने के रूप में इस्तेमाल करते थे।

कुछ ही मिनटों में वे अन्दर आराम से बैठे थे। विजय का तनाव थोड़ा कम हुआ जब हैदर ने बाकी लोगों को अन्दर के कमरे में जाने का इशारा किया। फिर हैदर शरारत से मुस्कुराते हुए बोला, 'मुआफ कीजिएगा। हम आपके साथ खुले आम देखे जाने का खतरा नहीं उठाना चाहते थे। आपको श्रीनगर में बहुत से लोग जानते हैं।'

विजय चैन की साँस लेते हुए मुस्कुराया, 'कोई बात नहीं। वैसे बताऊँ कुछ देर के लिए तो मैं डर ही गया था। हाँ तो हैदर अब बताओ क्या बात है?'

हैदर कुछ देर फर्श देखता रहा फिर गहरी साँस लेकर बोला, 'एक ऐसी बात है जो आप सोच भी नहीं सकते। और खतरा स्टिंगर से नहीं हैं, वह तो एक संयोग भर है। इस बार खतरा एक टीवी नेटवर्क के कैमरामैन से है। वह आपके प्रधानमन्त्री को मारनेवाला है।'

वह बोलता रहा। एक-एक बात विस्तार से अबू फतेह के बारे में, जिहाद के बारे में, शूरा के लोगों के बारे में, खासकर उस आदमी के बारे में जिसने सरहद पार खबर भेजी, और दोहरे हत्याकाण्ड की योजना के बारे में। विजय जैसे-जैसे सुन रहा था उसका चेहरा बुझता जा रहा था।

जब हैदर अली खामोश हुआ तो विजय ने कुछ अविश्वास से पूछा, 'हैदर,

कुछ गलत न हो। मैं इसकी तारीफ करता हूँ जो तुमने मुझे बताया है। लेकिन मुझे विश्वास नहीं हो रहा है। पहले, तुमने बताया था कि स्टिंगर के बारे में तुमने दिल्ली में जलालुद्दीन से सुना था। अब कह रहे हो कि अबू फतेह के शूरा में तुम्हारा कोई आदमी है...'

हैदर ने टोकते हुए कहा, 'मैंने झूठ कहा था। जब मैं बादामी बाग आया था आपके पास मैंने झूठ बोला। मैं जलालुद्दीन के प्लान के बारे में इसलिए जानता था क्योंकि मुरीदके से खबर आई थी। असल में मैंने जलालुद्दीन को बस एक दफा देखा है, सो भी थोड़ा दूर से।'

विजय कुछ नहीं बोला, वह हैदर को सुनता रहा। उस नौजवान कश्मीरी ने उठते हुए कहा, 'मैं आपके पास आया था। क्योंकि मुझे यही कहा गया था। इसबार भी कहा गया है।'

'कहा गया था?' विजय ने कुछ चौंकते हुआ पूछा। 'किसने कहा था?'

'इधर आइए', हैदर बोला। 'मैं आपको उसके पास ले चलता हूँ। उसका कहना था कि आप शायद सबूत माँगें, इसलिए मैं आपको उसके पास ही ले चलता हूँ।'

वे लकड़ी की सीढ़ी को पार कर घर के बाहर निकले। पचास गज दूर सड़क की दूसरी ओर हजरत बल के पिछले दरवाजे के पास पहुँचे। हैदर उसे लेकर उसी ओर बढ़ रहा था। उन्होंने बाजार और दरगाहर के बीच की दूरी तय की फिर एक और छोटे गेट को पारकर वे उस छोटे लॉन को पार करने लगे जो हजरतबल से लगी पत्थर की सीढ़ियों तक जाती थी। डल झील को जाती सीढ़ियाँ।

उनकी बायीं ओर झील के पानी में दरगाह की परछाई काँप रही थी। झील की दूसरी ओर निशात बाग और पीछे की ओर बर्फ में डूबी पहाड़ की चोटियाँ। बड़ा ही सुन्दर लग रहा था।

लेकिन विजय की आँखें डल के किनारे ठुड्ढी पर हाथ टिकाए बैठे उस अकेले आदमी पर टिकी थीं। 'अब मैं जाता हूँ', हैदर फुसफुसाया लेकिन विजय सुन नहीं रहा था। वो तो झील की तरफ देख रहा था।

'हबीब', वह आश्चर्य से बोल उठा।

हबीब शाह घूमा नहीं, वह डल के पार देखता रहा। फिर वो बात शुरू करते हुए बोला, 'याद है जब हम पिछली बार मिले थे!' यहीं, इसी जगह। चरारे-शरीफ जल चुका था। ठीक उसके अगले दिन।'

'हाँ, याद है,' विजय ने जवाब दिया। वह हबीब की बगल में बैठकर उसके फिर से बोलने का इन्तज़ार करने लगा।

अचानक हबीब उसकी ओर मुड़ा। विजय की आँखें खुली रह गई। कुछ ही बरसों में समय ने उस आदमी के चेहरे को कितना बदल दिया था।

'विजय', हबीब की आवाज थी। ऐसा लगा जैसे इस अनचाहे लफ्ज को

बोलकर उसे मजा नहीं आया हो। उसने तुरन्त आगे जोड़ा, 'तुम जो खबर चाहते थे मिल चुकी है। दिल्ली वापस जाओ और अपने प्रधानमन्त्री को बचाओ।'

'क्यों?' विजय बोल पड़ा।

'क्यों माने?' हबीब ने त्यौरी चढ़ाकर कहा। 'प्रधानमन्त्री को क्यों बचाना है या मैंने तुम्हें क्यों बताया?',

'तुमने हैदर को मेरे पास क्यों भेजा?'

हबीब फिर डल में देखने लगा। उसे हजरत बल के पीछे की ओर काई लगे किनारे की ओर बढ़ता शिकारा दिखाई दिया। उसने बोलना शुरू किया। इस बार उसकी आवाज मुतमइन लग रही थी।

'मुरीदके में अबू फतेह की शूरा का ऐसा मानना है कि अगर वे हिन्दुस्तानी प्रधानमन्त्री और फारूक अब्दुल्ला को खत्म कर देंगे तो कश्मीर की अवाम फिर से सड़क पर निकल पड़ेगी। उनको लगता है फिर आजादी मिल जाएगी।' उसने खोई-खोई आँखों से विजय की ओर देखकर पूछा, 'अच्छा बताओ विजय। तुम्हारी सरकार इस पर क्या करेगी?'

विजय ने बेहिचक जवाब दिया, 'ताकत कर प्रयोग। वे हालात काबू में रखने के लिए कुछ भी करेंगे। सरकार आतंकवादियों को यह मौका तो नहीं ही देगी कि वे दोहरे हत्याकांड का इस्तेमाल करें देश के टुकड़े करने के लिए।'

'ठीक कहा ताकत से। अगर मेरे लोग फिर से सड़कों पर निकले तो कोई शक नहीं कि गोलियाँ चलेंगी, खून बहेगा। अगर वे अपने घर में ही रहे तो भी फौजी दमन बढ़ेगा। यही पाकिस्तान चाहता है, शायद! क्या यही मेरी अवाम भी चाहती है। नहीं।'

हबीब अपने फिरन में सिगरेट ढूँढने लगा। विजय बरसों पुरानी अदा के साथ झुककर उसका सिगरेट जलाने लगा। उसका गला भर आया।

'मैंने पहले बहुत सोचा था। जनवरी में हैदर को तुम्हारे पास भेजने से पहले। मुझे अब भी नहीं पता मैंने सही किया था या नहीं। शायद जिन्दगी भर मुझे इसका अफसोस रहेगा कि मैंने धोखा दिया था। जिसमें कभी यकीन करता था—खुद उस ख्याल को।'

'यकीन करता था!' विजय को जैसे यकीन नहीं हुआ हो।

हबीब ने उसकी आँखों में देखते हुए जवाब दिया, 'मैंने जे के एल एफ और हुर्रियत कांफ्रेस को छोड़ दिया है। मैंने महीनों पहले जोधपुर जेल में यासीन मलिक और बाकी लोगों तक खबर पहुँचा दी थी। उन्होंने मुझसे कहा कि ये खबर मैं दुनिया से छुपाकर रखूँ। वैसे सब लोगों ने बन्दूकें रख दी हैं। और सरकार से बातचीत करना चाहते हैं। हालाँकि मुझे नहीं लगता इससे कुछ होने वाला है।'

'मेरे साथ दिल्ली चलो', विजय ने हबीब के हाथ पर हाथ धरते हुए कहा।

'तुम जानते हो तुम चाहो तो इस धरती पर अमन ला सकते हो।'

'नहीं', हबीब ने टोका। 'मैंने तुम्हें यह सब इसलिए नहीं बताया कि मुझे दिल्ली से कोई ईनाम चाहिए। दिल्ली के बारे में मेरे खयालात नहीं बदले हैं। न ही बदलेंगे।'

'तो तुम क्या करोगे अब?'

हबीब उठा। उसने अपने फिरन की धूल झाड़ते हुए कहा, 'पता नहीं। वैसे मेरे पास बहुत वक्त है अभी।'

बातचीत खत्म हो चुकी थी। विजय उठा और हजरत बल के सामने वाले गेट को बढ़ने लगा। फिर, वह हबीब की ओर घूमा और हाथ हिलाते हुए बोल पड़ा, 'हबीब हम कभी भाई से भी ज्यादा थे...'

हबीब की आँखों में थोड़ी देर कुछ तैरता रहा। 'हाँ, विजय थे पर काफी वक्त गुजर चुका है। बहुत पानी बह चुका है पुल के नीचे...और बहुत खून भी...'

विजय कुछ देर हबीब को देखता रहा फिर गर्दन हिलाते हुए घूमा और मेन रोड की ओर बढ़ने लगा। वह तेज चल रहा था। उसको अन्दाजा था कि बाहर चौक पर उसे टैक्सी मिल जाएगी और वह आधे घण्टे से भी कम वक्त में एयरपोर्ट पहुँच जाएगा जहाँ एयरपोर्ट का एक खास जहाज उसका इन्तज़ार कर रहा था। बहुत कुछ करना था। वह जानता था उसकी खबर लुटियन की दिल्ली में कितनों की नींद उड़ाने वाली थी।

विजय ने दुबारा मुड़कर हबीब को नहीं देखा। वह चुपचाप अकेला डल को देख रहा था।

## अध्याय-29

# दिल्ली

दक्षिण दिल्ली के एक मशहूर बार में बैठा वरुण माथुर थकान उतार रहा था। रात के साढ़े ग्यारह बजे थे। कल छुट्टी का दिन था। संगीत के तेज आवाज गूँज रही थी। किंगफिशर बियर के ठण्डे गिलास उछल रहे थे।

वह अपनी पत्नी को कुछ बताने के लिए झुका ही था कि उसकी जेब में रखा मोबाइल फोन बज उठा। 'अब क्या हुआ?' वह झल्ला उठा।

झल्लाए हुए अन्दाज में उसने अपना फोन निकाला। उसकी भौहें तन गईं। कोई अन्जाना नम्बर लग रहा था। उसने बटन दबाया।

'हाँ। कौन है?'

'क्या आप वरुण माथुर बोल रहे हैं?'

'जी हाँ।'

'मैं मेजर विजय कौल बोल रहा हूँ। आपको पता नहीं याद भी हो या नहीं। हम कुछ बरस चरारे-शरीफ के बाहर मिले थे मैं आपको परेशान नहीं करना चाहता था। लेकिन बात ही कुछ ऐसी है। बहुत जरूरी। हमें अभी मिलना होगा।'

'अभी?' वरुण भीड़ में जगह बनाता थोड़ी शान्त जगह पर खड़ा हो गया था। 'आप एक मिनट रुकिए, मैं आपको सुन नहीं पा रहा हूँ।' फिर वह सीढ़ियाँ पार कर सड़क पर आ गया। उसने फोन को फिर से कान पर लगाया।

'हाँ! अब बोलिए मेजर कौल। आप क्या कहना चाह रहे हैं?'

'मिस्टर माथुर मैं नॉर्थ ब्लॉक से बोल रहा हूँ। बड़ी मुश्किल से आपके ऑफिस से आपको मोबाइल नम्बर मिला। मुझे अफसोस है पर आपको अभी यहाँ आना होगा। बहुत जरूरी काम है। आप जहाँ भी चाहें हम आपके लिए कार भिजवा देंगे।'

वरुण ने अपने बालों में हाथ फेरते हुए कहा, 'अऽआ उसकी कोई जरुरत नहीं है। ठीक है मैं वहाँ पहुँचता हूँ। आधे घण्टे का समय दीजिए। मुझे अपनी बीवी को घर छोड़ना है। या फिर आप कार भेज दीजिए। इससे कुछ समय बचेगा। मैं पंचशील में...'

'हमारे पास आपका पता है मिस्टर माथुर। हम अभी कार भेज रहे हैं।'

मोबाइल कट चुका था। वरुण कुछ देर आश्चर्य में डूब खड़ा रहा फिर वापस अपनी बीवी को लाने रेस्तराँ की तरफ मुड़ा। जो कुछ दुखी दिखाई दे रही थी। 'चलो! चलो! हमें निकलना पड़ेगा।'

'जाना पड़ेगा! डिनर तो ले लें?'

'घर में सैंडविच है। चलो! चलो हमें अभी निकलना है। मैं रास्ते में बताता हूँ।' उसने आखिरी उदास नजर बर्फीले बियर के ग्लास पर डाली और रेस्तराँ से बाहर निकल गया।

गृह मंत्रालय की गाड़ी उसके घर को बाहर उसका इन्तज़ार कर रही थी। सफेद एम्बेसेडर थी जिसमें झंडा और लालबत्ती लगी थी। 'सुनो तुम गाड़ी पार्क कर लो', वरुण ने गाड़ी से उतरते हुए कहा।

'लगता है वे बहुत जल्दी में हैं।'

'कब तक लौट पाओगे?

'भगवान जाने! मोबाइल पर थोडी देर में फोन कर लेना बता दूँगा।'

नॉर्थ ब्लॉक पहुँचने में मुश्किल से बीस मिनट लगे। सड़के खाली थीं। दिल्ली की सड़क रात में वैसी ही हो जाती थी जैसे डॉक्टर जैकिल मिस्टर हाइड बन जाते थे। दिन का उलट रात में।

एक नौजवान अफसर गृह मंत्रालय के बाहर उसका इन्तज़ार कर रहा था। वह वरुण को शानदार सीढ़ियों से लेकर ऊपर की ओर चला। वरुण को यह जानकर कुछ और आश्चर्य हुआ कि वह सीधा गृहमन्त्री के ऑफिस की ओर बढ़ रहा था। कुछ देर बाद उस नौजवान अफसर ने दरवाजा खटखटाया। वरुण को वहाँ ले जाया गया जहाँ विजय बैठा था। कमरे में और भी लोग थे। गृहमन्त्री खुद भी थे। वे इतने घबड़ाए लग रहे थे जितना वरुण को कभी नहीं लगे थे। वहाँ पर खुफिया विभाग, एन एस जी और रॉ के भी लोग थे, गृह सचिव थे। एक और आदमी था जिसे विजय के बाद में पहचाना एस पी जी का प्रमुख था। एस पी जी के पास प्रधानमन्त्री की सुरक्षा का जिम्मा था।

'ओह वरुण! सॉरी आपको इस वक्त यहाँ बुलाना पड़ा', गृहमन्त्री ने फीकी मुस्कान के साथ कहा।

'कोई बात नहीं सर। माफ कीजिएगा सर लेकिन माज़रा क्या है?'

'मुझे पता था आप पूछेंगे। सबसे पहले, आप यहाँ पत्रकार के बतौर नहीं आए हैं। आप व्यक्तिगत हैसियत से बुलाए गए हैं।

आपके कुछ और साथी भी आ रहे हैं। मैं आप सबसे पूछना चाहता हूँ--आपके अनुरोध करना चाहता हूँ--आप इसे अपने तक ही रखेंगे।'

वरुण ने कुछ सोचते हुए जवाब दिया, 'मैं आपको वचन देता हूँ।'

'बस मैं यही चाहता हूँ,' गृहमन्त्री ने कहा। 'मेजर कौल मिस्टर माथुर को

बता दीजिए। हम इनका भरोसा कर सकते हैं।'

'सर', कहते हुए विजय ने सब कुछ सुना डाला तो उससे कहने को कहा गया था। वरुण आश्चर्यचकित सुनता रहा।

जब विजय ने अपनी बात समाप्त की वरुण हतप्रभ दीख रहा था।

'आपको ये खबर कैसे मिली?'

विजय ने थोड़ा झिझकते हुए जवाब दिया, 'भाफ कीजिएगा मैं आपको बता नहीं पाऊँगा।'

गृहमन्त्री ने खंखारते हुए कहा, 'वरुण अब तक आप समझ गए होंगे कि आपको क्यों बुलाया गया है यहाँ? चूँकि अब हमें चेतावनी मिल चुकी है, हमें परसों की मीटिंग में अपने प्रधानमन्त्री को हर हालत में बचाना है। हम वहाँ-वहाँ सुरक्षा का इन्तजाम कर लेंगे जहाँ टीवी कैमरे होंगे। लेकिन यह सब कब तक चल पाएगा? बेहतर तो यही होगा कि हम उस आदमी का पता लगाकर उसे पकड़ लें। आपने तो कश्मीर की बीट पर बहुत दिन काम किया है। आप उन सारे कैमरामैन को जानते हैं जो वहाँ काम करते हैं। बता सकते हैं यह आदमी कौन हो सकता है?'

वरुण सिर पर हाथ रखकर मानो कुछ सोचने लगा। उसने माथा पकड़कर बैठते हुए कहा, 'मुझे कुछ समझ नहीं आ रहा है।' फिर जैसे उसे अचानक ध्यान आया। 'कोई सबूत नहीं है...' उसने धीरे से कहा।

'सबूत तो नहीं ही होगा', खुफिया विभाग के प्रमुख ने कहा। 'कुछ ऐसे नाम जिन पर आपको शक हो?'

वरुण कुछ देर सोचता रहा फिर बोल पड़ा—'गोपालकृष्णन'

कमरे में सबकी कलम चलने लगी। 'कौन?' गृहमन्त्री ने पूछा।

'मुझे उस पर शक है, लेकिन याद रखिए मेरे पास कोई सबूत नहीं है। वह गोपालकृष्णन हो सकता है। केटीवी का कैमरामैन। मैं उससे अक्सर मिलता रहा हूँ वह कुछ कट्टर किस्म का है...और कभी-कभी उसका व्यवहार भी...अजीब ही रहा।' उसने फिर उन सबको श्रीनगर में अपने और गोपालकृष्णन की मुठभेड़ों के बारे में बताया।

'क्या उसके पास पी आई बी की मान्यता है? अगर प्रधानमन्त्री तक पहुँचना है तो उसे वो चाहिए।'

वरुण ने कन्धे उचकाकर जवाब दिया, 'मेरे ख्याल से ज्यादातर कैमरामैन जो कश्मीर से काम करते हैं। इतने सीनियर तो हैं ही कि उनके पास मान्यता हो।'

पी आई बी का अफसर उठकर कमरे से बाहर जाने लगा। मैं उसकी डिटेल्स देखता हूँ। अभी केटीवी के एक्जीक्यूटिव एडीटर भी आनेवाले हैं। मैं उनसे कहूँगा कि उसके बारे में कुछ बताएँ।'

अचानक कमरे की गतिविधियाँ बढ़ गयीं। 'कोई ये पता लगाए कि वो पिछली दफा कश्मीर कब गया था?' 'जब उसने पासपोर्ट बनवाया होगा तो पुलिस की जाँच हुई होगी?' 'किसी को उसके घर का पता मालूम है?'

वरुण को थोड़ी हैरत सी हुई। 'देखिए मैंने सिर्फ अपना शक बताया है। हमें उसके पीछे इतना नहीं भागना चाहिए।'

'कोई बात नहीं बेटा', एक बड़े पुलिस अफसर ने उसके कन्धे पर हाथ रखते हुए कहा, 'अभी तो बात शुरू हुई है। आगे-आगे देखिए होता है क्या?'

'दो बजे रात में भारत में शायद ही कोई काम सम्भव है। लेकिन कम्प्यूटर और गृह मंत्रालय का दृढ़ निश्चय चमत्कार कर सकता है। अपना ओवर टाइम जोड़ते अर्दली उस धुएँ भरे कमरे में कॉफी लाने-जे जाने में लगा था जहाँ वे सब बाद में बैठे हुए थे। तभी केटीवी का एक्जीक्यूटिव एडीटर कुछ और टीवी पत्रकारों के साथ आया। गृहमन्त्री जा चुके थे यह कहते हुए कि अगर कुछ हाथ लगे तो उन्हें जगा दिया जाए। वरुण का काम हो चुका था, पर किसी ने उससे जाने के लिए नहीं कहा था।

पन्द्रह मिनट बाद केटीवी का एडीटर बुरी तरह उबासी ले रहा था। 'गोपालकृष्णन। मुझे लगता है कि ऐसा हो सकता है। अजीब किस्म का आदमी है। काम बहुत बढ़िया करता है। हिम्मत वाला भी है। आपने हमारे टीवी पर कारगिल युद्ध के फुटेज देखे होंगे। उसी ने लिए थे। लेकिन उसकी लोगों से बनती नहीं है, जिद्दी किस्म का है। जैसा वरुण ने बताया कश्मीर को लेकर अक्सर उबलने लगता है। इसीलिए हमने फैसला किया है कि उसे वहाँ कभी नहीं भेजेंगे।'

सुरक्षा दस्ते के विशेष सचिव अमन सिंह ने पूछा, 'कोई खास बात जो उसने बतायी हो! कोई ऐसा जिससे हम पूछताछ कर सकें?'

केटीवी के उस एडीटर ने अपनी सीट पर लगभग खड़े होते हुए कहा, 'हाँ हाँ क्यों नहीं? मुझे पहले ही बता देना चाहिए था। वारंगल, आन्ध्र प्रदेश के एस पी से। गोपालकृष्णन वहीं का रहनेवाला है। वहाँ के एस पी के उसकी सिफारिश की थी। कई बरस पुरानी बात है, पर मेरे ख्याल से आप पता लगा लेंगे। माधव शेट्टी, शायद उसका नाम है।'

अमन सिंह ने कुछ आदेश दिया और एक जूनियर दौड़ के आन्ध्र प्रदेश के अफसरों की डायरेक्टरी लाने चल पड़ा। आधे घण्टे बाद माधव शेट्टी भारत सरकार के गृह सचिव के फोन लाईन पर उस कैमरामैन को याद करने की कोशिश कर रहा था जिसकी सिफारिश उसने छह साल पहले की थी।

'वह मेरा दूर का रिश्तेदार है, सर। मेरी एक दूर की बहन से उसकी शादी हुई है। मुझे तो वो बेचारा सा लगता है हाँ पहले जरूर कम्यूनिस्ट था वो।'

'मिस्टर शेट्टी, आपको ऐसा कुछ याद है कि उसके रिश्ते किसी इस्लामी

कट्टरपंथी से रहे हों।'

'नहीं सर। हाँ, असल में...'

'हाँ! मिस्टर शेट्टी?'

'अब आप पूछ रहे हैं तो याद आया कि एकबार मैं उसके घर गया था डिनर पर तो मुझे वहाँ शोएब सिद्दीकी दिखा था। लेकिन मैं ज्यादा रुका नहीं था वहाँ।'

'ये शोएब सिद्दीकी कौन है?'

'सर सिमी का जनरल सेक्रेट्री है। आपको शायद याद हो 1997 में आई एस आई में रिश्तों की वजह से गिरफ्तार भी हुआ था।'

बाकी लोग कमरे में स्पीकर फोन से बातचीन सुन रहे थे। वे आपस में फुसफसाने लगे। खुसुर-फुसुर की आवाज वैसे ही लग रही थी जैसे पतझड़ में सड़क पर उड़ते पत्तों की आवाज।

गृह सचिव ने फोन रखकर वरुण की ओर देखते हुए कहा, 'ऐसा लगता है मिस्टर माथुर आपका अन्दाजा सही था?'

'पकड़ लें उसे अभी!' पुलिस कमिश्नर ने पूछा।

कुछ मिनट खामोशी रही। फिर प्रधानमंत्री के ऑफिस फोन हुआ। फिर गृह सचिव ने गर्दन हिलाते हुए कहा, 'नहीं हमें नहीं पता और कौन-कौन शामिल है और उसने बैटरी कहाँ रखी है? उसे अपना काम करने दीजिए। हमें उसे साजो-सामान के साथ रंगे हाथों पकड़ना चाहिए।'

## अध्याय-30

# कैमरामैन

सुबह के छह बजते-बजते ज्यादातर अफसर जा चुके थे। सारे टीवी पत्रकार भी। विजय और कुछ दूसरे लोग टेबल के पास बैठे सारे इन्तजामों को जायजा ले रहे थे। एस पी जी अपना अब तक का सबसे बड़ा ऑपरेशन अन्जाम दे रही थी। राज्य जल मन्त्रियों के उस सम्मेलन में हर दूसरा आदमी या तो एस पी जी का था या एन एस जी का कमाण्डो। वे टीवी कैमरावालों को एक खास इलाके तक आने दे रहे थे।

‘तुमको क्या लगता है उसके पास रिमोट कंट्रोल तो नहीं होगा। शीतल ने पूछा।

‘होगा तो जरूर। अगर वो आत्मघाती दस्ते का होगा तो अलग बात है। मेरा अपना ख्याल है कि वो मरने के लिए तैयार है, लेकिन बचने की कोशिश करेगा। इसका मतलब है कि वो अपना कैमरा प्रधानमन्त्री के पोडियम के पास रखकर कमरे से बाहर निकल जाएगा। कुछ इस तरह मानो केवल लाने जा रहा हो। फिर वहाँ से रिमोट कन्ट्रोल से वह बम को उड़ा देगा। चलकर देखते इंजीनियर क्या सोचते हैं इस बारे में, विजय ने जवाब दिया।

के टीवी ने उस मौके पर डीवीसी प्रो कैमरे भेजे थे और कुछ तकनीकी इंजीनियर दूसरे कमरे में उसके साथ लगे थे। विजय के सवाल के जवाब में उन्होंने कैमरे के एक किनारे पर लगे एंटीना की ओर इशारा किया। उससे एक तार निकलकर कर जा रही थी। ‘रिमोट माइक के लिए एक बेहतर है। ब्रॉडकास्टर स्तर की आवाज यह तीस मीटर से सुन सकता है तो यह बम उड़ाने का सिग्नल भी सुन सकता है।’

विजय ने एस पी जी के एक अफसर की ओर मुड़ते हुए कहा, ‘क्या कोई ऐसा तरीका नहीं है जाँच का कि सेमटेक्स का पता गेट पर ही चल जाए?’

‘अगर बम पाकिस्तान से आता है और हमें पूरा यकीन है कि वहीं से आएगा तो उसकी बैट्री बहुत ही होशियारी से तैयार की गई होगी तो फिर उसका पता चल पाना मुश्किल होगा। वैसे हम लोग केबल आदि का ध्यान ज्यादा रखते हैं, वैसी

हालत में बैट्री के पास ही बम सटाकर रखा होता है। सो भी बड़ी सफाई से', एस पी जी अफसर ने कैमरे से लगी बैट्री को दिखाते हुए कहा। 'वैसे चिन्ता की बात नहीं है। जैसे ही उस हरामजादे के हाथों में हरकत होगी, हमारे कमाण्डो उसे पकड़ लेगे। इससे पहले कि उसके हाथ बम उड़ानेवाले किसी भी तरह की चीज तक पहुँचेंगे। पकड़ा जाएगा।'

विजय ने उबासी लेते हुए घड़ी देखी। 'कोई नाश्ता करेगा? मेरा सुझाव है कि हम कुछ देर आराम कर लें। अभी भी तीस घण्टे बाकी हैं।'

वह सीढ़ियाँ उतरकर कार में चढ़ गया। उसे बराबर लग रहा था कि वह कुछ भूल रहा है। लेकिन उसे ध्यान नहीं आ रहा था।

× × ×

वरुण भी उतना ही बेचैन था। वह दोपहर बाद ऑफिस पहुँचा। उसे एक स्टोरी तैयारी करनी थी और रात आठ बजे का समाचार एंकर करना था। लेकिन उसका ध्यान कम्प्यूटर पर अपने काम में नहीं लग रहा था। उसे बम और बैटरी का ध्यान आ रहा था।

वह जानता था कि वह उस दशक की सबसे बड़ी खबर पर बैठा था। लेकिन वह यह भी जानता था कि यह ऐसी स्टोरी थी जिसे वो किसी को बता नहीं पाएगा। जितने भी टीवी पत्रकार नॉर्थ ब्लॉक की बैठक में बुलाए गए थे उन्हें गोपनीयताा की शपथ दिलाई गयी थी।

वह एक खिड़की के पास जाकर दिल्ली शहर का नजारा लेने लगा उसे पता था कि यहीं कहीं कमाण्डो नांगल डेरी के पास गड़े हुए स्टिंगर को ढूँढने में लगे होंगे। एकबार कैमरामैन पकड़ा गया तो जलालुद्दीन भी मिसाइल नहीं निकाल पाएगा।

वह वापस मुड़ा और अपने डेस्क की ओर आ गया। 'काम किया जाए', उसने अपने-आप से सख्ती से कहा।

× × ×

छह बजे शाम तक विजय की दुश्चिन्ता दिमाग में पूरी तरह बढ़ गई थी। वह विज्ञान भवन के इन्तजामों को देखकर लौटा था और चाय का प्याला लेकर बैठा हुआ था। कप उसके हाथ से छूट गया।

'ओफ्फो', वो फोन उठाते चिल्लाया। कुछ सेकेंड बाद वो जल्दी-जल्दी बोल रहा था। 'सर एक गड़बड़ी हो गई है। हमें पता है कि अबू फतेह ने शूरा में बताया था कि पी एम पर हमला जल मन्त्रियों की बैठक में किया जाएगा लेकिन सर, वो शूरा में क्लिंटन के दौरे के वक्त झूठ बोल चुका है। अगर इस बार भी वो कोई खेल कर कर कहा हो तो हमला किसी और जगह भी हो सकता है?'

'हे भगवान! शादी!'

'हाँ सर। शादी कुछ ही घण्टों में शुरू होने वाली है। वहाँ भी टीवी कैमरा होंगे और पी एम भी।'

देश के एक बड़े राजनेता जयदेव रावत के लड़के की शाम को शादी थी और देश के सारे जाने-माने लोग बुलाए गए थे। रावत सरकार के साझा दल का नेता था और इसलिए हर बड़े मन्त्री का वहाँ होना जरूरी जैसा था।

'सर क्या हम प्रधानमन्त्री जी से कह सकते हैं कि वे इसमें न जाएँ?' विजय ने पूछा।

'नहीं! नहीं वे नहीं रुकेंगे। प्रधानमन्त्री जी के न जाने से रावत को बुरा भी लगेगा। सारे नम्बर मिलाओ। मैं एम पी जी डायरेक्टर से बात करता हूँ।'

× × ×

मध्य दिल्ली में के टीवी के ऑफिस में एक रिपोर्टर ने लाइब्रेरी से टेप ली।

'आज की स्टोरी क्या है?' डेस्क पर बैठी लड़की ने लेजर पर पेन रखते हुए पूछा।

'रावत की शादी, और क्या?' उसने मुस्कुराते हुए कहा।

'इस वक्त मैं और कहाँ जा सकती हूँ! अगर रास्ते में ट्रैफिक जाम न मिले तो।'

'शादी', सामने बैठी लड़की ने लेजर में भरते हुए कहा।

'रिपोर्टर; सुप्रिया खन्ना। तुम्हारे साथ कैमरामैन कौन है?'

'गोपालकृष्ण'

× × ×

दस किलोमीटर दूर विजन टीवी के दफ्तर में, वरुण स्टोरी संपादित करने की कोशिश में लगा था। वह दिनभर ऑफिस में इधर-उधर घूमता रहा कि आखिरकार बिजनेस सेक्शन में जाकर बैठ गया। वहाँ उसे कुछ चैन महसूस हुआ।

वह बैंक ऑफ रॉयटर के टर्मिनल के सामने बैठ गया, और उस पर इधर-उधर क्लिक करने लगा। 'हे भगवान स्टॉक को देखिए आज', उसने बिजनेस एडीटर श्रीधर सक्सेना की ओर देखते हुए कहा, जो ग्राफिक डिपार्टमेंट के लिए कागज पर नोट तैयार कर रहे थे।

'अच्छा ये बताओ', श्रीधर ने एक फीकी मुस्कान के साथ कहा, 'जरा सोचो हफ्ते भर पहले हर आदमी यही सोच रहा था कि सेंसेक्स 7000 तक जा पहुँचेगा। मैं इसके लिए नसदक को दोष देता हूँ।'

वरुण ने हँसते हुए कहा, 'आश्चर्य नहीं है कि न्यूजरूम में इतनी उदास

सूरतें दिखाई दे रही हैं।'

'हाँ! लेकिन मुझे लगता है एकाध लोगों को हटा दिया जाना चाहिए।'

'क्या मतलब है आपका?'

श्रीधर ने खामोशी से ग्राफिक्स विभाग की लड़की के हाथ में सारे आँकड़े सौंप दिए जो उसके कन्धे पर सवार थी।

'फिर उसने अपनी कुर्सी वरुण के पास सरकाते हुए कहा, 'मैं इस बारे में तुमसे बातें करना चाहता था। मुझे समझ नहीं आ रहा कि बॉस को संकेत देना चाहिए या नहीं।'

'चक्कर क्या है?'

'हमारे ऑफिस में एक आदमी है जो बाजार में खूब दाँव खेल रहा है। खूब-बड़े दाँव। लेकिन तुम जानते हो न कि ऐसा हम नहीं कर सकते। लेकिन उस आदमी ने तो कोई कसर ही नहीं छोड़ रखी है। मैंने तुम्हें बताया था कि मेरा भाई शेयर बाजार में दलाली करता है। यह आदमी उसके ऑफिस में महीनों से बैठा जो कर रहा है उसे मैं जुआ खेलना ही कहूँगा। बड़ा जुआ। इन्फोटेक के हजारों शेयर खरीद-बेच रहा है। वइ इस पर जुआ खेल रहा है कि इनकी कीमतें गिरेंगी लेकिन असल में, वे तेजी से बढ़ रहे हैं।

बाजार में इन्फोटेक के शेयरों की कीमतें तेजी से बढ़ रही हैं। जो भी इसके शेयर के खेल खेलता उसे बहुत घाटा हो सकता था।

'बेचारा', वरुण बोला। वो तो बर्बाद हो चुका होगा।'

'बर्बाद! उसका खाता तो करोड़ों रुपए में चल रहा है। सो भी विजन टीवी की तनखाह पर? मेरे भाई ने तो उसके साथ आगे काम करने से मना कर दिया है। लेकिन मुझे लग रहा है वो किसी दूसरे दलाल के साथ काम कर रहा होगा। मुझे क्या करना चाहिए? मुझे किसी को बताना चाहिए?'

अब वरुण का ध्यान कुछ उस तरफ गया। अब उसके दिमाग में शेयर बाजार की कीमतें नहीं थीं।

'बड़ा जिगरवाला है। वैसे ये बेवकूफ है कौन?'

'राजू', सामनेवाले ने जवाब दिया। 'कैमरामैन राजू।'

वरुण को काटो तो खून नहीं। वरुण अपनी याददाश्त को ताजा करने लगा। उसे कहानी कुछ-कुछ समझ में आने लगी।

रोज-रोज के सुबह-शाम के समाचार। एक बार आन्ध्र प्रदेश के किसानों की आत्महत्या की खबर पर उसने कहा था कि कर्ज में डूबा आदमी कुछ भी कर सकता है।'

वरुण धीरे से अपनी कुर्सी से उठा। उसके चेहरे का रंग उड़ चुका था। श्रीधर कुछ कह रहा था, लेकिन उसे कुछ सुनाई नहीं दे रहा था।

उनके होटल का कमरा। गणतन्त्र दिवस से एक दिन पहले राजू थोड़ी देर के लिए नीचे गया था और इस बीच वरुण कमरे को ठीक-ठाक करने लगा। जब वरुण बैटरियों को डेस्क पर सजा रहा था तभी राजू आया। वह वरुण पर चिल्ला उठा यह कहते हुए कि वह उसके साजो-सामान को न छुए। वरुण को बात कुछ समझ नहीं आई क्योंकि उससे पहले किसी भी बात पर उनका झगड़ा नहीं हुआ था।

वरुण मानो स्वप्न में चल रहा था। उसने नोटिस बोर्ड के पास यह देखा कि किसकी ड्यूटी कहाँ लगी है। वह राजू को तलाश रहा था। उसके नाम के आगे लिखा था–'11 की शिफ्ट रावत की शादी।'

उसे श्रीनगर में गणतन्त्र दिवस का दिन याद आया। उसे राजू का चेहरा याद आया जब वो सुरक्षा जाँच कि लिए बढ़ रहा था। 'क्या सब ठीक-ठाक है? तुम कुछ ठीक नहीं लग रहे', वरुण बोला। राजू ने मुस्कुराने की कोशिश करते हुए कहा, 'हाँ मुझे कुछ ठीक नहीं लग रहा।'

अचानक कुछ ध्यान आया और वरुण दरवाजे की तरफ भागा। सबको ठेलता-धकियाता। उसकी ऊँगलियाँ अपने मोबाइल फोन पर दौड़ रही थी।

# उपसंहार

आधी रात से ज्यादा वक्त हो चुका था। टी राजू गोलियों के घाव से सफदरजंग अस्पताल में गुजर गया। साइलेंसर वाली बन्दूक की तीन गोलियाँ उसकी बायीं बाजू और छाती में लगी। वह अपने हाथ बढ़ाकर बम उड़ाने वाला बटन दबाने ही वाला था।

वरुण का फोन मिलते ही एस पी जी के लोगों ने शादी वाले बंगले की ओर बढ़ते राजू को घेरना शुरू कर दिया था। राजू ने शादी वाले पण्डाल की ओर देखा। वह 200 गज की दूरी पर था। उसने देखा उसके आस-पास सुरक्षा घेरा बढ़ता जा रहा था। फिर वह भागने के लिए मुड़ा। इस चक्कर में उसका कैमरा भी गिर गया। सुरक्षावालों के पास उसे गोली मारने के अलावा कोई चारा नहीं था।

बुरी तरह घायल कैमरामैन को अस्पताल ले जाया गया, जहाँ डॉक्टरों ने उसे मरा हुआ पाया।

अन्तिम संस्कार अगले दिन निगमबोध घाट पर था। ज्यादातर लोग आए थे प्रेस के। राजू लोकप्रिय आदमी था। अखबारों में छपा कि उसकी मौत नींद में ही हार्ट अटैक से हुई।

अंतिम संस्कार के बाद, वरुण माथुर विजन टीवी के ऑफिस गया। जहाँ वो अब भी काम करता है। कश्मीर समस्या के समाधान पर कॉलम भी लिखता रहता है।

सुरक्षा दस्ता खत्म हो चुका था। विजय कौल बादामी बाग की अपनी यूनिट में लौट चुका था। उसकी अगली दिल्ली यात्रा 15 अगस्त को होनेवाली थी। उस दिन राष्ट्रपति उसे शौर्य चक्र देनेवाले थे। उस शाम प्रधानमन्त्री ने 7 रेसकोर्स पर विजय को डिनर के लिए बुलाया। उस वक्त वहाँ सिर्फ परिवार के लोग ही मौजूद थे।

पुलिस को नांगल डेरी के फार्म हाउस से मिसाइल मिल गई थी। जलालुद्दीन की तलाश जारी थी। कोई सुराग नहीं मिल पाया था।

हबीब शाह श्रीनगर में लगभग बेकारी के दिन बिता रहा था। उसे हर सुबह

मैसूमा के पास एक कब्रगाह में देखा जा सकता था। वहाँ वह एक पत्थर लगी कब्र के पास गुमसुम बैठा रहता था।

प्रधानमन्त्री की जान उसी की सूचना ने बचाई थी। उसके दो हफ्ते बाद नहर के किनारे चलता वो कब्रगाह की तरफ बढ़ रहा था। उसका सुरक्षा गारद कन्धे पर एके-47 लटकाए चला जा रहा था।

पिछले चौदह दिनों से हबीब समाचार बहुत ध्यान से सुनता था। कोई खास समाचार नहीं सुनाई दे रहा था।

वह यास्मीन की कब्र के पास पहुँचा। हमेशा की तरह अपने वहाँ की धूल झाड़ी। फिर सीधा होते हुए उसने महसूस किया कि उस पर किसी की निगाह है। कोई है जो उसपर नजर रखे है।

वह पीछे मुड़ा और पाया कि जलालुद्दीन खड़ा चुपचाप उसे देख रहा था। दोनों ने एक-दूसरे को घूरा। कुछ देर बाद जलालुद्दीन एक कदम आगे बढ़ा और बोला, 'तुम ही थे न! तुम ही ने हमारे किए-कराए पर मिट्टी डाल दी। है न?'

हबीब कुछ नहीं बोला। वह चुपचाप जलालुद्दीन की आँखों में देखता रहा फिर बिना कुछ बोले पीछे मुड़ गया। वह कब्र के सामने बैठकर फातिहा पढ़ने लगा।

फिर उसने आँखें उठाकर देखा। जलालुद्दीन जा चुका था।

□□□